她们

闫忠录 著

中国民族文化出版社

北 京

图书在版编目（CIP）数据

她们 / 闫忠录著. — 北京：中国民族文化出版社
有限公司，2020.7
ISBN 978-7-5122-1375-3

Ⅰ. ①她… Ⅱ. ①闫… Ⅲ. ①长篇小说－中国－当代
Ⅳ. ①I247.5

中国版本图书馆CIP数据核字（2020）第108174号

她们

作 者：	闫忠录
责任编辑：	孙　勃
责任校对：	张嘉林
出 版 者：	中国民族文化出版社　地址：北京东城区和平里北街14号
	邮编：100013　联系电话：010-84250639　64211754（传真）
印 装：	唐山楠萍印务有限公司
开 本：	710mm×1000mm　1/16
印 张：	26
字 数：	322千
版 次：	2021年6月第1版第1次印刷
标准书号：	ISBN 978-7-5122-1375-3
定 价：	79.80元

写在前面的话

在现实生活中，每个人都有自己的梦想。经过自己顽强拼搏和不懈奋斗，有的人实现了梦想，又去追求新的梦想，有的人没能实现梦想，又重新树立新的梦想。所以，人们总是生活在自己的梦想之中。

我的老战友、老朋友闫忠录同志，就是一个生活在自己梦想之中的人。只有初中文化水平的他，退休后不久，就做起了作家梦。为了实现这个梦想，他顽强拼搏了十几年，终于使两部长篇和多篇中、短篇小说问世。大家曾调侃他，称他为"多产作家"。对此，他只是谦虚地连连摆手，说："我还不能称为作家。"

作家，就是在文学创作上富有盛名的人。这些人的作品，之所以能够被出版、发行，并得到大众的认可和好评，就是因为他们的作品具有感染人、鼓舞人、教育人、引导人的作用。

纵观中外名家，尤其是中华民族历史上的一些大作家，无一例外，都是被人称颂的、敬重的。其做人、做事的态度，深厚的文学功底以及作品本身所产生的社会影响，使他们的作品能够流芳百世，久读不衰。

然而，让人感到不可思议的是，总有那么一些所谓的著名作家，其作品的内容、导向和作用，确实使人大为疑惑：有的人的作品犯了政治病，热衷于抵毁领袖、前辈、历史，好像谁能侮蔑人、侮辱人，谁就是名家；有的人的作品犯了幼稚病，热衷于描写反面的、过时的、丑恶的东西，好像谁的作品越原始、越落后，谁就是名家；有的人的作品犯了低俗病，热衷于描写下流不堪的东西，好像谁的作品越低俗，谁就是名家。这些潮流和倾向，对于广大读者来说，是深恶痛绝的。

闫忠录确实不是名家，甚至被称为作家也稍有勉强。但在他的作品中，确实让人感到了一名合格的作家应有的责任感。最近，我一口气读完了他送给我的《她们》的样稿，受益匪浅，感慨万千。

《她们》挖掘的是生活。文学作品都是来源于生活而高于生活。如果离开了实际生活，作品就会乏味、枯燥、空虚，就会给人以"无病呻吟"之感。作者闫忠录从小生活在黄土高原，对于陕西关中农村是亲身体验、感受过的。尤其是从小在农村长大的他，参加工作后，不管平时有多繁忙，总会抽出时间回家看看，对家乡的一草一木、对家乡的人们亲切无比。因而，在他的作品中，对农村的自然环境、风土人情、生活习惯等方面的描写，可谓让人身临其境。而这些还应该归功于作者深厚的生活基础、扎实的文化功底、细心的观察能力和巧妙的文字表达。

《她们》反映的是真、善、美。作者是农民的儿子，后应征入伍成为一名军人，再后来转业到一家大型国有企业当干部。从骨子里、本质上讲，他都是一个正派、老实、善良的人。所以，他的作品从立意到主题，从眼光到文笔，处处涉及的都是真、善和美的东西。当然在《她们》的人物和情节的设定上，作者也反映了一些落后的东西，也有一些丑恶的人和事，但给读者的感觉是恰如其分、点到为止。他写丑的东西，是为了衬托美，写落后的东西，是为了更好地展示先进。《她们》给读者的感觉是：当前在农村，还是美的东西多，还是善的东西多，丑和恶的东西永远是少数，都会被社会所淘汰。

《她们》宣扬的是主旋律。当今中国社会的主旋律是改革开放与和平发展。在《她们》这部作品中，集中反映的是改革开放后农村的发展与变化。从土地承包到退耕还林，从集体合作化到扶贫攻坚，作品真实反映了农村改革开放的全过程，同时也反映了农村教育改革的成果。作品虽然很少涉及怎么改、改什么，但从总的发展态势上来看，农村许多人物的经历和精神面貌都深刻地打上了改革的烙印。该作品全面反映了农村改革开放的伟大成果。

当然，受各种自然条件和人为条件的限制，农村改革还有不尽如人意之处，但在大趋势上、在总体上，改革力度是很大的，发展变化也是空前的。农村在变，农村的人也在变。从杜鹏程的《保卫延安》到柳青的《创业史》，再到路遥的《人生》，这些知名作家的作品都是为时代大唱赞歌，他们的作品与他们一起，被载入了中华民族奋进与辉煌的史册之中，令世人永远铭记。我相信《她们》虽然不能与上述前辈们的作品相比，但只要有读者认真看过之后，也会留下难以忘怀的印象。

《她们》传承的是正能量。一部作品的成功与否，不在于其篇幅的长短，而在于其是否给人们带来了精神力量。《她们》的成功之处，就在于其给人们带来了满满的正能量。从曹黑娃到喻珠珠，从曹春月到曹冬梅，再到村支书王槐、超市老板牛雪莉等，作者对于这些人物的塑造和描写，都给人一种积极向上的力量。像黄教授、刘校长、刘平安、曹春月等正面人物身上处处闪耀着努力、正派、奋进、善良的光辉。而村支书王槐，虽然身上问题不少，毛病也很多，但本质上是好的，工作也是努力的，为人也是真诚的。作者对于曹夏花这样可怜而不幸的女子的描写虽然不多，但给人的印象十分深刻，疾恶如仇、刚正不阿、爱憎分明、自强不息、吃苦耐劳等优良品质在其身上都得到充分体现。当然，像曹黑娃、喻珠珠、牛雪莉等人，身上都具有先人后己、善解人意、成人之美、乐于助人等优良品质，这些品质在作品中都得到了充分体现，让广大读者体会到了积极向上、奋发有为、拼搏奉献的精神力量。

《她们》这部现代长篇小说，也有不尽如人意的地方。诸如文字显得有些粗糙，语言有的地方过于生硬，整体布局（包括情节和结局）都显得有些单调简单。但这些，都不影响作品的成功。这些都有待于作者在今后的创作中，加以完善和改进。祝愿作者今后多出新的长篇作品。

以上为我有感而发，不当之处请大家多多谅解。

贺治乾

2019 年 10 月于西安

目 录

第一章	001
第二章	013
第三章	023
第四章	035
第五章	045
第六章	055
第七章	067
第八章	077
第九章	085
第十章	095
第十一章	105
第十二章	115
第十三章	127
第十四章	139
第十五章	147
第十六章	159
第十七章	171
第十八章	181
第十九章	191

第二十章　　　　　201

第二十一章　　　213

第二十二章　　　225

第二十三章　　　235

第二十四章　　　245

第二十五章　　　255

第二十六章　　　265

第二十七章　　　273

第二十八章　　　283

第二十九章　　　291

第三十章　　　　301

第三十一章　　　311

第三十二章　　　321

第三十三章　　　331

第三十四章　　　341

第三十五章　　　349

第三十六章　　　359

第三十七章　　　371

第三十八章　　　381

第三十九章　　　389

第四十章　　　　397

后　记　　　　　406

第一章

人生活在这个世界上，是活明白了还是活糊涂了？我想可能是明白少，糊涂多。柿子树村里的曹黑娃活到现在，还是糊涂多，明白少。二十世纪七十年代，他家里穷，炕上铺的一张席都是拼起来的，二十五岁还在打光棍，他大到处托人说媒，替他找对象。一天，媒婆领来一位娘家侄女，名字叫喻猪猪，二十二岁，说是要嫁给曹黑娃，只是不能白嫁，彩礼钱是八十元人民币，外加五枚"袁大头"。曹黑娃他大东凑西借总算是把彩礼钱一次性付清了。

　　曹黑娃和喻猪猪结婚后，村里人都说"猪猪"这两个字不吉利，请先生改名字，因为结婚证上已写着"猪猪"二字，再改成其他名字也不大合适。于是先生再三考虑，为不失去原意，便因陋就简，将其名字中的"猪猪"改为音同字不同的"珠珠"。

　　曹黑娃和喻珠珠隔三岔五一到深夜就打架，原因很简单：夫妻俩结婚八年，生了四个女娃，丈夫还非要让媳妇生个儿子娃，俩人为生儿子娃之事经常斗嘴，你说怪她，她说怪你。怪着怪着曹黑娃就开始不干不净地谩骂"你个怂婆娘，长得像猪婆一样，连个儿子娃都生不出来"。

　　喻珠珠虽然文化不高，可人家也是在有家规、有家教的家庭里长大的，懂得些仁、义、礼、智和做人的道理，不会随便开口骂人。她就这样一忍再忍，一让再让，结果把曹黑娃惯坏了。

　　曹黑娃重男轻女的封建思想特别严重，把喻珠珠的忍让当作自己的本事，肆无忌惮，得寸进尺。在他眼里，谁家媳妇生不出儿子娃来，谁家媳妇就没本事、丢脸面，男人在外就抬不起头，人家还会在背后戳脊梁骨，骂他是"绝死鬼"。

其实，生不生男娃，不是一厢情愿的事，需要夫妻双方共同努力：优生优育，药物调理，科学"育苗"。

在这一年的时间里，曹黑娃要求续香火的欲望越来越强烈，经常睡到半夜里，自己得不到满足，就打老婆，吓得四个女儿躲在炕旮旯里直哆嗦。有时候打急了，他就砸镜子，摔碟子摔碗，吵得隔壁他二大一家睡觉都不安宁。他二大夜里被惊醒，醒来后赶忙从炕上爬起来，披上衣服趿着鞋，准备出门过去劝说两句。他二妈一骨碌从炕上爬起来问："他大，你干啥去？"

"你不是听见了，黑娃深更半夜和媳妇打架哩。"

"打架哩，与你有啥关系？咋是个老糊涂，人家两口子半夜里打架，你去能干啥？"

"我去劝说两句。"他二大干脆地回答。

"给你说，不能去，两口子夜里打架，你能管得了？这事儿管不成，这话也不好说，你是他二大，这道理咋就不明白哩？"

"那你去！"他二大劝说她二妈。

"胡说，谁都不能去。炕冰了，冻得人睡不着觉，你给炕里头添些柴，把炕烧热，凑合着睡到天亮再说。"

他二大给炕里添了柴，点燃火，站起来欠着身子，双手伸进被窝里，在炕上摸了摸，顺手把肩膀上披着的那件旧棉袄扔到炕角里，麻利地上炕钻进被窝里，吹灭炕头上的煤油灯，背对着老伴儿又去寻梦周公。老伴儿双手轻轻地扳过那光溜溜的脊背，小声说："转过来，面对着我，给你说，两口子半夜里打架，你是个老男人，你不知道为了啥？你还想去逞能。咱老两口，年轻时为了啥，不也是夜里常打架？糊涂不糊涂，你咋又忘咧。"

烧完炕，两口子各自背对着背睡到大天亮。

第二天早晨，曹黑娃家里四个女儿自己穿上衣服去上学。临走时，每人从高吊的篮子里拿个高粱面黑馒头，边走边吃。在春月的带领下，夏花、秋菊、冬梅背着书包出门去了学校。

曹黑娃和喻珠珠夜里打架，一直折腾到天快要亮，他累得瞌睡了，顺势倒在炕上一声呼噜连着一声呼噜大睡，睡得像头大死猪。

喻珠珠被曹黑娃欺负了一夜，她气得根本没有再睡觉的意思，还得早早起床。女人家思想还是比较封建守旧的，顾着这个家的。想到自己就是个女人，不管受了多大委屈，家里的日子还得向前过。她一边穿衣服，一边自言自语地说："要生儿子，俺也没有意见。俺是个女人，嫁到你家里来，就是来生娃的。生了四个女子，你不满意，非要生儿子，那是你的事。前几天看医生，医生让你去看病，你总怕花钱，你还怪谁哩？"说完出门走了。

喻珠珠站在大院里，东瞧瞧，西看看。看到鸡窝门还关着，她就去给鸡开门，几只母鸡和两只大花公鸡扑棱棱从笼子里跑出来，在院子里自由地在地上嬉闹打滚，相互追逐，咯咯咯地满院到处乱跑、乱叫。一只花公鸡在墙角的树荫下，用两只爪子三刨四刨，刨到了几条小蚯蚓，自己不吃，总是多情地让母鸡先吃。喻珠珠看得仔细，想到曹黑娃这个人，连只公鸡都不如，公鸡还知道心疼母鸡哩。她心里正在抱怨着，此时猪圈里猪崽子们又哼哼地嚎叫。她才想起来猪还没喂，这才忙着去厨房里把残汤泔水提过来，在桶里拌好饲料，倒入猪槽里，一窝八头大小不一的小猪崽开始了夺食大战。

自从家里养的这头母猪，生了八头小猪崽，就吃得特别多。喻珠珠喂母猪就像侍候月子里婆娘一样，饲料要搭配好几样：麸皮、酒糟、菜叶，还有嫩苜蓿。这些有营养的饲料让母猪吃了，才能补身体，才能多产奶。

喻珠珠看着圈里的小猪崽，吃得黑油油，膘肥滚圆，一根杂毛都没有。这些猪崽，是由山里的野公猪和家里养的土母猪交配产下的。小猪崽们吃饱了，在圈里追逐打闹，还跑到石槽里拉屎、撒尿，让珠珠看得可恨可气。她找来一根木棍子，想狠狠地揍它们一顿。但瞬间她又笑了，打猪有何用，猪就是猪，槽里吃槽里拉；猪就是猪，吃了睡，睡了吃，吃加睡才等于猪。

时间过得真快，转眼工夫到了北口乡农历四月初八过庙会的日子。曹黑娃吃过早饭，准备好两个大竹筐，往里边铺些麦草，叫珠珠和他一起去猪圈里逮猪崽。俩人一前一后进了猪圈，老母猪疯狂地张开外翻着的大嘴，露出几颗獠牙，向珠珠扑来。喻珠珠被吓得慌忙跳出圈外，曹黑娃瞪圆眼睛开口便骂："跑怂哩，猪吃人哩！"

喻珠珠站在圈外边，双手扶着木栏杆，嘿嘿地发笑说："就是吃人哩，猪婆歪得像你妈一样。"

曹黑娃躁咧，没想到他说句好话，老婆这怂还骂人。就一边逮猪娃，一边回敬一句："再骚情，等逮完了猪娃，收拾你。"曹黑娃每逮到一头猪崽就让媳妇拿来麻绳把猪崽前边两个蹄子反捆得结结实实，每个竹筐内一颠一倒放两头，这样挑在肩上，走起路来轻松。

北口乡大街上，赶集的人们络绎不绝，熙熙攘攘，急急忙忙。街道两边，卖粽子、卖油糕、卖凉粉面皮的叫卖声，连成一片，热闹非凡。家畜家禽市场设在大街道西南边一个大场地上，卖骡子、卖马、卖驴、卖牛、卖猪、卖羊，还有卖鸡、卖狗的人汇集于此。而这里交易最红火、最热闹、人最多的生意还是买卖猪崽的。

曹黑娃挑着两竹筐小猪崽，来得稍晚，找不到合适的地方，就挑着猪崽在场地上转了好几圈。他正在观望的时候，工商管理员过来收市场管理费，扯了两元钱的票，让他交钱。曹黑娃嘿嘿地笑着说："还没找到落脚的地方哩。"

"把钱交了，就放在这儿卖，不要挡路，人过来了相互让一让就行咧。"工商管理员说。

曹黑娃放下担子，把身上的所有零钱掏出来，凑够两元钱交给工商管理员，工商管理员把钱收了，转身就走了。曹黑娃拿毛巾把头上的汗擦了擦，就来了买猪崽的人，那人是识货的行家，一看猪崽，黑油油的纯一色，一根杂毛都没有，嘴巴短短的，耳朵长长的，四条腿关节细长，就知道这猪崽槽口好，品种好，出槽快。

买猪崽的人，四十七八岁，头戴一顶长沿舌头帽子，架一副黑墨镜，穿着一件又肥又臃肿的大夹袄，一条黑粗布腰带紧紧地扎在腰间，一根纸烟不离嘴，说话很不流畅，把自己的袖口向前拉了拉，俩人都伸出右手，捅在衣服袖子里，不让人看见。那人说："给这个行不行？"

曹黑娃回答："不行，最少得这个。"

经过两捏三捏，讨价还价，最终买卖交易成功。那人从夹袄内兜里掏出一张五元人民币，一张两元人民币。黑娃接过手一看说："不行，再给一块钱。"这俩人为了一块钱，扯来扯去，互不相让。曹黑娃说："刚才说好的价钱，君子一言，驷马难追，不给够钱，就不卖了。"买猪崽的人觉得理亏，再说还是白磨牙，只好又添了一块钱，买卖就算成交了。

周围看卖猪崽的第一桩买卖做成了，没有钱的人退后几步就不买了，有人要买，身边带的钱不够，说是赊几块钱账，问曹黑娃行不行。曹黑娃很生硬地说："咱俩不认识，谁还欠账？"买猪崽的人只好先付给五元钱，把猪崽压着，去亲戚家借钱。不到吃中午饭的工夫，四头小猪崽全卖光了。

曹黑娃回到家里，刚一踏进门，就把水担和两个竹筐放在屋檐下。

到了吃中午饭的时候，他听到"喀嚓嚓，吱呀呀"的声音，断定家里又是在压高粱面饸饹。他急促地走进厨房，二话不说，就准备帮着压饸饹。喻珠珠问："回来这么早，猪娃卖完了？"

曹黑娃一边洗手，一边回答："卖完咧，还卖个好价钱。"

"你先歇着，等一会儿饭就做好了。"

"不累，还是我来帮忙压，秋菊、冬梅年龄小，压床子出不上劲，把娃软腰扭伤咋办哩？"

喻珠珠看到黑娃刚从集市卖猪娃回来，舍不得花钱，一口水没喝，饿着肚子还要帮家里干活，心里一阵酸楚，悄悄地怨自己没有把时间安排好，人都回来了还吃不上饭。

吃过中午饭，四个女儿去上学，喻珠珠问曹黑娃，去医院看病没有？曹黑娃很坚定地回答——没有，别听医生瞎扯，骗人钱，两个人喝些醋问题就解决了，花钱还不是等于白浪费。到了夜晚，曹黑娃提前上炕，点燃了炕头上的煤油灯，从羊毛毡下边抽出写过的生字本，蹲在炕头卷纸烟，卷好了对着煤油灯吸，刚吸了第一口，喻珠珠安顿好四个女儿走过来睡觉。一看曹黑娃又抽烟便说："黑娃你咋又吸烟？还要不要生儿子？"

曹黑娃回答："要嘛。"

"要生儿子还吸烟？"喻珠珠反问一句，伸手把烟从曹黑娃嘴里夺过来。

曹黑娃油腔滑舌，犟着说："怕述哩，生娃是你生，又不是我生，咋就不能吸烟。"

曹黑娃这会儿烟瘾犯了，别人说啥话也不听，我行我素，把喻珠珠说的好话当作耳边风，又点燃一支烟，还嬉皮笑脸说："吸了烟劲大，弄起来有精神。到时候你准会生个大胖儿子，将来肯定聪明。"

这时候，喻珠珠看到曹黑娃死犟活犟，还要小聪明，她就开玩笑地说："吸了烟嘴臭，弄不成。生的娃不但不聪明，还是个烟鬼，长大后还吸食大烟哩。"

曹黑娃索性问："给不给弄？"

喻珠珠回答："先去刷牙，把嘴洗干净，还要看俺心情好坏哩。"

曹黑娃听珠珠说话的这态度，觉得这女人胆量也太大了，还敢跟自己顶嘴，一个家难道还能让女人说了算？这不乱了规矩？他的老毛病又犯了，二话不说，翻身就趴在珠珠的肚子上，双腿分开把喻珠珠压得喘不过气来。喻珠珠就故意连推带搡，极力反抗，说是不给弄，就是不给弄。双手还把裤带揪得紧紧的。曹黑娃一时间性起，兽性大作，不分青红皂白，来个硬上，说："不给弄，难道反了不成？"随口骂着，伸出手来巴掌像旋风似的，左右开弓，打得珠珠鼻子鲜血直流。珠珠这次被打，没有反抗，没有啼哭，她咬紧牙，忍受着，原因是夜已深，她怕吵醒孩子，更怕吵醒隔壁她二大，就狠下一条心，让曹黑娃打，干脆打死一了百了。脑海中，她又想到，结婚多年来，没过上一天好日子，吃糠咽菜，挨打挨骂，还要生儿育女，非要生个儿子，没门。今天晚上打死也不给他弄，也不给他生。

喻珠珠全身被打得疼痛难忍，眼泪哗哗地流。她要想个办法，一定要制服曹黑娃。曹黑娃骑在珠珠的肚子上，打累了，还要吸烟，当他斜着身体一手去拿烟，刚一松动时，喻珠珠不露声色，伸出右手，紧紧揪住曹黑娃下身，用吃奶的力气，鼓足劲，像拔萝卜似的猛地向外拧。只见曹黑娃疼得用双手捂住裆部蹲在炕上驴声马叫——疼，疼。这时候喻珠珠翻身跳下炕，双手提起裤子，麻利地躲在对面孩子住的屋子里，关好门，和四个女儿挤在一起，才踏实地睡到天亮。

村子里鸡不歇息地叫，狗也开始在村头巷子里追逐狂吠，汪汪地吵闹不休。喻珠珠早早起床，拿把木梳子理了理乱糟糟的头发，带上洗漱用品，带上换洗衣服，趁着天上几颗稀落的星星，出家门朝村口走去，赶坐六点半钟的第一趟公交车出门走了。

喻珠珠出了门，再也没回来，去向不明。那天清晨走得早，村子里没有人看见。曹黑娃起床后不见了老婆，去对面屋里问四个女儿，春月回答不知道。秋菊、冬梅哭着要妈妈，老二曹夏花站在原地也不知道昨夜里发生了什么事，呆呆地一言不发。

今天，家里没人做饭，黑娃去厨房看看，冰锅冷灶，什么吃的都没有，揭开面缸一看，还有点白面。他就亲自动手准备和面，由于掌握不好配水标准，加的水多，把面搅成了面糊糊，什么都做不成。于是，他又端着面盆去找他二妈想办法。

曹黑娃他二妈听到敲门声，见是黑娃端着面盆子过来，奇怪地问："黑娃，大清早，端个面盆过来，是干啥呀？"

曹黑娃低头，不好意思说昨天晚上打架的事，只说："二妈，娃要上学，你给擀一点面条。"

他二妈是个热心肠，猜想，不用问，十有八九肯定是昨天夜里两口子又打架了。再看看黑娃手里端的面盆子，里边的面成了稀糊糊，咋能擀面条，就说："你回去把娃领过来吃饭，我再切个萝卜丝去。"

四个女儿在他二奶奶家吃过饭，上学走了。曹黑娃出门去村子里再次找喻珠珠。一日、三日、一个星期过去了，他连喻珠珠的人影儿都没找到。曹黑娃一天到晚，要买菜做饭，还要操心四个女儿的吃饭、穿衣、睡觉，其他什么事情都干不成。特别是到了夜里，四个女儿哭哭啼啼闹着要妈妈，这时候曹黑娃才感受到家里少个娃她妈，心里不是个滋味。喻珠珠走后，曹黑娃又当爹又当妈，起早贪黑不能安宁，身体消瘦了十多斤，像换了个人似的，走在村子里如不细看，人们根本就认不出来是曹黑娃。

转眼半年多的时间过去了，曹黑娃还是没有找到喻珠珠。眼看到了腊月，快要过年了，他去和他二大商量，这事儿咋办？他二大文化程度虽然不高，但说话办事，出个主意还称得上是个能人。

他二大磕了烟锅里的烟渍，想了一会儿，开口说道："这事儿，先不急，你也不要出远门去找，天底下地方这么大，人这么多，你去哪儿找？再则，你走了，家里的孩子谁来照顾？孩子万一有个三长两短，被坏人骗走，拐卖了，你又该怎么办？难啊，黑娃，现在咱不能一错再错。这样吧，你去找刘文成写些文字，去派出所报案，发个寻人启事，让更多的人知道了，也能帮助寻找，提供线索，看年前能不能有希望找回来。"

曹黑娃去派出所报案后，派出所的警察还帮助曹黑娃印了几千张寻人启事。曹黑娃在村子里各条大路口到处张贴。村头的大树上，大照壁上也随处可见寻人启事。村子里看的人像走马灯似的，你读一遍，他读一遍。一些闲打浪的人，每天无事可做，就聚集在一起说三道四，胡说八道乱猜测。有人说喻珠珠这女人命苦，嫁到曹黑娃家里来，图个啥？曹黑娃家里穷得叮当响。家里守着三坡五岭四分地，种的麦子、玉米和糜子，一年到头来还不够全家吃。村子里还有几个女人聊闲话说，喻珠珠这女人就不守妇道，是个跑客猪娃，她的名字原来就叫猪猪，过门了嫌猪猪这个字不好，又改成了音同字不同的"珠珠"二字。现在看来咋改，还是那句老话，"狗改不了吃屎"，还是跟着野男人跑了。

村子里大椿树上，曹黑娃连贴了三张寻人启事，意思是怕贴少了过往行人多，人家看不到。心里想的是好事：为了让更多的人看到，能帮助把珠珠快些找回来，或提供有希望的线索。可他没有想到自从大椿树上贴出了寻人启事，每天都有人吃过饭或闲着没事干就来看。

有一天，狗剩的媳妇路过大椿树停了下来，看都没看一眼，就大肆宣扬，喻珠珠跑的那天她亲眼看见，穿着打扮新鲜漂亮着哩，长筒袜子高跟鞋，手里提个花包包，眼眉画得弯弯的，嘴唇抹得红红的，还有……坐上车一溜烟跑得就不见咧。

　　站在旁边的牛雪莉听后，就知道狗剩的媳妇平时在村子里爱煽阴风，说风凉话，心眼不好，看人家笑话。她就忿忿不平，当面质问："你说这些话，是当面看见还是你亲自把喻珠珠送上车的？人家出远门，关你啥事？你是哪一天几点钟看见的？无事生非，吃饱了饭，肚子撑得疼得很。"

　　狗剩媳妇听到牛雪莉用这样的口气说话，也是怕牛雪莉给曹黑娃传闲话，只好支支吾吾地说，她也是道听途说，这事跟她没关系，说着自己就不好意思地溜走了。

第二章

喻珠珠离家出走后，四个女儿见不到妈妈，无人照顾。曹黑娃如今当上专职"放羊倌"，只是管理水平不行，顾了这边，顾不上那边。家里人的吃、喝、拉、撒、睡弄得他焦头烂额，精疲力尽，走路打不起精神来，村里人常常说，曹黑娃离开了老婆，没猴耍了，当了光杆司令。如何带好四个女儿，无计可施的他只好去找她二妈商量，看能不能出个点子，拿个好法子来。

这一天，四个女儿上学走了，曹黑娃来到他二妈家，把他带孩子的苦衷跟他二妈叙说。他二妈听完黑娃说的话，捂着嘴发笑问："黑娃，你才知道没媳妇的日子不好过？管娃的办法我倒是有，现在不能告诉你，等想好了让你二大教给你。"说完，头也不回，急着向她家厕所走去。

曹春月是老大，每天带冬梅，曹夏花是老二，每天带秋菊。这种以大管小的方法还算合理。点子是他二妈想出来的，不知道为什么，他二妈不愿意亲自教给曹黑娃，也许是他二妈思想封建守旧，农村里习惯女主内，男主外。任何大小事情都由男人说了算，像黑娃家里现在缺少了女人，家里事情就应该由他二大出头来说话，不然家里以后的烦琐事情多着哩。

按照他二大的说法，像这种分工法，也是没有办法的办法。曹黑娃严格按照他二大说的这种办法去做，果然灵验，姐姐管妹妹，大的管小的，从此以后，姐妹四人，不哭不闹，平安相处，日子过得还算马马虎虎，平静多了。

曹黑娃每天除了按时做好三顿饭外，中午有了休息的时间。下午，没事了还去村头看看老人们下象棋。他站在老椿树下看老人们下象棋，鼻子尖溜溜的，嗅到了一种什么异味儿，一时间分辨不清楚，也回想不起来，回头东张西望，发现老椿树上有许多"春姑姑"，一群一群，有的往上爬，有的要下来，还有的飞起来。飞起来的"春姑姑"围绕椿树的周围玩一会儿，玩累了又飞回到椿树的枝叶上，休息睡觉。

"春姑姑"是这种昆虫的俗称，它还有个漂亮美丽的名字叫"花姑娘"。实际上它还有个不被人们知道，而享誉世界的学名叫斑衣蜡蝉。斑衣蜡蝉喜欢穿一件蓝色长外套，内穿一件粉红色衬衫，飞起来展开蓝色透明的翅膀，舞姿轻盈优美，散发着椿树的特有气味。有人闻到恶心，有人闻到觉得是香味，也有人闻到像是一股妇女身上的奶腥味。不管闻到什么味，人们都会推到"春姑姑"的身上，说是"春姑姑"放了个大臭屁。

曹黑娃看下象棋，其实他也是瞎看，内行看杀法，看战法，看明白，而他是看糊涂。他也看不出个明堂来，只是消遣时间。看累了，他转过身体，用右手擤鼻涕，把黏在手上的鼻涕顺手向大椿树上抹，看到了一群群的"春姑姑"，他就无聊地逮几只。他五指并拢，稍微弯曲，形成勺子状，躬身去捕捉。"春姑姑"生性聪明伶俐，高度警惕，见有人来抓，展开双翅，扑棱棱飞起来，在曹黑娃头顶上飞旋数秒钟，累了全部落到树梢上躲起来了。

第二天中午，曹黑娃端一杯茶水，拿一把芭蕉蒲扇，早早坐在老椿树下的石碾盘上乘凉。这时，他又闻到了一股"春姑姑"放屁的奶腥味。他抬起头来向老椿树望去，没有发现一只"春姑姑"。

天空中火辣辣的太阳让人热得发狂，偶尔一丝轻风掠过，送来的还是那一股奶腥味。曹黑娃热得有些犯困，张大嘴巴一刻不停地打哈欠，眼睛眯成一条缝，却神奇地发现了仙女下凡，那仙女微笑着向他袅袅走来。他睁大眼睛，细细观望，不是别人，是被她老公抛弃，刚离婚不久的牛雪莉。

牛雪莉一米六八的个头，身材苗条，腰围曲线流畅，十分妖艳美丽。两根长辫子在屁股上打过来打过去，抡得自然欢实。她像风摆柳一样飘飘洒洒走过来，站在曹黑娃的面前。

曹黑娃不相信这是真的，双手揉揉眼睛，定睛再看，直愣愣，傻呆呆，目光死死地盯在牛雪莉的屁股上。这时，他才意识到那股奶腥味是牛雪莉身上散发出来的。

曹黑娃是个男子汉，三天见不到媳妇，心里就发慌。初次见到牛雪莉，自己还要学得人模人样，盘腿坐在石碾盘上，点燃香咽，喝口茶，好像是很富有的样子，他明明看见了牛雪莉，还假装正经没看见，不理睬，趾高气扬。

牛雪莉走近了，但不是很近，还有三两步远，就主动搭讪挑逗问："黑哥，嫂子回来没？"

"嘴干哩很，回来不回来管你屁事？狗逮……"曹黑娃不敢把话继续说下去，刹住了车，管住了嘴。

"看你个哈怂，你才是狗咬吕洞宾，不识好人心。"牛雪莉骂了曹黑娃一句。

曹黑娃被牛雪莉结结实实回敬一句，感到自己理亏，咋能说话放肆，恶语伤人，对人家太没有礼貌。平时和人家牛雪莉见面不多，说话少，毕竟还不算熟悉了解。牛雪莉是村子里的大美人，平日里很腼腆，见了男人害羞得低着头走路。今天，自己能遇上她也是机会难得，怎么能开口伤人？话到嘴边留三分，这三分还算留住了。

牛雪莉和曹黑娃在言语上没能说到一起，准备要离开时，又回过头来狠狠地揭曹黑娃的老底说："曹黑娃，老婆跑了活该，像你这种不讲理的人，就要好好治一治，尝到没有老婆的痛苦，睡到夜里是多么的不受活。"说完一溜烟儿地走了。

下午，曹黑娃吃过饭，又出门坐在大椿树下的石碾盘上，去撞运气。他还希望能见到牛雪莉，说上几句话。这样的单相思就像做梦一样，想到这，想到那，想得甜丝丝的，想得神魂颠倒，想得不知道他姓啥、叫啥。他正盘算着假如还能再见到牛雪莉，可要好好地表现一番。突然间大女儿春月站在面前，叫一声："大，天黑了，回家睡觉。"

曹黑娃两只耳朵听得清楚，听到是大女儿的声音在叫他回家，他没敢怠慢，忙答话说："是，知道了。"便跟着大女儿回家了。

喻珠珠出远门，大半年的时间过去了。曹黑娃盼喻珠珠回来的愿望也不是那么强烈，心里也不是那么迫切，回来不回来也无所谓。找不回来喻珠珠，在曹黑娃心里是最好不过的一件事。家里没有了喻珠珠，他生活自由多了，到了夜里睡觉不脱衣服，晚上不用洗脚，上炕的时候，两只脚上落满了一层厚厚的黄泥土，脏兮兮的也没人管，也没有人说什么，他可以放宽心地睡觉。

曹黑娃睡觉的时候，像是大海里的一条大鲨鱼，在炕上自由地滚。从炕东边滚到炕西边，衣服兜里的瓜子皮，香烟渍落在旧羊毛毡上，到处都能看到。羊毛毡喜欢吸纳各种杂物尘土，曹黑娃穿着衣服睡觉，经二次磨擦碾压又粘满在衣服上。早晨从炕上爬起来，他也懒得去洗脸，出门自由自在地到处胡浪荡，衣服上星星点点脏兮兮的特别引人注目，让人看到了，不用说就知道曹黑娃是个光棍汉。

曹黑娃睡到半夜里，一骨碌爬起来，打破了正在做的黄粱美梦，想到刚才做的一场梦，荒唐至极，禽兽不如。为啥没有梦到喻珠珠？为啥没有梦到牛雪莉？偏偏梦见他二妈？可悲可笑，实在想不通，做这种梦很不通情理。做什么梦不好？偏偏做个见不得人的梦，猪狗不如，伤天害理，败坏家风。怨来怨去，又感到自己想多了，把事情想复杂了，一点儿睡意全没了，只有紧张、胆怯、害怕，干脆拿条绳子去上吊，自杀算了。他在黑暗中诅咒，偷偷骂自己。骂得再多，再难听，也寻找不到掩盖龌龊的理由。这件事只有他自己知道，别人不知道。只要自己嘴巴严谨，坚守保密，不向外传，事情压在心里，时间长了也许就慢慢遗忘了。

天亮了，关在笼子里的大花公鸡叫个不停，懂事的春月起床，先去把鸡从笼子里放出来，又回屋里叫醒夏花、秋菊和冬梅，让她们三人穿好衣服，再去梳头洗脸。一切准备好了，每人在高吊的篮子里拿个高粱面馍走着、吃着去上学。

曹黑娃悠闲地躺在炕上吸烟销魂，大脑里还不时地惦记着晚上做的丑梦、怪梦，不近情理的梦。再次想象，欲望还在膨胀，如果啥时候能和牛雪莉染指上，就是小伙子吃炒苞谷豆，嘣嘣儿脆！那该有多好，多舒服啊。

黑娃，黑娃，这是他二妈的声音。平时听到他二妈叫他的时候，声音是那么轻柔甜润，给人以温暖的感觉。这会儿，怎么一听，就有一种紧张害怕的感觉，还有不敢面对的一种尴尬。

曹黑娃心神紧张，慌里慌张，支支吾吾随口答应着他二妈的声声呼叫。他跳下炕先把被子叠好。昨夜里梦见他二妈，今天早晨二妈偏偏就找上门来，二妈会算卦？有感应？真是冤家路窄，穷途末路，躲也躲不开，这让他咋开口说话哩？家里没有了女人，卫生一塌糊涂，千万不能让二妈进到屋子里。曹黑娃还在绞尽脑汁想办法，他二妈已经走到屋门前，把头探了探，又退了回去，还好没有直接进屋，只是看到他手拿的脏衣服，关心地说："黑娃，把衣服给我，我来帮你洗。"

曹黑娃很尴尬，也显得难为情，不好意思，勉强回答："二妈，不用，不用，自己的衣服自己洗。你先在院子等一会儿，让我把卫生打扫干净了，你再进屋里坐。"

二妈说："没有别的事，过来是从你这里先借上一百块钱，去县城里给你二大买几片膏药，他的腰疼病又犯了。"

曹黑娃送走他二妈，进到屋里拿条旧毛巾，擦拭额头上的汗，心里一块石头落了地。望着二妈远去的背影，他又在胡思乱想。二妈年龄虽然比他大五岁，比他二大小十岁，年近半百，看上去还是那么光彩靓丽惹人眼球。她每天把头发梳理得油光黑亮，后面吊个椭圆型大卷卷，用紫色网兜一裹，还是那么漂亮好看。想了这么多，他又责问自己，咋还是个不知趣的货，还敢拿二妈开心，天打雷劈五雷轰，要遭报应的。

时间过了正当午，他得给女儿做饭吃。走进厨房，只有一根葱，一头蒜，像茄子、黄瓜、西葫芦、西红柿等蔬菜家里都没有。他骑着那辆旧自行车去买菜，骑在半路上，又闻到了女人的奶腥味，抬头张望。牛雪莉已经站在他面前，堵住了曹黑娃的去路。曹黑娃不提防，摔了个趔趄，赶紧从地上爬起来，想要发火，一看见是牛雪莉，转而又心情激动得不知道说什么好，目光贪婪，眼巴巴地看着，像个乞丐似的，能再次遇见牛雪莉的愿望又实现了。他只是咧嘴憨笑，口水从嘴里往肚子里咽。

牛雪莉把曹黑娃上下看了一遍，随意扭来扭去侧面偷看，皱起细细的眉毛，张扬着弯弯的眼神，勾魂似的，再给曹黑娃送个秋波，嫣然一笑，见四周无人，壮了胆量，抢先开口说："黑娃，成傻子咧，鼻子下边的嘴，让猪拱了，成哑巴了，不会说话了？"

曹黑娃被牛雪莉几句多情的话，挑逗得全身痒痒。这几句话听起来好像是难听，让他不太理解，是骂他？还是讽刺他？说是骂，骂得不明不白。但细心分析，可能是人常说的打着亲，骂着爱。噢，对了，好像是有亲有爱，他也说不明白，他只是高兴得一句话都说不出口，嘿嘿地笑个不停。

牛雪莉快人快语，直接说："笑述哩，瓜怂才爱笑。"

"瓜怂？谁是瓜怂？我才不瓜。我看到你就高兴，你就是个狐狸精，老缠着我干啥？"曹黑娃有目的地反问。

"谁缠你？又没本事，老婆让你打得气跑了，都找不回来。"牛雪莉说了一句刺激的话。

曹黑娃听话听音，听到牛雪莉在故意气他，他也不能在女人面前当个孬种，当个没有骨气的男人。于是，他就充个好汉，把敢于动手打老婆说成自己是英雄。在牛雪莉面前口气硬邦邦地说："谁把她打跑咧？她自己是个跑客猪娃，自己跑咧。连个儿子娃都生不出来，要这怂女人有啥用。爱跑，就跑得远远的，眼不见心不烦，大不了再找个年轻漂亮媳妇，岂不是个好事？"

牛雪莉旁敲侧击，投石问路，探清楚了曹黑娃思想底细，眉开眼笑，再从思想深处给他浇上油，添把柴，让火烧得更旺。她又笑微微地说："说你是个瓜怂，你不承认。社会在发展，人和人之间关系发生了许多新变化，如今生活节奏快，开放咧，自由浪漫。你把媳妇都守不住，什么原因？你知道不？是她不爱你，才找个借口说是你打她，她才跑了。再者，依我看跑了是小事，喻珠珠不懂法，如果她懂得一点儿，把你告上法庭，说你家暴，打人，犯虐待罪，肯定是你输，你得去蹲大牢。"俩人谝得有些时候了，曹黑娃估计孩子们该放学回家了，他就急着说要回家给娃做饭。牛雪莉还想继续留住曹黑娃给他灌米汤，要让他心神领会，这回是她真的缠上了他，起码要让曹黑娃有念头，有奔头，有上钩的意思。

曹黑娃再三说给娃做饭要紧，时间不能再耽误，骑上自行车飞向镇子上去买菜。

晚饭后，天刚擦黑。曹黑娃督促四个女儿早点儿睡觉，说他出门有点事儿要去办理。春月懂事听话，叮咛爸爸早去早回。爸爸走后，春月烧了开水，倒入木盆里，勾兑上凉水，用手搅了搅，水温正好。她就让夏花、秋菊、冬梅依次洗脸、洗脚，脱衣服上炕睡觉，自己坐在灯下读唐诗、宋词，因为明天要参加朗诵比赛，必须用普通话练习背诵李白的一首诗："床前明月光，疑是地上霜。举头望明月，低头思故乡。"朗诵数遍，她感觉满意了，才上炕和三个妹妹睡觉了。

曹黑娃从家里出门，拐进一条胡同里，顺小路走过去，穿过一排杨树小道，路面上坑坑洼洼。他高一脚、低一脚终于神神秘秘来到牛雪莉家大门前，房屋灯还亮着，他上前正要敲门，手又缩了回去，想到黑夜里找牛雪莉，敲人家门也不合适。于是，他蹑手蹑脚窜到了后窗户边，咳嗽两声，屋内牛雪莉甜甜地问："谁呀？"

"是我，曹黑娃。"

"你来有啥事吗？"

"没有啥事，就不能来找你？"

"没啥事，就回去。我脱衣服上炕睡觉了。"

曹黑娃开门见山，直接表白说："我想见你。"

牛雪莉说话停了一时半刻，又推又拉，说："你先回去，不方便，明天我去你家找你。"

曹黑娃听到这句话，像三岁娃吃了个冰糖葫芦一样，心里甜透了。爽朗地回答："那就一言为定，明天我在家等你。"

第三章

曹黑娃满怀激情回到家里，高兴得一夜都没有合眼，眯着眼睛想入非非。他的脑海中久久难忘牛雪莉聪明、美丽、楚楚动人的模样，仿佛隔着窗户都闻到了那股奶腥味。不知不觉天亮了，他早早起床，给四个女儿做好早饭，四个女儿吃了饭就去上学了。曹黑娃像迎接客人一样，拿把生了锈的老铁锨，把院子里的鸡屎铲干净，又把杂草铲干净，回厨房里端来几盆清水洒在院子里，地面上一时显得清爽、干净、卫生多了。他进到屋里翻箱倒柜，寻找干净一点的新衣服，挑来选去，件件都是脏兮兮、皱巴巴的旧衣服。他把衣服穿在身上，照了照镜子，一点儿也不舒服、不顺眼、不雅观。曹黑娃翻箱倒柜的余热还未散尽，就听到院子里有人咳嗽，他高兴极了，心想：肯定是牛雪莉来了。他顾不上整理翻出来的旧衣服，激动地跑出屋，站在大院里，果然是牛雪莉来了。

　　牛雪莉脸面对着大门外，从身后看那细柳修长的身材，亭亭玉立，像是高山峻岭上的一棵青松，婀娜多姿，丰满秀丽，很是孤傲，非常迷人。

　　曹黑娃按捺不住一时的亢奋，夺步上前，叫一声："雪莉，牛雪莉！真的是你。"牛雪莉来的时候没有刻意打扮，而是随意穿搭，悠然转过身来，那一瞬间的她带着微微笑脸，看上去那红润的圆脸蛋，有两个针眼大的小酒窝，有一种自然的灵气，有一种生活浪漫之感觉。

　　曹黑娃什么都不顾，实施了农村那种野蛮草寇的莽撞行动，二话不说，猛扑上去，像老鹰抓小鸡似的拦腰搂抱着牛雪莉向屋里飞奔。曹黑娃紧张地把牛雪莉放在炕上，亲手给牛雪莉宽衣解带。这时候的牛雪莉早有准备，伸出右手"啪啪"打了曹黑娃两巴掌。一时间掩面大哭，悲腔哀怨。嘴里爷爷妈妈连哭带诉，说是她把黑娃认作为朋友，想来走走看看，没料到曹黑娃是无耻之徒，禽兽不如，一来就在自己身上打坏主意。她越哭，声越大，鬼哭狼嚎，五音不全，像是在给死了的人哭丧，高一声、低一声地扯长声音，像唱戏一样说："我咋有脸见人啊，跳到黄河里都洗不干净，有什么脸面活在这世上，还不如上吊碰死，还我一个清白。"

曹黑娃从来没有遇到过的事情终于发生了，他不知道用什么言语能说明这件事，只是用自己的左右手来回打自己的脸，不停地责骂自己是猪啊，狗啊，不是人啊，是畜牲，并扑通一声跪在牛雪莉当面，恳求牛雪莉任意处置。他还解释道，今天事情已经发生了，全怪他太鲁莽，一时冲动，做出了动手动脚、不尊重人的事，还向牛雪莉进一步赔礼道歉，请求原谅。

牛雪莉见曹黑娃说了许多好话，还是不依不饶，要曹黑娃还她个清白。问曹黑娃："是公了，还是私了？"

曹黑娃这阵儿听到牛雪莉终于开口说话了，提出了解决问题的办法，就紧搭紧地问："公了，咋了？私了，咋了？"

牛雪莉揣着明白装糊涂，说她也不知道。曹黑娃想了一时半刻，起身准备向外走，牛雪莉急了，忙一把抓住曹黑娃衣服问："你不能走，你是想逃？"

曹黑娃老老实实地说："我咋能逃走，我是想去找我二大过来，看他是个啥说法。"

牛雪莉急中生智说："找你二大来，让他也知道你强奸我哩？你不怕丢人，我还怕丢人呢！"说着双手又是揪自己头发，又是捶胸，头故意要撞柜子，像疯了似的撒泼。

曹黑娃看到这种无法理解的局面，没有多想，没头没脑地紧追着问："雪莉，雪莉，那你说需要咋办？"

牛雪莉低头，默默无语，一句话都不说，只是还在流眼泪。曹黑娃不耐烦，脾气杠杠儿的，生着闷气说："算了，算了，别哭了，我赔钱就是了。"

牛雪莉听说是赔钱，刚好达到她的目的，什么话都不再说了，从兜里掏出卫生纸擦拭哭红了的眼睛，低头答应说："行，那就赔钱。"

春去夏至，牛雪莉的小超市在爆竹声中开张了。前三天试营业，优惠的商品广告，把小超市门前左右墙壁都贴满了。大门上贴的红对联，上联是：锣鼓喧天喜迎四面八方客；下联是：礼炮齐鸣货真价实自己选；横批是：欢迎光临。走进小超市，货架上各种商品品种齐全、琳琅满目。特别是蔬菜货架前，拥挤的全是五十岁上下的中年妇女，还有几个六十岁以上的老太太。第一天正式营业，蔬菜恢复到原来的零售价，比试营业期间多收了一毛钱，但是价格比镇子上的大超市还便宜三五毛钱，因而只要是菜一推过来，还没有摆放在货架上，人们就在小推车上你争我抢，不足几分钟蔬菜就被抢空了。胡月仙来晚了，没有买到大白菜，拿着空篮子去找牛雪莉问："牛老板，货架上没有菜，门口写那么多广告品种，是骗人哩，还办啥超市哩？"

牛雪莉快步走到蔬菜货架前，搭眼一看，果然只剩一根葱、一头蒜，青红辣椒、土豆、西红柿什么的蔬菜都没了，只剩些萝卜叶子、白菜叶子。牛雪莉看到遍地撒的都是白菜叶子，心里好生气，白菜叶子好好的，全被剥光了。她就通知收银员，每斤白菜多收一毛钱。当有线广播里传来白菜涨价的消息时，许多买白菜的老太太生气不干了，在柜台前吵吵嚷嚷着表示不同意涨一毛钱，要向老板讨个说法，论个长短。

任凭牛雪莉怎么解释都无济于事，有人当场就爆粗口，骂骂咧咧，把牛雪莉围在中间，说是刚办起来的小超市就坑蒙拐骗，抬高物价，这是什么烂超市？

牛雪莉初办小超市，面对这突然而来的起哄，也没有经验，她一个人不知道能用什么好办法，才能抵挡住几十个人的瞎起哄。于是她喊曹黑娃过来，曹黑娃个头高，身体壮，从人群中挤过来的时候，不小心胳膊肘碰到了一位妇女，那妇女高声野气地叫骂曹黑娃是流氓，大流氓。

曹黑娃站定，睁圆眼睛，气冲冲怒视着这群买菜的妇女质问："谁是流氓？"

这群妇女也不示弱，齐声一口咬定："你是流氓，曹黑娃是流氓。"

曹黑娃看到这些妇女不好对付，心想：不给点颜色，也不知道马王爷是几只眼。他警告说："谁再胡说八道，看我收拾你们这些泼妇烂货。"

胡月仙看曹黑娃的气焰嚣张，便带头高喊："姐妹们，曹黑娃还想动手打人，打就打，看谁打得过谁。"她就这么一喊，一煽动，这群大妈急了，先下手为强，菜也不买了，顺手拿篮子里的蔬菜就向曹黑娃头上、身上乱砸了过来。曹黑娃先是躲，还是躲不过，有几个手快的妇女还亲手撕扯曹黑娃。曹黑娃无奈，从地下捡起砸过来的白菜朝着妇女头上砸。牛雪莉高喊："别打了，别打了。"这群村子里的妇女在胡月仙煽动下，跑了。

小超市第一天开张营业，就发生了这场买菜风波，超市的各个货架东倒西歪，一片狼藉。牛雪莉一头雾水，欲哭无泪。看到小超市的地面上，各个角落撒满小食品、白菜叶，她蹲下来捡起一棵棵白菜，叹息着，用手抚摸着，可怜的大白菜被村子里的这些野婆娘糟蹋成什么样了。

曹黑娃和收银员也过来开始捡白菜，整理撒落的各种商品。一会儿，曹黑娃说是该回家给女儿做饭了。牛雪莉有气无力地说："那你走吧。"

曹黑娃走后，牛雪莉关上大门，进到她后屋里，趴在炕上哭了，先是小声哭，后来就放声大哭。她哭得是那么伤心，伤心之处想到办个事情咋就这么难。这些野婆娘动手砸白菜，砸的就是钱。第一天营业，想图个人气，各种商品优惠销售，卖菜本来就没有多少利润，多加一毛钱，还是个赔本生意，现在被砸得一塌糊涂，血本无归，投资了三万元人民币，就等于打了水漂，毁于一旦。今后的日子咋过？悔不该骗了人家曹黑娃两万元人民币，只等说好好干上几年，有了利润，钱攒够了，再还给人家曹黑娃。哎，都怪自己不黑不白坑了人家曹黑娃。也许是命里有的，就是你的，命里没有的，就不是你的。现在看来，干了亏心事，迟早都会遭到报应。这正应了人家常说的那句老话："恶有恶报，善有善报。"

　　曹黑娃的四个女儿上学走了，他顾不上洗刷锅碗，急着向牛雪莉家走去。走到小超市的大门前，看到上午贴的许多广告，不是让人撕掉了就是让风儿刮破了，乱七八糟，随风摇曳。牛雪莉家大门紧闭着，曹黑娃顺着外墙边的几棵树下钻过去，走到后窗台外，双手轻轻一推，两扇窗被打开了。黑娃两手一撑，轻身跳了进去，看到牛雪莉抱着被子睡觉。这次他没有动手动脚，更没有鲁莽冒犯，咳嗽两声，牛雪莉无动于衷。曹黑娃压低声音叫："雪莉，雪莉。"几分钟过后，牛雪莉睁开哭红肿的眼睛，直愣愣地望着黑娃许久许久，伤心地哇哇哭起来。她在哭泣中喃喃地问曹黑娃："黑娃呀黑娃，往后的日子咋过呀？"

　　曹黑娃没有急于回答，他站在炕沿边显得很无奈，一直保持沉默。以他的文化水平，和他平时处事做人的风格看来，他基本上是个不成熟的人，遇到大小问题或是复杂的事情，也拿不出个好办法来。恰巧，这时候的牛雪莉就需要有主心骨的人来帮助，很需要有个懂她的人说几句温暖的话。曹黑娃多少还是看懂了牛雪莉的心思，他没有什么华丽辞藻，也不会说些豪言壮语，而是自我检讨，自怨自艾，说今天发生这件事都怪他。他没有用温和的语言和这些婆娘交流，说的全是粗鲁话，开口骂人，还扎个势，来吓唬人家。哪知道这些人不是吃素长大的，惹下祸患，把小超市砸了个稀巴烂，到头来损失的是牛雪莉。

牛雪莉的看法则不同，今天小超市发生的事情，多亏有曹黑娃在场，起到了一个男人应该起的作用。不然小超市还不知会被那些野婆娘闹成什么样子，她们很可能早就把商品抢光了。不管咋说，曹黑娃还是出面替自己抵挡了一阵子，这点还像个男人的样子。她还在想，一个女人再能干还是离不开男人，一个家里少了男人，家不是个家，人不是个人，你走得再正，行得再端，还是那句老话："寡妇门前是非多。"自己倒不是个寡妇，而是个单身女人，而且是被男人抛弃了的单身女人，身单力薄，能有什么力量来对付这群不讲理的野婆娘。牛雪莉躺在炕上，全身稀搭搭的没有力气，说她有点饿了。

曹黑娃去灶房里点燃炉火，煮了一碗方便面，另做了两个荷包鸡蛋，送到炕头边，主动喂给牛雪莉吃。牛雪莉咀嚼着面条，动情而又伤感地流着眼泪，吃了两口，说是没有胃口不想吃了。曹黑娃劝说她，事情已经发生了，心里不要难过，还是先把饭吃了，以后的事儿只要有他在，再从头做起来。牛雪莉听曹黑娃说了这句话，感动得噙着汪汪泪水，半爬起来扑到曹黑娃的怀抱里，安静地睡着了。

时间过得真块，又到了吃晚饭的时候，曹黑娃赶快回家给四个女儿做饭。他挽起衣服袖子，从缸里舀了几勺清水，在盆子里洗净手，和面蒸馍做烩菜。他一边干着手里的活，一边想着刚才的事，心里特别舒服，自己还偷偷地笑，"得来全不费功夫"。牛雪莉办超市，他赔进去两万元人民币，没有白给。人就是讲个实惠，一举两得，这不，事情就办成了。随着咚咚几声敲门声，曹春月、夏花、秋菊、冬梅回来了，她们和爸爸围坐在一起吃饭，爸爸叮咛道："吃完饭，把大门关上，在家里乖乖写作业。爸爸晚上有点事，出门回来晚，春月你就照顾好妹妹睡觉。"春月点点头。

曹黑娃快步向牛雪莉家走去，进门看到牛雪莉坐在砸烂了的菜堆里发愣。他走近了，伸开双臂又是老鹰抓小鸡似的抱起牛雪莉轻轻放下，让她坐在沙发上，转回身去从后屋里拿来一个大竹筐，把撒在地面上的菜捡起来，分类堆放，能吃的能卖的放在一起，踩踏烂了的叶子作为垃圾倒掉。然后再把货架摆放整齐，用碎瓦片垫平支稳。手里拿毛巾把捡到的脏了一点儿的商品擦干净重新放回到货架上。

曹黑娃认认真真、踏踏实实把这些活全部干完，天已经大黑了。他对牛雪莉说："一切都整理好了，晚上把门关好，睡个囫囵觉，我要回家照顾四个女儿去。"

牛雪莉看到曹黑娃要回家，猛然从沙发上起来，用自己的身体堵实大门，两腿叉开，两胳膊分开，一句话都不说，两眼噙满泪水。曹黑娃没有冲动，故作镇定把回家需要照顾四个女儿的心里话说出来。牛雪莉只想到自己，哪管得了别人，娇娇嗲嗲，十分害怕地说，小超市里夜晚留她一人，孤孤单单，若野婆娘们像狼一样又来了，她就没命了。"帮人帮到底，今天晚上你一定得留下来陪我。"牛雪莉说。

时间已是第二天六点二十分，三斗桌上的那个旧闹钟按时响了。曹春月叫醒夏花、秋菊和冬梅，帮助她们穿好衣服，洗完脸，又给曹冬梅梳头，编个麻花小辫子，辫子上还扎个蝴蝶结。四个人背着书包上学去。临走时，曹春月就发现爸爸昨天夜里没有回家，她拿两把锁子，锁好屋里门，再锁好大门就走了。到了吃中午饭的时候，曹春月看到大门还锁着，她就先开门让夏花、秋菊、冬梅回到屋里，她去找爸爸。

曹春月去了她二爷家，说是找爸爸，爸爸从昨天晚上出门，直到现在都没有回来。

她二爷问："你爸爸没回来，现在放学了，你姊妹四人还没有吃饭？"

曹春月噙着泪水小声说："没有吃饭。"

曹春月的二爷喊老伴儿："桂莲，桂莲，你过来给娃做饭。"

她二奶正在后院喂那两头猪，听到老头子喊她回来给娃做饭。她也很奇怪，给谁家娃做饭？噢，对了，那肯定是给春月她们。

曹春月她二爷不耐烦地催着："你快一点，还磨蹭个啥哩。黑娃这伲昨晚上没回家，娃早上没吃饭一直饿到中午，你给娃做饭吃，我上村子里找黑娃去。"

他二大披着一件黑夹袄，双手背在身后边，头戴一顶喇叭头帽子，向村里各地方走去，在人多的地方见人就发支烟，见人就打问，问看见黑娃没有？村子里的刘二能、黄二毛接上烟，点着吸着，摇摇头表示没有见到。大椿树下坐着几个中年妇女和老太太，他二大随手把烟敬上，人家都怪不好意思，用手捂住嘴巴发笑，摇摇头表示不会吸烟。胡月仙没有摇头，只是反问一句话："二叔，你今天见人，不分男女就发烟，有啥喜事啊？"

曹黑娃他二大只顾发烟，发烟的目的是在寻找曹黑娃回家。经胡月仙这一问，还把他问了个丈二和尚摸不着头脑。只好忍住心里的不快，强装笑颜说："看你说的哪的话？没事就不能发烟？你不是平常吸烟嘛。发烟是来找黑娃哩，你看到黑娃没有？"

胡月仙阴阳怪气，"哎哟"一声，她以为有多大的事，原来是把人丢了，这是个啥事情嘛？告诉他，人肯定在村子里，没有走远，去派出所报个案，让派出所来找，不几分钟就找到了，说完话扭屁股就走人了。

曹黑娃他二大听了胡月仙那婆娘满嘴雌黄，呸的一声骂道："臭婆娘，狗嘴里吐不出象牙。"他二大暂时找不到黑娃，郁郁寡欢，闷闷不乐，气愤地、自言自语地边走边骂。他向前走了十几步，抬头看见自家户里的大妹子曹莲莲。

曹莲莲看到二哥从这边走来，好像是有心事，满脸的皱纹多了几道沟，格外明显。她就先开口打招呼叫了一声"二哥"，问："哥，你做啥去呀？一个人在村里走，有啥事情哩？"

曹黑娃他二大见是自家妹子，这次没有主动让烟，只是哀声叹气地说："你看黑娃这怂心粗得很，昨天晚上一夜都没回家，不知钻到哪里咧，我是出门来找黑娃哩。"

曹莲莲说："噢，找黑娃，我是昨天在牛雪莉的小超市里看到过，黑娃好像是给牛雪莉帮忙哩。"

曹黑娃他二大听曹莲莲说的话，像吃了一颗定心丸，径直去了牛雪莉家，看到大门还紧关着，就把人家大门上的扣环打得叽里咣当响，大声吆喝："曹黑娃，你给我出来。"

牛雪莉听到有人喊黑娃，黑娃也听到了，第一感觉听到的声音是他二大，神情马上就紧张起来，急促促穿好衣服，跳下炕准备要逃出去。牛雪莉一把拦住说："黑娃，你去哪里？你二大就在门外头，出去了，还不被你二大逮个正着。"

牛雪莉从炕上爬起来，不慌不忙穿好衣服，顾不得洗脸，照着大镜子，先把头发弄好。女人家出门，得把头发梳光盘圆，体现出女人的干净利索。然后她安排曹黑娃藏在厨房里，把门关好，让他不要紧张、不要害怕、不要吱声，事情由她来处理。

牛雪莉上前开门，抬头挺胸，双臂交叉，大大咧咧靠站在门楣前，一条腿朝门中间伸长隔挡着，斜瞟着藐视高傲的眼神问："曹大叔，你在我家门前大呼小叫地喊什么呀？"

一句话问得曹黑娃他二大张口结舌，无言以对，像傻了似的，恨不得钻进地缝里躲起来。问也不敢问，站也无处站，面红耳赤，羞愧难当。

可他也想到了个好主意，来个后发制人，从衣服兜里掏出没有发完的香烟，干脆不走了，蹲在牛雪莉家大门前吸烟。牛雪莉站得时间长了，要去厕所撒尿，憋得肚子疼，转身急着往厕所里跑去。

曹黑娃他二大悄悄地、轻手轻脚地抬头向大门里看了看，故意喊道："牛雪莉，大叔问错了，对不起，我回家了。"他便偷偷藏到牛雪莉家屋檐后的一棵大树下躲起来。时间一分一秒过去了，牛雪莉从厕所出来，站在院子里喊黑娃出来。

曹黑娃还饿着肚子，对牛雪莉说，中午他必须回去。牛雪莉点点头，答应放人。曹黑娃刚出牛雪莉家大门走了三五步，他二大从树后跳出来，追上去，一把抓住曹黑娃的衣服领口，狠狠地往他腿上踢了一脚骂道："你躲到牛雪莉家里不出来，还敢骗我？"

曹黑娃猝不及防，回头一看是二大，二话不说，使劲挣脱了被揪住的衣服，迈出长腿疾奔，向家里跑去。他二大站在原地，一边捡掉在地上的衣服，一边口里怒骂："你跑？看你跑得了和尚，能跑得了庙？我回去就收拾你个混账东西。"

第四章

一辆从省城开来的大巴车，停靠在柿子树村的临时停车点前，从车上走下一位娇艳多姿的美丽小姐，她就是喻珠珠。她的脸上架着一副紫色太阳镜，把额头上的水纹曲线、沟沟壑壑遮挡了个严严实实。齐刷刷的刘海剪得整整齐齐，披肩发顺顺溜溜，像金丝线一样飘柔，走在大路上，别有一番风韵。走着走着，突然听到咯噔一声响，右脚穿的皮鞋后高跟被卡掉了，走起路来，只得高一脚，低一脚，像是个拐子，一上一下，很不平衡。她便停下来，坐在路边的旧水渠沿儿上，双腿、双脚并拢，双臂交叉，下额托在双手上，先是自己生气，后又怨恨这双皮鞋是假的。因为皮鞋太便宜了，买一双才花了八十元钱。便宜没好货，好货不便宜，害人害自己。谩骂过后，她又睁大眼睛到处寻觅，卡掉高跟皮鞋的祸根就是路边的烂水坑。这个烂水坑害人不浅，不知道绊倒了多少人。她站起来走过去狠狠地踢它两脚，解一解满肚子的闷气，可踢两脚有何用，它还是它，它又不会生气。不管你生气再多，怨恨再多，它依旧张着吃人的大嘴巴赖在那里坑人。

　　喻珠珠坐在路边，懒得不想走路，都怪出门在外浪荡了一年，添了许多毛病，养成了馋嘴懒身子，小姐身子丫环命，终于混不下去，今天就回来了。她还没进村子，一眼看到村子里的面貌原来是什么样子，现在还是什么样子，一点儿没有改变，没有发展。她正在抱怨时，听到几声小车喇叭响，一辆黑色小轿车停在了她面前，司机师傅打开车窗玻璃，同样也是戴一副太阳镜，把头探出车窗外，不冷不热地喊一声，"嘿！谁家的美女？去啥地方？如果有胆量，就请上车，本人愿送小姐回家。"

喻珠珠在外面浪荡一年多时间，多少见了些世面，在农村自家门前搭个顺风车，怕什么。能把人吃了不成，她才不信哩。于是，她二话不说，右手提着 LV 的高级女士包，左手提着掉了后跟的那双红皮鞋，很风光地随手拉开车门，毫无顾忌地上车坐在后排座位上。屁股还没有坐稳，她就惊叫起来："哎哟妈呀！原来是支书，鸟枪换炮啦，开上小轿车啦，四个轮子朝天啦，真不简单！"

村支书王槐一阵笑，说："哎呀，我以为是谁家的黄花大闺女？原来是黑娃的媳妇回来了，跑出门才几天，就南腔北调，山西骡子学驴叫，好难听哟。"

喻珠珠见支书说话，带着讽刺她的味道，心里不是个滋味儿，坐在后座上不好意思向支书解释，她不是故意跑出门，她是走了一趟亲戚，这不就回来了嘛。

支书王槐根本不听喻珠珠花言巧语的诡辩，直接指责喻珠珠跑出去一年多时间，在外边学坏了，说话都不一样。不过还是有长进，打扮得漂亮多了，跟仙女下凡一样。

两人开着玩笑，船到码头车到站，支书把车停在了喻珠珠家门口。喻珠珠推开车门，下了小轿车，还没来得及说声谢谢，支书踩一脚油门，车就跑得看不见踪影了。

喻珠珠还站在原地，傻呆呆地看着小轿车远去的背影，自言自语地说："厉害，支书真厉害。"转而又不服气又羡慕地低声谩骂："就是村里的土支书，有那么多钱？都买小轿车了。看人家当个芝麻官，也能发家致富，多有派头，多神气。"

喻珠珠站在自家大门外，看到大门半开半掩着，说明曹黑娃人还在家里。但她的心总是怦怦跳，有些神不守舍，怕曹黑娃骂她，或者不理她，骂就骂吧，骂了又不疼，看他还能成个啥精。她出门一年多不在家里，家里的一切都没改变，不但没改变，而且越看越恓惶。大门外两侧的土墙上荒草萋萋，残垣断壁，墙角下脱落的幽土一高一低堆起个小山。一串串蚂蚁忙着搬家，很有秩序，你来我往，不冲撞，不打架，院墙下哪来这么多的蚂蚁？噢，可能是天要下雨了，蚂蚁才搬家。

喻珠珠这次为什么会拿定主意自己回家？她出门在外浪了一年多，打工的时候日子很不好过，动不动有人甜言蜜语地就要约她，差点儿吃亏上当。她在漂泊流浪、不安定的生活里，夜夜思念四个女儿，女儿离开了娘，困难重重，每天连顿饱饭都吃不上，想到这些，她心里就感到不安，感到对不起自己的女儿。她常常这样想：自己本来就是个女人，给黑娃生不出个儿子，让村里人说长道短看笑话，说闲话，还是怪自己没本事。这样她才拿定注意，决定回家，侍候曹黑娃一年半载，尽早和曹黑娃生出个儿子娃来。

喻珠珠轻轻走进大门，向着上房屋里走去。突然听到屋里有说话声，走近了，再仔细听，怎么是她二大、二妈俩人在屋里子说话，这引起喻珠珠的怀疑。她决定暂且先不进入，听个究竟。她悄悄躲在窗外，倾听着他们说些什么话，看家里到底发生了什么事。

曹黑娃他二大和他二妈在屋子里，你一言，她一语，指指点点，拷问着曹黑娃。他二大说话性子急，只要有不顺心的事，便开口就骂："你个不成器的东西，做出这种不要脸的事情，丢人，把人都丢尽了。咱们曹家人祖祖辈辈都是村子里的老好人家，你和牛雪莉胡逑地鬼混，村里人传疯了，难怪娃没有吃饭，我在村子里到处找你，人家都用瞧不起的眼光看着我，嘲笑我，让我这张老脸往哪里搁。"

他二妈心里不知咋样想的，调转话头对老头子说："你先别骂娃，让黑娃自己说，到底有没有这件事？有就有，没有就没有，你怕啥哩。"

曹黑娃摇摇头，不说话，意思是没有。

他二大看到了这种局面，气坏了，骂老婆："你是说话哩？还是放屁哩？说的话和没说一样。这么大的事，村子里男女老少，谁都知道了，你还装糊涂，你还胡掺和啥哩，简直是个混逑蛋。你再胡说，这事就让你来管，我不管了。"

曹黑娃他二妈对曹黑娃不但不严加管教，还说些泄气的话："你爱管不管，随你便。"曹黑娃他二大顿时气得脸铁青，举起拳头，要去打老婆，谁知曹黑娃他二妈还是个硬茬，就是不怕，不让步，把头仰得老高，带着笑容，嬉皮笑脸说："打呀？咋就不敢打呀。"他二大气呼呼，举高拳头，晃了几晃，就是下不了手，无奈把烟锅头里的烟渍磕了磕，把烟袋往烟锅杆上一缠，往脖子衣服领口里一斜插，气冲冲地把门一甩，头也不回，朝大门外走去。

喻珠珠紧随两步，追了上去，一把抓住他二大的衣后襟，泪流满面，泣不成声。他二大转身一看是珠珠，双手扶住珠珠的肩膀头，悔恨地说："珠珠，你回来咧，你也听到咧。"

喻珠珠点点头，"听到咧。"

他二大唉声叹气，连连摇头说："珠珠你看咋能遇到这个孽种，丢人啊，丢人。既然你回来咧，事情你也听到咧，那就由你去处置吧。"

喻珠珠在回家之前，已经做好了充分的思想准备，打算回到家里和曹黑娃重归于好，抓紧时间和黑娃亲亲密密生个儿子娃来。没想到曹黑娃和牛雪莉勾搭成奸，铁的事实摆在面前，让她不知如何面对，不知如何接受这个新的打击，思想上的阴影像一团乱麻困扰着她。

曹黑娃被他二大结结实实骂了一顿，心里有些害怕，经他二妈这样不伦不类地袒护了几句，胆子又大了起来。

曹黑娃把喻珠珠哭哭啼啼的悲伤，根本不放在眼里，也不当作一回事。有时候喻珠珠哭得死去活来，曹黑娃就烦了，不但不去安慰几句好听的话，反而猪八戒倒打一耙，把自己的出轨行为说是喻珠珠跑出门一年多造成的，还振振有词地说："我是个大老爷们儿，难道活人还能让尿憋死不成？"

喻珠珠听了这些没良心的话，不讲道理的话，一时间气得无话可说，想到天底下还有这样不讲道理的恶人，只得跑到屋里去放大声痛哭一场，哭的时间长了，眼泪哭干了，突然又心生一计，拿定主意，干脆再次一走了之，永远离开这个家。就在她仔细盘算，做最坏打算的一瞬间，脑海里又一闪念，如果她再跑出这个家门，想回来就是难上加难了。思前想后，心里十分矛盾。假如说继续留下来，心灵的创伤又该如何抚平，魔鬼般的阴魂游离不散，生活中常常空虚渺茫，永远不会安宁，这个日子可咋过哩。

喻珠珠回到家已是第六天了。家里的这些烦心事搅和得她对生活似乎失去了信心，更没有心情待在这个家里。她想对四个女儿去哭诉，可秋菊、冬梅的年龄还小，只有春月和夏花还能听懂一些，眼下家里发生了这桩见不得人的丑事，是大人和大人之间的矛盾，跟女儿们诉说，无形中就伤害了她们的幼小心灵。喻珠珠千思万想，这种苦果只能压在她心里，让她慢慢品味，看是否能找到解决的办法。

天亮了，喻珠珠强打起精神，还和往常一样，下厨房给四个女儿做好早饭，让她们吃饱饭后去上学。

四个女儿上学走后，她又坐在院子里心事重重，伤心落泪，思前想后，想她和曹黑娃今后的日子还能过不能过，这是个大事儿。十多年来，她一心扑在这个家里过日子。虽然没生下儿子，但生育了四个女儿，吃了多少苦？受了多少罪？这曹黑娃咋就不理解，为什么偏偏还胡闹？还要背叛她？问苍天，天还是那个蓝莹莹的天；问大地，地里还同样长着一眼望不到边的大豆、高粱。世间的天地日月都没变，她的家庭，一年内为什么变化这么快，发生的事情这么多？男人的心就不是肉长的。他和牛雪莉苟且，偷鸡摸狗，一点外界影响都不顾，把她回家的心情搅得乱糟糟的，特别沉重。她一个人再也坐不住了，就去隔壁她二妈家散心，听她二妈还有个啥说法。

她二大和她二妈正在吃饭，看到珠珠来了，两人同时问珠珠，吃饭了没有？珠珠带着忧伤的心情，很平静地说吃过了。喻珠珠自己搬个凳子坐在她二妈身边，闷闷不乐，寡言少语，思想包袱压得她打不起精神来，还不曾开口说些什么，眼泪就自然而然地从眼角溢出来，滴在衣襟上。

她二妈三嚼两咽，风风火火吃完最后一口饭，顺手撩起胸前黑颜色粗布围裙把嘴擦干净，劝珠珠说："珠珠，消消气，和那种人生气不值得。再哭也不起作用，身体是自己的，哭病了他又不理解，不会心疼你。你看看，这几天你一直生气，不好好吃饭，身体都瘦了一圈。让我说呀，你别傻守在家里，自己家里的油瓶倒了，油都流到外人地里去，肥了别人，苦了自己，自己作贱自己干啥？哭也没用，还不如蹬他一脚，趁早离婚算了。"

她二大听了这话很不舒服，马上就翻脸，猛地站起来，用手攥成拳头，在老伴儿眼前晃来晃去说："你说的是个二逑话，再胡说八道，就给你两拳头。妇道人家，头发长见识短。尽说些不粘油盐、不带酱醋的闲扯淡的话。"

她二妈说话、做事、看问题，也不是平地里卧的狼，她平时就不害怕老公。老公只要遇到一点儿大事小事，说不通老婆，随便找个理由就骂老婆几句，她二妈也不示弱，拿起吃饭夹菜的筷子，在她二大的脑门上敲了几敲，点了几点，说："你个猪脑子，榆木疙瘩，一门心思光向着你侄儿说话，也不看看你侄儿做的丑事对不对，丢人不丢人。珠珠和黑娃日子过不成了，还不各奔东西、分道扬镳，难道珠珠还要在一棵树上吊死不成？"

曹黑娃他二大躁咧，火冒三丈，顺手麻利地把老婆手中的筷子夺过来，在桌子上猛一摔，震得七碟子八碗都打颤，开口批评说："你个怂婆娘真不长心眼，俗话说，遇事要说合，离婚要说圆。珠珠要和黑娃离婚，你不好心相劝，反而戳弄是非，一肚子的坏水水，竟敢挑唆珠珠离婚，心眼就坏透咧。"

喻珠珠打算来她二大家里躲躲清闲，散散心，没料到她二大和她二妈为这件事争吵不休，现在把她夹在中间左右为难，坐也坐不住，站也没法站，想要说些心里话，根本就没有说话的机会。因此，她就找个借口回家了。

喻珠珠回到家，春月、夏花、秋菊、冬梅四个女儿也放学回家，等妈妈做饭吃。春月看到妈妈哭红肿的眼睛，放下手里的书包，去厨房端来水，拿条毛巾打湿后给妈妈敷在眼睛上消肿。夏花从院子里抱来柴火，帮助妈妈烧火做饭。

曹黑娃牛脾气过后，是否有些悔心？从行动上来看，今天还不错，他提前拿把小笤帚把炕扫得干干净净，等待着天黑了准备让喻珠珠上炕睡觉。这也算是行动上知错改错的一种表现。别看他是个硬汉子，经他二大这些天接连不断地批评、责骂，心里还是有点儿害怕。他坐在沙发上，双手抱头沉思，也许是在反省，也许是在想什么。一会儿头又倒靠在沙发后背上，闭上眼睛，朦朦胧胧。他想到这婚姻恐怕维持不了了。

离婚，这件事放在谁身上，都是一件不光彩的事。况且，家里还有四个心爱的宝贝女儿。喻珠珠出门一年多，今天自己回来了，证明她还操心着这个家，爱着自己的女儿，同时还爱着他曹黑娃。

喻珠珠陪着四个女儿睡着了，过一会儿，她又醒来了，人心里有了事方显夜长。喻珠珠对曹黑娃和牛雪莉的那点儿事，也吃不准是件大事还是件小事。当她问到二妈的时候，话还没有说出口，她二妈就旁敲侧击，提醒她说："你还傻守着，油都流到外人地里了。"她二妈说这两句话肯定有一定的道理，别看她二妈是个农村妇女，平时邋邋遢遢，可心里挺有主意，给人出点子，解决个疑难问题，还是很有水平的。

喻珠珠想到这些，倒是不哭了。转而又想，一日夫妻百日恩，真的离婚，那就要忍疼割爱。还有四个女儿怎么办？一人带俩，她才不放心。常言说："宁要讨饭的妈妈，不要做官的爸爸。"这意味着什么？这是老祖宗留下来的世俗传统观念，是割不断的母女情缘。她一个女儿都舍不得让曹黑娃带走，她一定要和四个女儿生活在一起。

喻珠珠拿定主意，做好坚决和黑娃离婚的准备，想着想着，喻珠珠开门去上厕所。曹黑娃突然从朦胧中惊醒，偷偷地站在门内窥探喻珠珠的行动。他决定：把喻珠珠强行拉回屋里来，亲自向她赔礼道歉，承认错误，以求得谅解。喻珠珠从厕所出来，向孩子的屋里走去，曹黑娃上前一把拽住喻珠珠胳膊，强行把珠珠推进屋里去。喻珠珠急中生智，抢先进门，双手用力地把两扇门死死地关紧，插上门关子，转过身体来，用脊背又把门使劲靠实，久久地扛着、挡着。曹黑娃站在门外企图用力去推，但没有奏效，只是压住心里的火气，没有胡闹。此时已是深更半夜，如果再强行砸门，就要吵醒女儿，还会影响隔壁他二大的休息。

曹黑娃在这件事情上，做得还很理智，他控制住了自己的野蛮性子，退让几步，忍住了，从衣服兜里掏出香烟，圪蹴在屋檐下吸烟。就这样，两个人，一个在门里，一个在门外，警惕着、防备着、僵持着、对抗着，一直坚持到天亮。

第五章

今天喻珠珠起个大早，在厨房里忙着做了一锅辣子血条汤，还做好了四盘凉拌菜。菜的名字和菜都别有一番讲究，第一盘叫心眼太多（凉拌莲藕），第二盘叫酸甜苦辣（红绿辣椒拌苦瓜），第三盘叫一生白活（百合拌银杏果），第四盘叫心肠不好（蒜蓉拌空心菜）。

喻珠珠把拌好的四个凉菜端过来摆放在方木桌子上，站在旁边还细心欣赏一番，解了围裙，然后亲自去请她二大、二妈过来吃饭，又回到家。

她二大前边走，她二妈随后紧跟着。她二妈是个热心人，胸怀宽广，爱说爱笑，跟在老头子后边一边走，一边还心情乐观地唱着秦腔戏。"前边走的高文举，后边紧随张梅英。"唱得正起劲，老头嫌烦，回过头来说："骚情得很，日子都过不转，还有心情唱戏。"

她二妈说："你走你的路，我唱我的戏，嫌不好听，揪些驴毛把耳朵塞上，不就行了。"

这老两口生活过得就是开心，每到一处，就爱磕磕碰碰，锅碗瓢盆碰得叮当响，脾气像小孩子似的，谁也不往心里去。老两口进到曹黑娃家的大门里，他二大在院子里大嗓门高兴地问："珠珠啊，今天不过节，不过年，叫二大过来吃的哪门子饭？"

她二妈接上话茬说："看你把话问了个怪，不过节，不过年，就不能请你来吃饭？"

"谁倒是问你来，马槽里多出来个驴嘴，话多得很。"这句话，骂得她二妈羞愧难当，无地自容，憋了一肚子闷气，扭屁股转身就走，边往回走，边说："你就是个吃死鬼，把个'吃'字吊在嘴上，只要是吃饭，你比谁都跑得快。"然而她二妈又回过头来，向珠珠故意赌气地说："珠珠你二大骂我，满肚子全是气，这饭吃不成咧，让吃死鬼一个人去吃，吃死算咧。二妈回去咧。"听到这话，喻珠珠急忙从厨房里出来，拦住她二妈，搀扶着胳膊，亲热地劝说："二妈，二大是个急性子人，说了两句不干净的话，是和你开玩笑哩，你不是不知道二大他这人，坐，坐，快进屋里喝口水，消消气，我还给你做了你爱吃的几道可口菜，你尝尝，吃了饭我还有话要给你说哩。"喻珠珠硬是拉着二妈坐在了饭桌前。

喻珠珠劝过了二妈，又来叫二大。"二大，咱们吃饭。"她二大是曹家现在辈分最高的老人，坐上席是当仁不让，谁也占不了他那位置。她二大这会儿什么话都不再说，上坐的时候，脱了两只脚上穿着的旧布鞋，双脚没有穿袜子，脚面上一层薄薄的尘土依稀可见。他立马上去圪蹴在长条木凳子上。她二妈见状，捂着鼻子喀哧一笑，一语双关地说："老不得仲的，圪蹴好了，不要甩下来，绊个狗吃屎，我可不管。"

他二大毫不客气地说："去去去，嘴臭得很，尽说些不吉利的话。"之后，便自觉地从长条木凳子上下来，坐了一会儿，一锅烟的时间，又圪蹴上去了，说是坐着不舒服，不习惯。

她二妈带着关爱的口吻，笑了笑说："老不得仲，没皮没脸，又圪蹴上去，蹲好，吃饭的时候，不要把饭喂到鼻子里。"

他二大这回没生气，缓和了说话的语气，说："甭操别人的心，吃你的饭就是了。"

喻珠珠打心底里觉得好笑，只是不敢笑出声来，眼睁睁看着两位老人在这里干拌嘴，闲磕牙。什么叫伴儿？这就是伴儿。少年夫妻老来伴，老了在日常生活里，你说他几句，他说你几句，都是正常的事，白天老两口吵架，晚上照样钻在一条被窝里睡觉。喻珠珠就故意表扬她二大她二妈，"看你老两口，每天生活得多潇洒，心情开朗，说话骂骂咧咧又不往心里去，好乐观，真让人羡慕。"

她二妈从喻珠珠说话的言语中发现，珠珠对她老两口很亲热，就是不搭理黑娃，也不招呼黑娃上桌吃饭。她二妈便叫一声："黑娃起来吃饭，圪蹴着干啥。"

曹黑娃背靠着一扇门板，垂头丧气，一言不发，把手里的烟头在地上跐灭，推辞说："我不饿，你们先吃，我有事，得出门一趟。"

这下喻珠珠急了，急忙拦住说："不饿也得陪二大、二妈吃饭。不陪二大、二妈吃饭，你走了是啥意思？是给二大、二妈难看？还是去找牛雪莉？"

曹黑娃低头不肯说话，反正是他把事做错了，有把柄在二大、二妈、喻珠珠手里掌握着。但是，他也不知道喻珠珠叫二大、二妈过来吃饭是啥意思。

他二大看到喻珠珠和黑娃言语上说不到一起，态度还是这样强硬地僵持着，就找个借口，让稍等一会儿，等娃娃放学回来，大家一块儿吃饭。

说话间，春月、夏花、秋菊、冬梅四个女儿背着书包就进门了，四人惊喜地发出不同的声音，叫："爷爷，奶奶好！"

爷爷、奶奶看到了四个孙女乖巧而又聪明地叫爷爷、奶奶，高兴地咧着嘴笑。两位老人如今也学会了说时髦话，不紧不慢地回答着说："谢谢！谢谢！"

有了爷孙的对话，家里的紧张气氛一下子就消失了。喻珠珠说声二大、二妈快来上坐，开始吃饭。四个女儿共同上前，把爷爷奶奶搀着扶着，安全地坐在长条木凳子上。春月再转回身双手去拉爸爸的胳膊，曹黑娃还想硬生生圪蹴在地上不起来，春月叫："爸，你快起来呀。"曹黑娃这才撑不下去了，缓慢地坐在了凳子上。

全家人吃完这顿特殊的饭，四个女儿背着书包上学走了，新一轮的对话开始了。

他二大吃饱了饭，喝足了酒，嘴巴上有劲了，不问青红皂白，旧话重提，批评曹黑娃说："黑娃，你也不掂量掂量自己有几斤几两，是个啥东西。你是有老婆有女儿的人，一天没事了胡述地往牛雪莉家里钻，你能缠得过这女人，也不撒泡尿把自己照一照？胆子太大了，敢去惹刘家？刘家是咱村里的大户，在市里、县城里都有干公事的人，偷偷摸摸和刘家媳妇睡觉。"说着就要大打出手。曹黑娃机灵，三躲两闪，他二大的巴掌全落空了。

曹黑娃他二妈急了，上前展开两臂，两腿劈开，用她宽厚的身体，面对着老头子，背对着黑娃，做一道掩护墙，右手食指直指在老头子的鼻梁问，"这是谁家的家法？问题没问清楚，一骂二打，能解决啥事情吗？"

他二大简单粗暴的这种家规，老婆都不买他的账，他还不停歇地唠叨着，"寡廉鲜耻，众目睽睽，这辈子把人丢尽了，让我的老脸往哪里搁。"

她二妈追着问，"先不要说你的老脸往哪搁，先得看珠珠今天请咱俩来吃饭是啥意思、啥想法、啥打算、啥去处、咋了结。你知道不？你清楚不？"

就这么简单的三言两语几句话，让老头子棒槌塞到嘴里咧，有话说不出个道理来。只会抱着头，拍拍打打，哎呀着说他咋这样笨，笨得像头蠢驴。

她二妈看到了，好笑，把嘴贴近他二大的耳朵边小声说："别再抱怨自己了，得察言观色，看珠珠葫芦里到底卖的什么药。"她二妈向内屋喊一声："珠珠拾掇完毕了没有？有啥话抓紧时间说，我下午还有事哩。"

喻珠珠坐在方木桌子前，先是沉默了一会儿，转而又流了几滴眼泪，欲说又止，伤心之极，还是开口问二妈，她和黑娃的日子咋过呀？

他二大着急地又发话，"黑娃，听到了没有？你媳妇问今后的日子咋过呀。"

曹黑娃说了一句："凑合着过嘛。"

喻珠珠即刻反对："啥叫凑合着过，凑合着过我可受不了。这里又不是旅店，想来就来，想走就走，就这么自由随便。告诉你曹黑娃，实话说，结婚多年了，你的这口气我受够了。你对我经常想打就打，想骂就骂，最近，你干了这种缺德的事，你不要脸，我还要脸；你不知道丢人，我还嫌丢人。这个日子也是无法过了，不管你说什么，婚一定要离。"

曹黑娃他二大听到喻珠珠吃了秤砣铁了心，这个婚非离不可。急了，一下子从凳子上跳下来，光着脚丫子在屋里蹳了两步，哇的一声尖叫。她二妈、黑娃、珠珠被吓得围过来问是怎么了，他二大一手扶着方木桌子，一只脚抬起来，说是疼、疼。黑娃抱起他二大的那只脚贴在怀里，她二妈用手细心地去摸，原来是脚心上扎了小小的一块三角碎玻璃碴，他二妈用手轻轻地一拨拉，碎玻璃碴掉了。他二大说："不疼了，不疼了。"

他二妈说："活该，出门不穿袜子，跋拉着鞋，像是被蝎子蜇了一样。不疼了，疼死活该。"

"还是老伴儿好，打着疼骂着爱，一骂就不疼，不疼咧。"他二大说了一句骚情话。

她二妈接着又说："我刚才听了珠珠的说话态度，很坚决。珠珠，我再问你一遍，这个婚是非离不可？一天都过不下去了？"

喻珠珠态度坚定地回答："二妈，婚一定要离，离了算了。"

曹黑娃他二大听了这娘俩的对话，才如梦方醒，好像是早有准备，早有预谋，一唱一和，说话的口气咋一模一样。喻珠珠请他过来吃饭，还真是有目的的。这顿饭吃坏了，吃出事儿来了。吃了饭，让人有口难言，吃了人家的饭嘴短，还要替人家说话。今天这事，明明是喻珠珠和她二妈合伙起来给他下了个套，睁着眼睛往火坑里跳。他现在才知道，劝黑娃也好，骂黑娃也罢，都阻挡不住喻珠珠要离婚的最后决心。

另外，老伴儿更是差劲，还鼓励支持喻珠珠离婚。喻珠珠和黑娃真的离了婚，曹家续香火的事就没指望了，还有家产的分割问题。你说这老婆糊涂不糊涂，得想办法把这怂老婆赶回去，别让她像个搅屎棍，在这里瞎掺和。

"滚，滚，滚滚滚。"曹黑娃他二大一连说出五个滚，让自己的老伴滚回家里去。

他二妈就是不滚，赖在这里继续说，"看你把黑娃惯成啥样子了，不管大小事，只要与你们曹家有利，你就护着他，帮助着他，真是个偏心眼。"

这时候的曹黑娃忍不住了，公开找借口说："二大，你也再别费心了，不就是和牛雪莉那点儿屁事，说过来，说过去，让人身上都长鸡皮疙瘩，离婚就离婚，谁还不敢离，离了婚，日子照样过。"

曹黑娃他二大，看到黑娃要破罐子破摔，怎样劝说都无济于事，都是白费口舌。他二大也不再相劝了，说："我和你二妈说不到一块儿，尿不到一个壶里去，各持己见。你曹黑娃和喻珠珠都是刚下锅的米——半生不熟。我看谁也管不了，你们看着办，我走了。"

曹黑娃他二大走后，三人僵持了些时间，她二妈提出她也要走，喻珠珠表示不同意，不能走，问她二妈："二妈，你走了，等于饭白吃了，婚就离不成了。"

曹黑娃已经看到喻珠珠非要离婚的强硬态度，他也拦住他二妈，便说："二妈，你不能走，你和喻珠珠始终站在一条线上，一直都主张离婚，那就干干脆脆地离了，省得将来再惹麻烦，大家都不高兴。"

喻珠珠和曹黑娃俩人在她二妈的见证下基本上达成协议，其中最基本的一条：喻珠珠坚决不同意曹黑娃住在家里，原因是曹黑娃有了住的地方，再把牛雪莉带回家，那人家是名正言顺，谁也管不了。问题是四个女儿都已长大了，看到这种事情，受伤害的是孩子，怕影响孩子的身心健康。这一条，她二妈同意，曹黑娃也同意，最后协议上写道：曹黑娃原桩基大院，包括三间平房，三间厦房，全部归喻珠珠和四个女儿所有。原来家里仅有的两万元人民币，喻珠珠要求他和孩子拿四分之三，曹黑娃拿四分之一，这样也公平合理。问题是，曹黑娃现在拿不出来这笔钱。这笔钱挪做何用，他也是守口如瓶，一句话一个字都不提。

这两万块钱是曹黑娃和喻珠珠以前共同积攒起来的夫妻共同财产，不能一个人私吞。鉴于在法律规定的范围内，喻珠珠再三催问下，曹黑娃才勉强说是全部借给了牛雪莉。

喻珠珠只要是听到了牛雪莉的名字，就怒不可遏，逼着、骂着叫黑娃去把钱要回来。曹黑娃哑巴吃黄连，有苦说不出，自己明明知道是被牛雪莉诈骗走了，说是诈骗也不合适，反正他把人家牛雪莉占有了，这钱哪能要回来。

后来，还是黑娃他二妈聪明，想到，黑娃把人家都睡了，那些钱就等于撂到黑窟窿里，肉包子打狗有去无回。她二妈瞅着珠珠笑了笑说："珠珠，这样吧，钱，黑娃一定还给你，眼下黑娃拿不出来，先给你写个欠条，等有了钱再慢慢还上。这样你看行不？"

喻珠珠不管大小事，只要是她二妈说了的，全部都能接受，就今天的欠钱写欠条，她也信以为真，言听计从。可是，她又提出来，多长时间能还完。曹黑娃说他也说不出个准确时间。

曹黑娃在离婚分割家产问题上，还是让着喻珠珠，他也不知道他这样做是咋想的，也许是多年的夫妻感情。他最后提出了四个女儿的监护权问题。这个事儿，充分体现了改革开放以来，中国农村农民的法制观念和自我保护意识提高了。孩子虽然不是私有财产，但大家都意识到世界上只要是有了人就有一切，眼下这点在中国显得尤为重要。

有关四个女儿的监护权曹黑娃和喻珠珠争得不可开交，俩人闹到乡政府民事调解员那里，调解员最终说，"按你们俩人的意愿每人承担照顾两个女儿，这个办法也是可以的。关键是四个女儿在谁跟谁的问题上，也不能强行给娃指定，更不能用抓阄的办法来确定。要等娃都到齐了，开个全家成员会，让孩子自己选择愿意跟谁去生活，这才是正确的。"

曹黑娃、喻珠珠又叫来二大、二妈来做证，四个女儿都不愿意跟着爸爸曹黑娃生活，都愿意跟着妈妈在一起生活。就这样曹黑娃失去了监护权，只得到了一月一次的探望权。

到了晚上，黑娃他二大、二妈睡在炕上，他二大说："现在的离婚事情这么麻烦、复杂。旧社会，只要是男人不喜欢女人了，用纸写张休书就解除了婚姻关系，新社会条条框框制度太多了。离婚还强调个监护权，老婆你说这监护权，他咋就弄不明白哩？"

曹黑娃他二妈接上话茬，骄傲地说，"连什么是监护权都不懂，还出面给人主持公道哩。没有监护权的父亲或母亲只有探望权，每月只能探望一次。每月还要给子女付一定的生活费用。"

他二大伸出拇指称赞道："你还真有两下子，比我懂得多。"

他二妈骄傲地说："何止？你才说对了一半。"

第六章

曹黑娃从乡政府民政干事手中拿到了离婚证后，在一段时间里老实多了，经常是大门不出，二门不迈，在家里埋头睡大觉。渴了自己去找水喝，饿了，到吃饭的时候，女儿就给送过来，享受着神仙般的日子。有时候，他趁四个女儿上学去，家里没有人，他还学着猪八戒偷吃圣女果，大白天，就在珠珠身边动手动脚。

　　喻珠珠从朦胧中被惊醒，她就批评曹黑娃不要把她的好心当作驴肝肺。"留你暂时住在这里是可怜你，怜悯你，你不要不知好歹，异想天开，不然，就去派出所报案，说你是强奸犯。"喻珠珠对曹黑娃说着不客气的话，四个女儿放学回家了，曹黑娃才躲回到自己住的屋里去。

　　喻珠珠从乡政府民政干事手中拿回了离婚证后，心里头像是针扎似的疼，离婚的目的达到了，从真正意义上看，喻珠珠还是不愿意让这一家人走散。她把现在的离婚证和原来的结婚证做了对比，其意思完全不同，发生了变化。从前的结婚证贴着两个人幸福的照片，而现在的离婚证上面贴着她一个人的照片，看上去傻傻的，可怜巴巴的。这些一时间让喻珠珠心里痛苦不已，像是吃了黄连，五味杂陈，酸甜苦辣，一齐涌上心头。

　　喻珠珠记得那年，经媒人介绍，从中穿针引线，她和曹黑娃刚刚认识，订婚的时候，家里父亲收了人家八十元人民币的彩礼钱，曹黑娃家里就急着要娶人。当从民政部门上午拿到结婚证的时候，曹黑娃就瞎得很，一有空隙就摸人家的腰。她当时还是很有主见，用各种花言巧语连哄带骗，躲过了曹黑娃的咸猪手。今天拿到离婚证，心情倒是轻松了许多，相互见面，你看着她，她看着你，似乎有话要说，偏又说不出来，如同陌生路人，谁都不肯理谁。

喻珠珠和曹黑娃离婚一个多月来，事实证明，这不能说是一件坏事，而是好事。两个人生活在一起的时候，经常打架滋事，矛盾尖锐。现在倒好，分开了，曹黑娃像是换了个人，每天早早起床，把院子打扫得干干净净，把缸里的水挑满，然后把养的那几只鸡的屎用铁锹铲干净，培上土，埋得严严实实，表现得极为勤快。

喻珠珠看到了，自言自语小声骂几句，贱货，不识抬举，放着福不会享，得到的不知道爱惜，失去了才感觉有一种失落感。现在他的这种表现，是一种假象，也是暂时的，不过就是为了混吃混喝图自由，在很大程度上也是做给别人看。

两个人离了婚，曹黑娃暂时没有去处，还死皮赖脸地住在厦房里。眼下最大的分歧还存在，四个女儿，曹黑娃应该领养两个女儿。可是四个女儿没有一个同意跟着爸爸去生活。女儿不走，曹黑娃找个借口也就不走。

喻珠珠已经看出了曹黑娃耍赖不想走，想长期住在这里混吃混喝占个小便宜的想法。她就给夏花和秋菊出点子，去跟爸爸讨要每月一百元的生活费。

曹黑娃认真地对两个女儿说："我哪里有钱？要钱没有，要命有一条。"一个老男人说出这样不讲理的话，喻珠珠听了十分生气，当着女儿的面开口便骂："不要脸的货，没良心，养娃不给钱，吃住不给钱，还拿命威胁吓唬人，滚！"最后喻珠珠下狠心要把曹黑娃撵出这个家。

这天，喻珠珠送走四个女儿去上学，自己搬个小凳子坐在自家院子的大槐树下，喊曹黑娃出来问："黑娃，什么时候搬走？现在正式通知你，若是不搬走，找借口，耍无赖，小心公安局来赶你走。还有，在你走之前必须把这几个月欠的钱如数结清。房费每天一元钱，比住旅店都便宜。夏花、秋菊两个娃的生活费共计六十元，你一个人吃的饭量，比两个娃加起来还多，应该交六十元的伙食费。现在给你减一半，计三十元，房费三十元，总计一百二十元人民币。"

曹黑娃心里也有一本账，知道喻珠珠没有给他多算钱，没有提出什么不同意见。他也承认离婚了，就是分家了，不能长期白吃白住。最为可怜的是作为男子汉，他手里分文没有，身上囊空如洗，从哪里弄钱给喻珠珠结账？

曹黑娃只好厚着脸皮对喻珠珠说："咱们俩人是离婚了，不是人常说，'一日夫妻百日恩'，你咋一点儿旧情都不念？像个地主老财黄世仁还来逼债。你就再宽限几天吧，不然惹我生气，我什么都顾不得了，只有混吵混闹，看你能把我怎么样。"

喻珠珠这次没有示弱，没有害怕，而是直接给曹黑娃下一道逐客令说："曹黑娃，人活脸，树活皮，已经办了离婚手续，还赖在这里不走，蹭吃，蹭住，你觉得还有意思吗？"经过三番五次地反复较量，曹黑娃终于低下头，认输了，卷起一床旧棉被，带上旧衣物，从住了多年的老屋里搬出来。

从此曹黑娃无家可归，蹲在自家大门外头门楼下，无话可说，无路可走，思索着去哪里安身落脚，忧愁得不停地吸烟。

一会儿，他二妈从自家门里出来倒垃圾，明明看见了曹黑娃，却装作没看见。倒完了垃圾，她头也不抬，扭身便往家里匆匆走去。

曹黑娃急中生智，三步并做两步走，上前挡住了他二妈回家的路，不紧不慢地问："二妈，你给喻珠珠煽风点火，大呼小叫，鼓励支持喻珠珠和我离婚，现在婚也离了，你也高兴了。我在老屋里多住了一个月，珠珠要收住宿费，吃饭要收饭钱。我没有钱，喻珠珠不认人，更不讲人情，把我撵出家门，我现在无家可归，咋办哩？"

他二妈头都不敢抬，不敢用正眼看黑娃，故意装作没听见，若无其事，还大大咧咧说风凉话，"有这事？是真的？珠珠不是那种人，咋能无情无意地把你撵出来？"

曹黑娃气呼呼地回答一句说："那还能有假？"气得他原地打转转，突然他心境明亮，说话间就尾随在他二妈身后，趁他二妈说话不注意的时候，跟着混进了他二大家的院子里。

他二妈这时候才觉察到，刚才咋没拦住曹黑娃，让他跟着进了院子，进来了，怎么让出去？这不就成了问题。她心里慌张，这不是引火烧身，自寻烦恼吗？再静心想想，干脆自己把问题推出去，让他二大去解决。她面对着屋子里喊话："他二大，黑娃来找你哩。"

曹黑娃领教了她二妈这人说话办事的厉害，遇到问题就往别人身上推，这回算是推对了。他暗自生笑，看这个二妈有多能，整天钻到他家里，戳弄家务事，唱高调，说大话，无事生非，瞎出点子，挑唆喻珠珠和他闹离婚。逼得他曹黑娃走到了这种无家可归的艰难地步，吃在哪儿？住在哪儿？进了二妈的家门，就是二妈的家人。就不打算再走，好歹是个落脚的地方。

天黑了，他二大安排黑娃暂时住在西边那间偏厢房里。这间偏厢房，是曹家前些年来了亲戚或者客人住的地方。这几年因家里贫穷潦倒，日子过得很艰难，亲戚、朋友登门来的次数少了，房子就闲空着，因长期无人居住，风吹雨淋，房子破烂不堪，正好也是曹黑娃安身的好去处。

曹家在解放前，也不是什么地主老财，不是靠剥削吃饭，是柿子树村里会过日子、会生活的殷实人家。到了临解放的那几年，家里人买了十五亩地，养着两头牛，自己种，自己收，自己吃。解放后，农村定成分时，被定上了中农的成分。后来因曹家老人去世早，也没人顾及此事了。

曹黑娃住进了偏厢房，用一根棍子把炕上的旧席子敲打了一番，赶走了灰尘，放被子的时候才发现土坯炕上还有个坍塌的大窟窿，睡的时候炕中间不能睡人，只能紧挨着睡到不足四十厘米的炕连墙的地方。曹黑娃脱了衣服刚睡下，可恶的老鼠从炕上的窟窿里跑出来，在墙角里，地面上，人身上到处乱窜，还上到屋檐上咔嚓咔嚓地乱啃，把椽缝隙里的草纸包拉出来，阵阵秋风灌进来，冻得曹黑娃蜷缩一团。

曹黑娃睡到半夜里，不是咯咯发笑，便是鬼哭狼嚎，发出几声怪叫，听起来特别刺耳吓人，吵得他二大、二妈不能安然入眠。他二大从炕上爬起来，想到黑娃和珠珠离了婚，好像是大脑受了刺激，说话颠三倒四，神魂颠倒，怪里怪气，给人带来一种恐惧感。他二大披着衣服下炕过去要问个究竟，老伴儿一把拉住不让去，说："怎么又犯糊涂，深更半夜里不能去。"

他二大耐心地说："咋不能去？你听娃越哭越伤心，我不去问个明白，劝说几句，能行吗？总不能不管娃，现在娃是一个人，住在咱们家，肯定心情不好，过去问个究竟，安慰几句也是应该的。"时间已到夜里三点钟左右，窗外圆圆的月亮偏挂在西山顶上，秋风吹来，几片杨树叶子落在地上沙沙作响。夜还是那么静谧，他二大的身影在月光的映衬下显得细长，像魂一样跟着他，无声无息地保卫着他。他二大走近窗户，一阵阵呼噜声一会儿如古刹铜钟，一会儿又如霹雳雷炸，过一会儿又在说胡话。他二大在窗外听得明白，这驴日哩还朝三暮四，花心非非。他梦到了女人，不是人家坏，是他自作多情，自作聪明。他半夜里喊牛雪莉、喊胡月仙，怎么还喊他二……这是什么意思？莫非黑娃在她二妈身边耍流氓？还有过分的行动？听他在梦里胡言乱语，足以证明这是个畜牲。

一时间，他二大在窗户外气得全身发抖，气息短促，踉踉跄跄向他屋里走去，刚迈出第一步，突然就摔倒了，昏迷中失去知觉。一阵凉风吹来，他醒了挣扎着想爬起来，一连爬了多次都失败了。他便想到了死亡之神在召唤着他，无助的他静静地躺着，双眼朦胧中望着夜空在等死。

天亮了，黑娃他二妈睡醒了，用手在炕上摸来摸去，没见到老头子回来，奇怪地想不通，难道这死老头子昨晚陪他侄儿睡觉了？老头子咋没心没肺，说是出门过去看看他那宝贝侄儿，一去就亲热地倒是谝上瘾了，真是个热粘皮，没大没小，只顾自己高兴。不大一会儿她二妈又想，不对呀？大清早的，有什么话好说，得去看看。她出了上房屋里门，站在院子里伸伸胳膊，扭扭腰，穿过屋檐下幽曲狭窄的小路，还没走到偏厢房门前，一眼看见老头子在地上蜷缩着，她急忙跑过去，连声呼唤，声声不断地哭叫着黑娃他大，黑娃他大……

曹黑娃在厢房听到了，急忙跑出来，看到他二大趴在地上，急着问二妈："怎么回事？"二妈看到人还活着，说："别问了，赶快把你二大背回屋里去。"

曹黑娃力大无比，跪在地上，翻身一个半弧，把他二大背在了他那宽厚的熊背上。黑娃背着他二大在前边小跑，他二妈手里提着两只鞋随其身后跟着，走到距离上房屋里不远处，儿媳妇芍药花端着尿盆去厕所，看到了，二话不说，随手放下尿盆，主动前来帮忙，三人安全地把他二大放在上房屋里炕上。

他二妈吩咐芍药花快去厨房里烧开水，黑娃快去村子里请大夫。不大会儿工夫，芍药花端来开水，他二妈和芍药花给老头子一勺一勺喂水喝。他二大慢慢地睁开眼睛，只是语言吐字不清楚了，说些什么，谁都听不明白。

大夫来了，经过辨认舌苔，看瞳孔，摸脉问病，跟主人交待，没有大碍，就是深夜里精神过于紧张，受了风寒，才引起这种病状。大夫开了一疗程的中药，让他二大慢慢调理，有可能很快就会恢复。大夫还劝说他二妈，他二大的命好，幸好身体胳膊腿还能动，这是不幸中的万幸，好好休息，静心调理，过不了多长时间就好了。

送走了大夫，曹黑娃去镇子上药店抓药。他二妈侍候在老头子身边，轻轻地用打湿了的温毛巾给老头子擦拭胳膊，擦得特别细心，特别轻柔，一个个手指头缝隙挨着擦洗完了，又拿指甲刀给他剪指甲。

曹黑娃端着一碗熬好的中药送来，他二大看到了黑娃，怒不可遏，伸出右手拳头，展开食指，指向门外，只听到嘶哑而含混不清的话语，说着滚？还是说着混？他二妈和曹黑娃听后，稀里糊涂，不知道是什么意思。又随着手指的方向望去，门外什么都没有发现。只听到身后咣当一声响，一碗汤药洒在地上，碗也摔碎了。

曹黑娃和他二妈慌了神，不知所措。他二妈说，咋能把药碗摔碎了？黑娃拿来笤帚和簸箕，一边打扫，一过对二妈说，他再去熬一碗来。

曹黑娃走后，他二大放声大哭，他二妈无法理解，这到底发生了什么事？

曹黑娃二次去熬药，堂弟媳妇芍药花也过来帮忙，两人围着火炉，一人添水，一人添木柴，熬的药在药罐里咕嘟咕嘟，俩人同时揭开捂着牛皮纸盖的药罐子看一看，搅一搅，正巧四目相望，曹黑娃的鼻子撞到芍药花的脸蛋儿上。曹黑娃怪不好意思的，忙赔礼道歉说，"对不起！不小心，碰疼了不？"芍药花毫不掩饰地说，"男人家太猛了，碰得人疼得直钻心，三天三夜都睡不着觉。"

曹黑娃听了这种话，都是过来人，立即知道这是一种公开挑战。这次他再不能上女人的当，不能稀里糊涂听信女人的戏言，更不能随便接上她的话茬，一不小心可能又会被陷害，掉进圈套里。

芍药花忍不住了，狂轰滥炸地说，"把人家脸碰疼了，也不过来吹吹，也不用手抚摸安慰几句，给人说些好听的话。你也太不懂礼貌，是个没教养、缺乏道德的人。"

曹黑娃绕过话题，把熬好的中药再次送过去，放到炕沿上，他二大看到了，猛然把头扭过去，看也不看，手心向内，手背稍微弯曲着不停地向外摇，示意让黑娃快点儿走，让曹黑娃走得越远越好。

这时候的曹黑娃脑子也是一团漆黑，站在原地，一动不动，看他二大的几个举动，不知到底是为什么？是不想看到他？还是要撵他走？这一切都发生在他眼前。他心里从几个方面思考着，怀疑着，寻找着。眼前他二大这无声动作表示了什么？他住进他二大家半个月的时间都没过去，为什么就发生了让他不可理解的事情？

他二妈想到老头子刚才说的两个字，说是滚也罢，说是混也罢，都说明不了什么问题，很可能也有其他什么别的用意。可是，她怎么就悟不出个道理来，但也不能乱说、乱问。她静下心来仔细想想，还是先劝黑娃暂时离开，再劝老头子开口喝药，等说话恢复了，或许一切都明白了。

时间过去了三个多月，很快到了年底。他二大经过大夫的精心医治，断断续续能把说话的基本意思表达清楚了。他二妈听了此话，没有多少气愤，只是泛泛地骂曹黑娃，这个龟儿子，一天到晚尽想些不地道的瞎事。

大年三十的那天夜里，他二大来厢房不是叫曹黑娃去吃年夜饭，而是亲自通知曹黑娃，让他收拾衣物滚出这个家门。

曹黑娃没有思想准备，这突如其来的变化，像是给他当头一棒，自己实在想不通。为什么到了过年的这个节骨眼上，二大非要撵他走？过年是个喜庆的日子，人人都穿上新衣服，放花炮，吃好的，沉浸在幸福欢乐之中。他二大为什么如此绝情，非要撵他走？

他二大，多年来一直都关爱着他，是他二大看着他曹黑娃长大的。今晚，他二大突然来了个百分之百的大改变，说话的态度变了，语气也变了，不是那么亲近亲热了，到底是为什么？他百思不解，想要问个究竟，但细心一想，问了又有何用，一不做二不休，男子汉也要有些骨气，长期住在他二大家里，也不是个长久之计。

曹黑娃拿定主意，再也不愿意惹他二大生气，他简单收拾完自己的衣物、被子准备出门，这时，绝情的他二大把剩余的衣服抱起来摔在大门外，又二次返身回来，把曹黑娃猛地推向门外，嘭的一声关上了自己家的大门。

曹黑娃被推出门后，把衣物和被子捆在一起，背在肩上，在村子里没有目标地向前走，走啊走。这个时候，家家户户大红灯笼高高挂，远处、近处的烟花爆竹噼里啪啦齐声欢唱，一股股美味佳肴的香味扑鼻而来，一片过年的气氛。此时此刻，此情此景让他的思绪错综复杂、十分矛盾，他漫无目的地走着，不知不觉地走到了他最熟悉的头门楼下，抬头仰望那是自己的家，他走上前，伸出手，举了又举，最终还是没有敲门。他"唉"的一声叹息，这是他曾经熟悉的家，如今偏偏又不是他的家。他把耳朵贴近门缝隙，只听到四个女儿在唱："新年好呀，新年好！祝贺大家新年好。"

年夜里，曹黑娃听四个女儿唱的这首歌是多么甜美，多么好听，多么感人啊。但他没有资格享受，他是离了婚无人收留的流浪汉。流浪，流浪，漫无目的地流浪。他在他家的门前久久徘徊，留恋有家的日子，怀念喻珠珠到了大年三十为了这个家，为了孩子们，想尽一切办法做好多好吃的饭菜。今天晚上她是否还和往年一样？借着一缕暗淡的星光，他看见大门上也没有挂红灯笼，也没有贴对联。如果他再突然从天而降，喻珠珠会是一个怎样的心情？还是不要想那么多了，还是离开这里，不要去打扰孩子们过年的美好心情。

在悔恨中曹黑娃背起行囊走过河套边的一片荒草地，爬上二道塬的碱塄地，这里到处都是枯萎的杂草，坟多杂乱。黑夜里他寻找不到父母亲的坟茔，只能凭感觉，凭想象，凭判断。人们都说父母亲长眠的地方坐北朝南的话，是风水宝地，会传承龙脉龙气给子孙后代。他咋就没有这样的福分，活在这个世上多灾多难，走着路没了，活着活不出个人样来，越活越不明白，自己活着有啥意思？

前些年，父母亲去世后，每逢清明节祭祀、寒食节送棉衣，他都按时做到了。最近这些年，他的孝心淡化了，把父母亲的养育之恩全丢了。今天，黑娃走到这步田地，无家可归，也算是自食其果，罪有应得，是老天爷对自己的惩罚。

"老大，老妈，儿子没有能力带什么鲜花、水果和供品来，就是带来了脏衣服和一条旧棉被，燃烧了权当是阴间的冥钱。今晚，儿子来和你们说说话，聊聊天，人间天堂都一般。儿子苦，儿子穷，痛不欲生放悲声。大呀，妈呀，"曹黑娃连声呼唤，哭声中还念念不忘过去的事情，记忆起父母亲在世的那个艰难困苦的年代，"黑娃想念你们，黑娃今晚也走在了奈何桥上，是因为被二大撵……"

一句话还没有说完，阴沟里突然刮来一阵风，把正在坟头焚烧的残火余渣全刮飞了。曹黑娃耳边仿佛听到了父母亲的忠言哀告，"儿啊，没出息的软骨头，人活在世上，要心安理得，品质德行要好。佛说：看破、放下、随缘、自生。"

第七章

曹黑娃今年的春节算是白过了，正月十五刚过，他一身西服革履，向牛雪莉家走来，走近了，才发现牛雪莉家的小超市又开张了。站在不远处，他看到小超市里生意兴隆，前来购物的顾客进进出出，熙熙攘攘，热闹非凡。很多顾客拎着大包小包鼓鼓囊囊满载而归。这生意为什么这样红火？带着这个疑问，他没有直接走进超市，而是站在门前，细心统计顾客的购买量，略加计算，每天的营业额惊人。如果预计每天销售额为一万元，毛利率按百分之二十七计算，当天毛利为二千七百元，这可是个不小的数目。有了这个真凭实据，他想开个口问牛雪莉借几个零花钱，应该是没问题。

　　曹黑娃鼓足勇气走进小超市，迎面来了一位穿着打扮靓丽、眉目清秀的导购小姐，肩披一条红绸彩带，上写着"欢迎您光临"。导购小姐亭亭玉立，毕恭毕敬地说："请问先生需要什么？"

　　曹黑娃从来没有遇到过这种全方位的服务，瞬间有点儿慌乱，不知道怎么回答，他很紧张地说："不用你管，什么都不买，我是来找牛雪莉的，她人在不在？"

　　"在。那是我们超市的牛经理。"导购小姐甜甜地解释。

　　曹黑娃说："我知道，我是特意来找你们牛经理的。"

　　"不行，牛经理很忙。你提前有约吗？"

　　"没有。找个牛雪莉事情这么复杂，还要约哩？"曹黑娃不耐烦地说。

　　"那不行，先生！"他被导购小姐拒绝了。

　　曹黑娃直言相告："小姐，请你通报一声，报个名字，就说是曹黑娃来见，有业务洽谈。"

导购小姐听说有业务洽谈，不敢怠慢了客户，如有闪失，那责任可是担当不起。于是，她就让曹黑娃跟她来，到了门口，小姐让曹黑娃稍等。她敲门进去后，对经理说有客户求见，要谈业务。

牛雪莉头都不抬说，快请进来。那导购小姐退出来，微微笑着，右手轻轻向前一拂说："先生，您请进。"

牛雪莉坐在一张不宽不窄，不长不短的实木写字台前办公，桌子台面上很简陋，一台座机电话，一个喝水杯。对面窗户下有一对全包布艺沙发，中间用砖头垒起来的土茶几，上面盖块硬纸片，再用一块花布蒙着，四周用图钉走一圈，显得美观大方，朴素简单，左边沙发上坐着柿子树村的村支书王槐。三人见面各怀心事，牛雪莉招呼曹黑娃坐在右边的沙发上。曹黑娃落坐之后，感到不大合适，又站了起来向支书王槐问候道："支书，你好！"

支书王槐跷着二郎腿，只是用鼻子后腔发出"嗯嗯"两声。抬头看看曹黑娃今天穿得人模狗样，心里嘀咕着，谩骂着，"你管我好不好，与你无关。"转而，又皮笑肉不笑地说："村子里不太忙，路过这里，进来顺便坐坐。"

曹黑娃听到这几句话，还没有反应过来，支书王槐接着又说："牛雪莉办超市不容易，没有村委会支持就办不起来，上次你和牛老板一块儿办，开门第一天因与村子里这些野婆娘言语不和，发生矛盾，把牛雪莉的超市砸了。"说话间王槐口渴了，端起茶杯，稀溜溜地抿口茶又问："牛雪莉的超市开张一周时间了，你今天来了就来了，还假装说是有啥业务哩？好吧，你就和牛雪莉抓紧时间谈。"

曹黑娃听了支书的谈话，阵脚被打乱了，原来是打算借几个钱，先把吃饭问题解决了，没想到假借洽谈业务之言，被支书不明不白地教训一顿。现在也是骑虎难下，不好收场，有点儿尴尬，低头说不出一句话来。

牛雪莉看到了，听到了，这种对峙局面僵持下去，对谁都不好，还不如由她出面，开口说活，鼓是鼓，锣是锣，公开说劝，打个圆场。她说："黑娃，你的业务今天暂且不谈。大家都是好朋友，来了就好，能坐到一起机会难得，先喝茶，扯闲篇，说些开心的话，多日不见叙叙旧情。哎哟妈呀，这句话，说得远了，支书请不要见怪，我还是接着说，本小姐牛雪莉人虽不老，但忘性多，张嘴就胡说八道、乱放空炮。见谅，请支书多多关照。"

支书王槐扑哧一笑，心想：好了，好了，别再演戏了。沉思片刻，装个好人，大大咧咧地说："曹黑娃是你牛雪莉牛老板的朋友，也是我王槐的朋友。今天，我把曹黑娃也认作好朋友，朋友亲如兄弟。黑娃你说咋样？你说成不？"

曹黑娃是村子里地地道道的农民，一辈子就没有人和他交朋友。今天支书王槐当着牛雪莉的面，公然认他做朋友，这么好的事，打着灯笼都找不到。既然做了朋友，他该怎样感谢支书哩？身上分文没有，想和牛雪莉说一声，借她一瓶酒，又咋开口嘛？没办法，只是强颜欢笑，点点头表示接受。

牛雪莉又看出来了，说："黑娃别胡思乱想，想喝酒，我来请客。"

支书王槐就是曹黑娃肚子里的蛔虫，什么都知道，什么都掌握得一清二楚。发话说："曹黑娃，你这个朋友我交定了。今天安排你在超市里上班，做个保安工作。明天，我去县公安局找个熟人，买一套保安衣服你穿上，农村嘛，也要城市化，加强管理，让村民都有安全感。"

曹黑娃被支书安排到牛雪莉的小超市里上班，上班第一天，中午饭是牛雪莉亲自下厨房做的一顿大肉白菜馅水饺。两个小菜，一盘菠菜拌绿豆芽，一盘生三丝，即白萝卜丝、青辣椒丝、生葱丝。再加些香菜段，用热油一激，加几滴香油、味精、食盐和白醋，就是当地老百姓喝酒常吃的一道下酒菜。这菜被冠以"生三丝"，馍加三丝吃起来那真是爽口提神。

支书王槐和曹黑娃开怀畅饮，三杯酒下肚，王槐要和曹黑娃猜拳行令，曹黑娃不敢放肆，支书给他安排了工作，找到了饭碗，感谢还来不及哩，哪有什么资格和支书平起平坐，对杯饮酒。

曹黑娃双手端着酒，站起来，喜形于色，颤颤抖抖，一时间紧张怯场，吐字含混不清，也不会说什么冠冕堂皇的话，只是说："支书，我听你话，在超市里好好干。我先敬支书大人三杯酒，谢谢支书提携重用。支书能为我曹黑娃安排一口饭吃，你真是咱老百姓的父母官，谢谢，再次谢谢支书大人。"

曹黑娃喝酒，哪里是支书的对手，根本就陪不住。没喝过三巡五杯酒，头就晕乎了，四仰八叉坐躺在沙发上，人已开始犯迷瞪，一句话都不说了。

支书王槐趁曹黑娃喝得半醉半迷糊，就对牛雪莉说："这怂是个狗熊，喝了三五杯酒就醉了。我是看在你的面子上，认这个烂朋友，不过，你对他在超市工作，一定要严格要求，规规矩矩，不能乱说、乱动……"

牛雪莉听话听音，知道了支书这话的弦外之音，笑了笑说："放正经些，别疑神疑鬼地瞎操心。"

牛雪莉又看看喝醉了的曹黑娃，对支书王槐说："你想个法子，把曹黑娃弄走，万一呕吐，我可受不了。"

王槐说："曹黑娃和喻珠珠协议离婚了，你知道不？"

牛雪莉点点头表示知道。

王槐又说："年三十夜里，曹黑娃被他二大撵出门外，黑夜里去他大坟头上，烧了自己的衣物，算是孝敬父母亲的冥钱，多亏一股阴风刮来，吹走了未化尽的烟尘残渣，才救了曹黑娃一条小命，不然就被火烧死了。送他回家，他哪里有家？"

曹黑娃一觉睡醒，酒味散尽，太阳快要落山了。王槐在回家之前问黑娃夜里住哪里，他低头不语，从内心回答，他是无家可归的人。

王槐又重复问一句："黑娃，问你话，咋不吭气，今晚睡到啥地方？"

曹黑娃从沉思中猛悟，很认真地说："支书，你已经安排我在超市里做保安工作，干保安工作不是管吃管住吗？"

"不行，只管吃，坚决不能管住。你和我去外面说话，让风一吹你就清醒了。"

支书王槐把曹黑娃领到门外边，接着说："牛雪莉是离了婚的单身女人。你前段时间已经赖在牛雪莉家里睡过，正因为这事儿才引火烧身，珠珠和你离婚，明白不？从今天起给你安排工作，有饭吃，别朝三暮四在牛雪莉身上打坏主意，小心把你送公安局蹲监狱。"

曹黑娃问："那我今晚去啥地方睡觉？"

支书王槐从皮夹里拿出一串钥匙，交给黑娃说："一把是村委会大门钥匙，一把是库房门的钥匙，你就睡到村委会的库房里去。"

曹黑娃从支书王槐手上接过钥匙，要求送支书回家。支书王槐边走边给黑娃交待，"在超市里当保安，工作要认真负责，细心周到，再不能像上次用那种粗鲁、野蛮、不讲理的态度对待顾客。坚决不能和妇女争吵，随便开口说脏话骂人，还想出拳打人，这些都是违法的。上次，好端端的超市刚开张，因你粗鲁暴躁，被这些野婆娘把超市砸个稀烂，牛雪莉损失四万多元。"黑娃急着插嘴说还有他……支书拦住不准说，他知道是怎么一回事。曹黑娃只能说，嗯，嗯，知道了。

曹黑娃住进村委会一间库房里，那张旧木床支在门背后，上面有被子、褥子、床单、枕头、枕巾，一应俱全。只是长期没人使用，落了厚厚的一层尘土。他把全部用品提起来抖了抖，再重新铺好才睡。睡到夜里正醋甜的时候，他又做了个怪梦。不过这次梦到的，不是别人，而是喻珠珠。这丛老婆都离婚了，还亲自跑到库房里来找他，他万万没想到，还是自己的老婆好，和自己老婆在一起安全可靠，不用担惊受怕。这次做的梦是真梦，他多么希望有一天，喻珠珠还会来这里接他回家，破镜重圆啊。

天亮了，曹黑娃锁好库房大门，准备去上班，迎面碰见了芍药花，黑娃便装作没看见。芍药花哎哟一声说道："大哥，今天穿戴得人模人样，去哪儿发财呀！"

曹黑娃很是严肃地回答："好弟妹，别嘴贫了，哥这阵儿，大水淹了龙王庙，是泥菩萨过河，自身都难保。回想起大年三十那天夜里，糊里糊涂被你那无情的公爹扫地出门，差点儿送了哥的这条命。"

芍药花神秘兮兮地对曹黑娃说："那你命大、福大、造化大，阎王爷还不收你哩。我跟你说，你二大为什么赶你出来，听婆婆说，好像是为个什么梦才把你赶出来。"

曹黑娃听说是为个什么梦，他心里就明白了，那个梦千万不能对芍药花说，保密，一定要保密。这个梦他二大怎么会知道？真是奇怪，自己做的梦，只有自己知道，他也没有向别人透露过一句半点，难道二大是神仙不成，会掐会算，聪明过人？

芍药花又继续追问曹黑娃到底做了个什么梦，说给她听听。

曹黑娃当着芍药花的面，还想卖个关子，逞个能，夸海口，疯说浪遍。说他做的梦多了，不知道她是想听好梦还是想听坏梦。好梦要好人做，是有钱人做的梦；坏梦是花儿仁义做的梦，尽是些苦梦、噩梦、怪梦，还有被狗咬的梦。他曹黑娃最近尽做些苦梦，梦见他和喻珠珠离婚咧，没有饭吃，没有地方住，就是个花儿仁义，沿门乞讨要饭的。这不，讨要到了自家门前，不就被二大赶出来了。"芍药花，你说哥这辈子命苦不苦？"

芍药花听了曹黑娃编的这一场梦，还真有些意思，便好心劝曹黑娃，这个梦肯定很重要，还是好好想想，回忆起来了，就说给她听。

曹黑娃故意再拖得宽一点，说得远一点。他做的梦，有男人的梦，还有女人的梦，乌七八糟的梦最多。好像是梦见女人的事儿多一点。

芍药花追着问："你都梦见了谁？梦见我了没有？"

曹黑娃听到这种问话，就放大胆量，有意调戏芍药花。谁都没梦见，就是梦见你一个。

芍药花捂着鼻子捂着嘴，嘿嘿发笑，心里甜丝丝的，只梦到她一个人，她才不信哩。转而又飘飘柔柔，扭扭捏捏，情不自禁地轻轻回敬一句，"骗人哩，哄鬼哩。"

曹黑娃坚定地说："你还不信，这是真的，就是梦见了你一个人。"

芍药花想进一步套出曹黑娃是真的梦见她，还是骗她，就问曹黑娃："梦见我？那俩人干啥哩？"

曹黑娃怪不好意思的，又撒个谎说："妹子，人到穷困潦倒的时候，想求你接济一下，给哥借几个零花钱。"

芍药花正在谝的兴趣来潮的时候，曹黑娃撂出个冷门话，芍药花一下泄了气，也给曹黑娃爆出一句冷话："想借钱，没门。"头也不回，转身就走了。

曹黑娃看着芍药花远去的影子，嘿嘿憨笑，自言自语地赞美，芍药花怪聪明，想骗都骗不到，人家就是不上当。他也没有捞到好处，就安心地走进超市，端端正正地站在大门口，迎来送往购物的男女顾客。不一会儿，支书王槐驾驶着他的车停在超市门口，曹黑娃立刻走过去，抢先去左边打开车门，右胳膊伸出来架在车门顶上，为迎接支书下车做安全保护工作。

支书王槐从黑色现代车里下来，戴着黑色墨镜，穿一双黑色皮鞋锃光瓦亮，头发梳理得油光油亮，腋下夹着黑色压纹牛皮包，见了曹黑娃，很是满意地拍拍他肩膀头，上下打量一番，什么都没说，向牛雪莉办公室走去。

王槐见到牛雪莉，心情格外激动，只因为政府也要逐步向农村无儿无女、无依无靠的困难户老人发放最低生活保障金。牛雪莉听到要发钱，赶紧就问，给她发不发？她能不能享受到国家的优惠政策。王槐顺口就说："行嘛，肯定行。"三秒钟过后，又说："不行，你肯定不行。你经营的超市，每天都有收入，肯定不行。不过新政策的具体执行办法还没有下来，政府还没组织学习传达，我也是随便说两句，你不能向外胡说。"

就在这时，一对老人买了好多蔬菜和米、面、油，问是否能让他们把购物小车借回家。曹黑娃做不了主，让老两口稍等，他去请示牛经理。曹黑娃到了办公室门外，门紧关着，他正要敲门，只听到办公室里边传来粗粗的呻吟声，还断断续续听到"慢一点，轻一点，不要像个饿狼"，一会儿又伴随着甜甜的笑声。他惊讶地倒退回来，告诉两位老人，由他负责帮助把商品送回到老人家里去。

曹黑娃在回来的路上，觉得一股股酸水反胃，一阵阵怒火燃烧，一腔腔恶气忿忿不平。前些日子里他和牛雪莉还在一起热乎，卿卿我我，无话不说，尽情享受。转眼间，牛雪莉被支书王槐拥有了。女人家就水性杨花。喻珠珠和他离婚后，他有了自由，稍微一放松，耽误了向牛雪莉求婚。一步失去，步步失去，追悔莫及，错失良机，让支书王槐捷足先登，抢在前边。他满肚子苦水说不出来，压力甚大。送货回来，见到办公室门敞开着，他也不敢去冒犯，只是老老实实站在他原来该站的地方，注视着出出进进的顾客购物。

吃过中午饭，曹黑娃找个借口，去牛雪莉办公室倒茶水。倒满后他用期盼的目光看着牛雪莉，吞吞吐吐，唉声叹气，有气无力地叫了一声"雪莉"，话欲说而又止。

牛雪莉见到此情此景，就客气、关切地对曹黑娃说："你有什么心里话就说吧，这里没有别人，不要拘束，就是咱们两个人，还有什么不好说的话？"

曹黑娃话到嘴边，咕噜咕噜在嘴里打转圈，感到说出来也是强人所难。现实生活中各种事情错综复杂，祸福难料，你不得不承认，遇到矛盾得绕着走。

牛雪莉感觉黑娃心里藏着什么又不愿意说出口，十有八九她也能猜出是因为什么。于是就给曹黑娃宽心，留他晚上和她一块儿吃饭。

曹黑娃问："支书王槐晚上吃饭来不来？"

牛雪莉对曹黑娃说，支书王槐上午来道别，最近他的工作很忙，今天晚饭之前，要去乡政府按时报到，参加培训班，要三天时间。

曹黑娃吃了颗定心丸，牛雪莉还在关心、爱着他。他虽然身无分文，但工作问题解决了，住宿问题解决了，中午这顿饭由超市里管，他从"三无"的环境变成了"三有"的好环境。这些现实生活的改变，全靠牛雪莉从中周旋，支书王槐才能安排。原来，他心里最恨支书，抱怨牛雪莉，但从这一周工作生活上来看，怎么也让自己恨不起来。他那些不切合实际的想法，和人家的实际做法是格格不入的。他不得不承认那两万元人民币没有被牛雪莉诈骗，而是买了条退路，买了个教训，买了个新靠山。

第八章

牛雪莉家的小超市，被村委会认定为村里的商品定点供应店。对此，有大部分村民表示反对，只有个别人支持。村子里的一些鸡毛蒜皮的小事，由村委会决定，其实谁都知道村委会就是支书王槐亲自安排会计一个人干的事。

　　有一天，支书王槐在村委会开会，安排会计去县城找一家广告制作部，做个小超市供货点的牌子，挂在牛雪莉家超市的大门口，让村里的人和附近村民都来这里购物。柿子树村里其他干部，也是睁一只眼、闭一只眼，事情像风一样就过去了。

　　牛雪利的小超市重新开张后，村子里老大爷、老大妈都很高兴，因为还是距离家门口近，较为方便。买个灯管、油、盐、酱、醋再不用跑那么多冤枉路。特别是小学生更方便，买个笔记本、生字本、铅笔、橡皮等，都是随来随买。超市里的生意越发红火，人来人往，销售额猛增。

　　牛雪莉在经营超市的过程中，善于动脑子思考，从管理上统一标准，按制度办事。在价格上，让利销售，薄利多销，让村民得到更多的实惠。每天开门营业前，牛雪莉都会携同超市里的导购小姐、收银员和保安曹黑娃欢迎客人进店。正是有了这种经营上的新理念、新变化，超市经营一天天好起来。为了满足广大顾客的需求，牛雪莉还准备扩大经营，把超市办得有声有色，追求最大利益。

　　曹黑娃找来工程设计人员，做好完整规划，但如果把经营面积扩大为二百二十平方米，就会遇到具体困难，事情就很难解决。

　　因为牛雪莉家现有面积不够，需要向四周扩大，门前是村子里的主路，仅有三米多宽，向自己家的屋后发展还比较宽余，向左邻右舍发展，困难就很多，都是邻居住户。为牛雪莉的利益去牺牲别人家的利益，根本就办不到。因而支书王槐细心盘算，也不可能盲目地去做这件事，更不能滥用手中权力。支书面对眼前存在的实际情况，劝牛雪莉说："这件事不好办，超市要向左右扩大，就会伤害邻居家的利益，损人利己的事情咱不能做，我也不能为了你，连个芝麻官都丢了。"

牛雪莉没有心思听王槐说那些推辞的话，她只考虑自己的需要，还在滔滔不绝地给支书王槐叙说她的美好打算是如何如何的好。支书王槐心里很清楚，也就不绕弯子，直言告诉牛雪莉，不能为了自己的利益，损人利己，那是不合人道，更不合情道，而且国家政策也不允许。

牛雪莉走过来，坐在沙发的扶手上，上半身紧贴着王槐的脸部，哥哥长哥哥短，"这件事你不管，还能靠谁来管嘛。曹黑娃一没钱，二没权，三又不会说话，这你也是最清楚不过的。"

支书王槐还是那句老话，"述里个事，他曹黑娃是个干啥哩？他咋能管这事？你这事儿先放一放，心急吃不了热豆腐，要办也不能急。这牵扯到邻里纠纷，牵扯到土地流转的问题。"

十多天时间过去了，王槐一直没有露面。牛雪莉想，好个王槐，这件事不管是能办还是不能办，不能躲着不露面，总得给一句话，是行还是不行？他想了想叫来曹黑娃说："黑娃，你去把支书找来，我有事要和他商量哩。"

曹黑娃对牛雪莉安排的工作，百依百顺，从来不打折扣，不问为什么，积极地就去执行。曹黑娃穿着那身保安衣服，头戴大盖帽，转了前村转后村，在村子里拐过三道巷子，到了他家老屋门前，看到喻珠珠正在锁门，准备出门去。

曹黑娃没有声张，只是悄悄地上前，伸开双臂，紧紧地拦腰抱住了喻珠珠，喻珠珠被这突然袭击吓了一大跳，尖叫一声倒了下去，曹黑娃被这眼前惊险一幕吓得满头大汗。他半跪着，一只胳膊揽着喻珠珠的头连连呼叫，都无济于事，就用手指掐喻珠珠的鼻子下边的人中穴位，过了三秒钟，喻珠珠哇的一声哭泣，从噩梦中惊醒，定睛一看是曹黑娃，便用力猛推开曹黑娃，朝自家屋里跑去，曹黑娃紧追不舍，喻珠珠进了屋子，随手准备关门，说时迟那时快，曹黑娃已经迈进一条腿来，强挤着进了屋子。

喻珠珠坐在地上气喘吁吁，伸出食指指着曹黑娃说，"你想干什么？千万别胡来。咱们俩可是离了婚的人，别想耍流氓，有话好好说。"

曹黑娃说："你搞错了，我从这儿路过，给你带来个好消息。现在农村的村民，只要家里有困难，上学孩子多，政府都发给生活困难补助金。不是补助金，是叫什么……噢，是叫低保，对，对，就是叫低保。你去找支书多说些好话，把困难摆出来，你就会吃上低保。"

喻珠珠送走了曹黑娃。

曹黑娃出了他家大门，路过他二大家，见大门紧闭着，想走进去看看他二大，但又停下来，想到芍药花说的那句话，他二大为了个什么梦才把他赶出来。做的那个梦，他想起来了，不就是梦见和他二妈？这事儿只有他本人知道，奇怪不奇怪，他二大怎么会知道？是不是半夜里睡觉，自己用被子把尻子没盖严，才走漏了风声。他又想到梦见和她二妈做那伤天害理的事，没有必要去给他二大做解释，这事儿又不是个真事情，是压在自己心里的秘密，千万不能让任何人知道。去给他二大解释，咋解释？二大能相信吗？弄不好越是解释，越解释不清楚，还是先去找支书要紧。

曹黑娃回到超市告诉牛雪莉，把村子都找遍了，也没有见到支书的人影儿。

牛雪莉只好说："这老狐狸藏到哪个老鼠洞里了，有事情他就躲起来。找不到，先别找了。从超市最近几天的销售情况看，收入还是在不断地增长，眼下挣钱最要紧。"

牛雪莉的超市经营面积虽然没有扩大，但从经营效益上看，有了许多发展和改善。每天早晨，牛雪莉带着这几名工作人员，还是热情地守候在超市门口，迎接四面八方来购物的顾客。

今天超市刚开门，胡月仙是第一名进店的购物顾客。牛雪莉和欢迎的工作人员齐声喊："欢迎光临！"逗得胡月仙眉开眼笑，怪不好意思。牛雪莉抢先开口："热烈欢迎胡大姐光临！请问您需要些什么？我们的导购小姐将热情为您服务。"

胡月仙手推购物车，走近化妆品专柜，精心选看所有的擦脸油、粉底霜、洗发护发素，再看看眉笔、口红，看完了又放回货架上。牛雪莉叫导购小姐过来说："给你胡阿姨现场打扮一番。把眉毛修饰好，涂上口红，做个面膜。"时间过去了四十五分钟，导购小姐让胡阿姨照镜子，胡月仙忍不住地笑。这次笑，笑得是那么舒心，笑得是那么甜美。胡月仙对牛雪莉笑了笑说，人过了中年，慢慢人老珠黄，化妆和不化妆大不一样，化妆了就显得很美、很漂亮，这套化妆品她决定要买。牛雪莉让导购小姐给胡月仙送上化妆盒，还送上精美漂亮的绣花丝缎化妆小包。

曹黑娃帮助胡月仙推着满满当当一小车选购的商品，在乡间的小路上说着谝着，不知不觉就进了胡月仙家里的大院，这叫服务到家。

又一周时间过去了，支书王槐驾驶着黑色现代停在小超市门口。曹黑娃迎送支书的礼节礼仪做得比以前老练多了。牛雪莉问王槐："中午吃些啥饭？"王槐回答，"今日天气晴朗，空气新鲜，常吃你做的家常便饭，不想吃了，你收拾准备，带你出门去农家乐吃烧烤，吃完饭，再去洗温泉浴。那个地方美极了，是全国旅游度假的好地方。"

牛雪莉坐在副驾驶的位置上，支书王槐笑嘻嘻地给牛雪莉进一步解释，不是他躲在老鼠窝里，而是村子里的工作忙，支部要改选，村委会要增补委员，有些事情很复杂，村里要开会，村民召集不来，上级要求，被选举人的通过票数，超不过参加会议的一半人数，就不能担任领导职务。这就给选举投票带来很多麻烦。因此，就要上门走访、讲解、动员，凡是有选举权的人都要来参加正式选举。来参加会议的村民，不像过去记个工分年底还能参加分红。现在讲究实惠，都是当场发米、面、油或者是生活日用品。最近小超市为什么生意这么好，村委会在超市就采购了五万多块钱的商品。对于超市的扩大，千万不能无故地去损害别人家的利益。不能做的要强求去做，很可能就得去蹲大牢，这样的事千万不要去干。

　　喻珠珠知道了农村人还能领到钱，在家里坐不住了，决定去找支书王槐，如果能把吃低保的事情办妥，家里的生活就宽松了，手头也灵活，孩子上学也有保障了。

　　这一天，喻珠珠精心把自己收拾打扮，穿件新鲜衣服，嘴巴上还涂些唇红，出门向村子里走去。她拐到大涝池的路左边，走向通往支书王槐家里的那条水泥路，路面两侧绿油油、毛茸茸的小松柏树像一个个活泼可爱的小狮子狗，每隔七八步一棵，每棵小树下边用红砖头垒着四方围栏，显得整齐、干净、卫生。珠珠上前伸手正要敲门，看到一把U型保险镀锌铁锁横卧在大门拉手上，证明家里无人。

　　喻珠珠在回家的路上，迎面走来胡月仙，俩人碰个正面。喻珠珠低头不想和刻薄的女人打照面，可已经来不及了，躲也躲不过，避也避不开，即使无话可说也得撑着走过去。

　　胡月仙，高中文化，是村子里有知识的妇女，经常傲里傲气，说话爱占上风，目中无人，撂两句小聪明话。她看喻珠珠从这条路上走过来，知道珠珠肯定是去了支书家。她堵住珠珠的去路，哟的一声，直截了当寒碜人家，"去支书家，还穿得新新的，嘴上抹些口红，是亲自送上门的货。"

喻珠珠用蔑视的目光把胡月仙打量一番，说话声音不高，警告胡月仙："嘴巴放干净些，狗嘴里吐不出来象牙。怎么？只允许你找支书？就不允许我找支书？你嫌其他人来找，你就是吃醋。"

胡月仙万万没想到，今天还败在了喻珠珠话下。喻珠珠几句话，虽然话不多，但是开门见山，直接打中要害，把她说得张口结舌，感到扫兴极了。她满脸通红，双手捂住脸，一句话没说，转身就跑得无影无踪了。当一切恢复平静，喻珠珠打心里乐呵呵地回家了。

农村人吃低保，是党的好政策。县劳保部门，要求各级乡政府和村委会做好调查摸底工作，支书王槐带着村长、会计及各小组的组长，在村子里专门走访孤寡老人，独居单身汉以及家庭子女多，而且经常有病或卧床不起的没有经济来源和收入的贫困户。从村委会收集回来的信息看，全村有二十五口人都需要吃低保，喻珠珠也列在其中。这项工作刚开始，分配到村子里，不仅发放的钱有限，而且名额也有限，谁先吃，谁后吃，就成了矛盾的焦点。

支书王槐心里有一本账，为的是牛雪莉的超市获取更大发展，稳定曹黑娃的情绪，先期给全村两个无儿无女的孤寡老人，也就是原来的"五保户"办了低保，让他们月月按时拿到了钱。喻珠珠家有五口人，实际上先给办理了三口人的低保。这天上午，喻珠珠正在院子洗衣服，听到敲门声，她站起来，两只湿手在围裙上边擦边去开门，随手拉开门，支书王槐站在面前。喻珠珠说："支书来咧！快请进。"喻珠珠靠右前方引领着，王槐紧随其后，走到了院子里洗衣机前，喻珠珠站住了，王槐说，总不能让他站在院子里说话吧？

喻珠珠喜笑相迎说，那快请屋里坐。

支书王槐从黑色皮夹里拿出三张低保卡，交到喻珠珠手上说："这是给你先办的三张卡，这个月在银行就能取钱了。"

喻珠珠亲眼看到了三张银行卡，惊喜地哇呀一声，"这么快就办好了，太感谢支书了，谢谢！谢谢！"

王槐出了珠珠家的门，径直去了牛雪莉超市里，进门就喊雪莉，说他累了，需要休息，好好睡一觉。

王槐一觉睡醒，天已快黑了。牛雪莉留他吃饭喝酒，说黑娃这段时间工作干得很出色，一块儿喝几杯乐呵乐呵。王槐千推脱万推脱，找个借口说要回家。

王槐走后，已是晚上十点钟，牛雪莉和黑娃共进晚餐。牛雪莉拿来半瓶特曲酒，每人各斟满一杯酒，端起来相互祝愿后，一饮而尽。黑娃拿酒准备再续，牛雪莉让黑娃听她说两句，半年多来，他出了不少力，操了许多心，是自己亏待了他。今晚上别走，来陪她。曹黑娃低头不说话，端起酒瓶要一醉方休，牛雪莉夺走酒瓶，流着眼泪，嘶哑着声音劝说："黑娃，别折磨自己，我知道你心里苦，心里痛，能有什么办法？我们俩都是无家可归的人，这样躲躲藏藏地生活，让人过得不安。前些年，刘宏安出门打工，挣了几个钱，在外头长了些见识，给人家大老板倒插门，做了上门女婿，生个儿子娃，做了城市人。一纸协议和我离婚，把我甩到二梁上，如今进退两难，日子难过呀。去年和你一起干，就失败了，害得你妻离子散，人不是个人，家不是个家，到头来连家都没有了。"

曹黑娃喝得有些高了，但心里还十分清楚，就对牛雪莉一吐为快，说是为了混口饭吃，他还是老老实实地做他的保安，做牛雪莉的近身侍卫。远离爱情，不忘友情，每天只要能看到她就知足了。说完话就摇摇晃晃、一脚高一脚低地向村委会的方向走去。

第九章

自从国家有低保这项扶贫政策以来，柿子树村里吃低保的人数月月都在增加。最初被统计上去的那一部分人，经初次登记、填表后，审批工作已结束，就是钱还是没有拿到手。村民听说只有喻珠珠家三口人拿到了钱。村子里一些人，吃过饭无事可做，就聚集在大椿树下相互打听，交头接耳，七嘴八舌地谝开了，讨论着是什么原因让有些人能及时地得到低保。原来的几个老"五保户"穷得叮当响，吃了头顿盼二顿，现在钱还没拿到手。

　　低保是项新政策，体现了党的扶贫政策，城市里有，农村也有。国家在社会发展的道路上，始终没有忘记还有相当一部分人处在贫穷落后的生活环境里。为了扎实地做好扶贫工作，基层干部就要调查研究，做好安排，有先有后，有轻有重，使老百姓的生活都有保障。

　　在每个村民心中吃低保成了一种期盼和希望，特别是对那些贫困户，低保虽然钱不多，也可以解决村民的燃眉之急，在农村每月有油、盐、酱、醋等零用花销就足够了。

　　最近几天，支书王槐去外地调研学习农村改革开放工作经验，还得一段时间才能回来。他走后，村子里没有吃上低保的人就开始传闲话，煽动不明真相的老人们聚集在村口，说长道短，说这不公平，说那不合理，乱轰轰地嚷嚷着要去乡政府上访，讨回公道来。

　　曹黑娃他二妈端着一碗面条一边吃着，一边也向人多处走来。她挑逗人家王婆，挖苦说："她王婆，你家和支书家都是一个本家户族，你咋还没有吃上低保？支书还把你叫大婶哩。我要是有这么个当支书的好侄儿，早就吃上低保咧。"

王婆一生人品性格温顺，是村里有名望的贤惠人，对于曹黑娃他二妈说的话没有往心里去，还好心好意地给曹黑娃他二妈解释道："我们王家和支书王家就不是一个户族，根本就没有什么瓜葛。支书咋能是我的大侄儿？你就别胡扯了。"

曹黑娃他二妈挤眉弄眼，斜歪着个嘴，哼哼着还进一步瞎编，甚至还硬往一起胡拉胡扯，她哟的一声又说："我要是有这么个好侄儿当村支书，还不把我高兴死了，何愁吃不上低保。"

王婆好心好意奉劝曹黑娃他二妈，"别在这里张冠李戴，无中生有，胡说八道，把事情往乱上搅。你没有吃上低保，心里有意见，有不满意的地方。你认为有个侄儿能办事？你咋不把支书认个侄儿？"

曹黑娃他二妈被王婆这么一反驳，心里急了，嘴里说话也乱套了，说她哪里能有这个福气，敢把支书认个侄儿。她把人家支书叫个爷，都吃不上低保。

周围看热闹的人就瞎起哄，你一言，他一语，戏弄曹黑娃他二妈，"叫啊，叫啊，快叫啊。叫了支书爷，你肯定能吃上低保。"

曹黑娃他二妈听到这话，才如梦初醒，自己说话咋把自己套住咧？她一时间感觉面部发热，头发昏，大脑里嗡嗡在作响，但嘴巴上还是不认输，面对起哄的人群也不去理会，他们爱说什么，就说什么，反正一张嘴也抵不过十几张嘴。她还继续揪住人家王婆不放，两个老太太像大花公鸡掐仗斗嘴一样，斗得没完没了，在争论中好像是真在吵架。

曹黑娃他二妈来的时候，家里的那只大黄狗尾随在主人的屁股后面大摇大摆地也来凑热闹。给主人出力、帮忙，这会儿也忍不住了，便狐假虎威狂吠两句。曹黑娃他二妈说一句话，声音一抬高，大黄狗就冲着王婆伸出两只爪子向前一扑，"汪汪汪"地狂叫。主人不再高声争论了，大黄狗也就不叫了，乖乖地卧在原地一动不动，把舌头吐出来，张着大口直喘气。

大半晌过去了，曹黑娃他二妈和王婆争来争去，争得脸红脖子粗，最终也争不出个胜负来，俩人口干舌燥想喝水，便在众目睽睽之下，偃旗息鼓，再也不好意思争论了。

喻珠珠吃过早饭，感觉胃有点儿不舒服，出门去村子里医疗站找医生诊病。刚走出大门，路过村头时，看到大椿树下面聚集着那么多人，侧耳细听，原来都是在谈论吃低保的事儿。她心里明白，自己能吃上低保是有原因的，而这些人吃不上低保，也是有原因的。这几天，支书不在村子里，这些人就出门来打探消息，滋事生非，这就是农村人常说的那句老话："猫不在，老鼠就出来胡成精。"不管咋说，喻珠珠还是打算躲着这些人悄悄走过去，不要和这些人拌嘴扯闲话，以免发生不愉快。反正自己吃上了低保，他们爱怎么闹，就怎么闹，跟她没关系。

喻珠珠焦虑地站在那里，正思考着想个什么样的好办法躲过去。她把脖子里围着的那条红围巾解下来，把头和脸包得严严的，不要让这些人认出来。她从这一棵树后边拐到另一棵树后边的时候，突然被黄二毛发现了。黄二毛站在大椿树下的石碾盘上，高声喊叫："喻珠珠，喻珠珠你过来。"就这么一句话，大椿树下边的老头子、老太太们都斜偏过头，几十双眼睛顺着黄二毛手指的方向，齐刷刷地把目光投向了喻珠珠。黄二毛还继续煽动说："喻珠珠，过来呀，你来的正好，给大家伙儿说说，你是咋样吃上低保的？有什么特殊条件？有没有猫腻？给大家来传个经验啊。"

黄二毛说的话引发了在场的老人们的窃窃私语，大家议论纷纷，把喻珠珠围在中间问她："你是咋样吃上低保的？给大家伙儿说说。"王婆在追问，刘二能也在追问，你问，他问，问得喻珠珠有十张嘴都说不清楚。她一时间心里憋了一肚子闷气，越憋越生气，越生气胃就越疼，疼得满头大汗，双手捂住肚子蹲在地上直哆嗦。她二妈看到了，跑过来问珠珠怎么了，哪里不舒服？喻珠珠疼得流着眼泪对她二妈说是胃疼。她路过这里，被黄二毛叫过来平白无故地羞辱了一番，躲都躲不过去。

她二妈说："躲什么？不就是吃了个低保吗？不要害怕，二妈帮你收拾这泼皮无赖。"

她二妈扶起珠珠，走到黄二毛面前说："黄二毛，我家珠珠吃不吃低保，关你屁事。你凭什么多嘴，管闲事？你看人家喻珠珠是个女人，好欺负是不是？把人家叫过来，当着大家的面说些废话，羞辱人家。现在把喻珠珠气得胃痛，满头流虚汗，你把人气病了，都是你嘴长惹的事，掏钱，带喻珠珠去医院看病。"

黄二毛怎么也没有想到，曹黑娃他二妈来了这一套，硬说喻珠珠是让他给气病的，让他掏钱，带喻珠珠去看病。这件事还赖他不成？自己有理没理，当面也不能认输当个鳖怂。想到这，黄二毛强硬地表示态度说他不管，喻珠珠病不病与他有什么关系。

她二妈立马说："胡说，你胡说。咋能和你没关系，关系非常大。喻珠珠从这里路过，身体好好的，你多什么嘴，说什么风凉话？还讽刺、挖苦，伤害喻珠珠。你说的话，让她精神受到创伤，刺激得胃就疼，你看人都站不起来，这一切都是你说话造成的后果。今天，你不陪着去看病，我把曹黑娃叫来，不收拾你才怪。还有，你还想吃低保不？"

黄二毛听了喻珠珠她二妈说这些话，只得怪自己多嘴。他也有些害怕曹黑娃和他算账，就赌了一口硬气说，扶就扶。于是，黄二毛和黑娃他二妈扶着喻珠珠向卫生医疗站走去。

不远处，曹黑娃推着送货小单车走过来，看到这里聚集着村子里一大群老年人和一些不务正业的闲杂人，还没等黑娃说什么、问什么，刘二能就暗地里低声拨弄是非，挑唆王婆向曹黑娃发难。王婆很是沉稳地回答，"咱一辈子都是老实人，怎么能开口伤害人家黑娃哩？"刘二能低声给王婆支招，"这不叫伤害，这叫把事情问清楚。因为你一辈子是村子里的大好人、老实人，谁见了都想欺负老实人，老实人吃哑巴亏。你如果不问，今生今世你都吃不上低保。"刘二能还给王婆出坏主意，"你先开口问曹黑娃，他家喻珠珠凭什么能吃上低保？论年龄，喻珠珠年龄比你小，论身体，喻珠珠身体比你好，怎么能是村子里第一家吃低保的困难户，凭什么？如果曹黑娃不回答，你就抱住曹黑娃的腿不让走，死缠活缠让曹黑娃说出个道理来。"

王婆这阵儿被刘二能几句话一煽动，头脑就发热，她上前拦住曹黑娃问："黑娃，婆想问你一句话，不知当问不当问？你家喻珠珠凭啥能吃低保？我就不能吃？"

曹黑娃先是客客气气地对王婆说，"喻珠珠吃低保，那是她的事，你得去问她呀，跟我有什么关系。"王婆说，"就是想问一问你，喻珠珠凭啥能吃上低保？难道我就不能问一问？"曹黑娃一时觉得王婆今天问得很奇怪，很不对劲，就毫不客气地反问王婆一句："婆，你说是凭啥？"这样简简单单，随随便便反问一句，倒把王婆问住了。王婆到底是个本分老实人，说不出来个为什么。曹黑娃接着又说："婆，吃不吃低保，吃的是国家的，又不是吃你家里，与你有何关系。"

曹黑娃这几句话，王婆接受不了，她觉得老脸都红，这下可把人丢大了，自己问的是正经事，这曹黑娃咋不讲理，说话还气冲冲的，好像喻珠珠吃低保是应该的。这时候王婆就想到刘二能教的第二个办法，她就不顾一切，来个先下手为强，走到曹黑娃面前，什么话都不再说，倒在地上，双手紧紧抱住黑娃一条腿，断断续续地说："黑娃，你咋胆子大得骂人哩？"

王婆的这个举动，曹黑娃怎么也没有想到，要想脱身，一时还无计可想。想走，走不了，想说，说不清。周围看热闹的村民没有一个人上前来拉架、劝架，或者帮曹黑娃一把，倒是说了许多不冷不热的话。时间过去了一个多小时，现场看热闹的村民情绪变得冷冷清清，静心注视着曹黑娃的一举一动，一言一行。大家想看看在长时间的僵持中，能否找到尽快吃上低保的理由来。

　　柿子树村里的老人在周围站的站着，坐的坐着，静静守候着，看曹黑娃对王婆这种笨拙的办法怎么应对。

　　这时候，刘二能认为该由他上场了，就大肆宣传说："吃低保，为什么符合条件的人吃不上，而那些不符合条件的七大姑八大姨倒是吃上了。这些不合理的问题存在，全是支书王槐一个人搞的鬼。如果今天支书不出面为村民说清楚，咱们就联合起来上县政府去，上乡政府找领导去，为没有吃上低保的村民讨回个公道来。大家说去不去？"听了刘二能的这句话，村民们先是交头接耳，七嘴八舌，举棋不定，可当刘二能拿着笔、拿着纸统计人员名单的时候，却没有一个人站出来答应跟他去闹事。这些老年人都推说自己年事已高，行动不便，腰疼腿疼，心力不足，毕竟都是六七十岁的人了，没有精力跟着去闹事。

　　曹黑娃被王婆抱着腿一直不放，便心生一计，对王婆说："婆，你这样抱着我的腿不放，你就一辈子别想吃低保。你抬头看看我曹黑娃已不是过去的曹黑娃，我是保安，在支书身边也是说得上话的人。我说王婆，你是明白人、聪明人，而且在村子里是出了名的大好人，你松开手，放了我的腿，我给支书说些好听的话，保证让你吃上低保。你再不松手，你一辈子都吃不上。"

　　王婆听黑娃说得有道理，曹黑娃每天都和支书在一起吃喝，形影不离。她便慢慢地松开手说："王婆错怪黑娃了，吃低保的事，就靠你了，你可要说话算数。"

曹黑娃这才松口气，站在中间说，"支书不是躲大家，怕大家。支书也是人，是咱村里的带头人，支书是去县城里见一位南方来的客人，人家来咱们村是要搞经济投资。这是一件大事，咱们不要把吃低保天天吊在嘴上，这是个人的一件小事，要看到大事。支书就是为了给村子里办大事，才耽误了大家的小事。大家明白了没有？"

　　刘二能听到曹黑娃说这些话，他不相信这是真话。他还鼓动村里的老人们别听他胡说，不要听曹黑娃的一派胡言。刘二能当着众人面说："你曹黑娃算什么货色，你说话能代表支书，简直是笑话，骗谁？也不能骗老人。你曹黑娃是个没有志气的人，是个吃软饭的人，还有脸在人面前说话。"

　　曹黑娃听到刘二能说话太欺负人了，狂傲得不知道天有多高，地有多厚，他也不是吃素食长大的，岂能让刘二能得势，想着想着怒从心头起，一拳猛地出击，狠狠地砸向刘二能的肚子，把刘二能打翻在地，刘二能捂着肚子在地上打滚，嗷嗷直叫。曹黑娃这一拳打得解气，还想再踢一脚，正要下手之时，他二妈和喻珠珠从医疗站看病回来了。他二妈赶紧拦着黑娃说："黑娃，不敢打人，把人打死了，是要坐牢的。"

　　曹黑娃怒不可遏，一只脚踩在刘二能的肚皮上说："二妈你来干啥？这刘二能就不是个好怂，煽动老人闹事，还敢开口骂我，我就想送他去见阎王爷。"

　　刘二能听了这句话，吓得全身发抖，什么话都不敢说了，爬起来要跑，被黑娃一把揪住，训斥道："别想溜，话还没有说完。"

　　正说着，支书王槐开着车进入村口，看到这里今天男女老人很多，像是发生了什么事情，赶紧停车下来，问个究竟："黑娃，这里人这么多，有啥事哩？"

　　曹黑娃就直截了当，开门见山说："刘二能看你最近不在家，煽动村子里暂时没有吃上低保的老人要去乡政府告你，讨公道，讨说法去。我从这儿路过，给他们解释两句，刘二能不但不听，还在人多处说你的坏话，还开口骂我，我就当场给他点颜色，教训他一顿。不是你赶回来得这么巧，刘二能早就没命了。"

支书王槐听后，当场没有表态，只是附首低耳对黑娃说，教训得好，但不要下手太重，误伤人命就麻烦了。"好了，你先回去，事情我来处理。"当着众人的面，支书王槐转过身来，左右来回踱了几步，又说："黑娃，你怎么能随便打人，把刘二能打死了咋办？"刘二能听支书说这样话，是在支持他，批评曹黑娃，他便伸出擦破皮的胳膊让支书看。支书看也不看，调转话头，说："你骂黑娃应该挨打，能保住命就不错咧。挨打咧，还去不去乡政府讨说法了？"刘二能用双手在自己的嘴巴上左一撑掴，右一撑掴，一个接着一个掌掴。嘴里还回着话，"不去咧，不去咧，小的不知道天高地厚，自不量力，权当自己没有说，是在放屁。"

支书王槐把脸一沉，后背着手在刘二能面前来回踱了几步，冷冷一笑，并警告刘二能放聪明一点，要想自己活得快乐，别在后边煽风点火。

第十章

国家要修一条高速公路，从柿子树村子里通过，牛雪莉家的超市正好被划入拆迁范围之中。牛雪莉知道了，急得像热锅上的蚂蚁，拆迁了，生活来源就断了，每天要损失多少钱的收入啊。

　　就在半年前，支书王槐在乡政府参加一次会议，看到了这份文件，回来之后，就告诉牛雪莉抓紧时间去县林业局苗木公司购买各种树苗，房前屋后都栽上树，到时候是一笔很可观的经济收入。

　　第二天，牛雪莉安排曹黑娃去买回了各种树苗，带领超市里的收银员和导购员，从当天下午开始栽树，整整栽了三天。

　　曹黑娃身强力壮，干活在行，拿一把长期不用而生锈的老镢头，在前边挖坑、掏土，两个女服务员培土浇水，把小树苗栽得端端正正。三天工夫把全部树苗栽完了。

　　在这三天里，牛雪莉也是寸步不离，亲自参加劳动。她看到曹黑娃劳动起来，很卖力气，吃苦肯干，从不歇息，累得汗流浃背，脱掉上衣，光着脊背，认真劳动。她拿来一条新毛巾，走到曹黑娃身边，让他停下手里的活，她给擦汗。曹黑娃不让牛雪莉动手，还是他自己擦，牛雪莉没有答应，亲自用双手托起毛巾，展平在曹黑娃的脊背上轻轻擦拭。这时候的曹黑娃心情是多么的舒畅，一时间心里又燃起一个新的希望，看来牛雪莉平时在生活中对他真的很关心。他把一切心思都投入到如何帮助牛雪莉的事业上。

　　牛雪莉家的小超市被拆除，最终拿到了四十五万元的拆迁补偿款，这个数字只有牛雪莉本人和支书王槐知道。

王槐尽快给牛雪莉把新的占地面积批文拿到手，这样，牛雪莉就可以开始施工了。

这一天，支书王槐到村委会来找曹黑娃，当面安排工作，让曹黑娃去县城里找个可靠的施工队，包工头干活要重合同、守信誉、讲质量，不要赶进度，更不能干前边建、后边就倒塌的那种豆腐渣工程。根据地皮面积做个合理规划，什么时候开始动工，由曹黑娃全面负责，一定要办好这件事。

曹黑娃请来城里的建筑公司和工程技术人员，精心设计，精心施工。又从村子里请来帮工，齐心协力挑灯夜战，六个月时间过去了，牛雪莉家的楼房落成了：前面是临街门店，从走廊进去是会客厅，还有棋牌室，牛雪莉的卧室套着卫生间，隔壁是一间厨房，一间吃饭的餐厅。院子中间，垒起一个清水碧绿的养鱼池，中央是假山，自然流水。家庭院落格外引人注目，四周安置了大理石小圆桌，供人们喝茶、扯闲篇。

开门营业那天，中午十二点钟，全村男女老少都来看热闹。在农村大家虽然是看热闹，实际上也是图个人气。黄二毛抱着一大卷当地有名的花鞭炮"雷震雷"，在大门前足足绕了两大圈，支书王槐喊一声鸣炮，噼噼啪啪，震耳欲聋，整个柿子树村被淹没在烟雾中。四十分钟过去了，人们断断续续还能听到时不时有小炮爆炸的声音。牛雪莉今天特别开心，穿戴得整整齐齐，没有一点儿当老板的架子，她亲自登场，双手端着香烟和糖果招呼乡亲们，并一直在村人面前说："谢谢！谢谢！"

牛雪莉为了让自己的超市开门红，还特意请来了县文化馆的自乐班，演了两场戏。她还给村里来看戏的老人每人发了一瓶"农夫山泉"饮用天然水，以防止乡亲们在炎热的夏天中暑。村子里的老人个个伸出拇指，夸赞牛雪莉是个有心人。

牛雪莉的小超市开张了，生意红红火火，每到夜里八九点钟，高速路上的工人下班了，就陆陆续续来到牛雪莉家的歌舞厅。小伙子在浑浊的灯影里吼几声流行歌曲，还嫌不过瘾，再看几集韩国电视剧。到了后半夜，年轻人跳起了欢快的迪斯科，自由自在地扭啊，蹦啊。柿子树村的留守妇女也不甘寂寞，三五成群地来看热闹，随着音乐声，心里升起了一团火，想跳但又不敢跳，毕竟和这些外地工人不熟悉，怕吃亏上当，或许是思想还不开化。牛雪莉走到几个年轻媳妇面前，小声鼓励她们胆量大一点，也上去跳跳、扭扭，来个自我表现。站在门前边的几个妇女，被牛雪莉拉拉扯扯好几次，还是胆子小，不敢上场。

黄二毛在一旁看了一会儿，觉得无聊，自己又不会跳，反而笑着说这些年轻人是疯子，跳的是什么舞？他清高地说："还不如回家睡觉。走，不看了，这些疯子跳的舞怪不拉叽的，让人看了恶心。"牛雪莉忙拦住他说："今天刚买回来的新自动麻将机不玩两把，过个瘾？"

黄二毛双手一摊，推说自己穷得叮当响，每天吃饭都是凑合着吃，吃了上顿没下顿，哪里敢上麻将桌子，输了钱怎么办？

牛雪莉用轻蔑的说话口气，挑逗黄二毛说："别在这儿哭穷，一个人的日子混得比谁都自在，出门一把锁，爱到那里浪，就去那里浪，浪够了，浪累了，一个人吃饱全家饱，比谁都自由，比谁都潇洒，不就是图个高兴快乐。今晚你就在嫂子这里顾个场子，给个面子，图个人气，图个开门红。甭胆怯，甭害怕，没带钱不要紧，麻将场上的事，谁也说不清，谁输谁赢就是看运气，看财气。这样吧，赢了钱你拿走，输了就挂在嫂子的账上欠着，什么时候有了再还。"几句话说得黄二毛心里乐滋滋的，他想说不上今晚就是打牌赢的日子。于是他就磨刀霍霍，赤膊上阵，不吭不哈地坐在了麻将桌前。

这一阵儿，牛雪莉的生意好得很，一会儿有人叫拿包香烟，一会儿有人叫拿瓶啤酒，牛雪莉忙活得不停歇。她刚收了一张百元大钞，正忙着给人家找钱哩，又有人要拿打火机，还有人叫老板泡一碗方便面。牛雪莉那甜美而清脆的声音不停地"哎，哎"地答应着，连声音都变嘶哑了。这时候曹黑娃看牛雪莉忙不过来，就主动从麻将桌上退下来，去给救个急。到了后半夜，工地上又来了四个小伙子打麻将，年轻人打得比较火热，连呼带叫地惊动了四邻，影响了别人打麻将的心情。周围的麻友有意见，牛雪莉只好过来对那些年轻人说，哥们请多多包涵，打麻将的声音小一点。又过了几分钟，这几个人麻将倒是不打了，可那河南籍的小伙子又悠闲地唱起了河南豫剧，吵得四邻打麻将的人烦躁不安。特别是黄二毛，上了麻将桌子后一直手气不佳，麻将每次摸上手，翻牌一看，全是十三不靠，摸一张是废牌，再摸一张又是废牌，摸着摸着，摸成了七小对，手里有三对风，一对风也碰不出来，急得他像是患了感冒，打不起一点儿精神来，正要听牌的时候，同桌对面的牌友又抠个炸弹。黄二毛的心里就乱作一团，焦躁不安。不管是继续开局再摸牌，还是再出牌都气呼呼的。他听到隔壁桌子上有人唱戏，便无端地指责那小伙，用粗鲁的陕西话骂道："唱你妈的，河南蛋。"

那张桌子上四个打麻将的小伙，全是河南老乡，统统不答应，走过来，什么话都不说，揪住黄二毛衣服领口问："是你刚才骂俺们河南人？"

牛雪莉看到要打架，赶紧喊黑娃过来，对黑娃说："快去拉开，千万不能让他们打架，今天是开张第一天，要图个平安吉利，再不能让砸了摊子。"

曹黑娃走到那四个河南籍筑路队的年轻人前，说："对不起，哥们，这黄毛小子嘴不干净，让他认个错，赔礼道歉。"正说着，牛雪莉拿包香烟，给每个年轻人发根烟，招呼他们吸烟。她又暗示黄二毛，快取打火机给兄弟们点烟。黄二毛很不情愿，但也没办法，只好拿打火机给人家去点烟，那四个小青年不买黄二毛的账。这时候曹黑娃从自己兜里掏出打火机，嗵地打开给小青年点烟。黑娃一边亲自给点烟，一边骂黄二毛是个不知趣的东西，点烟都惹兄弟们生气，说："滚，还不快滚。"

黄二毛内心忍不住这口气，瞪着牛大的眼睛站在原地一动不动，还想硬撑，拿个架势。牛雪莉上前推推搡搡把黄二毛推到上房屋里的会客厅。

牛雪莉在村子里盖起了新房，生意兴隆，村子里老人们，留守妇女们，看到了心里很不平衡，又不服气又眼红，议论纷纷，说牛雪莉就是靠自己的姿色挣钱。大家说什么的都有，狗剩就是其中一个，他看到牛雪莉家里打麻将的人，进进出出，兜里掏出来的钱都是红艳艳的一百元，也不吭声，只是站在人家背后看，看的时间长了，心里就盘算着坏主意。

有天晚饭后，来了三个小伙子，全是河南籍人，打麻将三缺一，河南小伙主动叫狗剩和他们一起玩，狗剩怕人家三人打合庄，宰他一个，因而就故意推托说："不会，不会。"其中一个小伙叫小马，他嘴巴里叼着烟，不管认识不认识，大大咧咧地说："怕啥哩，俺们不会打合庄，现在是硬碰硬，又不吃牌，谁放胡谁掏钱，怕啥，输了没钱，从俺这儿拿。"小伙说着，一把就拉着狗剩坐在麻将桌子上。四个小时麻将打完，狗剩清算了账，不错，赢了整整六百元钱。牛雪莉来结账的时候看到了，要让狗剩请客，狗剩就是不答应，把钱往兜里一装，笑嘻嘻地回家了。

河南小伙输了钱，还耍个大方，小马表扬狗剩说："不错吧？今天晚上一杀三，赢了六百块。手气兴得很哩，只要爱玩，你每天都来陪我们玩。年轻人嘛，认识了就是缘分，就是朋友，钱又算啥。"

狗剩赢钱了，回到家里让媳妇炸了花生米，凉拌生萝卜丝，又去商店买回两瓶啤酒，和媳妇喝起来，吃着谝着，跟媳妇说："牛雪莉的麻将生意好得很，每天净收入两百多块钱，咱家里也支张麻将桌子，把那几个河南小伙叫来，管吃管喝，再添些水果，弄几个零花钱，这也是件好事。"媳妇立马就表态:"行,我看能行,这确实是件好事。我早都有这想法。"狗剩没想到他的这个打算,媳妇没有反对,就同意了。"那咱说干就干,明天就干,咱和她牛雪莉比试比试,见个高低。"

第二天下午,狗剩想尽办法,先把小马叫到自己家里说是打麻将。小马进到家里一看,还是老式木桌子,手垒麻将的那一套。小马一看就烦,而且人还凑不够,不高兴转身要走。狗剩把小马拦住说:"来了嘛,先坐坐,喝口茶,吸个烟,认个门,咱们都是朋友嘛。"

狗剩喊媳妇粉粉泡茶,媳妇粉粉在内屋答话说:"先谝着,稍等会儿,水烧开了,马上就泡茶。"

不大一会儿,粉粉端来泡好的茶,低头放在麻将桌子上,准备离去。小马看到粉粉穿戴着还是前些年结婚时的花衣裳,衣服旧得有些褪了色,可粉粉的面容还是那么桃花粉艳,从内心赞美道,这柿子树村里还有这好的美人哩。

狗剩发现小马瞄看他媳妇,双眼盯着不放,便招呼小马道:"兄弟来喝茶,喝茶。"

小马从惊艳中回过神来,端起茶碗和狗剩以茶代酒喝了两口,感觉不过瘾,小马说喝茶还不如喝酒过瘾,说着右手就从自己屁股后面的裤兜里掏出一百元钱,让粉粉去村子里买包香烟来,剩余的钱买瓶白酒和几个菜,晚间就在这里吃饭。

粉粉面带难色,不敢伸手接钱,站在那里低头不语。

狗剩见钱眼开,听说让买酒买菜,嗓子眼里早已起火了,激动得抢先劝说:"听到了没有,让你拿钱买东西,还愣着干啥?"

夜里九点钟,两人还在行令划拳喊个不停,粉粉收拾好厨房里的卫生,准备回自己新房里休息睡觉,听到狗剩又在喊她过去给斟酒。粉粉不听那一套,嘭的一声关上自己屋里门上床睡觉了。

粉粉头倒在枕头上，也懒得脱衣服，就和衣半躺着，睁着圆圆的眼睛，在屋子里不停地张望。她睡不着，想看电视，但电视机在客厅里，只得翻开一本《大城市里的夜生活》长篇小说，默默地读到这段故事：

甜杏儿出门打工，被一家私企聘请为经理助理，办公室设在经理办公室隔壁，郎经理经常外出洽谈业务，杏儿就得随身陪着，有一天，经理驾驶着宝马，让杏儿坐在副驾驶的座位上，经理突然冒出两句俗语："人往高处走，水往低处流。杏儿，懂不懂？"

杏儿说："经理的情趣、悟性还真高。"

郎经理兴奋的右手往杏儿大腿上一拍说，"其实这两句话讲得很平淡，要研究起学问来就多了。世上的人，站在高处，不是想看得远，而是想做人上人。水，就随便流吧，要说往低处流，这就有些牵强附会了。为什么非让水流到低处，流到高处也是可以的嘛！"

这个诠释把杏儿蒙住了，杏儿觉得好笑，好纳闷。经理讲这些简单的语句，让人不甚理解，但用发展的眼光看，有哲理性，有道理，有两点论。好像是引导人向前（钱）看的一种新理念。

粉粉看看床头柜上的闹钟，已是夜里两点钟，还听到客厅里的电视机传来吵吵嚷嚷、嘻嘻哈哈的声音，俩人好像是在放录像节目。她合上书本，脱掉衣服就倒头睡觉了。

时间过去半年多了，小马已经成了狗剩家里的常客，三人之间的关系处理得就像一家人一样。

高速公路经过一年零三个月的紧张施工，提前两个月通过验收，提前交付使用，施工队离开时，粉粉和小马已经有了难舍难割的深厚感情，粉粉问小马，"这一走，要走多远？啥时候还能见面？"

小马在秋日的傍晚和粉粉约在柿子树村的那片田埂上，描述着筑路大军去广州的情形："广州是改革开放、经济大发展的前沿。不管什么人到了广州，心情都像鸟一样展开翅膀，都会在天空里自由翱翔，把自己的能力、光彩展现给社会，追求自己的新生活。你如果想要跟我去广州，那你的生活、命运就会大大改变。那里的生活五颜六色，丰富多彩，大有人间天堂之美。"

粉粉被小马劝说得真的动心了。她回到家里又是个不眠之夜。翻来覆去睡不着觉，想到自己这么漂亮好看的人，嫁给了狗剩。狗剩人倒不错，挺老实，一表人才。好是好，就是没有真本事，挣不来钱，让人看不起。跟着狗剩一起生活，真是活受罪。于是，粉粉的心就萌动了，她想，趁现在还没生孩子，年轻，干脆下决心跟着小马去私奔，到那有钱的花花世界里，见世面享人间清福去。

时间过去三天了，粉粉没有见到小马，她利用上午没事的工夫，到工地上瞎转悠。小马隔着窗户玻璃看到了粉粉，立刻放下手头工作，走出项目经理部的大门，万分激动地说："粉粉，你来得正是时候，我们把要走的准备工作都做好了，随时都可以出发。"小马看四周静悄悄的，空旷无人，从自己兜里掏出一千元人民币，塞到粉粉穿的西服兜里，再把他用过的那部小手机也送给了粉粉，留有一张纸条，上面写着一个电话号码。两人约定，一周后粉粉自己坐火车来广州，在车站打电话，小马来接她。

粉粉接过一千元人民币和那部手机，按捺不住幸福的希望，猛地在小马脸上亲吻，语重心长地叮咛说："小马，你要说话算数，你一定要来火车站接我。"

第十一章

随着教育改革的深入，曹春月考上了大学。这则消息传出后，柿子树村里的老人们议论纷纷，说是曹黑娃的女儿曹春月真厉害，真有本事，考上大学，为柿子树村争了光。村口大椿树下坐着几位老太太，讨论着人一辈子干什么成绩大，就是生儿育女养娃娃成绩大，功劳最明显。人家喻珠珠给曹黑娃生了四个女娃，如今个个出落得秀气迷人，村子里谁见了谁都眼热，谁都说好。她二妈还到处骄傲地跟人夸嘴说，她曹家出了秀才，春月是柿子树村里二十多年来第一个考上大学的。人家也要走进大城市，以后就是城里的人了。

曹春月今年刚满十九周岁，被省城某名牌大学新闻系录取，八月二十六日就要去学校报名。七月中旬收到录取通知书后，喻珠珠魂不守舍，整天操心着报名的学费及生活费从哪里筹措。

暑假里，春月带着三个妹妹出门，去碱塄地里挖茵陈、挖甘草、挖中草药晒干卖钱，准备学费。妈妈看在眼里，心里很难过，仅靠这些钱根本凑不够学费。无奈之下她在三伏天里戴一顶草帽出门，去哥哥家里借钱，哥哥家距离柿子树村有十多里路，还是山路。她翻过了一道黄土岭，蹚过黑水河，又爬上磨盘山，才到了哥哥家。看到哥哥还是住在老大老妈在世时留下的那座茅草屋里，她心里难受极了，怨恨自己就不该来哥哥家里借钱。

哥哥家里生活贫穷，困难重重。她嫂子半身不遂，常年卧床不起，生活不能自理。全靠哥哥出门时炕头边放两个冷馒头和一搪瓷缸子白开水充饥，要想吃口热饭，只能等哥哥晚上下班回来做。

哥哥还有个儿子，今年刚满二十八岁，前些年在南方打工，结识了南方姑娘，一块儿回到老家来尽孝，侍候老母亲。南方姑娘不适应西北黄土高原上的生活习惯，闹着要回南方去，不然就离婚。父母亲为了让儿子有个安定的家，就让小两口回到了南方。

喻珠珠的哥哥从菜地里回来，看到多年不见的妹妹，满脸笑容，兄妹见面有说不完的心里话，他说："珠珠你今天能有时间回来，哥心里特别高兴，好几年不见，让人怪想的。都因你嫂子是个病身子，哥哪里都去不了。说了这么多，哥给你做饭去。"

喻珠珠叫声哥说，"今天走得急，你看我来时两手空空，让人怪不好意思。"

"没有啥，回自己的家，就不要有那么多讲究，都是自己人，还客气个啥。"哥哥接着关心地问道，"春月今年该考大学了？夏花该上高一了，秋菊也应该是初中生了。家里有这几个学生上学，这些年你是怎么熬过来的？你一个人带着她们，吃饭啊，上学啊，娃娃有时候会头痛感冒、拉肚子，真是不容易啊。"

喻珠珠看到哥哥家里的生活条件，再也坐不住了，一边和哥哥说话，一边把家里堆放的很多脏衣服抱过来，装进海欧牌旧式洗衣机里，从院子里的水龙头接上水，开始洗衣服。

喻珠珠干了这样干那样，听到嫂子要喝水，她又去灶台上拿来热水瓶倒开水给嫂子喝。嫂子伸出手拿搪瓷缸子，一股酸气异味扑鼻而来，看来是嫂子因长期卧床，没有人给擦拭身体的原因。珠珠又去厨房烧了温水，给大嫂擦洗身子。她擦得很细心，先擦两个胳膊，后擦双腿，要擦脊背的时候，就喊哥哥过来帮忙。珠珠的嫂子坚强地说，不用叫他，她自己可以挣扎着翻半个身，她趴在炕上，珠珠把毛巾用温水打湿，一点一点地擦，有些地方睡的时间长了还有点溃烂，珠珠又从柜子抽屉里找来"三九"皮炎平药膏亲手给嫂子涂在身上。嫂子连连不断地说:"舒服得很,好像轻松了许多。"

哥哥怎么拦也拦不住,说:"你回来还没有吃饭,干了这么多的家务活,太麻烦你了。珠珠你陪你嫂子说说话,我出去一会儿就回来。"

喻珠珠本来是打算向哥哥借钱的,看到哥哥家里困难比她还多,就没有好意思开口借钱。她帮哥哥干完了家务活,就到了下午,便动身回家。哥哥给珠珠准备了一篮子菜,让带回家给孩子们吃,她不肯带,说哥哥也不容易,还是留着自己吃吧。

哥哥说:"这些菜是自家地里种的,又不是买来的,放在农村不值几个钱,你看西红柿、茄子、黄瓜、小青菜都没有打农药,青菜让虫子吃出窟窿眼来就说明是无公害的,你带回去吃个鲜。"

喻珠珠挎着菜篮子,一路小跑,回到家里,阳光刚从房背后的那棵大树梢上掉下去,院子里的树影儿、房影儿也随微风而消失了。听着门响,四个女儿从屋里跑了出来,喊叫着妈妈回来了。曹春月接过菜篮子,放在屋檐下,曹夏花搬来小凳子,让妈妈坐下来休息,曹秋菊摇摇晃晃,把一碗水递到妈妈手上,撒得剩个碗底,喻珠珠上前一步,把碗接到手上,碗里的水只能喝一口。妈妈还是心情愉快,望着女儿说:"秋菊如今也长大了,知道疼妈妈了。"

喻珠珠怕饿坏了女儿,系好围裙,把哥哥送的菜拿出来正要去洗,发现了一个红塑料袋压在菜下边,打开一看,是哥哥送给春月的红包,里面装着五百元人民币,而且还留言:"春月考上了大学,这是做舅舅的小小心意。谁家都有孩子,谁里都有困难需要钱,可当舅舅的再穷,也不能亏了孩子。珠珠你就收下哥的钱,这是对孩子的一种精神鼓励。"

喻珠珠看着这五百元人民币,看着哥哥那几句朴素的语言,眼泪流了出来,她怨恨自己不该去哥哥家,哥哥家也特别困难,嫂子每天吃药、治病都需要花钱，可哥哥总是把别人的事情记在心里，说是出门有点事，弄不好这钱还是从别人家里借来的。喻珠珠手捧着这五百块钱，心里翻腾起伏，内心久久不能安宁，她于心不忍，就要往门外走。四个女儿急了，忙拦着妈妈问，天这么黑了，还去干啥？她们都饿了。喻珠珠收住脚步，退了回来，自言自语，自怨自艾，后悔死了。收了这钱，哥哥家里生活负担又加重了，她决定明天再把钱送回哥哥家里去。

曹春月考上了大学，二十多天来这件事一直是柿子树村里全村男女老少挂在嘴边上的热门话题，家家户户的老人都督促鼓励自己家的孩子好好学习，以考大学为动力，将来才会有出息、有知识、有本事，才能挣钱。

曹春月家里连日来出出进进，人来人往，热闹得像是庙会。你来了坐一阵儿，她来了坐一阵儿，几个老婆婆坐在一起，你一言，她一句，说出来的话全是表扬曹春月的话，还有人表扬说是喻珠珠教育孩子有方。因为大家都知道，供孩子上学不容易，考上大学更不容易，不仅是孩子自己要刻苦努力，更重要的是母亲对子女的生活、学习要关心照护，尽一个做母亲的责任。

今天王婆出门时把头梳理得特别整齐，像走亲戚似的，手里挎个竹篮子，里面放十个鸡蛋，还用花手绢盖着。她走过村里大椿树下时，碰到了曹黑娃他二妈。他二妈嘴长，闲话多，又问王婆今日穿戴得那么滋润利落，是看女儿，还是走亲戚？

王婆用右手把额前几绺发丝向后捋了捋，现出甜甜而又神秘的憨笑，说："一不走亲戚，二不串户，我是去看孙女。"

"哎哟哟，看你又在吹牛皮说大话，儿子还没有娶媳妇成家，还去看孙女？真是穷开心。"曹黑娃他二妈这次说话还比较有分寸。

王婆很气壮地说："这个孙女，可有本事，有能力。我去看，你就不去看？还当啥迷奶奶哩。"

这时候，曹黑娃他二妈才突然明白过来，抱怨自己记性这么差，吃过饭，想着去珠珠家看春月，春月要上大学，自己也要去表示祝贺。可走到大椿树下和几个老太太碰个面聊几句闲话，咋就沉得走不动了。亏得王婆提个醒，俩人说着话，走进喻珠珠家大院里，王婆上前很热情地对珠珠说："春月娃考上大学咧，你看把人高兴的，来道个别，表示当婆的一点儿心意，就是太穷酸了，手里挤不出钱来，给娃只带来十个鸡蛋，你也不要嫌弃，春月妈你就收下吧。"

喻珠珠和王婆还在互推互让的时候，传来咚咚锵锵的锣鼓声，村委会干部带领部分村民走进了喻珠珠家大门。喻珠珠忙喊四个女儿和一群同学出来欢迎。一时间喻珠珠家大院里又来了许多老人和小孩。一进门，支书就让放鞭炮，一串串红鞭炮，从大门外一直响到大院里。

支书王槐给敲锣鼓的师傅摆手，示意不要再敲了，他开口讲话："乡亲们！同学们！春月考上大学，她是咱们村几十年来，头一个大学生。喻珠珠家里孩子多，家庭有困难。现在上大学不容易，生活费、学费、住宿费，花销都大。请乡亲们放心，不用怕，柿子树村里不管谁家娃考上大学，村委会都要给予支持帮助。今天，柿子树村委会决定给曹春月同学奖励两千元人民币，钱虽不多，这是代表组织对同学们的全力资助，以鼓励孩子们好好学习，将来成为祖国的栋梁之才。"

支书王槐正在讲话的时候，曹黑娃也来了，他没有出头露面，只是悄悄地躲在自家院子里的大树后边。等村上的村干部和男女老少都走完了，他才走到春月面前，怔怔地看着春月。春月见到爸爸，热泪盈眶，拉着爸爸的胳膊问："爸爸你怎么才来，我还以为你不来了。"

曹黑娃心情很激动，他用手抹去眼泪，还是忍不住，唰唰唰，眼泪又流出来，一双眼睛都红了，说："春月，这些年爸对不起你，你的学习爸从来没有关心过。你能考上大学真不容易，全是你妈妈的功劳。"

曹春月亲昵地用双手挽着爸爸的胳膊，头紧紧地靠在爸爸的胳膊上，甜甜地说："爸爸你说对了，全是妈妈的辛苦付出。"

喻珠珠在一旁看到父女相见，百感交集。本来一家人开开心心地过日子多好，现在闹出个四分五裂的尴尬境地。她为春月能考上大学，实现梦想而欢乐、愉快、高兴。便主动和曹黑娃打个招呼，带着小小的怨气说："春月考上大学，我还以为你眼睛是瞎子看不见，耳朵是聋子听不见，今天才回来。"

喻珠珠突然冒出这几句话来，大人们和曹春月的同学听到后都愣住了，这是什么意思？

曹黑娃这阵儿倒是有男子汉气概，宽宏大量，不去解释，也不反驳，只是嘿嘿地笑着不停。笑声过后，他慢悠悠地说："春月考上大学，全村像是开了锅，谁都知道，我咋能不知道哩。只是……"话欲说，又存放在喉咙里，心里很内疚，还不是因为没有给娃准备好见面礼？原来，他从牛雪莉那里借来一千元人民币，才准备好红包赶过来。他想说明白，但又没有勇气解释，便从西服内兜里掏出红包交给珠珠，低头温情地说："给，珠珠，钱不多，你收下吧。"

喻珠珠望着曹黑娃双手捧着的红包，不接，反而幽默地说："我又没有考上大学，我收什么钱？"一句话，逗得大家炸开了锅，七嘴八舌，有表扬的，有暗暗批评的。她二妈接上话茬："哟，珠珠今天还拿个架子，春月能考上大学，还不全是你的功劳？娃是你生的，饭是你做的，平时抓教育全是你管的。有资本咧，有功劳咧，对，今天把他曹黑娃拿一手。"

喻珠珠这才心平气和地叫了一声："二妈，看你说的，春月考上大学，功劳也有你的一份哩，多亏你整天操心帮忙。"

过了晌午，喻珠珠准备去做饭，她二妈让珠珠先别急着做饭，随手拿出二百元人民币，拉着珠珠的手，语重心长地说："给，珠珠，二妈虽然给的钱不多，你也不要嫌少，这是我对娃的一种精神鼓励，也是当奶奶的一点心意。春月去省城上大学，啥都需要重新给娃准备，被子啊，洗脸盆啊，牙刷牙膏啊，吃饭的碗筷啊，还有生活费啊，这些都需要花钱。"她二妈说得正来劲，珠珠当场推让，坚持不收这钱，说："二妈，你看二大有病，躺在床上，吃药打针还需要花钱哩。"俩人就这样推来让去。喻珠珠坚决不收，她二妈坚决要给，随后二妈不高兴地说："喻珠珠，你是瞧不起二妈？还是嫌钱少？我刚说了，钱少情义重，你二大有病花钱再多，二百元钱能救命？二妈再穷，还可以去借，还可以去银行贷款。如果你还认我这个二妈，你就收下吧。"说完这些话，她二妈就立马告辞说是家里还有事，要回去了。

曹黑娃看到二妈要走，便说他也要走。曹春月和曹夏花姊妹俩张开胳膊拦住，异口同声地说："奶奶，爸爸，你们俩人谁也不许走。"

曹黑娃和他二妈看到孩子们那么认真可爱，谁都不好意思说要走。

喻珠珠看到争论半天，谁也争不过孩子们，便让春月和夏花陪奶奶说话，自己去厨房里做饭。

厨房里珠珠在擀长面，她二妈在水缸沿儿上把刀子来回磨得很锋利，切大肉，烂臊子，一时间一大锅臊子汤做好了。

全家人围坐在一起吃完了臊子长面，她二妈又语重心长地安排这，安排那，安排喻珠珠和曹黑娃一块儿去城里送春月上学，家里的几个孩子由她来照管。

曹黑娃感到二妈提出的这个建议很好，他也想亲自去送春月上学，就问春月同意不同意，曹春月高兴地跳起来说："爸爸，你去送我上学，那太好了。"春月又回过头来，问妈妈同意不同意。

喻珠珠只是笑了笑，没有直接回答春月提出的问题。她在想，送春月去省城上学，人家支书王槐已满口答应，以村委会的名义，亲自开车送春月去学校。这是多么体面的事，又方便又快捷，还不用背上行李在公交车站问来问去，上了这趟车还得再坐另外一趟车，光倒车就麻烦死了。

喻珠珠当着她二妈的面不能把这件事全部说出来，只是提出，黑娃去送春月，她就不用去，留下来在家照顾孩子。

曹黑娃坚决不同意，提出自己没出过远门，连走哪条路都不知道，送春月去上学，他就不去送了，还是让珠珠和春月一块儿去，一路上春月有什么事情，两人也好商量。

他二妈听了这话，没有坚持她的意见，送春月上学的事，就让他们自己商量着去安排，她也不用再操那么多的心。

夕阳西下，她二妈回家的时候，喻珠珠亲热地把她从上房屋里送出大门外，虽然不是送了一程又一程，起码也表示出喻珠珠对她二妈是一往情深。

喻珠珠春风满面，心情愉悦，站在自家大门外，又是对她二妈招手说再见，又是不停地说："谢谢二妈！让你忙了一整天。"

第十二章

喻珠珠和曹春月坐在支书王槐小轿车的后排座位上，一路上长途颠簸，两人有点犯困，喻珠珠不停地张嘴打哈欠，一会儿头倒向左边就靠在春月的肩头睡着了。一会儿瞌睡的头倒向右边，就碰在车门的玻璃上碰醒来，她自己感到很不好意思，心里想这几天在家里前后招呼来人，太忙太累了。

　　曹春月打开一瓶纯净水，让妈妈喝几口水，就不打瞌睡了。果然很灵，一喝水妈妈就清醒了，精神就好了。

　　支书王槐从前边的后视镜里看到了，一边谨慎驾驶，一边说，鼓起精神，坐端坐正，进城了，看看大城市里的风光，高楼大厦鳞次栉比，让人眼花缭乱，看看外面的世界，看看城市的飞速发展，就不瞌睡了。

　　喻珠珠迷迷糊糊，听到了支书跟她说话，支书说完了话，她上下眼皮还是在不停地打架，一点儿没有欣赏城市美好风景的那种心情，很可能是她在乡村待惯了，不喜欢城市里热闹人多的地方。

　　小轿车停靠在皇城新闻大学大门外的停车场。曹春月和妈妈从小轿车后备箱中拿出了行李，曹春月背着双肩包，抬头看到皇城新闻大学的校门，两边恢宏壮观的门楼，由三本立体书刊模型组成，中间高，两头低。大门上浮雕着一片蓝天白云，看去很是阳光，一派大都市的全新风貌。曹春月很高兴，她就要在这座高等学府深造了。

　　曹春月拿着通知书刚走进大门，迎面来了四名肩披红彩带的女学生，上前热情地问："是来报名入学的新生吗？"曹春月点点头，说是的。女学生看了看录取通知书又说："好，请跟我来。"

报名点设在学校办公楼门前。有多少来报名的学生，谁也说不清，只见每一个学生的后边都跟着三五个来送的人，最少也有两个。人头攒动，报名的学生排起了长队，家长带着大包小包坐在树荫下，路沿边。曹春月的妈妈被女学生领进了家属休息室，她坐在这里耐心等候。直到下午三点，入住手续和学生注册登记才办好。春月领着妈妈去学生餐厅吃饭。

第二天，妈妈临走时，反复叮咛春月，"头一次出远门，来省城上大学，每天的吃饭、穿衣、睡觉，妈妈都不在跟前，全靠自己去做，你一定要多为自己操心。"

曹春月笑嘻嘻地安慰妈妈说："妈妈，春月今年多大了？你还操心？干脆你就留下陪我得了。"

喻珠珠知道春月在安慰她，说："傻闺女，自己多大年龄，还不知道，还问妈妈。妈妈留下不行，还得回家照顾你三个妹妹去。"

曹春月爽朗地说："我都十九岁了。妈妈你不用操心，我自己会照顾好自己哩。"

母女俩正在难分难舍，说着分别时的心里话，路边支书王槐开的黑色小轿车，喇叭嘟嘟地响个不停。

支书王槐打开车门玻璃督促喻珠珠快点上车，正在此时，交通警察走来，先是敬礼，然后说："司机同志，这里不能乱停车。"警察的话刚说完，曹春月打开车门把妈妈送上车，又叫一声："王叔叔，再见。"喻珠珠还一声接一声地喊："春月，再见！妈妈回去了。"

喻珠珠上车的时候，支书王槐让珠珠坐在副驾驶的座位上。刚坐稳，支书亲手系好安全带，关心地问："是不是饿坏了，想吃什么？"

喻珠珠回答："随便吃些啥，能把肚子填饱就行。"

王槐舒展眉梢，没有多加思量，高兴地长吁一口气，自言自语地说，

"总算是出门了，带着你在省城里自由两天，消费两天，好好快乐两天。省城里是个讲消费，讲生活质量，讲自由的地方。你瞧，这大街上，全是卖吃食的饭馆、酒店，一家挨着一家，什么海下捞火锅店，云中雾火锅店，重庆辣火锅店，都是重庆有名的火锅店。今天带你去尝个鲜，调个口味，咋样？"

喻珠珠自嫁到曹黑娃家里来，半辈子都生活在农村，平时都是吃粗茶淡饭，要求并不高，随口答应说，"行，吃啥都行，你就看着办。"

王槐是在社会上混熟的人，生活有追求，有新意，还会赶时髦。大大咧咧地说，带她去吃火锅，还要吃出个名堂来。

喻珠珠把嘴唇撇撇，有一种轻蔑的口气说："吃饭就是吃饭，土老冒进城哩，还要耍个大拿，装个气魄，穷讲究，吃饭还要吃出个名堂来。"

王槐把车开到停车场，保安上前问是吃饭吗，王槐点点头说是吃饭。

保安点了遥控器说："先生，你请。"

王槐领着喻珠珠上了二楼，找个靠窗户安静的地方，俩人面对面坐下来，王槐先翻阅服务员送来的那张打对勾的菜单，一目扫过，推到喻珠珠手边，给，看你爱吃啥，就点啥。珠珠看也不看说："你就随便点，你点啥我就吃啥。"

王槐手拿红色圆珠笔打对勾，点两个虾，两个干炸小黄鱼，两只阳澄湖里的大螃蟹，两片生菜叶，两片老豆腐……

喻珠珠看着，不解地问，"你点的菜为什么都是两个，两块，两片？"

王槐停下手里的笔，说："瓜怂你不懂，人家这叫吃鸳鸯火锅哩。"

喻珠珠低头不好意思地笑了笑，"看把你骚情的，老了，还吃鸳鸯火锅哩。"

吃完了，下楼时，王槐走在前边，一边用餐巾纸擦着粘满红油的嘴，还一声接一声咳嗽，嘴里在无休止地嘟囔："四川尖椒辣得很，把人辣散伙咧。"

喻珠珠跟在后边下楼梯时，还咯咯发笑，笑的意思是看他还敢再吃鸳鸯火锅不。

俩人坐进车里，小轿车启动了，喻珠珠问王槐他们是不是该回家了。

王槐说："吃了鸳鸯火锅，咱俩还没鸳鸯哩。"

喻珠珠听不懂王槐说这句话是什么意思，问："啥叫鸳鸯？"

王槐什么话也不说，只是扭身向右把喻珠珠搂了过来，重重地在喻珠珠脸蛋上亲吻了一口，然后高兴地说："到地方你就知道啥叫鸳鸯了。"

王槐驾驶着小轿车在城里左拐弯，右拐弯，有时候还来个急刹车，甩得喻珠珠头晕、恶心，还想呕吐，她让王槐把车开慢点。

这时候王槐温顺地像一头驯服了的老绵羊，尽管心里的欲火还是那么旺盛，他也要一次次扑灭。因为他懂得这是在大城市，个人的一切行为都要自己负责，冲动或胡作非为都逃脱不了法律的制裁，不能随心所欲，村长在城市里还不如捡垃圾的怪老头。他把车开到了城乡结合部，那里有刚开发不久的五星级国际大酒店。大酒店门前有一块黑色大理石底座，上边蹲放一块不规则的白色大理石，上面有金光灿灿的"水鸭部"三个大字。

王槐在车内对喻珠珠说，"你晕车了，咱们就在这里休息几个小时，缓缓精神，天黑前赶回家。"

俩人下了车，进入大门，向前台登记处走去。王槐让喻珠珠拿出身份证，戴上深色太阳眼镜坐在大厅的红木沙发上，他去办理入住手续。

服务员，鞠躬弯腰，"先生好！你是需要住宿吗？"王槐没有开腔，只是点点头，表示是来住宿。

服务员热情地介绍，"水鸭部有两种住宿标准，标准间：有游泳池、桑拿室、按摩房，每晚八百元，现在是淡季，可以打八折优惠，每晚六百四十元。豪华间：有游泳池、桑拿室、按摩室，包括修脚、喝茶水，还有免费早餐和午餐，每天一千二百元。先生您需要住什么价位的？"

王槐说那就住八百元一晚的，稍停片刻，他又说："小姐，我们临时休息，住六七个小时就走，那价格还能便宜吗？"

服务员笑脸相迎，解释说水鸭部没有钟点房。

王槐拿房卡进入房间，这里的布局跟美丽的海滨风光相同，就是缩小版的海景房，打开房门，小游泳池的一碧清水呈浅绿色，池子周围有人工气旋掀起的浪花，向门前哗哗的潺潺卷来，不偏不倚刚好流到门楣边，接着又自然退潮了。

喻珠珠是土生土长的西北黄土高原上的旱鸭子，不会游泳，见水就害怕。

王槐虽说在中学上过体育课，学会了游泳，只是会狗刨式一种简单的姿势，其他的仰游、蛙游、蝶游一概不会。他看着这个小游泳池对喻珠珠说："水不深，胆子放大，淹不死人，别害怕，我来扶着你。"

喻珠珠穿着短袖上衣，和一种旧式的短裤，坐在游泳池边上，双脚在水中打着水花，王槐扎个猛子过来，双手紧紧抓住喻珠珠双腿，把喻珠珠拖下水，紧紧地搂抱在怀里，悄悄地说，这就是"鸳鸯戏水"。

喻珠珠转过来，两人面对面地搂抱着，"支书你真坏。"喻珠珠浪漫的情感已经控制不住，说她游累了，需要休息。

支书王槐心有灵犀，两人从游泳池里爬上来，一并进了卧室的卫浴间，冲个澡，相互搓背。喻珠珠调皮地笑话他说："身上脏得像个猪，污垢搓了一地，收拾带回家能上二亩地。"

洗完澡，两人上床休息。之后又去餐厅吃了饭，就一路狂奔回家了。小轿车行驶不足五十里路，喻珠珠被摇晃着就睡着了。

王槐今日格外精神抖擞，精、气、神十足，双手紧握方向盘，思想集中目视前方，偶尔把右手伸过来，触摸喻珠珠那白里间飘逸红云的脸蛋，感到玩得开心高兴，真正玩出了鸳鸯戏水，他就偷偷地笑了。他又斜眼看着喻珠珠睡着了的圆脸蛋，樱桃小嘴，又起了欲念。看看表，再看看西去跌窝的太阳，天色麻麻偏黑，路上来往的车辆渐渐稀少。

　　小轿车在喻珠珠家门口停下来，喻珠珠推门回家，她二妈已经给夏花、秋菊、冬梅脱了衣服，洗了脚，正准备睡觉。

　　喻珠珠进屋里门叫："二妈，我回来啦。"三个孩子听到妈妈的声音，都惊讶地从被窝里坐起来，喊叫妈妈。

　　她二妈，从外表上看是个邋遢人，在珠珠一人送春月去上学之后，负责照顾了两天孩子们的吃饭和睡觉。晚上孩子们睡着了，她就胡思乱想，其实是有心计的思考，想了许多，还自问自答，设了几个有疑问的地方。今晚她也不管珠珠长途坐车，鞍马困倦，带着神秘的面纱问珠珠说："你现在面子大得很，春月上学，支书专门开车送娃一趟。"

　　喻珠珠心里有底，也学会了察言观色，当着她二妈的面，巧言善辩说："二妈，不是我面子大，我也搬不动。那是村委会提出来的，理由是，春月是二十多年来，村子里第一个考上大学的娃，为村子里争了光，为咱曹家争了光。现在，党的政策提倡帮困扶贫嘛，咱们家是贫困户，村委会要体现党的好政策，就决定让支书亲自开车送春月一趟。"

　　她二妈既明白又糊涂，她再也说不出个道道来，随即转身要走。喻珠珠让二妈等一时，从袋子里拿出一盒糕点，还有一袋牛奶燕麦冲剂，还有一条三力牌围巾说是送给二妈，二妈在家辛苦了两天。

　　她二妈看到珠珠去趟省城，回来给她送这些好礼物，心里高兴，脸上洋溢着笑容。双手紧紧握着礼物，不会推辞，不会说客气话，只是感动，断断续续地说："珠珠真好！珠珠真是有心人，出门在外，回家来还是惦记着二妈哩。"说完了话又叮咛珠珠，坐车累了，就赶紧陪着孩子们睡觉休息，她该回家去了。

第二天，她二妈吃过早饭，又来到喻珠珠家，吞吞吐吐好像有什么话要说，笑了笑，转弯抹角地对珠珠说："你看，咱家里，你二大半年前都过了六十八岁的生日，卧床不起，在炕上病了两年多。你再见到支书，给提说提说，能不能给你二大把吃低保的事儿……"

喻珠珠听到二妈来说这件事，心里一下子明白了。二妈这人平时就精得很，为什么前些天不提这件事儿，偏偏在这个节骨眼上来找她？二妈是不是平白无故来找她？她想肯定不是。肯定是二妈又想到了什么，无风不起浪，是听到了什么？还是看到了什么？或者她是拿这件事来要挟她？

喻珠珠也提防个万一，很巧妙地告诉她二妈，说吃低保的事，是个大事，也是个正事。谁能吃上低保，那事归支书管，她喻珠珠又不管，她有什么资格去问人家支书。万一碰个灰鼻子灰脸，让支书生气，白白骂她一顿，她这不就把人丢大咧。"二妈，如果要去问，还是你亲自去问，这是你家里的正事，你问支书也是合情合理，也是应该问的。即使支书不给办，他还得给你说个正当理由哩。二妈，你说对不对？"

过了几天，果然，柿子树村里传来了一些不三不四的谣言，说什么，谁只要攀上了支书，吃香的喝辣的，你想要什么就能得到什么。喻珠珠和曹黑娃离婚了，你瞧人家就享福了，低保比谁吃得都早。跟曹黑娃生活在一起，天天挨打受气，活受罪。现在跟谁在一起都无所谓，只要是高兴、愉快、实惠就合算。

曹黑娃听到了这些流言蜚语，其实跟他也没有什么关系，可是心里这口恶气吃不消。他和喻珠珠是离婚了，但是只要听到谁恶意往喻珠珠身上泼脏水，他还是受不了。毕竟曹黑娃还是四个女儿的亲爸爸。他决定去喻珠珠家和她好好谈谈，在平时的生活里再不要让村子里的那些爱拨弄是非的人咬舌、说怪话。

曹黑娃满怀着有正义感的豪气，进了喻珠珠家门，却被喻珠珠堵在院子里，问："你来干啥？"

曹黑娃半遮半掩，结结巴巴，不好意思地说："我来有事情和你谈。"

喻珠珠问："都离婚了，有什么好谈的？"

曹黑娃张口结舌："我还是娃她爸哩。"

喻珠珠就知道曹黑娃要说什么，反来个揭老底："当爸管什么用？你不是和牛雪莉也那样吗，还管我哩。我现在也是女人，还要管四个女儿上学、吃饭、穿衣服。"

喻珠珠没有给曹黑娃让坐，也没有给曹黑娃泡茶喝水。只是在曹黑娃面前扎个势，晃来晃去，神情骄傲，拖个腔调，还打个比方说："乌鸦和猪一样黑，狗屎和大粪一样臭。你想管我？靠边站，凉快去吧。打开窗子说亮话，棋盘上的子儿，车走车路，马行马路，井水不犯河水，你还是离远点好。"

曹黑娃好心来劝喻珠珠的目的没能实现，心里还是那么不安。回到他居住的村委会库房宿舍里，门大开着，不一会儿，靠西北方向上空的乌云笼罩着半边天，突然起风了。一股狂风卷着厚厚的黄土，扑进房子里，黑娃眼睛都睁不开。黑娃眯着双眼把门用力关上，坐在床沿上，耳边还听到风声像口哨一样狂啸。风把窗户上的几块玻璃吹在地上，发出噼里啪啦的声音，这声音清脆、刺耳、吓人。

曹黑娃一时间想到的事太多，又把双腿收回来，盘坐在床上，点燃一支香烟，吸了起来。风慢慢地减弱了，他透过窗户向外望去，天空像是舞台上那道灰黄色的天幕，月晕风沉。去省城送春月上学，他为什么放松了一步？现在村子里有人背地传闲话。夏花今年上初三了，秋菊、冬梅都能记事了，这些话传到她们耳朵里，对娃娃又是个啥影响。唉声叹气了一阵儿，对喻珠珠的所做所为，看来他也无能为力，说话不起作用，听到的是是非非只能眼睁睁地看着，管不了。

曹黑娃想到的事情，果然发生了。

金秋十月，刚过完国庆节。某一天的下午，学校提前放学，曹夏花回到家，看到门口停放着支书王槐的黑色小轿车。她就没有多想，走了进去，看到妈妈住的屋子大门紧关着，正要伸手去敲，只听到屋子里的对话声，那男的说："回来一个多月了，想你想疯了，快脱衣服。"

妈妈咯咯地笑着问："母老虎知道了，咋办？"

那人大大咧咧地随口说："管述她哩，她胡闹，就跟她离婚，娶你。"

夏花的妈妈再追加一句："那你说话得算数哟。"

曹夏花在窗户外听了这样的对话，恨得咬牙切齿，握紧拳头把门砸得咚咚响，怒骂一对不要脸的狗男女，一阵儿号啕大哭，背着书包跑出门去了。

曹夏花出走一周时间，音信全无，杳无踪迹。这件事惊动了全村的男女老少，特别是学校的校长和班主任老师。支书王槐更是惊慌不安，他直接选派村子里又聪明又有眼色，有外出经验的五人分头去县城，去省城寻找曹夏花。

时间过去了三天，曹黑娃亲自去派出所报案，印发了三千多份寻人启事在全县范围内到处张贴。反馈回来的信息同一张白纸一样，一点儿希望都没有。曹黑娃布袋里装几个冷馒头，走在大街上，饿了也记不起来吃，只是拿出曹夏花的照片，逢人便问，看到他女儿没有？大街上过往行人来去匆匆，看一眼照片只是摇摇头，什么话都不说，就走了。曹黑娃就这样漫无目的地寻找，等于是大海里捞针，走累了，眼睛就发黑，实在是寸步难行了，便坐在派出所大门口守株待兔，侥幸等待。一天时间过去了，三天时间过去了，半个月的时间过去了，还是一无所获。曹黑娃把自己带的馒头吃完了，身上分文没有，只好恢恢地回家去。

一个月的时间过去了，喻珠珠每天以泪洗面，不吃不喝，还寻死。这件事让秋菊、冬梅很受伤，她们常常辍学，没有心情去上课，主要是要陪着妈妈，照顾着妈妈。左邻右舍每天还要来家里安慰她。

曹黑娃他二妈，一个多月来最为辛苦，在自己家里急急促促给老头子喂药，喂饭。忙完自己家里的活，又得过来给秋菊、冬梅家做饭，还要招呼珠珠按时吃药。一来二去，忙得不可开交，人都消瘦了好多。

曹黑娃和村子里派出去的寻娃小组，来到省城，出了长途汽车站的大门，人黑压压一片，人挤人，车堵车，向前走一步都很困难，上哪里去找人。村上派出来的黄二毛问曹黑娃："黑哥，咱们去哪里找？"就这一句话，问的黑娃没了主意。

曹黑娃长这么大，还是第一次进省城，地域不清，路线不熟，进了大城市抬头望去，一片墨黑天地，一个人都不认识。他心里就犯难，无计可想，双手抱头坐在候车大厅的门外边，其他四人照样围坐在石台阶上，一字摆开，挡住了候车人的路。不一会儿，保安走过来问他们去哪里，曹黑娃站起来随手掏出寻人启事，让保安看，说他们是寻找人的。那保安说："找娃哩，坐到这里能找到？去，去去，到人多的地方找去，瞎狗都不挡路。"

曹黑娃虽然在农村是一条汉子，出了门遇到这样的事，他就傻得跟怂一样，一句话都说不出。黄二毛还敢大胆地问："你怎么骂人？"那保安蛮横不讲理，"骂你哩？看你不顺眼，还没教训你哩。"正说着从附近又有三四个保安走过来。曹黑娃一看阵势不对，赶紧拉着黄二毛对保安说："就走，这就走。"

到了晚上，城市里华灯初上，光彩照人，来来往往的人跟蚂蚁一样多。一群女娃穿着学生服，背着双肩背书包，挤上了公交车，另外一群女娃挤上了另外一辆公交车。曹黑娃睁大眼睛，看看，再看看，多么希望其中一个是自己女儿曹夏花。眨眼功夫又来了一群女学生，曹黑娃竟然大叫一声夏花。黄二毛和其他三人都问："夏花在哪儿？"正叫着那群女学生上了21路公交车消失在灯火辉煌的云雾里。曹黑娃向前跑着，追赶着，还同时喊叫着："夏花，夏花。"

黄二毛和其他三人站在公交车站前同时喊："黑哥，你回来，别追咧。"

第十三章

曹黑娃和村委会里派出去的黄二毛、狗剩等一块儿去省城寻找曹夏花。临走时支书只给了一千元的路费，当天五人乘车就花了一百六十五元，余下的钱，吃饭、住宿，一天就基本上消费完了。因吃不饱饭饿肚子，住不上好一点儿的旅社，有两个人提前回村了。三天后，剩下的两个人嚷嚷着要回家，异口同声地向曹黑娃讨要回家的车票钱。

　　曹黑娃无话可说，给黄二毛和狗剩每人发了一百元路费。现在，他自己身上分文没有，眼下吃饭、住宿成了大问题。没有钱办什么事情都寸步难行，出门来寻找夏花，就成了一句空谈。

　　曹黑娃贫困潦倒，举目无亲，开始在大街上当起了乞丐。他最初还不好意思，扯不开脸皮，不知道怎么样向人低三下四，求爷爷告奶奶去开口讨要。饿得实在走不动了，他就偷偷地学着捡垃圾。

　　曹黑娃在公交车站，在菜市场，在卖小吃的摊点前，捡些饮料瓶、啤酒瓶，还有废纸箱，一天捡到晚，捡的废品看起来很多，数量也不少，卖给废品收购店，才卖了三元六毛钱。这些钱只能买一瓶纯净水，买三个小馒头，吃完了，还没有把肚皮填饱，饿得他心里发慌。他只好在大街小巷里，转悠来，转悠去，希望能捡到更多的垃圾，到了夜里就露宿街头。第二天早晨，他早早爬起来，准备到卖小吃的摊点前去讨饭，一家挨着一家伸手去要，到头来只要了三五毛钱和两个小馒头。有时候他还会遭到小老板的白眼、训斥和驱赶。

　　今天，已经是寻找曹夏花的第四天了，他也不知道洗脸，在人群里穿行，谁见了都要驻足观望。特别是穿着打扮时髦的女青年，见了他都要绕着走，因为人们都不觉得他是捡垃圾的，或者是乞丐，而误以为他是小偷。曹黑娃去翻垃圾桶，什么也没有捡到，秋天里的垃圾桶全是西瓜皮和发了霉的水果核，他刚揭开盖子，一股酸臭味迎面扑上来，熏得他也无法忍受，只好放弃了翻垃圾桶。到了中午时分，又是吃饭的时候，他忽然眼前一亮，走进一家卖小吃的面皮店，站在桌子旁边守株待兔，人家吃不完时留下的残汤剩饭，他可以捡来充饥。

曹黑娃站在一位女士的正前方，眼巴巴地盯着人家吃饭。那女士抬头用纸巾准备擦嘴，看到一个蓬头垢面的乞丐站在眼前一动不动，她就突然一阵恶心，倒了胃口，一点儿食欲都没有，心里头翻江倒海，急忙起身一手捂着嘴巴，小跑着离开了。他二话不说坐下来，端起那多半碗面皮狼吞虎咽吃个精光。眼皮下还有个肉夹馍，他拿着就走。他很精灵机智，害怕老板看到要骂他。

曹黑娃一边在大街上讨饭，一边还留个心眼，到处张望，看能不能找到曹夏花。走着，转着，走到了城墙角下，那里人很多，有唱歌的、有跳双人舞的，还有讲故事说笑话的，最让他感兴趣的是玩套圈，每个圈一元钱，套住什么就拿走什么。他摸摸口袋，尽是些毛毛钱和硬币，凑到一起，还差两毛钱才够五元钱。那老板大大方方给了他五个圈。他想五个圈，总有一个圈能套中，套一包香烟，或圈一瓶酒，肯定是没问题。他就瞅准了，精心去套，把前三个圈扔出去，全落空了。他深深地吸口气，保持平衡，在老板的鼓动下，一个圈碰在西凤酒的瓶子上，最后一个圈碰在一包香烟上，后又被弹了出来，五个圈扔出去，什么都没有套上，他气得一句话都没说，走到大树下睡大觉。

一会儿走来了几个巡逻的保安，看到曹黑娃睡到那里会影响城市文明，便上前劝告。这时候曹黑娃向保安说明他是来城里寻找女儿的，现在身上的钱和物品都被小偷偷走了。昨天就没有钱吃饭，饿得全身没有力气，只好睡到这里等死。

几个保安很不耐烦，一个胖保安眼睛瞪得滚圆，说："想死还不容易？让你起来，你就得起来，还拿想死来吓唬谁哩？这懒怂看来是欠揍。"另外一个保安上前劝阻了胖保安，说："算了，算了，别跟叫花子一般见识。把这怂送到救助站算逑咧。"

四个保安强拉硬拽把曹黑娃拖上小皮卡送进了救助站。

救助站办公室里，工作人员拿张登记表问："啥地方的人？叫什么名字？年龄，家里几口人？"问了这么多，曹黑娃都对答如流，说得清清楚楚。接着那人又问："你进城里来是打工挣钱？还是想当流浪汉？"

"同志。"他刚叫一声，就被工作人员拦住说："谁和你是同志？你现在是被救助者。说！为啥跑到这里来？回答问题。"

曹黑娃问工作人员："不是我自己来的，是保安强行送我来的，我是进城来寻找我女儿的，我女儿叫曹夏花，已经走失一个月时间了，她还是个孩子，正在上学。你们这儿是救助站，那就问问，你们见过我女儿没有？"这样一解释，救助站的工作人员倒是没敢马虎，就不再多问，翻开一个月来被救助的花名册细细查找，看有没有名叫曹夏花的女学生。一个多小时过去了，工作人员很是严肃地说："没有救助过曹夏花这个人"。

曹黑娃在城里寻找曹夏花，第一次遇到了好人。现在，他出门时带的钱花光了，回不了家，想以讨饭为生，看能不能慢慢地找回家，可怜自己没出过远门，连回家的路都找不到，也不知道家到底在什么地方。

工作人员还问："省城里有没有亲戚？"

曹黑娃回答："有个女儿在省城上大学。"

工作人员问："在哪个学校？叫什么名字？我帮你找。"

曹黑娃回答："孩子上学，不是我来送的，上什么学校，我不知道。只知道我女儿叫曹春月。"

工作人员又说："不知道学校就不好找。"

后来，救助站给曹黑娃买了一张长途客运票，送曹黑娃顺利地回到家里。

曹黑娃下了公交车，哪里都不去，直接回到原来的家，进门看到珠珠躺在炕上，秋菊和冬梅守候在妈妈身边，他二妈站在炕头边，手不断地把湿毛巾翻了折，折了翻，不停地搭在珠珠额头。

曹黑娃没顾上喝一口水，也没有吃饭，急急地问："珠珠是发高烧，还是血压高，病了几天了？"

他二妈说："自从你和村子里那几人出门去寻找夏花，珠珠就像疯了一样，一直怨恨自己，双手猛打自己的头，乱揪头发，还不停地把自己的头向墙壁上碰，说她没有脸面活在这个人世间，干脆一死了之。你看这可怜不可怜？"他二妈看到这种可怜的人，总不能眼睁睁看着她去寻死，珠珠死了留下这堆孩子该由谁来照顾？他二妈叫来黄二毛，让他去把胡医生请来给珠珠看病。胡医生摸脉，看舌头，看面相，说是神经衰弱，受了风寒，有轻度神经错乱，开了些安神丸，还有安眠药、镇静药，吃了让珠珠好好睡觉。只有睡觉休息好，才能恢复。"黑娃呀，珠珠的病不能长期拖下去，要去县医院检查治疗，万一在家里出个啥事情可咋办。珠珠是咱曹家一口人，你还是孩子的爸爸，你还是珠珠的前夫，你一定得想办法给珠珠治病。"他二妈说。

曹黑娃听了他二妈的安排，觉得二妈说得有道理，万一珠珠离开人世，家里这一切还不是落在他的身上？在这个紧要关口，曹黑娃准备出门就去牛雪莉那里借些钱，给珠珠看病。

曹黑娃见到牛雪莉，还没来得及开口，牛雪莉就问曹黑娃是啥时候回来的。出门不到十天，人也晒黑了，好像是瘦了一圈。一说这话，黑娃心里就酸楚，双眼就眨巴着忍不住要说出那出门的难受感觉。

牛雪莉就知道肯定是没有找到夏花，黑娃心里才难受。就好心安慰相劝，"娃没有找到，情有可原，那么大的城市，人多得如蚂蚁，黑压压一片，你上哪里去找？"

曹黑娃对牛雪莉说："找夏花的事儿往后推推。我今天来找你，有句话不知该说不该说。"

牛雪莉性格开朗，大大咧咧："说，有什么不该说的，你我之间，有那么多顾虑干啥？"

曹黑娃说，这次去省城寻找夏花，吃了不少苦，受了不少罪，差点儿饿死在外边，多亏救助站帮他买车票回家。进门了，家里又是困难重重，珠珠患病在炕上躺着，不吃不喝，寻死觅活。他也是走投无路，来这里借些钱，好让珠珠去县医院治疗。

牛雪莉听了黑娃说的，想了许多，现在形成的三角关系，是问题发生的根源。问题都是支书王槐和珠珠的胡闹造成的。借不借钱先不用管。要把问题先弄清楚，矛盾产生的根源不说明白，责任就落不实。于是，牛雪莉对曹黑娃说："你家里的问题，不，不，不是你家里，是喻珠珠家里。眼下喻珠珠治病要花钱，寻找夏花要花钱，春月上大学要花钱，秋菊、冬梅上学要花钱，她们全家吃饭要花钱，快过年了还要花钱。黑娃，这些钱从哪里来？你想过没有，全靠借不是解决问题的办法。"

曹黑娃听牛雪莉说的话全是实话，不解的是听明白了，该怎么解决，他心里还是没底，"雪莉……那……你说该咋办？"

牛雪莉这才表白，"你来开口借钱，我应该第一个伸出援助之手，理应借钱。话又说回来，借多少能解决你的燃眉之急？五千，一万，都解决不了什么大问题。最有效的办法是去找王槐说事，去要钱，这是唯一的好办法，明白不？"

曹黑娃听牛雪莉说了那么多的事情都需要花钱，这也是个大实话。

现在的生活都离不开钱，起身他就出门去找王槐要钱。刚迈出牛雪莉家大门，王槐挟着手包走来了，没有和曹黑娃打招呼，径直走到牛雪莉家的柜台前，打着官腔："牛老板，这两天把麻将机关了，不要让人玩，县领导来咱们村检查扶贫工作。给你打个招呼，等检查完了再干，我走咧。"

曹黑娃喊一声支书，说他有话要说。

支书王槐立马说："就是珠珠家里的事，不用你说，不要你管，你是外人，与你没关系。我知道咧，我心里有数，这阵子忙着哩，三天后我去处理。"说完就走了。

曹黑娃吃个闭门羹，呆呆地站在那里无话可说。等支书王槐走远了，他又回到牛雪莉柜台前，生着一肚子闷气骂，"咋是个这德行？说官话，打官腔，把个事情一推六二五，在他嘴巴里没事了。"

曹黑娃无计可施，吸根香烟静静地闷坐了一会儿，心里又倒腾起来：狗日的支书说他是外人，这事与他没关系，这咋能没关系。他想着心里难受，湿润的眼睛暗暗流泪了。

牛雪莉看到黑娃被欺辱的过程，也想打抱不平，只是她是个女人，她是夹在两个男人之间的女人。说起来，黑娃还是真心爱她的好男人。她就鼓励曹黑娃，要有勇气，不要整天掉个眼泪，哭能解决啥问题？不解决问题就要下硬手。上家里去坐着不走，不信没有办不成的事。

三天时间过去了，曹黑娃见支书王槐迟迟不来找他。珠珠病恹恹地还在炕上躺着，饭菜不吃，秋菊打开一袋奶，用小勺子一勺一勺地给妈喂奶。他二妈过来了，进门看见黑娃就问，"怎么还不去县医院看病？拖出毛病来，万一有个三长两短，咱曹家脉气就云消雾散了，你快拿个主意吧。"

曹黑娃再也忍不住了，决定去支书家耍闹一场。他一路紧走，推开支书王槐家的铁大门，直接向里走。黑头藏獒狂叫着向曹黑娃猛扑过来，曹黑娃没有提前准备，被黑头藏獒吓得跌倒在地上不敢起来，所幸的是犬只要见人蹲下来，趴下来，它就停止了对人的进攻。看来黑娃还是有点儿经验的，没有被黑头藏獒伤害。

支书的老婆水仙在内屋听到黑头藏獒在狂吠乱叫，急忙走出来，见到曹黑娃在地上趴着，右手里还抓着半块红砖头，黑头藏獒在黑娃对面来回挪步。水仙亲热地招呼一声："哟，是黑娃来咧。"

曹黑娃还趴在地上，喊道："嫂子，快把狗看好。"

水仙笑笑，嘴里不停地说着："别怕，别怕，你快起来，有我哩。"走过去，一胳膊搂着黑头藏獒的脖子，一手在脊梁上抚摸着，黑头藏獒才缓和了对立情绪，吐出长长的舌头看着曹黑娃。

曹黑娃一边掸落衣服上的灰尘，一边说他是来找支书的。

支书王槐在家里跷着二郎腿坐在沙发上看电视。他有个不成文的规定，对于村民来找他说事，凡是上家里来找他，他都不接待，先由媳妇水仙接待。今天曹黑娃来找，水仙还是那句老话：支书不在家，有什么事等支书回家她就马上转告。

曹黑娃听了这话，心里明白了大半，叫声嫂子，他是有急事，如果今天找不到支书，就会出人命关天的大事，他也不想给大哥添乱。水仙还想问个明白，黑娃让嫂子别说了，他来了，就不准备走，在家里和弟弟玩，等支书哥回来。

水仙愣住了，四处张望，周围没有什么弟弟呀？笑笑，问黑娃开什么玩笑。

曹黑娃站在黑头藏獒身边，轻轻抚摸狗的脊梁，说："你家藏獒不也姓黑吗，今天玩玩，和它交个朋友。"

这时候支书王槐就在客厅里沙发上坐着，本想让黑头藏獒给曹黑娃来个下马威，把他撵走。曹黑娃非要坐下来死等，看来是吃了秤砣铁了心，不过黄河心不甘，非要见面不可。

王槐想他当了多年支书，从来没示过弱，能被曹黑娃吓唬住？他叼根老牌雪茄，端着宜兴紫砂壶，走出来站在屋檐下，一言不发，拨弄着笼子里的一对漂亮鹦鹉。

水仙看到了，哎哟一声，说："你个老死鬼是从哪里钻出来的？我还跟黑娃解释你不在家，实在是误会，对不起兄弟。那你俩说话，我去趟卫生间。"

支书王槐看都不看曹黑娃一眼，很是不耐烦的样子，对水仙大声吼，"滚……滚……滚回屋里去。"这才慢悠悠地转过身来问："黑娃，找我有啥事？"

曹黑娃压住满腔怒火，现在还在支书家里，要要狠，还要讲究些方式方法，不能蛮干，要引鱼上钩。他走近支书轻声说，"别再演戏了，来找你，就是说件事。答应了，解决了，我就走，不会赖在这里。如果推推拖拖，耍滑头，别怪曹黑娃不客气。"

支书王槐听到曹黑娃说这些话，心里立马想道，来者不善，善者不来。既然来了，曹黑娃肯定是为喻珠珠的事情，要摊牌，要提条件。不过他不管问题有多大，从来不在家里搞接待，或谈工作。他让黑娃等一会，他穿件衣服去村委会办公室说话。

柿子树村，村委会办公室，王槐自然而然地坐在他那把交椅上，问："黑娃，有什么事？"

"你心理明白，还装糊涂，还用问？"曹黑娃直接反驳。

"就是那些鸡毛蒜皮的小事，值得你火冒三丈？"王槐装冷静。

"眼下我老……不不……不是我老婆，是我前妻，是喻珠珠，在床上病了十多天，人病得快要死了。你说咋办啊？"

"病了？珠珠病了，病了就赶紧上医院看病去呀。"支书关心地说。

"看病，你得掏钱呀，有了钱才能去看病。"曹黑娃爽快地回答。

支书王槐不满意地说："喻珠珠病咧，让我掏钱？成何体统。"

曹黑娃郑重地说："问题都这样了，你还装洋蒜，要我一条不落地说出来你才肯拿钱？不要再耍滑头，快拿钱。不然别怪我曹黑娃不讲义气。"

支书王槐见抵赖不过去，问："要多少钱？"

曹黑娃张口说："最少要十万。"

支书王槐很随意地说："多大点儿病，张口就要十万，胃口倒不小，要这么多钱，没有。"稍停片刻，支书王槐又反问道："曹黑娃，你这是要钱，还是要命？"

曹黑娃说："别耍嘴皮子，这几个钱，在你身上如九牛一毛。不给钱，就给命，你自己了断。"

支书王槐现在说话，要多加提防，多加小心，他就警告曹黑娃："要钱，就说钱的事，不准胡扯。我王槐也不是吃素食长大的，见过世面，你吓唬不住。"

曹黑娃急了，他就给支书下硬茬。十万就是十万，一分钱都不能少。他没有什么真本事，但县政府的大门朝哪里开着他能找到，说王槐算不上大老虎，起码是只苍蝇，是只绿头苍蝇。

王槐气急败坏地站起来，伸出手来，食指顶在曹黑娃的鼻子上说，"你……你……你活得不耐烦了，想找死。"

曹黑娃伸出右手轻轻地挪开支书王槐的手指头说，"不想活了，这话算你说对了。穷人家的命不值钱，早就该死，只是没有找到个垫背的。那就商量好，这次咱俩一起死。"反正曹黑娃豁出去了，不讲理就不讲理。人们常说不讲理的怕横的，横的怕恶的，恶的怕不要命的。今天就给他玩一手，曹黑娃二话不说，上前一步，右手揪住王槐的衣领，指着村委会后院里那口枯井说："走，支书我陪你一块儿从这口井里跳下去。"

支书王槐这阵儿冷静地想了想，看来给曹黑娃上硬的不行，来软的也不行，软硬兼施更不行。如果闹僵了，县纪委下来查，那一切都完蛋了。于是他就干干脆脆拿张十万元的卡给黑娃说："给，写个收款条。"

曹黑娃拿到卡满口答应，写就写，谁还不会写。正要找个笔写收款条，脑子一动，计上心来。写上收款人是曹黑娃，就会惹来麻烦。支书王槐会不会拿上证据去派出所报案，说这十万元收款条是诈骗？派出所可以定他是个诈骗犯。这是有根有据的事实摆在面前，他有几百张嘴也说不清楚。钱是经过他的手拿走，用在什么地方，又有谁来证明他没有拿钱，事情放到桌面上，就是铁的证据，法院判他三年五载，去蹲大牢就惨咧。

曹黑娃提出要求，收款人写上喻珠珠的名字，并且注明此款项是精神损失费、误工费、交通费、生活费、治疗费、营养费。

支书王槐听了这么多的费用，也是被逼得无路可走，心不在焉地说："写吧，想咋样写，就咋样写。"

第十四章

曹黑娃终于从支书王槐手里拿回一张卡，卡里有十万元人民币，这是个不小的数目。这天下午曹黑娃把他二妈请过来，商量着第二天去县医院给喻珠珠看病，家里留她二妈照顾秋菊和冬梅。同时还问他二大现在的病完全好了没有，如果像正常人一样，能吃能喝，脑子还清楚，身体还健康，就请他过来，陪曹黑娃一块儿去县城给喻珠珠看病，当个帮手，不然他一个人在县医院跑不过来。"二妈你看行不行？家里的大小事情由二妈你就多操心几天，多劳累几天。等喻珠珠住上了院，把手续办完了，二大就可以回家了。"

　　曹黑娃他二妈是个心地善良的明白人。当然她心里也知道黑娃家里发生了这么多的事，她不帮忙谁帮忙，她不操心谁操心。她就满口答应说："你二大现在身体还硬朗，跟着你一块儿去还能帮上忙，多一个人总比少一个人强。如果有什么事你俩人也好商量。家里的事情你不用操心，两个孩子我来照顾。去了县医院让医生细心把珠珠的病检查清楚，调理好。抓紧时间，明天就坐车去吧，不要再耽误了。"

　　第二天早晨，曹黑娃扶着喻珠珠，他二大提着简单的几件物品，向村头的公交停车点走去，时间约莫过了二十分钟，公交车来了。为了更好地照顾喻珠珠，曹黑娃和喻珠珠坐在一个双人座位上。他二大一个人坐在后排座椅上招呼着行囊。中巴车启动了，刚一上公路，曹黑娃他二大就迷糊着眼睛，好像是在打瞌睡，实际上是在想问题。凭他的老看法、老经验、老思想，从内心就不愿意喻珠珠去县医院看病。下车了，在去医院的路上，一边走，一边对黑娃说："农村人谁一天不生些闲气，生气了整天睡在炕上，没有病也能睡出病来，让村子里医疗站大夫瞧瞧，抓三五剂中药喝喝，慢慢调理，病就好了，这能节省好些钱。去县城大医院看病，花钱就是个无底洞。"

曹黑娃听二大说这几句话就不高兴。带喻珠珠去县医院看病，人还没有进医院大门，医生还没检查问诊，他二大咋说得这么轻巧，好像喻珠珠是娇生惯养或者是没病在装病一样。曹黑娃没有公开说什么，只是"嗯嗯"应付了两声。他二大就急匆匆地问黑娃："我说的话对不对？你哼哼个啥？"曹黑娃笑了笑说："二大，你先别说珠珠有病没病，到了医院让医生看了再说。"

喻珠珠住院，交三千元人民币的住院费，交钱的时候曹黑娃不会用银行卡，医院工作人员就热情地给予指导，让把卡插入卡口里，再输入密码。曹黑娃从自己的钱包里找到那张写着密码的白纸，在工作人员口述下，按了一二三四五六七的密码键，电脑显示不对，提醒有误，请再核实，曹黑娃细细一看是：一二三，五六七，中间多个四。最后一次才输正确，办完入院手续。他二大问黑娃，"住院要花那么多钱？有啥必要吗？"接着又问："黑娃，珠珠来住院，花的钱是你的还是珠珠自己的？"

曹黑娃一口咬定，坚定地回答："当然是人家珠珠自己的钱。"

他二大持怀疑态度，喻珠珠是女人家，能攒那么多钱？是不是离婚时家里的钱让她一人独吞了？

曹黑娃很冷静，没有解释住院花的是谁的钱。让二大不要再操心钱的事情，不管是谁的钱，给珠珠看病才是头等大事。

他二大突然提出先给喻珠珠住院看病，如果病情不严重，等有空儿了，他也来，让医生把他的病也给复查一下。

曹黑娃听见了，装作没听见，说他要去上厕所，偷偷从三楼下来去了哪里，谁也不知道。他二大在楼道里等了两个多小时也不见黑娃回来，后来大概是肚子饿了，便自己下楼去找。其实曹黑娃在院子溜达了十几分钟，上楼躲在另一个角落里偷看，看见他二大下楼了，曹黑娃快速进入病房，把银行卡交给喻珠珠保管，不能让他二大借机会乱花钱。他二大口头上说是复查病，实际上是不是想在钱上打什么主意？很可能他听到了钱的来龙去脉，心里有了想法。还要察颜观色，看有什么新动静。

到了吃中午饭的时候，曹黑娃下楼去找他二大，看到他二大蹲在墙角里晒太阳，吸旱烟。曹黑娃叫一声："二大，我到处找你，太阳都快偏西了，饿坏了吧？走，咱俩吃饭去。"

他二大磕了磕烟锅站起来，问："这阵儿你跑到哪里去了？我下楼到处都没找见你。"

"哎，别提了，倒霉得很，下楼来在大街上商店里买包烟，转眼间把银行卡弄丢了，又跑回来到处找，都找不到，这该咋办哩。我去问了医院大厅服务台的工作人员，服务员说，先去银行挂失，再去派出所报案，事情麻烦得很。"

他二大听到黑娃说是把银行卡丢了，紧接上话茬，但又质疑地自言自语地说，"把卡丢了？你是咋弄的？怎么能把卡丢了？那还能安心去吃饭？"

曹黑娃说："二大，卡丢了，我去报案我去找，大半天了，人不能不吃饭。吃饭要紧，不然把二大饿坏了，饿出病来，看病还要花钱哩。"他俩说着话，走进了住院部的大餐厅，在几个售饭摊点前看了看，黑娃问他二大想吃啥，他二大随口说："咱这农村人还是离不开咥面。"曹黑娃问他二大咥啥面，他二大是个不讲究的人，随口又说，不管是啥面，只要是咥面就行。曹黑娃脑子一动，想到陕西人咥的面太丰盛了，门类齐全，品种繁多，口味各异，自己每天都咥面，这阵儿倒把自己咥住了。自己问自己，咥啥面？他问二大是吃臊子面、炸酱面，还是吃浆水面、酸汤面。他二大毫无顾忌地开口说还是吃最正宗的油泼辣子面。

很快，服务员把两碗面端上来，俩人拿筷子搅拌着，他二大吃第一口，又提起钱的事，好像心里特别急，埋怨着，到了关键时刻，想用几个钱，偏偏把银行卡丢了。"二大和你一块儿来县医院，也是想趁着你手头宽裕，沾个光，把自己的病复查一次。人老了总是怕死，想多活两天。黑娃你给二大说实话，银行卡是真丢了还是假丢了？"

曹黑娃放下筷子，饭也不吃了，假装生气，"二大你咋能不相信人，意思是侄儿说假话骗你？你放心，银行卡虽然丢了，你的病还是要复查的，你复查个病能花几个钱？吃饭，吃饱了，你要复查病，我去借钱，也要给二大复查看病。"

他二大被曹黑娃几句话说得心里热乎乎的，转而改变口气说，"复查病是个借口，我说你已和喻珠珠离婚，你今后的日子咋样过，想到了没有，考虑了没有？还有，如果这钱掌握在你的手里，你给二大借几个，救个急你说行不行？"

曹黑娃明白了他二大的意思，就说："没问题，关键是还没去银行挂失，也没去派出所报案。这两项工作很麻烦，你打算借多少钱？"他二大看黑娃想通了，给他借钱也很大方，也很仗义，借钱肯定是没问题了，就来个狮子大张口，轻轻松松伸出五个手指头转了四次。曹黑娃能看懂他二大做手势的意思，明白要借钱的数字。但故意装作不懂，卖萌搪塞，看着手势回答说，借五十？借五百？借五千？他二大摇摇头说，不是，是要借五万。曹黑娃"妈呀"一声说，需要借那么多？

曹黑娃把话停了一时半刻，开朗地说，"二大，那你需要耐心等待，等派出所破了案，把钱追回来，才有钱借给你。"

支书王槐私下给喻珠珠赔了十万元人民币，这是曹黑娃强行逼出来的，不是支书自愿拿出来赔偿给喻珠珠的。这件事支书王槐心里立马就生个心结，在家里盘算了好几天，心想一定得把这钱再弄回来。时间过去没两天，黄二毛和狗剩神不知鬼不觉来到县医院找曹黑娃。见了面，曹黑娃以为村子里来的都是自己的好朋友，还开口感谢黄二毛和狗剩。远路来咧，不管咋说，心里还惦记着他这个朋友，还有心来看望喻珠珠。曹黑娃心里过意不去，到了吃中饭的时候，还特意把黄二毛和狗剩领到住院部的大餐厅，两瓶啤酒，三盘小菜，把兄弟们热情地招呼了一顿。哪晓得吃完饭，黄二毛把黑娃叫到僻静无人之处，当面鼓对面锣，不用客套，不用曲离离拐弯弯，直接鸣锣开道说："曹黑娃，给喻珠珠看病，现在住上医院了，经医生诊断，是什么大病需要花那么多钱？再者，有钱了也不能铺张浪费。如果钱多花不完，就开个恩，给小弟资助两个也行。你还装个硬汉子，身价也高了，大小有个感冒发烧流鼻涕，就娇气要住院。"

曹黑娃听黄二毛说话的口气，是有来头或者还有什么其他用意。他得旁敲侧击，打听个究竟，弄清楚黄二毛和狗剩来县医院目的到底是啥。

黄二毛和狗剩看天色已晚，关于钱的事和曹黑娃谈了大半天还没个着落。狗剩还有点良心，对曹黑娃说："黑哥，受人之托，为人办事，也不能怪小弟逼人太甚，你就把拿的钱给退回来五万算述咧，省得惹麻烦。你我也就平安过去了。"

曹黑娃知道了这两个哥儿们的来历，不是为了自己，是为了支书王槐。王槐用了一种伎俩，花钱收买他俩来报复，想逼他就范把钱再拿回去。黄二毛就直接扬言，今天这钱拿不到手，他们俩也不会善罢甘休，会来几手硬的。曹黑娃想，是一手准备好还是两手准备好。第一步他准备和黄二毛、狗剩面对面地交谈、沟通，如果不行第二步就白刀子进去，红刀子出来，给些颜色看看。

曹黑娃转而面带笑容，很客气地对黄二毛和狗剩说，"兄弟，你俩也有难处，受人之托，拿了人家钱，就要为人家出力卖命。这里也不是说话的地方，有什么天大的事情，咱们哥儿们好说好散。"随后曹黑娃带着黄二毛和狗剩走进一家茶水楼，在大厅旮旯里一张桌子前坐下来，续了茶水，点燃香烟。曹黑娃先是解释道："你们要借两个零花钱，还真不巧，昨天我去大街上买烟把银行卡丢了。今天因给珠珠打吊瓶，也没有时间去银行挂失，更谈不上去派出所报案。如果哥们手头紧点，看在都是乡里乡亲的份儿上，每人先从哥这拿一百元钱，权做零用钱如何？"

黄二毛听曹黑娃话说得如此轻巧，就开门见山说："黑娃哥别耍嘴皮子，别拿一百元寒碜人。我们是拿了人家钱，就要替人家消灾，从你这里拿不到五万元钱，今晚你就从这里消失了。"

曹黑娃谈笑风生，很是平和地给黄二毛提出，"这可是在县城里，你说话的胆量也太大了。有一笔账不知道你算了没有？五万元买一个人头不合算，五万元必须买两个人头。"不等黑娃把话说完，狗剩害怕地问曹黑娃："黑娃哥，还有谁的人头？"

曹黑娃直截了当，开门见山，说："当然是你的呀。在法制社会里，就凭你俩的本事，能把哥的头随便拿走？笑话。"说着，曹黑娃喊："老板，过来一下。"

黄二毛急问："黑哥喊老板干啥？"

正说着话，老板来了，对曹黑娃说："先生您还需要啥？"

曹黑娃吩咐老板："第一件事，把你家的菜刀拿来借用一下。第二件事，你站在这儿看着我们三人玩游戏，掰手腕，谁输谁赢，请你作个见证，也就是当个临时裁判员，规则是三局两胜，开始。"

谁输谁赢已成定局，老板站在当面看得清楚，曹黑娃和黄二毛比试，连胜三局。曹黑娃让狗剩也来试试，狗剩吓得退后两步抖抖颤颤只是求饶。曹黑娃顺手举起菜刀，抓住黄二毛的衣服领口要取黄二毛首级。黄二毛、狗剩两人爬在地上直喊曹爷爷饶命，曹爷爷饶命，连连呼叫着不停口，全身都在颤抖。曹黑娃看到两人被吓得全身像是抽了筋，软得像团泥，又故意用刀背在黄二毛和狗剩的脖子上走一圈，轻轻地划过去，继续恐吓道："凭你们俩人的本事，想来吓我曹黑娃，还有点儿嫩。"曹黑娃把刀子咣当一声摔在了地上，说："还是自己了断吧。"

老板见状急忙捡起刀子，不解地问："这位大哥，都是自家兄弟，你这是干什么呀，杀人是要偿命的。"

"黄二毛是要命还是要钱？"曹黑娃问。

黄二毛口口声声说："要命，要命。"

曹黑娃严肃认真地说："要命，拿钱来买呀。你们两个人，每人拿五万块钱来，不然今晚就从这里消失。"

曹黑娃小试牛刀，就把两人吓坏了。两人原以为支书安排的这件事是手到擒来的好事，没想到曹黑娃差点要了他俩性命。看来这场戏难以收场，眼下这五万块钱从哪里来？两人只能是鼻涕一把泪一把，呼唤着曹爷爷饶命。

曹黑娃、茶楼老板都在看两人的精彩表演。茶楼老板问："这位大哥，你巧妙运用欲纵故擒，把这两个黑心眼的人，惩治得服服帖帖。到底是为了什么？"

曹黑娃没有隐瞒，说就是为了钱。如果他不采取这种以牙还牙的办法，他们俩今天晚上是要对他下黑手的。

茶楼老板惊讶地说："这简直就是黑社会！"

曹黑娃教训了黄二毛和狗剩，并知道问题的发生，是这两个不清楚内幕的混蛋上了支书王槐的当。他也不能得理不饶人，便决定放他们一马，很是严厉地警告说："黄二毛、狗剩，你俩听好了，君子爱钱，取之有道。帮人干坏事，迟早会坐牢蹲监狱的。回到村里，还是清清白白做人吧！"

第十五章

元月二十二日学校放寒假，曹春月整理完自己的床铺，背起新买的黑色双肩包，里边装了几本自己喜欢读的小说，搭乘回老家的公共汽车，一路上精神抖擞，没有瞌睡，头一直斜过去，透过汽车玻璃，双眼向窗外望去。寒冬腊月的高速路上，三天前下了一场大雪，白茸茸的雪花覆盖着平川山坡，小溪河流。路边的松柏、柳树都穿着"白色羽绒服"，站在天地之中经历着寒冷的考验。路边的铁皮护栏上白雪是一条长龙，护栏外沿上还结了参差不齐、长短各异的冰棱条。路面上积雪在车轮重压辗过后，显现出两条黑颜色的条纹，时而是直溜溜的通天大道，时而是蜿蜒的九曲黄河，那就是现代化高速公路的艺术画廊。

　　曹春月坐在大巴车比较靠后的一排座位上，旁边是从广州打工回老家过春节的一对小两口，听说话口音，男娃是地地道道的西武县人。出门多年说话的口音没有改变，把鸡蛋还是叫"鸡谈"，把奶奶还是叫"爸"。男娃说，回到家里，一定要让奶奶给女娃做甜醪糟荷包鸡蛋吃。那女娃是广州娃，人家不说地方话，说的是普通话。女娃问："鸡蛋就是鸡蛋，你为啥把鸡蛋叫鸡谈？奶奶就是奶奶，你为啥把奶奶叫爸？"就是因为两句方言，那男娃也说不出什么道理来，只是强辩，两人长时间争论不休，逗得前后左右的本地人都哈哈大笑。

　　曹春月不愧是新闻专业的，她就从背包里掏出采访笔记本，记录下了这个小故事。

　　一路上，她还细心观察，看到了春节回家过年，公共车上每位顾客，精神面貌焕然一新，神采奕奕，好像都做好了回家过年的准备。她旁边坐着一位从上海回家过年的中年妇女。从表面上看，她精明伶俐，很有气质，上车后，和别人不曾打招呼说话。从不断接电话的话语中，体现出老板的气势。她说话时，总是带着温馨的语言说如何如何去解决问题。当对方还不完全理解时，她也会大发雷霆，大吼大叫，或用上海方言说几句难听的话。

一路上，曹春月雅赏不尽，感慨不尽。看到开大巴车的师傅，年龄四十五六岁，正值身强力壮，工作精神饱满，眉宇间长了一颗黑痣。通常说右为福，左为财，那他是气宇轩昂，福财双全。再看看跟车卖票收钱的小伙子，就是一个模子刻出来的，穿一身蓝色水洗布牛仔裤，腰间系着黑色皮钱包，看一看，不用猜，一眼就能认出这是父子俩。子从父业，共同劳动。儿子脸上也有黑痣，长得比老子更有福，老天爷给安排在嘴唇的右边，这叫吃相，也叫说相，有海吃海喝之意，还有巧舌如簧之能力，真乃是挣钱连环马，上阵父子兵。

曹春月一路上观察细心，想象丰富，怀着美好的心情分享大自然的美景。大巴车开进了岭南服务区，她急忙去了趟洗手间，方便完了之后，站在服务区看到茶水炉前排长队的人群，又有感想的时候，只听到穿牛仔裤的跟车小伙子站在车门前大声高喊："西武县的客人上车了。"

曹春月急忙跑过去，上车后眯起眼睛就睡着了。

曹春月终于到家了。一路上，她看到满山坡头上的柿子树，叶子落光了，柿子挂在树梢上红红的数也数不清。只有几只乌鸦在树枝上飞来飞去，柿子落在地面上。现在市场上销售的水果品种繁多，柿子售价低，收回来的柿子钱，还不够聘请来临时帮忙收柿子的劳务费。因而柿子宁可烂在树上，也没有人去摘它，就成了滞销商品。

曹春月还记得前些年，当人们生活还处在饥不择食的困难时期，柿子树村里到了金秋十月收获的季节，柿子虽然售价很便宜，可是它也是柿子树村里村民的一项主要收入来源。大部分柿子销往甘肃、青海、宁夏和新疆地区。到了柿子销售旺季，来柿子树村里购买柿子的人很多，他们头上戴着白布帽，身上穿着翻毛羊皮袄，说着生硬的西海固方言，把馒头叫馍馍，把柿子叫柿柿。

柿子树村里的村民到年底就靠柿子卖出去换回来的钱过年，到了年关，给家里老人小孩，都要扯回各种颜色的花布料，做几件过年的新衣服。还要买菜啊，买肉啊，买各种年货，热热闹闹过大年。

曹春月兴冲冲地走到自家大门口，双手推门进去，站在院子里，高兴地大声呼叫："夏花，夏花。"这句夏花喊出口，传到屋子里，秋菊和冬梅，还有她二奶奶，都以为是夏花回来了。秋菊和冬梅很惊喜，什么事情都不顾，从屋内跑出来，声声呼唤着夏花姐姐。二奶奶紧跟其后，激动地用衣服袖子擦拭泪水，同时也大声叫着夏花的名字。

曹春月见到两个妹妹和奶奶都在齐声呼叫着夏花。夏花她人在哪里？明明是她回家了，她们怎么就没有看到？只想着夏花，夏花到底发生了什么事？待她上前一步正要问个清楚，秋菊和冬梅对视一眼，神情恍惚，异口同声地说不是夏花姐姐，是春月姐姐。

二奶奶见是春月回来了，上前抱住春月老泪纵横，有气无力地问："春月，是你一个人回来，没有见到夏花？"

曹春月急着问奶奶，夏花她怎么了，夏花发生了什么？为什么全都惦记着夏花？这时候秋菊和冬梅，忍不住姐姐春月再三催问，幼小的心灵防线被打破，像是决了堤的水，奔腾咆哮，哭泣不息。俩人紧紧地抱住姐姐哭诉，只是断断续续说夏花姐姐已经……有三……个……月没有回家了。她们也不知道因为什么，爸爸领着村子里的几个人到省城去找，都没有找到。

曹春月听了两个妹妹的话，似晴天霹雳，祸从天降，大惑不解的是，她去城里上大学，走了才半年时间，家里为什么发生了这么多的事情。曹夏花为什么要离家出走？妈妈为什么生病住院？这两个大事儿，就一直瞒着她？她先问奶奶知道不知道，家里到底发生了什么事？

曹黑娃他二妈，确实不知道家里发生什么事。只知道夏花是在某天中午放学回家后，没有吃饭，背着书包就出门走了，去了哪里谁都不知道。"你爸爸去派出所报案了，还印发了三千多张寻人启事，在村子里张贴，县城里张贴，省城里张贴，没有一点消息。你妈妈每天以泪洗面，茶饭不思，久而久之就生了闷气，一会儿胃疼，一会儿心绞痛。咱们这小地方农村医疗站医生治不了她的病，催促着快去县医院检查治疗，不要把病人耽误了。"

曹春月知道妈妈已经住院了，更是心急如焚，急得像疯子一样。她问奶奶，妈妈住院了，患的是什么病？谁在医院陪护着？妈妈一个人在医院吃饭、喝水、按时吃药，还要上卫生间，都需要有人帮忙照顾，她现在就去县医院照顾妈妈去。

奶奶好言劝说，"你妈妈去住院，只有把你爸爸找回来，让他先在医院照顾你妈妈几天。你爸爸和你妈妈虽然离婚了，有些事情他总不能不问不管，家里没了男人，好像家也不是个家。你妈身边缺少个帮手，缺少个出主意管事的。一日夫妻百日恩，你妈病了，你爸帮了许多忙。夏花离家出走后，你爸去省城找了十多天，他一辈子没有出过远门，在城里受尽了苦难，没有钱买饭吃，整天在大街上捡垃圾，当乞丐，差点儿饿死在大街上。"

曹春月听着奶奶说爸爸去省城找夏花受尽苦难，问奶奶爸爸咋不去学校找她。奶奶说，"你去学校上学，你爸爸根本不知道你上的什么学校，连学校名子都说不清楚，就被救助站送回来了。"

第二天，曹春月去县城看望妈妈，让奶奶继续留在家帮助照顾秋菊和冬梅。

曹春月走进医院大门，在医院办公楼前查看了各科室平面展示图，看到精神病理住院部设在三楼，上到三楼顺着墙上的牌子找到医生办公室一打听，妈妈住在 305 室 2 病床，当她敲门进去，一眼看到爸爸坐在妈妈病床前，妈妈打着吊瓶，双眼紧闭着。春月要大声叫妈妈，爸爸嘘的一个手势，向她示意说妈妈刚睡着，不要打扰她。曹黑娃问春月是啥时候回来的，春月说是昨天回到家，听说妈妈患病住院好多天了，今天吃过饭，她早早坐车来看妈妈，说了这几句话，春月看到妈妈那蜡黄的脸色，完全和健康人不一样。她又看到爸爸瘦了一圈的身体，脸上胡子拉碴，原来又红又圆的脸，现在变成了凸颧骨，尖下巴。春月的眼泪就从眼角里像泉水一样溢出来，流着流着就控制不住，就哭出了声音。哭着，哭着，越哭声越大，她还不断地呼唤着妈妈。

妈妈，那虚弱的身体躺在床上，看上去好像是闭着眼睛睡着了，其实她早已知道春月来看她了。只是心里有一股极大的委屈，压抑得她不愿意表露出来，强装在心里。春月看着妈妈两个眼角流出来的泪水和一条绳子一样长。她大声呼喊着："妈妈，妈妈，春月来看你了，春月来看你了。你就睁开眼睛说句话吧，心里有什么委屈？是谁欺负了你？老天爷会让她们不得好死。"

妈妈虽然紧闭着眼睛，听到春月说的这几句话，更是悲痛欲绝，怨地怒天，怨她自己。春月在床边又隐隐约约听到了妈妈的牙齿在嘴里咔吧作响。一时间春月悲忿与冲动交织在一起，扑向妈妈的床头，半跪半趴在妈妈的床头前，双手搂着妈妈的头，把耳朵贴近妈妈嘴边，让妈妈说出到底家里发生了什么事情，让她病成这个样子。

妈妈还是紧闭着眼睛，内心告诉自己，现在对春月说什么都为时已晚，说了只能对春月造成更大的伤害。如果按春月的个性、脾气，她会更加暴跳如雷，接受不了如此打击。如果春月再次从医院跑出去，不愿意回家，不愿意面对已经发生了的事情，那带来的伤害是更大的，自己已经失去了夏花，不能再失去春月，至于和王槐发生的那件见不得人的丑事，只能是自己种下的苦果自己吃。

曹春月看到妈妈的嘴唇又在颤抖，又把自己的嘴贴在妈妈耳边，连连呼唤："妈妈你醒醒，妈妈你醒醒。你有多大的冤屈，你就吐出来，女儿也会为你分忧。你何必自己作贱自己，自己折磨自己，自己把这些苦水往自己肚子里咽。"

这时候的妈妈已经能听到春月在说什么，再也忍受不住女儿春月说的那些凄凉话，由原来的无声哭泣，变成放声大哭。那哭声高一声，低一声，粗一声，细一声，丝丝蔓蔓，长短无绪，人的思想情绪被这哭声送入到无声的痛苦之中，曹黑娃站在床前也不停地擦拭泪水。

春月望着妈妈哭泣，就对爸爸说，让妈妈哭一阵儿，释放一下，可能心情就会好一些。妈妈突然间情绪再次变化，伸出左手就要拔掉右手上的输液管，春月眼尖手快，一把给拦住了，春月让爸爸快喊护士来。护士来了，没有好言语地训斥道："阿姨，咋咧？不想活了，想要死，那把针拔了，回家去死吧。"真灵验，小护士就简单几句话，把病人管住了。转而又面带笑容，坐在妈妈身边，像个亲生闺女，又故意逗妈妈说："阿姨貌似天仙，心如菩萨，有个漂亮的好闺女，怎么就不想活了？阿姨真没有勇气，没有志气，更没有骨气，还是缺乏硬气。"这时候的妈妈哪能受得了小护士的讽刺挖苦，只是哀求护士小姐别再说了。

春月趴在床上还在默默地哭着。

小护士又说："还读大学哩，只会哭，除了哭，还会干什么？给你妈妈唱首好听的歌，比什么都强。"说完之后，给春月妈妈送个甜甜的微笑，离开了病房。

小护士在病房工作的临床经验真丰富，不管遇到什么样的病人，她都能抓住病人的思想病症。她不是医生，不管诊治，不管开处方，只管送药打针。但她对病人就像对待自己的亲人一样，为病人全力服务。受到了小护士给春月说的这几句话的启迪，春月才明白，她放寒假回来，家里发生这么多事情，妈妈压在心里，是为了不让她陷入到这场痛苦中。即便她弄明白事情的原委，她也没有什么好办法来解决。眼下给妈妈治病才是唯一的出路。她便告诉爸爸，她去超市买些水果和营养品给妈妈，让妈妈早点儿恢复健康，好出院回家过年。

　　病房里，春月妈妈来县医院经医生几天的精心治疗，病情减轻了，思想情绪也比以前稳定了。时间到了下午，医生来到病房，打开病历夹子，一页一页翻阅着说，"经过心电图、CT的检查，你妈妈属于神经系统过分紧张，思想压力过大，造成短时期心理障碍，表现情绪紊乱。经过药物治疗和心理疏导，现已基本稳定，需要恢复治疗，静心休养，明天就可以出院回家了。"

　　时间到了大年三十的前一周，妈妈把春月叫到面前，说："这三个多月时间里，这个家还是离不开你爸爸。夏花出走后，妈妈只会伤心、哭泣，就不知道事情该咋办，你爸爸跑前跑后，想了很多办法，去寻找夏花回来，差点儿在省城里饿死。当妈妈一病不起，他和你奶奶商量问题怎么处理，不是你爸爸帮忙，妈妈就会病死在家里。你也看到了，你爸爸还是你爸爸，因为血脉里流的都是曹家的血。快过年了，你去跟你爸爸说，叫他每天回家来吃住，也好好给他补充身子。"

　　春月听了妈妈的话，高兴极了，就去村委会办公室库房里找爸爸。

　　曹黑娃听到敲门声，听见了还装做没听见，不理睬敲门人。春月已经听到爸爸在屋里吸烟的咳嗽声，便放开嗓门喊道："爸爸，我是春月，你开门啊。"

曹黑娃这才听清楚，赶紧从床上爬起来，随口就答应："来咧，来咧。"他披着那件旧棉袄，趿着一双旧布鞋，随手拉开门插销，只是嘿嘿发笑，笑声过后，问春月怎么来咧。

春月进门，全神贯注地在房子里东看看，西看看，揭开没有叠的旧被子看看，心里一阵酸楚。爸爸和妈妈离婚了，过的就是这样的日子。一张三条腿的木桌子，上面落满了尘土，一个生了锈的花铁皮水瓶，还有一个浅蓝色的搪瓷碗。春月用手把热水瓶掂了掂，摇了摇，里边一滴水都没有。从瓷碗里看，爸爸肯定经常不喝水，就爱吸烟，木桌子上堆放了数不清的猴王牌空烟盒和延安牌空烟盒。春月看得实在不忍心，挽起袖子，找洗脸盆和毛巾，帮助爸爸把屋子里的卫生打扫干净。爸爸忙拦住，对春月笑着说："春月，不是爸爸懒，什么都不干，是爸爸最近太忙太累，事情太多了，顾不上打扫卫生。"

春月想帮助爸爸干些力所能及的活，这地方是村委会的地方，什么水啊，扫地笤帚啊，抹布啊都没有，只好作罢。

"爸爸，我过来是叫你回去，快要过年了，妈妈不让你住在这儿，家里一切都准备好了，今年咱们在一起好好过个团圆年。"

春节过后，正月初五春月带着母亲、秋菊、冬梅一块儿要去村口等车，来送行的有黑娃他二妈，有曹黑娃，还有芍药花。黑娃他二妈头上包个红绿方格围巾，外面只露两只眼睛，隔着围巾说话，不是那么清楚，只是反复叮咛，到了城里，给秋菊和冬梅每天把饭做好，让娃吃饱吃好，放了学早点儿回家，不要再跑丢了。

曹黑娃一直跟着春月，肩上扛着个塑料大袋子，里边装的全是两个女儿和喻珠珠夏天换洗的衣物。包看起来很大，实际斤量不重。这辆公交大巴车是直接发往省城的，年还没有过完，出门打工坐车的人不多，她们四人都坐在前边最好的位置，车子发动了，车上的四人高兴地挥手告别，只有黑娃他二妈一人好像心里最难受，用手捂着嘴，把公交大巴车追了几百米。公交大巴车走远了，她二妈才停下脚步来，只是呆呆地看着，看着。

春月下了车，带着俩妹妹和妈妈去挤公交车，司机师傅看到她们带的衣物多，非要让买五张车票，春月也是没有办法，谁让她们大包小包带的东西多呢。到了终点站，她们母女四人来到一家距离新闻大学不远的住宿服务部。春月拿身份证订了一间标准间。省城里的小宾馆比县城里的大宾馆都讲究，从床铺到卫生间，一应俱全。春月让俩妹妹去卫生间洗净乘车途中的灰尘，换上干净的衣服，把房间里一切衣服背包行囊摆放得整整齐齐，穿上拖鞋陪妈妈坐在一起看电视。妈妈说："电视我不看了，我要躺在床上休息，坐了一天车太累了。"春月就安排妈妈睡在下铺，不多一会儿妈妈累得打起了呼噜。

第二天早晨，春月安排妈妈和冬梅在家，她领着秋菊一起去附近小吃部买了豆腐脑、甜牛奶和卤鸡蛋，还有小笼包子。全家人一边吃着饭，春月就一边给秋菊交代，"今天带你去买早餐，是为了让你熟悉路线，熟悉小吃部买饭的地点，以后可不要走丢了，找不到回家的路。"

时间过得真快，不知不觉距离学校开学还有一周时间，春月每天外出忙于给秋菊和冬梅联系上学的事情。附近有三所学校都拒绝，表示不能接收，原因是她们没有城市户口，属于农业人口。刚刚改革开放，农村和城市这个区别还是很大的。有知情老师建议，像这种情况，城市公办学校有具体规定，没有户口，不在学区范围，学生的学籍也不好解决，有许多实际困难，肯定是上不成，只能去民办私立学校去上学，那里不存在你是什么户口的问题，只要是肯出钱，交了昂贵的学费，他们就接收了。

曹春月正在这所学校大门外徘徊的时候，恰巧有位老师从学校大院

156

出来，她上前寻问："老师，你好！请问你是这所学校的老师吗？"

这位老师回答，以前是，现在不是了，他刚从教育战线退休，被聘请到民办学校里当老师，而且还自我介绍说，他在城里干了一辈子教书育人的工作，认识的朋友多，只要是在某一个学校有什么事情，他都给打个招呼，写个纸条子，事情都能办。

曹春月满怀着希望，听老师说话，神通广大，世上的事情没有他办不到的。曹春月嘴甜如蜜，说话很有礼貌，带着十分敬佩的样子，赞美老先生乃是她第一次遇上的大贵人。那老师若无其事地表白，"姑娘有什么事你就当面说出来，如果事情办成了就交个朋友，如果事情办不成千万不要偷偷地骂我是骗子就行了。"

曹春月好不容易等到学校开学报名那天，按这位老师指点的地方进入学校。他找到校长办公室，还没把那位老师写的纸条子拿出来，一眼便认出坐在办公室桌前的校长，就是那天写条子的好心人。

曹春月用手轻轻地敲门，那老师抬头，看着门外说请进。曹春月激动不已，神情紧张地说，"老师是你，不不，老师，你就是校长！"春月真的遇到了济世菩萨。

那老师语重心长，满脸笑容，说他不是什么济世菩萨，是曹春月自己有运气，有福气，遇到了好机会。这所学校是国家教育部门正式批准的一所民营学校，收费标准是经有关部门批准的，比人家公办学校高一些。

曹春月问，"老师贵姓？"那老师笑微微地说："免贵姓刘，叫我刘老师就好了。"

曹春月想了想，收费是肯定的，只要有学上，不再求爷爷告奶奶，托熟人帮忙，也是要花钱的呀，还不知道要花多少冤枉钱。遇到了刘老师，一锤定音，问题当场就解决了。她就大胆地问，"老师，俩人一个是初中班，一个是高中班，需要收多少？"

刘老师说，"你们是农村来的贫困生，家里都很穷，按规定每人应交两万元人民币，现在按学校收费标准，可以给你们优惠，减去一万元，共计你就交三万元。明天开学了，你就直接领着你俩妹妹来学校报到上课吧。"

第十六章

曹春月带着大病初愈的妈妈和俩妹妹，离开农村，去了省城之后，曹黑娃从繁忙的家务事中解脱了，一个人懒洋洋的，什么事情都不去做，自己也不做饭，只知道睡大觉。睡醒了就去牛雪莉的店铺里，和哥儿们喝几口小酒，打麻将。只要是屁股挨下来，他一坐就是一整天，有时候肚子饿了，就等着牛雪莉做饭吃，时间长了，牛雪莉也懒得做饭，俩人就泡方便面吃。

曹黑娃在牛雪莉店里当保安，虽然不是公开的夫妻关系，可村子里谁都知道他们是情人关系。因此，牛雪莉有时候出门不在家，店里的事宜就由曹黑娃全权处理。只要是曹黑娃在店里，村子里的哥儿弟兄们都喜欢和他在一起玩。有时候麻将桌子上三缺一，曹黑娃就过去凑个数，有时候大伙儿因没有曹黑娃上场陪他们，这些哥儿们就不玩。其原因是，曹黑娃赢钱了就和这些哥儿们吸烟喝酒图快乐。曹黑娃输了钱，就把钱挂在牛雪莉的账下。久而久之，曹黑娃已欠了牛雪莉一千二百多元钱。

牛雪莉把这一千二百元钱记在心里，常常抱怨曹黑娃欠账不还钱。她思想上老是结个疙瘩，这从她平时说话中就能听出来。有时候她也想开口要钱，又觉得不好意思，当面张不开口。有时候细想起来，曹黑娃欠她的钱，欠就欠着吧，她牛雪莉拿了曹黑娃多少钱？她自己心里最清楚，还有些惴惴不安。就是因为钱的关系，影响到生活里的关系，她和曹黑娃明不明，白不白，长期厮混在一起，也不是个长久之计。曹黑娃如今也是身无分文，每天混日子，空手套白狼。她也不能把曹黑娃逼得太紧，有时候想起来还怪可怜，可怜之中过一会儿又想到了她的钱。钱是个最吸引人的侵蚀虫，只要常挂记谁还欠着她的钱，这种感觉总不是个滋味。钱啊钱，人活着一句话不就是为了钱。她又横下一条心，让曹黑娃还钱，再拖着不还钱，干脆想个法儿把他撵走算了。

牛雪莉为了一千二百元钱，念念不忘算计曹黑娃，就算撵不走，也不能让曹黑娃每天白吃白喝，还想占她便宜。牛雪莉尽做好梦，尽想好事。说也奇怪，说啥事就会有啥事。她谋算着想撵曹黑娃走，想着想着，好事就来了。

支书王槐掖下夹个包，向牛雪莉店里走来。村子里那些闲杂人不管是圪蹴着的，还是蹲着的，还是靠墙站着的，看见了支书，人情面子抹不去，还得礼让三分，打个招呼问声好。也有个别人撑得硬，看见支书来了装没有看见。黄二毛是个二述，爱咥冷活，实话实说，大张口打招呼说："支书好！你是来找牛老板哩。"

这样的问候，支书王槐心里一定很不舒服，有意见。但是支书王槐还是故作镇静，大大方方，装着一派正人君子，只是一边点头装笑，一边往牛雪莉店里走。

支书王槐落坐在沙发上，点了一根香烟，吸了不到一半，往地上一扔，狠狠地用脚踩，破口大骂："你个黄二毛算个述，找不找牛老板关你屁事，黄二毛就不是好粮食吃的，瞎怂货。"

牛雪莉捂嘴笑着，说："还是个村官，小肚鸡肠，骂人算啥本事？你要避免和这些人正面发生冲突。常言说'宰相肚里能撑船'，这些人没有多大真本事，可是你也别忘了，当选举投票的时候你离开了这些人就不行。"

牛雪莉脑子一动，用讽刺的语言问："说说呀？几天不露面，今天是啥风把你吹来咧。"

支书王槐笑着回答："再别撂二话，说正经的，今天看见黑娃没有？"

"没有。"牛雪莉回答。

支书王槐随便说："这怂，找他有事哩，他倒钻到哪个老鼠窟窿里去了，是不是躲起来咧。"

牛雪莉挑逗支书，"还有脸说人家曹黑娃。你这几天躲到了那个黑窟窿里咧？连个照面都不见？又是去找胡月仙了吧？"

"哎呀，说些正经的话行不？找曹黑娃有好事商量。挣钱的机会又来了，有利可图，大家共同分享，弄好了，也有你一份。现在还有些不好的反映，就是你开个麻将馆，一天招惹些闲杂人，不是打麻将，就是喝酒扯闲篇，弄得乌烟瘴气，小心派出所来找你麻烦。"

牛雪莉知道支书王槐说话的意思，转过身来，胳膊搭在支书王槐的肩膀头上，"有什么好事？说了咱俩先共同分享。"

支书王槐兴奋地说："最近又有新的农村扶贫开发项目，要搞'山川秀美'工程。"牛雪莉不加思索地问："啥叫山川秀美工程？挣钱不挣钱？"

支书王槐骄傲地说："聪明得很，开口闭口就说钱的事，挣钱嘛！肯定是挣钱。不挣钱的买卖谁愿意干？"其实，他对这件事的具体做法，还不是完全知道，只知道政府给出资补贴一部分钱，各村要把多余的荒山荒坡地开发出来栽上林木或果树，可以自主经营，可以买卖，又不交税，承包政策也是五十年不变。

牛雪莉听支书王槐说了这么好的事，她心热得像一盆火。当即表示，能挣钱，有没有她的份？她能不能参加，挣几个零花的钱？

支书王槐问："光想着钱，你去了能干啥？"

牛雪莉则表示，让她干什么她就干什么，大事儿、出力的活她都能干，跑腿、侍候个人、泡茶、倒水她也是可以的嘛。她立马去后院麻将室喊曹黑娃。她大声叫："黑娃，你出来，支书找你哩。"

曹黑娃在屋里早就听到牛雪莉在和支书聊天，就不想见到支书王槐，知道白天叫他，没有什么好事，不是支桌子打狗，就是赶鸭子上架，反正能挣钱的好事轮不到他。他还是双腿交叉着悠闲地坐在那里看人家打麻将。

牛雪莉悄悄地、不露声色地走过来，顺手揪着曹黑娃的耳朵，什么话都不说，什么条件都不讲，把曹黑娃硬是拉到支书王槐面前来，说道："人来咧，你们俩聊，我去前边招呼门店的事情去。"

支书王槐斜偏着眼睛，狠狠地瞪着曹黑娃批评说："胆量越来越大咧，三五声把你喊不过来，脚户的驴死了七天，驴逑硬了八天，成了个装死鬼咧。你还想不想混？想挣几个吃饭钱不？不想混了，今天把话说明白，各走各的路。你再和那些不三不四的人混在一起，就别干咧，我去另安排人。"

曹黑娃只要听说是有挣钱的事，比谁都积极，比谁都跑得快。钱是人的精神支柱，钱是人的胆。他就嘿嘿发笑，把事情绕过去，顺着说："支书，骂也骂过了，批评也批评了，只是欠打，你就动手打兄弟几下，消消气，挣钱的事，你就快安排吧。"

支书王槐本该满肚子的气，被曹黑娃几句话说得没脾气了，这小子现在学得玲珑八面，满脑子的环环套套像轴承一样，滑得很。支书王槐对曹黑娃把上边的文件精神说一说，基本意思是，"现在提倡退耕还林，要搞山川秀美工程。咱们柿子树村坳里的那二百七十多亩荒山地，暗地里由咱俩当承包人，对外由你一人承包。你和村委会签订个承包合同，承包期为二十年。乡政府首次划拨一万元启动资金，明天你就开始干活，将来有了收入按'四四二'分配方案分成。"

曹黑娃接着问："什么叫'四四二'分配方案？"

支书王槐说："简单得很，有了利润，年终分红，我拿四成，你拿四成，牛雪莉拿二成。"

"为什么给牛雪莉分二成？"曹黑娃问。

支书王槐解释道："这个问题你不懂，在开发过程中，万一资金跟不上，有个什么急事情，资金周转不开，还要急于去办事，钱就得从牛雪莉那里去拿，等于先借着，先垫付着，以后有钱了再还回去。拿钱时一定要打借条，还账时要有收条，这就叫车行车路，马行马路，里外分明，到了年终给牛雪莉分些红，大家各取所得，你懂了没有？"

曹黑娃点点头表示懂了。

曹黑娃和村委会签订了承包合同，就组织准备开工。他回到原来的老屋里，从屋檐下拿来前些年不用的两把老镢头，锈迹斑斑，还不知能用不能用，找了一块粗石头喀嚓喀嚓地磨起来，费了一个多小时的工夫，两把镢头才展出了新模样，他左看看，右看看，扎个挖地的姿势，自我感觉良好，又要重新操起被抛弃多年的老工具，去上山开荒种地了。

第二天，他来到牛雪莉店里，要了半张黄纸，上面歪歪扭扭地写着喜报：本人响应政府号召，和村委会签订了有法律保证的合同，凡年龄在五十岁以上的男女村民，愿意参加劳动者，每天发三十二元钱，自愿报名，上山开荒，特此通知。

曹黑娃自做主张，写了这张不成文的广告，刚一贴在墙上，立刻引来很多村民围观。村民们议论纷纷，七嘴八舌，说还有这么好的事，还有人说，看来曹黑娃要发财当老板了。更有甚者说，曹黑娃凭什么能承包荒山地，他就不能承包？对于这些非议，曹黑娃充耳不闻，爱说什么就去说什么，他搬来一张圆桌子摆在牛雪莉商店的大门外，开始报名登记。一天下来，来报名的村民不足二十个人。曹黑娃看着花名册，报名的全是老头子、老太太，年龄都在六十五岁以上。曹黑娃犯难了，年龄这么大的老人怎么上山劳动，很可能干一天，一分荒山地都挖不到头就病倒了。他把这件事给牛雪莉说了，牛雪莉开口问道："你贴的广告，让村民来报名，人家都积极响应了，你又嫌年龄大，不想让人家来挣这个钱，你是吃了没事干，肚子撑里很，别问我。"

又过去了一周时间，曹黑娃正式启动"山川秀美"工程。柿子树村有劳动能力的和丧失劳动能力的村民，扛着镢头、铁锨都来参加劳动。支书、村长、会计还有曹黑娃站在地头，心里一阵儿高兴，一阵儿忧愁，能来这么多人？曹黑娃认为还是他写的那张广告作用大，能呼风唤雨，全村的人不请自来了。支书王槐立马反对，骂道："狗屁，全是你这张广告惹的祸，危害太大。来这么多人，这些老人年迈体弱，劳动中猝死一个，你负责，还是谁负责？你能负得起这人命关天的责任吗？胡闹，简直是胡闹。"

支书王槐是当领导的，就有当领导的水平，就有领导看问题、处理问题的好办法。他当场向广大村民宣布："全村父老乡亲们，今天你们都来了，我代表柿子树村村委会向你们表示热烈的欢迎！大家都能积极地参加'山川秀美'工程劳动，态度是积极的，行动是高涨的，精神是值得我们学习的。对于你们的这种行动，我再次表示诚心的感谢！眼下上级主管部门专家设计的规划图还没有画好，今天暂时不能开工，敬请父老乡亲们理解。回到村子里，凡今天来参加出工的人，去牛雪莉商店里，每人领三十元钱。大家说好不好？"全村老人高兴地啧啧称赞，好，好。

下午，天刚刚擦黑，支书王槐叫曹黑娃、牛雪莉一块儿开会。支书开口就批评曹黑娃把这项简单工作弄得乌烟瘴气，来那么多无用的人，是来开荒地，还是来赶庙会看大戏，一天丛活没干，白发了一千多块钱。

曹黑娃低头不语，鼻子大得把嘴压住了，无话可说。似乎想找些借口，说些自我解脱的话，话到嘴边又咽下去，感觉说再多理由，也洗不清这一千多块钱的损失，憋口气，干脆自己认了这一千多块钱算逑咧，省得支书再啰唆。

这时候，牛雪莉火上浇油，向支书汇报，上午这些人刚从山上下来，不回家，就嚷嚷着要现钱。拿到钱，签名的时候还嫌少，问为什么少给两元钱？临走时还撂下话说，像这样不讲信誉，说话不算数，下次再想叫干活，八抬大轿来请都不去。

支书王槐听后，高兴得直拍自己的大腿，一个都不要才好。

三个人说是开会，实际上和扯闲篇没有什么区别。说着，说着，支书王槐头枕在牛雪莉的大腿上说是累了要睡觉。

牛雪莉在王槐和黑娃之间，已经成了大染缸。她奉告王槐："想睡觉，也不看看时间，都快九点钟了，回家晚了，小心母老虎收拾你。"

支书王槐从牛雪莉的大腿上爬起来，"哎呀妈呀！你要不提醒，回家真的是要遭罪吃苦哩。不聊咧，黑娃，咱俩一起走，你今天晚上回去好好想一想，明天拿出个好办法来，选择五个强壮好劳力就行咧。走，黑娃，还坐着、愣着干啥。咱俩一块儿走，人家牛雪莉还要睡觉哩。"

曹黑娃回到村委会他住的那间库房屋子里，倒头睡在床上，思考着这五个人的候选名额，感到很难办。要谁，不要谁，太难了。他和村里的这些哥儿们称兄道弟，情同手足，猴手不离笼攀，都是好朋友。平时喝口啤酒，都不嫌脏，在一个瓶口上咕咚咕咚吹，你吹了，他吹，他吹了，你又接上吹。定这些人名单，他先定谁，后定谁，能和牛雪莉商量吗？想了一阵儿，不能商量，绝对不能商量。商量了牛雪莉会骂他无能，就屁大点儿事，做不了主，拿不定主意，还前怕老虎后怕狼，畏畏缩缩，真是个窝囊废。

三天后，三个人又在牛雪莉卧室里开会。曹黑娃拿出他确定的五个人名单，念给支书王槐听。支书王槐根本不听，说他选择的人不行。身强力壮能挖地也不行。支书提出再增加两个女人。一个是胡月仙，家里老公长期有哮喘病，吃药治病需要钱，让她来，一是挣几个零用钱，二是帮助她解决一些家庭生活困难。再就是芍药花，这个媳妇还年轻，丈夫出门打工，不学好，帮助别人倒卖白粉，在监狱内打架，被犯人打死了。芍药花生活没了指望，把她安排到这里来，让她也挣几个零花钱。她们俩能劳动多少，就劳动多少，主要是给山上劳动的人做饭。

曹黑娃见支书这样安排，还是挺好的。后来又想，支书的手段太毒辣了，能占的他尽管占，看样子凡是村子里长得有些姿色的好媳妇，他都要占完。

转眼间"山川秀美"工程已经搞了三年了，曹黑娃安营扎寨长期住在山坳里。在这三年时间里，他把靠碱塄畔那旧地方，还有两座旧窑洞整修一新，安装上铝合金门窗，室内用白乳胶漆粉刷一新，通好水电，室内宽敞明亮，再用新技术垒起灶台，搭建起土热炕，还原了过去的传统习惯。进入窑洞门，窗户下是大炕，炕后边是灶台，做饭时，熊熊火舌通过灶台，把热量和烟，通过炕里的迂回通道从烟囱里送出去，炕一直都是热的。

曹黑娃住一孔窑洞，既是宿舍，又是办公室。工程队里经常开会，布置任务，都在这里进行。每天男劳力出工干活，家里的胡月仙、芍药花俩人就一块儿去沟里挑水，去窑洞外边地里摘茄子、辣椒、西红柿。为大伙儿蒸馒头，擀面条。吃过下午这顿饭，胡月仙就下山回家了，到了晚上，如果谁不愿意回家，也可以住在工地上的厨房里。

芍药花在工地上，随心浪漫，经常不回家。因为她回家与不回家没有什么区别，回家了，烦心的事还多，婆婆一会儿让她干这干那，一会儿还要她伺候老公公。她给老公公干些琐碎杂活的时候，嘴里不停地絮絮叨叨，或骂骂咧咧。时间过了两年多，老公公就去世了。剩下婆婆一人，倒是很通情达理，她也不强求芍药花回家。这样一来，芍药花干脆就不回家，长期住在做饭的这孔窑洞里。久而久之，时间长了，她也奈不住寂寞，自个儿过去找黑娃哥坐坐，拉家常，聊闲话，俩人聊着聊着关系就暧昧了。

在一个风雪施虐的冬天，芍药花在厨房窑里炕上一个人睡觉，炕冰了，她也不愿意亲自下炕动手添把柴把炕再烧热，她懒得很，硬吃苦受罪都要蜷卧在炕上。她想个捷径，和黑娃哥搭个伴儿，把冻得冰凉冰凉的脚，直接塞到他的被窝里，解个冻，取个暖，一切困难就解决了。她就推开曹黑娃窑洞的门，叫声黑娃哥，"咋还没睡哩？"

曹黑娃嗯的一声，说："没睡，时间还早，咋能睡得着。你不好好睡觉，过来干啥？"

"我过来找你。"随说着就上炕，脱了棉袄、棉裤，就钻进黑娃哥的热被窝里。她嬉皮笑脸地挑逗曹黑娃，"有你在我就不能过来陪你呀！黑娃哥，前些年你做个啥梦？让老爹把你赶出来咧？"

曹黑娃笑眯眯说："做个啥梦，时间长了忘个精光，咋记不起来了。"后又想想，眼神一动，让芍药花猜。"那你猜，能做个啥梦？"

芍药花不假思索，不用猜，一口咬定说："一定是梦见了我，想在我身上打主意，老爹才把你赶出来。"

曹黑娃看到芍药花，今晚上是有备而来，直接公开挑战，就没有绕圈圈，拐弯弯，伸手一把抓住芍药花的胳膊，拉了过来，压倒在自己的身下边。静谧的山坳里，到了夜里，什么干扰都没有，静悄悄，只听两个人的呼吸声糅合在一起。一场风雨过后，曹黑娃才顺手拉着灯绳，关灭了亮光，俩人抱在一起睡觉了。

十个月的时光过去了，已到了三四月份，山坳里靠阳坡的地方，梨花桃花早已竞相绽放，一串串梨花洁白，一疙瘩桃花粉艳。满山遍野香气浸人肺腑。芍药花挺着个大肚子在曹黑娃的伴陪下，心情荡漾，赏花散心。正在碱塄地里锄草、松土的黄二毛看到了，开玩笑地赞美说："嫂子的肚皮鼓得尖尖的，要给黑娃哥生个大胖儿子哩。"

芍药花咧着甜蜜蜜的嘴说："光棍汉的嘴巴臭，肯定吞在屎尖尖上咧。"

曹黑娃奇怪地问："人家黄二毛说的是好话，你咋开口骂人家哩？"

芍药花抿着嘴笑了笑又说："傻瓜，不懂吧，好事，喜事要反说，不能明说，说明白了，谁都会说，那叫白气冲天，泄露了天机。"

"哎呀妈呀，看你还这么有心计。"曹黑娃笑着说。

时间又到了八月十五日，这天是个大喜的日子，也是全家人团圆的日子。芍药花给曹黑娃叮咛去超市里买些好一点的月饼、水果和袋装牛奶，回家去看二妈。几个月了，儿子快半岁了，还没见过奶奶哩。曹黑娃嘴上满口答应，心里在犯嘀咕：回家，迟早是要回家，现在回家，让他二妈怎么看待这件事，如果说二妈还有想不开的地方，当面寻短见，那如何是好。他思前虑后，还是要把这种话说在芍药花的当面，也好让她有个思想准备。

芍药花对曹黑娃说这件事，认为不用顾虑过多。"我和胡月仙这几年在这里一直相处很好，像是亲姐妹一样。我把心里的话都让胡月仙捎给了二妈，有时候还给二妈捎些零花钱，你不是还让村委会给她办理了低保吗？从你二大离开人世后，你二妈性格开朗，把世事看透了。她也知道，原来她有儿子，儿子蹲监狱，在监狱里和犯人打架，被打死了。现在她依靠不上，还不是和没儿子一样。她还是要向前看，向前走，不能想着死人，不顾活人。我愿意和谁在一起，她也管不了。当然能和黑娃在一起，那是最好不过的一件事。我生儿子，是好事，反正都姓曹，肉烂了，还在自家锅里。我们回去，她能抱抱曹家的亲孙子，也是一辈子的福气。"

芍药花抱着儿子，曹黑娃提着大包小包，八月十五回家看望他二妈。

这是柿子树村里的一大新闻，村头巷尾，大涝池边，大椿树下村里的人们，男人围一堆，女人围一堆，说三道四，说这是败坏家风，乱了规矩，应该株连九族，或者让法律治他们的乱伦之罪。

曹黑娃、芍药花他们十五那天下山回家看他二妈走后，黄二毛在吃中午饭的时候，胡说八道，瞎起哄，说曹黑娃本来就不是个正经人，是个不要脸的货。

刘文成听了曹黑娃的朋友背地里骂曹黑娃，让人不可理解，不敢相信，世上还有这种人，吃谁家饭就砸谁家锅的这种无耻下流之辈。他就当面问黄二毛："你说这些话，太没良心了，你的良心让狗吃了。看来你是不想吃这碗饭了，不挣这份钱，也不能说昧良心的话。"

黄二毛听刘文成当面批评他，才知道惹祸了，扑通一声双膝脆地，一声一声叫着刘爷爷，他错了，他错了。

第十七章

随着改革开放的深入，柿子树村也迎来了发展机遇。地质勘探部门的专家，经过多年的努力，确定了柿子树村地下三百米处是个大煤田，分布面积达十五平方公里。县政府在招商引资新闻发布会上，和北方煤海集团公司签订了开发协议。不久北方煤海集团公司进入柿子树村，征用了大片土地，选矿区，修公路。一夜之间，把个原来偏僻、沉睡的贫困山区，推动得热闹红火起来。

柿子树村里的村民高兴极了，人人都知道这地方只要能挖出煤来，村民们的日子很快就会富起来。有些人每天吃过午饭，没事了，就聚集在村子里的大椿树下，鼓动村民为了自己的利益，要拧成一股劲，心往一处想，话往一块说，齐心合力把大家的事办好。

北方煤海集团的筹备小组，一行五人来到柿子树村里开始工作，他们原地展开设计规划图，指指点点，查看地形。请来了六个农民工，三人为一组，一组划白色石灰线，一组在墙壁上、房屋的侧面或正面，写上大大的一个拆字，然后绕着画个大红圈，把拆字圈在中间。村子里刘二能额头架副黑墨石头眼镜，双手背后，看着人家写字，他又开始逞能了，有时候说出来的话，还有那么一丁点儿道理，有时候也是凭一张乌鸦嘴胡说八道，和人死抬杠。正看着，支书王槐和村干部走过来，本来村干部都不理会刘二能，刘二能硬是一堆狗屎往人身上粘，小鼻子鼠眼，口吐狂言，说道："支书大人，这次财神爷来咧，大家眼睛都在盯着你，你们吃肉，给咱老百姓喝些汤。"

支书王槐和村干部因有急事要去办，就没有搭理他，他也感到落了个无趣，脸面无光。

支书王槐经过和北方煤海集团多次交谈协商，把土建工程全承包了。第二天，王槐开着小轿车，上坳里去找曹黑娃。山上的路面狭窄，急转弯多，左一个弯，右一个弯，向左边紧打一把方向，还没有回过方向盘，紧跟着又是个右转弯。再加上四十五度的慢上坡，驾驶小轿车的技术就要十分娴熟。王槐把小轿车开上了坳里的碱畔上才松了一口气。

他下了车，站在碱塄畔上，点燃支香咽，吸了几口，感觉心情十分清爽，看到这原来的百亩荒山，终于披上了绿衣裳并初步形成了可休闲、可观光、可旅游的好地方。他想着将来在这儿再开发些农家乐，这柿子树村就不愁富不起来。

支书王槐把小轿车停在旧窑洞的大门前，曹黑娃从窗户里看到了，便大步出门，上前去开车门，手刚握好车门把手，支书王槐已经从车上下来了。黑娃叫声："槐哥，上来咧！"嗯，王槐只是抿着嘴哼了一声。掖下还是夹着他的那个老板黑色皮包，摘下戴在眼睛上的那副黑墨石头大圆眼镜，向四周看了看，说是"山川秀美"工程搞得不错，经过几年的努力，初具规模，已见成效。

曹黑娃跟着支书王槐跑了这些年，各方面都算有了进步，也学会了阿谀奉承，做事为人，处处都在思考，照顾着对方的情绪。用句农村的话说，曹黑娃比以前聪明多了。他招呼支书王槐去他办公室泡茶喝水。

支书王槐说是坐办公室他还不习惯，还是去坳里走走看看。到了坳里碱塄地里的最高处，俯瞰这山川秀美工程全貌，层层梯田被各种树林覆盖得浑然天成，一层层梨树，硕果累累，像个大铜铃，梨头自然下垂，一个杆枝上挂满一串串，最少有三个，多的有五个。苹果是青一色的红富士，由于坳里地势较高，日照时间长，苹果的颜色红彤彤的，在阳光的反射照耀下，染红了坳里半边天。

支书王槐握紧拳头重重砸在曹黑娃的胸部前，曹黑娃没有防备，被这深重而喜悦的冲动闪个趔趄。支书王槐兴奋地说："还是个硬汉子？差点让我把你扇到沟里去。"

曹黑娃第一次得到支书王槐的关爱，喜不自胜。这是支书王槐对他多年来工作的肯定和表扬。

曹黑娃这次和支书王槐肩并肩稍前稍后间隔不到半步，一块儿走着。王槐问黑娃，"胡月仙这几年来山上打工，人品咋样？"黑娃回答："就凭槐哥的眼睛还会有错？胡月仙现在和芍药花在一起像亲姐妹一样，无话不谈，人品不错，有什么事情，嘴紧得很，一个字都不会泄露。"

支书王槐还问："你想打她的主意？"

曹黑娃笑了笑说："槐哥，开玩笑哩，我哪有那胆量，人是要讲良心的，咱可不是那种人，不能吃着碗里，看着锅里。再瞎，也不能不长眼色，坏了哥的好事。在你的安排下，咱把儿子都抱上了嘛。"

支书王槐说："别胡说，我没有让你抱儿子。那是你自个儿的事，别牵扯我。"

"对，对对对，不能胡说，好汉做事好汉当，不能连累了别人。"曹黑娃敢于担当，敢于承认自己的所做所为。

他俩正走着，来到西南角的一块丘岭山坡上，这里居高临下，早晨可以看日出，西北黄土高原上看日出，别有一番情趣，跟在大海边看日出有着截然不同的画面，而且大不一样。站在这里看，太阳从遥远的黄土地里慢慢爬上来，光芒四射，把那广阔平原照耀得金光灿灿，平展展的黄土地在太阳沐浴下，升起团团水雾，如金蛇狂舞，悠悠飞向天空。到了傍晚，特别是到了夏季的伏天里，当你坐在新命名的柿园阁八角亭下纳凉的时候，晚风徐徐，凉爽宜人，泥土的香味扑鼻而来，让人沉醉在大自然的怀抱里。

支书王槐在八角亭的水泥圆凳子上坐下来，叫黑娃过来吸烟。黑娃从兜里拿出他自己的香烟，先给支书敬上说：“给，支书吸我的烟，我这烟不好。”支书王槐接上烟，看了看说：“可以呀，还是‘好猫’牌香烟哩。”

支书王槐这才把话说上正题，“咱们柿子树村里，不是在建煤矿嘛，有了煤就要全方位开发，形成煤、气、电工业园。咱们要抓住这个机遇，组建个车队，你来当队长，前期先买回五台车，一台装载机，三辆重型拉土车和一辆重型半挂拉煤车。”

曹黑娃听了这话，就高兴地打断支书王槐的话题问：“好家伙，要买五台车，要多少钱？钱从哪里来？”

支书王槐批评说：“你个怂，急啥哩，别大惊小怪，我把话还没说完，你急得抢槽子哩。”

曹黑娃不好意思，尴尬地连连道歉，“对不起，对不起，没有文化的人，不懂礼貌。支书你大人不记小人过嘛，你谅解了，不就行了。”

支书王槐接着说：“钱的事不用你管。山上的事让胡月仙和芍药花去管理就行。还有，把你住的窑洞换一下，给我准备个休息的地方，有时候烦了，我就上坳里来打个盹儿躲躲清闲。”

支书王槐走后，曹黑娃回来把挪地方的事说给芍药花听。芍药花不同意，噘着嘴，嘟嘟囔囔讲了好多理由，“让咱们挪过去，每天做两顿饭，烟熏火燎，还有，辣椒味儿呛，儿子怎么受得了？搬到灶房里去住，每天吃饭的人多，出出进进，儿子受了风寒，感冒发烧，怎么办？要搬你自己搬，反正我不搬。”

曹黑娃听芍药花说得有道理，都是为了儿子好。不搬？那他咋向支书王槐说哩。如今的事情，吃谁家的饭，拿谁家的钱，就得听谁的话。“你还不明白让咱们搬房的意思吗？腾出这孔窑洞，支书另有打算，如果你看到什么，就装着没有看见，不能向外传，要守口如瓶。如果胡说八道，传到外面去让人知道了，他就杀了你，让你五马分尸，死了连个鬼影儿都看不到。听准了没，记牢了没？"

芍药花听黑娃说得问题如此严重，只是不停地点头，表示态度，"你说的话，我记住了。我一定按照你说的做，什么事情都不掺和，什么多余的话都不说。只是每天吃饱吃好，把儿子看好，儿子不要让山里的野狼给吃了。"

曹黑娃听芍药花咋说的是二述话，张口就骂，"你个二捶子，嘴里咋说这不吉利的话。"举起拳头要打，芍药花也不示弱，抬头挺胸，站得硬硬儿的让打，"来呀，打呀。你才是个二捶子，刚才是人家把话在嘴里说着没有翻过梁，说错了吗，你还想咋的？"

芍药花几句话回答得蛮有道理，当场就主动承认错误，知错改错，改了不就行了嘛。"看你个蛮丛货，还想在老婆面前撒歪哩。厉害得很，在王槐面前连个屁都不敢放，人家通知你挪房子，你还是老老实实地挪。"

曹黑娃被芍药花连讽刺带挖苦，不再怨老婆。找个借口给芍药花说："最近这几天，村子里到处都在传牛雪莉的笑话。黄二毛在这里挣了几个钱，被牛雪莉耍咧。"芍药花问，"黄二毛怎么被牛雪莉耍咧？"

黄二毛吃过饭，去牛雪莉店里坐坐，穿了件尼龙纱短袖，兜里故意装着三百元。牛雪莉穿着也有些裸露，很吸引眼球。黄二毛看店里空无一人，就一直瞅着牛雪莉傻笑。牛雪莉走到黄二毛身边，紧挨紧地站在黄二毛眼前，"哟"，叫一声二毛，说他这几天腰包鼓鼓的，红红的人民币装在兜里，给人夸富哩。说着伸出胳膊就压在黄二毛的肩头上。黄二毛一扭过头，脸正好碰到牛雪莉的胸部。牛雪莉就顺手牵羊，把那三百元钱掏走了。黄二毛以为出了钱，时机成熟，水到渠成。在慌乱中到处乱摸，然后去脱牛雪莉的衣服，牛雪莉不同意，低声说："目的达到了吧，再要胡来，我可要打 110 电话，告你个强奸罪，非坐大牢不可。"这样一吓唬黄二毛，黄二毛胆怯，终止了他的胡作非为，只是指着他的三百元钱说："我……的钱。"

芍药花听完之后，评说牛雪莉太不地道了，连黄二毛这个脑子有病的人的钱都敢骗，太缺德了。

曹黑娃和芍药花从那孔窑洞挪开之后，支书王槐隔三岔五就往坳里山上跑，就赶在吃中午饭的时候来。山上只留了两个护林人员，芍药花现在不参加劳动，什么活都不干，主要是带儿子。

这一天王槐吃过中午饭，就去了他的窑洞里，在炕上休息，等胡月仙过来。芍药花知道其中秘密，对胡月仙说："姐姐，锅台上的事，撂下不用收拾，等我给儿子把奶喂完，孩子睡着了，我来洗刷这些碗筷，去晚了，人家支书就等不及了。"

胡月仙怪不好意思地回答："让他等着，每次上山来，都不肯放过。我又不欠他什么，他欠我的太多了，都是拿嘴骗人，空手套白狼。"

芍药花抿嘴笑，她就不信，"天底下哪有白占便宜的？反正男人都是瞎怂，见了女人就没命了，死缠活缠。手里有几个臭钱，你看那趾高气扬的样子。话又说回来，现在的女人都是水性杨花，离不开钱。没有了钱，有个男人也活得窝囊，吃不上好饭好菜，穿不上绫罗绸缎，出门没有车，回家没有房，贫困潦倒，你说还讲什么爱情哩？那都是骗瓜怂的话。"

胡月仙和芍药花闲聊完了，刚走出做饭的这孔窑洞，就看见黄二毛坐着一辆蹦蹦车进到大院里，一声接着一声喊道："胡嫂子，支书在不在？有重要事，要找他。"胡月仙不隐瞒，如实说："刚吃完饭，在窑里睡觉哩。"

黄二毛敲着门，高声喊："支书，王支书。"

支书王槐听到是个男人的声音，就带着不满意的口气说："门开着，敲啥哩，人刚眯瞪着，又把人吵醒。"

黄二毛推门进去，向支书王槐简单说，"出事咧，早晨天刚放亮，路上有雾霾，黑娃在村子里的山岔路口，开车转弯时，突然冒出来个蹦蹦车，两车相撞，虎子他大从蹦蹦车上甩下来，经120抢救，送到县医院，因失血过多，抢救无效，人死在医院里。曹黑娃被派出所控制，在录口供，拉土车也被暂扣了。"

支书王槐一下子从炕上爬起来，跳下炕，说道："走，快去看看。"王槐进了他家门，坐在沙发上，大脑里乱轰轰，不知道这事情该咋办。正在忧愁的时候，院子里黑头藏獒汪汪汪，朝着大门方向狂吠。支书王槐喊媳妇去开门，来了两名警察，问："这是王槐的家吗？"

水仙把警察领进了客厅，警察问："你是王槐吗？"

王槐点头，说："我是王槐。"

警察说："曹黑娃开车出交通事故，你跟我们去一趟，请配合调查。"

王槐坐在交警大队事故处理科的办公桌对面，管事故处理的赵警官问："你叫什么名字？"

王槐回答："叫王槐。"

"今年多大年龄？"

"五十一岁。"

"住什么地方？"

"西武县，柿子树村。"

交警跟王槐说："你知道为什么叫你来吗？因为你是车主。曹黑娃是肇事嫌疑人，现在事故发生了，依据我国交通法规定，发生了重大人命事故，根据情节是要严肃处理的。但这毕竟是一起突然恶性事故，责任人还好，能积极报警，及时拨打120急救电话，在事故调查中态度端正，

178

积极配合，承认错误。这就需要你亲自出面，给受害者家属子女赔礼道歉，争取协商处理。只要是工作做好了，能得到家属子女的谅解，这件事就好处理了。"

王槐聘请了知名律师，俩人第一次上门亲自去赔礼道歉。受害者的家属及亲戚朋友都在悲哀痛苦之中，无法控制激动的情绪，见到了王槐，误认为是肇事司机，全家人一哄而起，怒不可遏，指指点点，破口大骂，要让王槐跪着偿命。就在混乱之时，律师拨打110电话，北口乡派出所及时出警，才控制了当时的混乱局面。

交警大队事故科，在突发事件平息后，派出有说服能力的调解干部携同律师，二次来到受害者家里。他们向家属详细宣讲这次事故发生的前因后果，说道："这种情况有别于一般的刑事犯罪案件，是一起交通事故，而且三轮蹦蹦车按有关规定不许载人，事故发生了，拉土大卡车只能承担全部责任的百分之六十。另一方面，你们也承认老人乘坐三轮蹦蹦是不对的。这样只有你们撤诉，问题才能得到妥善处理。"

受害者家属了解了国家有关交通事故的处理与赔偿规定，最终撤诉，同意交警大队事故科做出的最终裁定。

这场事故总算了结了，交警大队对曹黑娃做了半年不能上路的处分决定。这下他有了空闲的时间，吃过饭抱着儿子去坳里树林中走走转转，呼吸呼吸新鲜空气。

芍药花一再瞎操心，叮咛黑娃："走路看着点，一步一步踩实了，小心摔跤。"越是这样说，曹黑娃越是狂热高兴，高兴地把儿子双手举过头，拨浪鼓似的，使劲地在空中摇晃。吓得芍药花大呼小叫，骂道："二逑，看把娃吓得魂都丢了。"那小家伙被爸爸浪疯得咯咯直笑。芍药花又急得喊："慢一点，放下来，娃吸凉风就会咳嗽。"

曹黑娃带儿子疯够了，来到柿园阁八角亭，坐在水泥圆凳子上休息。

芍药花后边追上来，坐在曹黑娃对面，拿出水瓶让儿子喝水，儿子一边喝着水，一边尿尿，给爸爸曹黑娃尿了个满裤裆。曹黑娃感觉裆里咋不对劲，低头一看，哎哟一声，这碎怂咋给他尿了个满裤子。

曹黑娃、芍药花笑声过后，芍药花又说道："黑娃，不管咋说，她总是你二妈，人老了，一个人在家里，她每天无事可干，感到很寂寞，已经捎了几次话，说是让咱俩搬回去住，回到家里她还可以帮咱们带孙子。你说这是不是一件好事？"

曹黑娃没有急于说什么，只是考虑到这件事是个大事，不能轻易做决定。他就很婉转地推辞说："长期住在一起不行。作为曹家上辈老人，我们有责任、有心意，还是常回家看看为好！"

第十八章

三年后，北方煤海集团经过精心施工，克服各种技术难关，一座年产千万吨的大型煤矿终于建成投产。

矿厂第一天生产，生活区彩旗飘飘、锣鼓喧天、礼炮齐鸣，把个柿子树村震得山摇地动。

北方煤海集团还请来了省级秦腔剧团，在办公楼前搭台子唱了三天大戏。来看戏的方圆几十里地的村民，称赞说自己一辈子都没有看过这么好的戏，人家到底是专业剧团。

曹黑娃在支书王槐的授意下，在工商管理部门注册登记，成立了创收集团有限责任公司，曹黑娃任总经理，王槐是董事长。他们依托煤业、电业这两项支柱产业，不用出门，在家门口就能挣大钱。

北方煤海集团要为柿子树村建一座希望小学，知道这个信息的许多建筑企业都是有备而来，经过多次讨论，乡政府组织公开投标来确定建筑单位。项目的难点在于征地拆迁过程中有许多具体问题不好解决，三通也是个大问题，外来的施工队谁都进不了工地。中标者只好放弃，让创收集团来承建。

曹黑娃亲自出马，去县城建局某工程队聘请来一名工队长，一名工程师，还有一名工程监理在开工前开会。这次王槐以村支书的身份在会上强调指出："建希望小学，是百年大计，千年大计，是我们柿子树村里的万年大计。我们村里的二百二十八户人家，男女老少一千多口，都要以自己的实际行动给予支持和拥护。原来的小学面积不够用，这次要扩大，或多或少要涉及一些人的利益。我在这里提醒大家，为了子孙后代，不管涉及谁，都要无条件听从村委会的安排。当然村委会也不会亏待你们，会努力把大家的事办好。"

会后，柿子树村里的大部分村民都赞成、拥护支书讲话。只有刘二能思想通不过，要说起这段历史来，他还是心事重重，小时候听爷爷跟他讲，柿子树村的小学现在的地址是他们刘家的老宅子。社会发展了六十多年，学校的教室几经翻修重建，已不是当年刘家祠堂的模样，已经是土木结构的教室，现在是一座危房。这次修建希望小学，还要他刘二能挪地方，不是他不愿意挪，而是挪了能得什么好处？有多少补偿金？现在的桩基地可是他们刘家祖祖辈辈留下来的好脉气。他就直接问支书王槐，他家的风水宝地全被建学校占用完了，只要能补偿他家三十万元人民币，他就搬。

支书王槐面对刘二能的要求，感到很吃惊，刘二能提出要赔偿，还把过去的旧账搬出来，啥意思？支书王槐笑了笑，摇摇头，自己思考问题也太幼稚了。都啥年代了，不能胡操作。刘二能开口要那么多钱，也不为过。其实坐下来面对面地交谈，问题也就好解决了。支书王槐说："刘二能，你提到的历史遗留问题，谁也给你解决不了，讲这些都是一句空话。咱们村建希望小学，又不是人家城市的城中村改造，你要求补偿那么多的钱根本就不可能。你看人家刘文成老人，和你是同户族的，人家说不讲任何条件，说搬就搬，说让就让，都是一心为孩子们着想。村委会是这样安排的，你和刘文成一样，由国家补贴，你们各家拿出一万元人民币为自己买房，可以住进政府新建的生活社区里。另外，你的身体还健康，咱们建学校开工之后，你还可以去工地上打工干活，挣些生活零花钱。然后抓紧时间给你再办一份低保，生活就有保障了。"

刘二能也只能顺着支书的安排意见，愉快地接受了，为了孩子们，要向前看。

暑假里，村里抓紧时间施工，来干活的人全都是村子里上了年纪的老人。曹黑娃今天把自己修饰得张张扬扬，潇潇洒洒，扎个势头，正装严肃，夏天里特别炎热，他还打个红颜色领带，腋下同样夹个黑皮包，每天在工地上不懂装懂，指手画脚瞎指挥。刘二能就看不惯，批评曹黑娃能不能少说些废话，多干些实事，建希望小学是大家的事，谁来了都要献一份爱心，脚踏实地亲自参加劳动，为早日建成希望小学多做些贡献！

谁料这句话刺痛了曹黑娃的心，现在的曹黑娃不是过去的曹黑娃。如今也是柿子树村创收有限责任公司的总经理。刘二能凭什么指责他？曹黑娃就不买刘二能的账，开口问："刘二能，你是嫌挣钱挣多了，有饭吃了，把你的嘴还堵不住？你是想干还是不想干？不想干你就走人，别来瞎混钱。"

刘二能对曹黑娃怎么当上总经理，心里一清二楚，只是不想说罢了。"劝你来参加劳动也不是过分的事情，也是一件好事情，有什么不对？有什么错？睁开你的狗眼看看，工地上来劳动的人，哪个不比你的年龄大？这是为了啥？一是为了子孙后辈上学有适舒的好学校，二是这些老人们挣几个零花钱，有口饭吃。你曹黑娃还有资格训斥别人？"

曹黑娃看到刘二能又在人多处逞能，气就不打一处来，问："想干不想干？你再逞能就扣你今天的工资。"这句话刚说完，正在趾高气扬，刘二能把手里的铁锹一扔，直接上来用头向曹黑娃腰里猛撞，曹黑娃眼尖手快一个躲闪，刘二能扑了个空，一头撞在刚刚筑起的水泥柱子上，满头是血，躺在那里全身都在抽筋抖颤。工地上的许多村民，一时间围了过来，议论纷纷，批评曹黑娃为这点小事发生大事故不应该。

曹黑娃被刘二能突如其来的行为吓坏了，二话没说，叫来黄二毛和狗剩，直接背着刘二能快步跑到乡医院，医生在他头上缝了十二针，才救了刘二能一条性命。

支书王槐知道了这件事，赶忙去了医院。临去时，还从超市买来各种吃食和营养品。王槐见到刘二能先是问候，再是道歉，当着刘二能的面，还把曹黑娃狠狠地痛骂一顿。刘二能躺在病床上深受感动，不停地伸出大拇指夸赞支书才是关心村民的好人。

支书王槐站起来，走到病床前，亲自查看刘二能被纱布包扎着的头说："多危险啊，差点儿出了人命。"一句话又说到刘二能心坎里去了，他激动不已，哇的一声大哭，嘴里还絮絮叨叨唱着："天爷爷，地娘娘，刘二能今天哭恓惶。天有道，日月淡，是人都会把钱骗。你聪明，他笨蛋，夹个皮包装洋蒜。有一日，猢狲散，苍天让你把命断。"

支书王槐勉强让刘二能唱完自编的歌谣，不吭不哈，不说不笑，生了满肚子闷气，抬屁股就走了。

支书王槐来到牛雪莉店里，气就不打一处来，说："这曹黑娃办一件事塌豁一件事，他能办好个啥事情？雪莉你去工地上把曹黑娃找来，看我收拾他。"

曹黑娃跟着牛雪莉一块儿走，心里猜想着，支书能让牛雪莉来叫他，一定是为刘二能的事。进门了，牛雪莉在支书面前说："人叫来了，我的任务完成了，我走咧。"

曹黑娃一句话都不敢说，装得像个龟孙子，只等挨骂。站着，一直站着，有凳子都不敢坐。约莫有了吸一支烟的功夫，支书问曹黑娃："曹黑娃呀曹黑娃，知道叫你来有什么事吗？"

曹黑娃吞吞吐吐，畏畏缩缩，说知道，就是跟刘二能的事。

王槐说："那个刘二能年龄大了，他是来参加劳动，想挣几个零花钱。他说几句不满意的话，那是很正常的事，你和他较什么劲？好咧，差一点又发生一桩命案。你咋是个不长记性的人，不到黄河心不甘。你虽然是负责建希望小学的总经理，那是个摆设，不是让你去耀武扬威，去逞能，去装派头哩。工地上都是自己人，多个人来劳动，咱就能多省一份钱，你咋不会算账，还不吸取教训，开了个车和蹦蹦车相撞，碰死个人，赔了四十七万元。刘二能现在住院，还不知道要花多少住院费。每天人躺在医院里不劳动，还得发工资。你也知道，建希望小学煤矿上才给了三十万元，资金很紧张。本来好好的事，都让你干砸了，你不要再显摆你是个大经理，明天在工地上和村民一块儿参加劳动。具体的工作你还得管好，不过，对外不宣布就是。你同意不？"

曹黑娃干脆果断地回答："同意。"

第二天，曹黑娃早早来到工地，穿上粗布衣服，头戴一顶黄色安全帽，在工地上到处看看，把乱堆乱放的水泥、红砖、沙子和碎石整理堆好，工队长上班来了，高喊一声，"哎呀，总经理，今天太阳从西边出来了，自己还亲自劳动，责任心真强。"

曹黑娃停下手里的活，对工队长强调说："农村建希望小学不容易，咱村子里穷，多亏煤矿上支持。你是多年的建筑行家，就多操心，一定要讲质量，共同把学校建设好。"

下午，曹黑娃去牛雪莉店里找支书王槐，到了发工资的时间，会计告诉他说，账户上只剩下不足两万块钱，而且还要买水泥、钢材等材料。平时是顾了这头，顾不了那头，这次是两头都顾不上。"董事长这事儿该咋办？"

支书王槐思考片刻问道："你觉得钱为什么花得像流水一样，几万块钱不几天就花个精光？"

曹黑娃向支书介绍，钱为什么花得快，主要是建筑材料供不应求，昨天买回来的水泥，到了今天就涨一半儿价，去和销售商讲理，他们说，水涨船高，过去一碗面条一个人吃，现在一碗面条三个人吃，你说那能吃饱吗？卖面条的一看吃的人多了，就地涨价。什么都疯涨，谁都没办法。

支书王槐听了，觉得曹黑娃说的也是。他也亲眼看到了不管什么东西天天都在涨价，这是市场经济，谁说了都不管用。支书让曹黑娃叫牛雪莉过来，三人一起开会商量说钱的事。

支书王槐表示态度，说他再拿出五万块钱，他是大股东。他问黑娃能拿出多少钱，黑娃立马表示，他能拿出三千块钱。支书再叫牛雪莉拿出五万块钱来，牛雪莉当场表示反对，她没有钱，她一分钱都不拿，她凭什么要拿钱？

支书王槐笑着说，"因为你也是股东啊，你别忘了，咱们的山川秀美工程也有你的份，年终你还参与分红。"牛雪莉当即打断王槐的话，问："这几年分的红在哪里？"

支书王槐又反复解释道，"分的红在账上。这几年应该说挣了不少钱，全怪黑娃。他开拉土车，发生交通事故，给人家受害者赔了四十七万，不光是赔了本，还把分红的钱全赔了进去。不过你也不要怕，咱要和国有企业一样，把蛋糕做大，再做大，只要有活干，不愁挣不来钱。让你再投资，增加股份，你不愿意，等将来吃了亏，不要埋怨我没给你说。现在给你说了，自己选择，自己拿主意，没有人强迫你。"

牛雪莉被支书王槐灌米汤，灌得糊里糊涂，到底是投还是不投？不投，那曹黑娃和支书为什么还要投？人家能投，就证明还是有钱可赚，有利可图。投就投，羊毛还不是出在羊身上？她投的那些闲钱，还不是一点一点从支书身上换来的？

支书王槐看到这种局面，高兴了，终于把牛雪莉引上钩了。便说："投资的原则和方法，还是老一套，多投多得，少投少得，不参股者不分红。"

支书王槐问黑娃投多少钱，曹黑娃一口咬定，刚才都说了，三千元人民币。支书当场拒绝，骂道："羞你先人哩，堂堂的男子汉投三千元，丢人不丢人，干脆碰死算述咧。"

曹黑娃说："哎，支书，可不能笑话人，我就是穷啊，有那么多好事，谁还不知道跟紧你，就能发大财嘛。"

这句话更加坚定了牛雪莉的决心，决定投资五万元，作为入股金。

支书王槐见牛雪莉表示了态度，当面拍手欢迎！嘴上还说欢迎，欢迎，热烈欢迎！今天他出钱，黑娃去镇子上买一斤猪头肉，一斤腊牛肉，还有油炸花生米和几个好凉菜，一瓶六年西凤酒，中午好好喝几杯，祝贺创收公司越办越红火。

时间到了年底，希望小学已经落成，北方煤海集团公司三十万元的扶贫资金早已结算清楚。希望小学建成后，在验收中，上级主管部门教育局、审计局和质量技术监督管理局联合对大楼进行了评估，一切技术要求、工程质量都符合验收标准。在建设中存在的问题，主要是预算超支，比原来的计划多花了五万八千元。这部分钱全部由创收集团垫付着，暂时还无法解决。这下支书王槐急了，希望小学建成了，超支部分的钱现在没有着落，没有单位管，那不就落在村委会的名义下，实际上出资人是创收集团，创收集团是家私有企业，说白了成员就是支书王槐、曹黑娃、牛雪莉。

建希望小学，多支出的那部分钱对曹黑娃来说，不算什么，他投资少，损失就少。而支书王槐究竟投了多少钱，只有曹黑娃知道，牛雪莉不知道。牛雪莉是实打实拿出来五万元现金，亲自交给支书王槐。曹黑娃代表创收集团打了一张收条，最后落款人是创收集团有限责任公司。

牛雪莉听曹黑娃偷偷地说，"在建设希望小学的过程中，购买的原材料，我都是按支书订购的材料价格去结账付款，总的来说，工程造价比原来超支了五万八千元。这是一种感觉，没有证明材料。你千万不要在外边给别人胡乱说，惹事生非，传闲话。因为这个创收集团有限责任公司是咱们三个人的公司。如果翻船了，咱们三个人都会落水，都会被淹死，谁也活不了，谁也跑不掉，咱们是一条绳子上的蚂蚱。"

牛雪莉听曹黑娃说得头头是道，发生这些事，形成了一条路，钻进死胡同里没法子了。她投的这五万块钱，总不能全亏完，要亏也要三个人一起亏，不能让她一个人亏，把账算在她一个人头上，那到底是个啥事情？

牛雪莉再次准备出门去找支书王槐问个明白，上哪儿去找？找到了总不能站在大马路上，还是守株待兔，在家里死等，这个货三天不来他就熬不住。刚好，三天时间过后，正当午，支书王槐夹着黑色皮包向她店里走来。只要是王槐来了，牛雪莉把原来心里想到的事情，全撂到脑后，忘个精光，心里什么事情都没有，只顾她玩好就心满意足了。

牛雪莉这次不是公开用言语挑逗，而是正襟危坐，一言不发，坐在那里偏着头看电视。

支书王槐是对付女人的老手，不是吃素食长大的，也有一套拿人的办法，以牙还牙，同时也装作没看见，踏进门里一步，转身扭头拧屁股就走，这下急坏了牛雪莉，她大呼小叫地追出门，一把抓住王槐的胳膊往回拉，还开玩笑地说："来咧又想走，没有那么容易，耍个小孩子脾气，是啥意思嘛？"

支书王槐虽然被牛雪莉拽了回来，他始终不看她，面对着门外，给牛雪莉来个尴尬。牛雪莉随口就说："好爷哩，早该饿了，来咧，何不吃口香的？"

其实，王槐已掌握了女人爱面子的表现，不是香花，非要涂脂抹粉装成香饽饽，不是洁玉，非要自夸海口比人清高。她们总喜欢在男人面前娇娇哆哆卖弄风骚，让男人宠着她，捧着她，永远说句爱着她。

时间到了下午两点，煤矿上来了三个人，说是刚下班，年轻人没瞌睡，过来玩麻将，三缺一，让老板娘陪他们玩一会儿。

牛雪莉有点儿累，不想玩。三个小伙劝说："三个男的，加个女的，女的肯定赢。大姐，就陪我们玩一玩。"

牛雪莉看三个小伙玩麻将心切，不能扫了人家的兴，就掷骰子打点子，三个半小时过去了，三个小伙也困了，麻将就玩结束了。

牛雪莉拉开匣子点了点钱，赢了三百二十五元整。她整理完麻将桌，打扫完卫生，路过她的卧室，推门进去，王槐还在呼呼大睡，睡得十分香甜，像头大公猪。她看看天色，已朦朦胧胧，罩上了灰雾，她就叫他起床，王槐还要继续睡觉，牛雪莉神经兮兮地吓唬说："快起来，下午三点半钟，嫂子来商店找你，说是家里有事，问我见到你没有，我就欺骗嫂子说，没有看到，嫂子就回家去了。"

王槐听到牛雪莉说这些话，便感到大事不好，急急忙忙穿好衣服就要回家，牛雪莉还很大方地让王槐吃过饭再回家，王槐就胆怯地回答："你就别日弄我了，我走咧。"

支书王槐走后，牛雪莉偷偷地捂着嘴巴笑，笑声过后，自言自语地说："这一招还真灵。"

第十九章

牛雪莉对她二次投资的五万元钱，心里常常感到不踏实，有一种像是打了水漂的感觉。特别是对于她们三个人成立的创收集团有限责任公司，她心里一直在犯嘀咕，是个真公司还是个假公司？公司里一无所有，就是人们常说的皮包公司。如果她猜对了，曹黑娃为什么和支书勾结起来让她也钻进去，拉她一起往火坑里跳？曹黑娃对她应该是真心的呀，怎么还当着她的面随声附和，说假话，说骗人的话。看来曹黑娃和支书同流合污，穿着一条开裆裤，欺骗她一个人。

牛雪莉拨打曹黑娃的电话："喂，黑娃，你快过来呀，我身体不舒服，心里发慌，你来陪我坐坐，聊聊天。快点过来，我在家等你。"电话那头，曹黑娃只要是听到牛雪莉说身体不舒服，就坐不住了，立马就会赶过来，他们俩人从开始交往以来就是这样。曹黑娃追求牛雪莉可谓是一往情深，始终不渝，也可以说是海枯石烂，永不变心。牛雪莉体会最深的是那两万块钱，当她在开始起步的时候，尽管手段有些卑劣，把曹黑娃的钱骗来了，曹黑娃在她身上也没占到一点儿便宜。但人家从来都没有说过两万块钱的事儿，就是日子过得再困难，也没有怀疑是她把这两万块骗走了。从这件事情看，曹黑娃是值得信赖的好朋友，也是永远值得相信的大好人。

曹黑娃接到牛雪莉的电话，一分钟时间都不耽误，急急匆匆赶过来。他看到店门紧关着，便进了后屋厨房里，看到牛雪莉正忙着做菜，餐桌上摆放着四个凉拌菜，还有一瓶六年西凤酒。他就偷偷地、轻手轻脚地一步一步走到牛雪莉的身后，伸出双臂紧紧地拥抱住牛雪莉的纤柳细腰疯狂亲吻。牛雪莉兴奋中正儿八经地劝诫曹黑娃快快放手，不然油在锅里烧糊了，就会发生火灾，闹出大事来。

牛雪莉系着花布围裙，穿着粉红色格子连衣裙，弯腰炒菜，忙而不乱，双手端来一盘刚出锅的红烧肉。曹黑娃聪明灵巧，急忙接过来，看着红烧肉，看着牛雪莉嘿嘿憨笑。同时曹黑娃还发现，牛雪莉今天还把两道黑油油的弯眼眉，修饰得像弯弯的月牙儿，两颗水晶般明澈的圆眼睛，闪闪光亮，惹人喜爱。

曹黑娃和牛雪莉有好长时间没有单独在一起了。今天突然把他叫过来，这样热情的款待他感到有些意外，有些猜想不透。心里正在嘀嘀咕咕，一细想不对呀，自己本来和牛雪莉就是好朋友，咋能胡思乱想，把人家的好心当成驴肝肺哩。好了，曹黑娃转而又关心地劝牛雪莉不要再辛苦了，少做几道菜，两个人吃不完，剩下就浪费了。

俩人坐在餐桌前，牛雪莉给曹黑娃倒上满满的一杯酒，给自己也倒上满满的一杯酒，心情愉快地说："黑娃，今天欢聚一堂，咱俩好好喝几杯，来个一醉方休。"

曹黑娃满口答应："好！一醉方休。"

牛雪莉和曹黑娃喝酒不时地翻新着花样，一会儿对碰对饮，一会儿还胳膊套胳膊学着新郎新娘喝交杯酒。牛雪莉的酒喝得十分高兴，出了个新点子，干脆俩人共同用一个酒杯子，你抿一口，她抿一口，这样才能喝出酒香的味道来。牛雪莉喝着还假装喝醉了，东倒西歪，摇摇晃晃，端着酒杯一头栽倒在曹黑娃的怀抱里，右手把酒杯高高举起，递到曹黑娃嘴边说，该他喝了，喝，一人一口，不许要赖。

曹黑娃的酒力，也不过三巡，醉烂如泥，朦胧的眼睛有些迟滞，死巴巴地盯着牛雪莉，说他们俩原是一对好夫妻，鸳鸯鸟，好事刚刚扬帆起航，被支书王槐插上了一杠子，就凭当支书这点儿小权力，不讲道德，尽干坏事，把村子里的漂亮女人霸占完了。有时候大白天还明目张胆地欺负牛雪莉，把人气死了，恨不得拿把菜刀杀了他。待他冷静下来慎重思考，这种想法也是一种偏见。杀人是要蹲大牢的，违犯国家法律的事不能干，家里还有四个可爱的宝贝女儿哩。

牛雪莉听曹黑娃倒完肚子里的苦水，她也伤心难过。她现在表面上被王槐宠着、爱着，实际上也是人财两空。王槐鼓动她投资入股，过去拿嘴说一下就算入股了，这次非要让她拿出五万块钱现金才算是真正的入股。入了股，又说是建设希望小学把钱赔进去了。"黑娃，投资的五万块钱还能不能要回来？"

曹黑娃喝得醉醺醺的，趴在餐桌上烂成一团泥，手里拿着那半瓶酒还要喝。牛雪莉一把夺过来，说瓶子里装的是水，不是酒，她一生不会喝酒，只会喝水，摇晃着瓶子，把瓶口斜对着自己张大的嘴，咕咚咕咚从半空中倾倒，酒流入到喉咙里一呛，阿嚏一声喷出来的全是酒沫味，全落在餐桌上的菜碟子里，显得一片狼藉。

曹黑娃喝酒喝醉了，为的是爱情。原来和牛雪莉私了的时候，赔了两万元。那时候他什么都不懂，只要是能把牛雪莉追到手，他也心甘情愿。这么多年来，牛雪莉被支书王槐霸占，他只能眼巴巴地看着。从爱情上牛雪莉还会偷偷照顾他的情绪，内心毕竟还是让他气不顺。还好，在开发山川秀美工程中，支书王槐有意安排芍药花上山干活，就等于给他牵线搭桥，好事成双。如今芍药花把儿子娃也生了，这样的关怀不得不让他打心眼里感谢支书王槐，跟着人家屁股后边求生存，过日子，在工作中为人家出力卖命。就因这些复杂关系，他只好倒向了王槐，伙同起来一块骗牛雪莉，牛雪莉咋能不吃亏？

牛雪莉今天请曹黑娃喝酒，就是想弄清楚到底入股投资，是不是像支书王槐说的投资多，年终分红就多，分的钱就多？

曹黑娃在半醉半醒中，学会了骗人说假话。对牛雪莉提出的问题，不用正面的语言去回答，只是含糊其词，半真半假，推推拖拖，边敲鼓边唱戏来欺骗牛雪莉。曹黑娃不懂装懂，还讲什么投资风险大，一定要小心谨慎。"你投资的那五万块钱，我也说不清楚，投资和分红听起来是个好事情，肯定地说谁投的多，谁年终分红肯定多，这毫无疑问，没问题，你投的多，年终肯定你的分红多。"

牛雪莉半信半疑，低声一遍又一遍地念叨："我的投资没有错？"

曹黑娃突然又改变说话的口气，坚定地表示态度，投资多了，不能说是错，也不能说是全错，如果说错了，可能也有点儿错。

牛雪莉这就不明白了，曹黑娃唱的是哪出戏？让人听得稀里糊涂，就赶紧问曹黑娃，"你说的话，说了和没说一样，我问你我投资的事到底错没错？到底错在什么地方？你现在倒是好，成了稻田里的泥鳅，光不溜秋，滑得很。"

曹黑娃表示，"有些事你不知道，你看支书王槐在外边，衣冠楚楚，摆个官架子，回到家里，一点儿地位都没有，手里有几个零用钱，晚上回到家里，全部都要交到老婆的钱匣匣里。支书王槐最怕老婆，所以村子里的人才给他老婆送个绰号，叫她母老虎。母老虎还有许多故事哩，你知道不？"

牛雪莉说支书王槐的老婆叫"母老虎"她知道，有什么故事，她不知道。不过那天她在支书王槐面前随便说个慌，说是嫂子来这里找他，吓得支书二话不说，夹着他的黑色皮包就急忙回家去了。

牛雪莉好奇心强，就催促曹黑娃有什么关于王槐和"母老虎"的故事说给她听。

曹黑娃讲故事（一）：

水仙她爸叫水画，省美术学院毕业。本来他可以留在本校当美术老师，他自己要求回本县中学当美术老师。说也凑巧，水画住的宿舍隔壁是支书王槐他爸王文。王文早一年被分配到县城关中学任教，俩人住的宿舍墙连墙，门挨门。他们平时在生活中谈天说地，有追求，有理想，有美好的未来，亲热得就像一对孪生兄弟，是最要好的朋友。记得在那个轰轰烈烈的特殊年代，青年人都有一颗火热的心。当一场运动来了，理解的和不理解的都会积极参加。特别是思想要求进步的年轻人，为了自己的前途命运，都会牢牢记住一句话："党叫干啥就干啥，一切服从党安排。"

　　一日，有人来水画宿舍，以命令的口气通知水画去大街道十字口，画毛主席去安源的巨幅画像。这项艰巨的任务，水画用了三个多月才完成。在为毛主席画像剪彩典礼的那天，大街上红旗飘飘，锣鼓喧天，歌声嘹亮，有上万人参加了轰轰烈烈的剪彩庆祝活动。从这以后，水画在县城里声名鹊起。后来，因为他犯了一些错误被送去参加劳动改造。

　　水画虽然不公开对抗这种管教，心里还是不服气。他经过细致观察，寻找破绽，发现这里的管理有许多漏洞，他就打算越墙逃跑。在一个漆黑的夜里，他睡到后半夜，三四点钟，起床装做去上厕所，顺着厕所的那道矮墙向前走了十多米，正好有个缺口，双手分开一撑，两腿使劲跳了出去。时间正好是农历月中，月亮爬上天空高高挂起，一束银光撒满大地，照亮乡村的幽径小路。他鼓足勇气，朝着家乡的方向，披星戴月急急赶路。田野里风吹草动，远处传来几声鸡鸣狗叫，还有狼在哭泣。他什么都不害怕，自己给自己壮胆，天亮前一定得逃回家。

　　父亲早早起床，开门见到儿子回来了，又是惊，又是喜，又是怕。父亲紧张地东张西望，怕走漏了风声，双手把大门紧紧地关好，

196

让儿子快回屋里藏起来，再不要让坏人把儿子抓走。

时间过去大半年，水画和小时候的同学秀秀结了婚，一年后有了身孕，水画家里生活困难，没有一粒粮食下锅。水画背着背篓去田里挖野菜，在回家的路上被人认了出来，并捆上押走了。

牛雪莉问："那后来呢？"

曹黑娃把手中吸的半截烟灰弹了弹，说："后来水画被判处有期徒刑三年，就这样以莫须有的罪名蹲了大牢。"

曹黑娃讲故事（二）：

王槐他爸叫王文，书香门第，个性直爽、焦躁。由于写文章才华出众，得到了别人高度评价。于是乎一夜之间王文的尾巴翘到天上去了，说话骄横，目中无人，自己还认为自己是最正确、最有能力的理论家，后来又被选调到领导核心写作小组当了一名文化高参。王文性格暴躁倔犟，平时好斗，好闹，好出风头。本来一件小事跟他毫无关系，在辩论中，他就指示别人，大打出手，把人狠狠地打，到后来还是把人打死了。政府落实政策，他也被捕入狱。

牛雪莉不解地问："怎么又入狱了？"

曹黑娃摇摇头说："打死人是要吃官司的。"

后来王文死在监狱里，死后尸体都不知道埋在哪里了。可怜啊，实在是可怜得苦不堪言。

牛雪莉打破砂锅问到底，问道："可怜？什么是可怜？黑娃你就具体地说说可怜吧。"

"要说怎么个可怜，三天三夜都说不完。有一天，公社干部领着穿一身蓝制服的警察，那警察头上戴的蓝帽子有一个圆形的金属国徽，领角上和解放军一样有两面小红旗，来到了王文家里，宣读了一张死亡通知书，人就走了。那时候王槐才两岁多，他妈妈看到死亡通知书，如五雷轰顶，祸从天降，哭得死去活来，邻居和亲戚劝王槐他妈改嫁，找个好人家，王槐他妈死不听从，一心要为王家守住根基，把王槐抚养成人，宁肯拖着拐棍去讨饭，也不屈求于人。就这样母子俩相依为命，沿门乞讨，挣扎在死亡线上。"曹黑娃说。

支书王槐前些年在村里上小学的时候，经常和小朋友聚在一起，说他跟着妈妈去沿门乞讨要饭的故事。讨到了白面馍，妈妈让他先吃，讨到了苜蓿面菜坨坨和高粱面黑馒头，妈妈还是让他先吃。到了夜晚，母子俩蜷缩在冰冷的破屋里，冻得瑟瑟发抖。一床破旧棉被，妈妈总是为他盖好、盖严，总怕他肚子受凉生病。牛雪莉听了这些后，眼泪直流，哭泣不止，嘶哑着声音说："黑娃别说咧，确实是太可怜了。"

曹黑娃讲故事（三）：

改革开放的春风吹暖了祖国的大地。全国上下一片欢腾，拍手称快。国家落实知识分子政策，补发了水画的工资，恢复工作。他被安排在县文化馆工作。

水画到县文化馆工作后，做了一名专职摄影记者。春天来了，桃花、梨花盛开，从县城到乡村到处都是花的海洋。他肩扛摄像机走到哪里，都能发现山村风景如诗如画。他就精心拍摄，变换视角，捕捉改革开放的新画面。水画在柿子树村采访，见到一位村妇带着十五岁的儿子在坳里碱塄地上烧钱化纸，衣衫褴褛，面容憔悴，儿子长长的头发遮住了小圆脸蛋。水画大惑不解，如今的新农村还能看到这么可怜的穷人？他上前冒昧地问："大嫂，今乃清明，祭祀亲人。"王槐的妈妈春叶耳边听到有人问话，跪着扭头见是陌生男人，一言不发，拉着儿子就跑。水画追上去，并大声喊叫，"嫂子、嫂子，春叶嫂子你站住。"

王槐妈妈听到此人叫她名字，想到此人肯定认识王槐的爸爸。她便停下来，水画疾步堵在王槐妈妈当面，喜出望外，"见过，就是见过，你就是王大嫂对不？"

王槐妈妈不轻易相信别人的话，总是怕遇到坏人，怕吃亏上当。她诧异地看着水画，很警惕，一手把孩子藏在她的身后。王槐的一对小眼睛也直愣愣地看着水画。

水画跟着王槐的妈妈来到王文家里，那座破烂不堪的三间旧茅草屋，四处通风，墙坏掉落。炕上一条旧棉被，灶台上一口黑铁锅，上面的木锅盖，木板脱落，参差不齐。水画看到了此情此景，心酸得难以忍受，在屋子里一边拍照，一边掉眼泪。他的手摇晃不停，拍出的画面都很模糊。他勉强着拍完，圪蹴在地上发呆。王槐的妈妈招呼水画坐在炕上，水画还是圪蹴着，蹲在地上喝了碗开水，用衣服袖子把嘴巴一抹，起来临走时，留给王槐妈妈十五元钱，只是叮咛说："我每月都会按时送钱来。"

牛雪莉不停口地赞美王槐和水仙的美好姻缘，同时还表扬水仙她爸是个重情感的好人。王槐和他妈是个有福之人，真的是天上掉馅饼，吃饱了都懒得张嘴。怪不得现在王槐最害怕水仙这只"母老虎"。

水画在柿子树村采访，无意间遇到了王文的妻子春叶大嫂。回到家里他高兴地把这件事的前前后后说给秀秀听，说他承诺每月给春叶娘俩接挤十五元钱。秀秀听了思想上也是"十五个桶打水"——七上八下，忐忑不安。水画刚刚平反，工作时间不长，而且工资还很低，每月领三十八元五角钱。每月照顾春叶她娘俩十五元钱，家里所剩寥寥无几。秀秀算了一笔账，家里仅剩二十三元五角钱，水画每月买一条大雁塔烟二元七角钱，三个人仅剩二十元零八角钱的生活费，这苦日子咋过嘛？

水画听了秀秀算的账，先是低头不语，沉默寡言，想了一会儿，运用统筹、合二为一的算账方式，给秀秀分析解答，得出的结论是："秀秀不怕，从数量上看，咱们三人现在剩余的钱少，平均起来没有她娘俩多，但是，如果以家庭为计算单位，还是咱家的钱多，就是吃饭多了一张嘴，如果咱俩每天每顿少吃一口饭，也就度过难关了。"水画还说："秀秀，咱们家困难不少，咬着牙，忍一忍，几年就过去了，自然就会好起来。"

秀秀听丈夫水画把话说到这，再也不强求什么，一切随缘，共渡难关。

多年后，王槐从部队复员回家，水画就上门亲自和春叶大嫂商量水仙和王槐结婚的事。春叶心里觉得对不起水画。这么多年来，水画一直照顾着她娘俩，不管是生活消费，还是王槐从小学一直到读高中，都让水画操了许多心，欠水画的钱，还有人情账都没还，心里是多么的惭愧与不安。今天又来商谈两个孩子的婚姻大事，她用什么美好的语言都表达不完她的心里话，只是叮咛王槐，"结婚后一定要和水仙相敬如宾，互相帮助，互爱互让，在生活中不管发生什么不愉快的事情，都要让水仙一吐为快。骂你，你就听之任之，打你，你千万不能还手。一辈子不管是水仙的错与对，你始终都要忍让、爱护、理解，要以德报恩。"

牛雪莉听得如痴如醉，才明白王槐为什么怕老婆，水仙为什么叫个"母老虎"。

第二十章

转眼间，牛雪莉已到了不惑之年，脾气、个性、思想都有了质的变化。确切地说，她为人处事、看问题比以前大有长进。每当她到了深夜里睡不着觉的时候，脑子里的一些生活问题就浮现出来，她自己问自己，她原本想和曹黑娃结为夫妻，白头偕老，但是交往没几天，让支书王槐插上一腿，把个正当的事情搅黄了，搅成不正当的事情。自己和支书王槐只能说是鬼混，既然是鬼混，混到什么时候是个头？听了曹黑娃说王槐和水仙的婚姻故事，那是木板上钉钉子，谁也别想去拆散他们幸福的家庭。

山穷水尽，走投无路，牛雪莉陷入极大的痛苦之中，一睡就是两天，浑身疼得都起不了床，肚子里没进一口食物，饿得睡在炕上心里发慌。爬起来去趟卫生间还得手扶着墙，一步步向前挪动。上完卫生间还想睡觉，听到咚咚咚的敲门声，还有人不停地在喊叫："雪莉，牛雪莉，开门啊，太阳正当午，咋还不开门？"牛雪莉听到是曹黑娃的声音，顾不上拾掇乱糟糟的头发，脸上显得苍白无力。她还是咬着牙，鼓足气力，去给他开门。

曹黑娃看到牛雪莉蓬头垢面，脸色苍白，乱糟糟的头发，像是夜宿破庙里走出来的乞丐，心里打个寒战。牛雪莉被什么事情折磨成这样？如果不是在她家里，而是在荒山原野，看一眼肯定认不出来是牛雪莉。曹黑娃看到眼前牛雪莉的悲惨情景，怜悯得心阵阵难受，眼睛就不由自主地湿润了。牛雪莉虚弱得难以控制，或许是饿了两天，站着全身无力，眼前金星乱飞，晕晕乎乎，一头就栽倒在曹黑娃的怀抱里。

曹黑娃紧紧搀扶着牛雪莉，急促地连连催问着："雪莉怎么咧？你是怎么咧？到底发生了什么事情？"牛雪莉像是处于昏迷状态，双眼紧闭，嘴唇发颤，一句话都不说，眼泪滴滴答答，不断线地流着。曹黑娃见状不好，使尽平生力气，把牛雪莉抱起来走进卧室，小心翼翼地把她放在炕上，从饮水机龙头上接了半碗开水，又从厨房拿来白糖，用小勺挖了两三下，放在开水里搅匀，一勺子一勺子给牛雪莉喂进嘴里。多半碗白糖水喂完后，牛雪莉精神也随之舒缓，不一会儿睁开疲惫不堪的眼睛，有气无力地问："黑娃，我这是怎么了？"

"你刚才晕过去了。"

"你是怎么知道的？"

曹黑娃说："我也不知道你病了，我来找你，敲你家门。你刚开了门，就像个抽了筋的泥人，往地下出溜，眼看要栽倒，摔跤了，我帮扶了你一把，让你没有出意外，也没有跌跤子。"

牛雪莉听了曹黑娃说的刚才那惊险的一幕，伤心地掩面啼哭。如果不是黑娃来得及时，她病成这样子，摔倒了谁都不知道。

曹黑娃又劝说两句，"你也不要往坏的方面想，人的命都是天注定，因祸得福，你病了不是有人来照顾吗？怕啥，你好好养病，身体很快就会恢复健康。"

牛雪莉慢慢地收住哭声，但还在断断续续地哽咽中，她就对曹黑娃说："这几年，我和支书王槐鬼混，混了个没眉没眼。我和你是最真实的好朋友，你怎么跟上支书王槐一块儿骗我？把我往火坑里推。黑娃，我问你，我投的那五万块钱是不是打了水漂？你发誓，给我说一句实话。"

曹黑娃没提防，牛雪莉问了一个咥实话的问题。自己本来知道这件事，前几天和雪莉一块儿喝酒，还是瞒着她，装作不知道。今天，牛雪莉为这五万块的投资病成这样子，这件事已成为考验朋友是真朋友还是假朋友的关键问题，曹黑娃该怎样面对牛雪莉，思想上就起了个疙瘩，掀起了风浪。回想起第一次承包山川秀美工程，本来没有牛雪莉的事，支书王槐不知是做何打算，非得把牛雪莉强拉进来，分红比例来个"四四二"分成。结果几年下来不走运，不吉利，都是他惹的祸，把四十七万赔个精光。再要深挖一步，支书王槐确实是给牛雪莉下了个套，让她先掺和进来，有利可图，看到了前景，尝到了甜头，就有了吸引力，这也叫诱鱼上钩。果不其然，建希望小学，王槐向乡政府立了军令状，三十万元由创收集团大包干，不然这项工程乡政府不会让他来干。王槐为这五万元搅尽脑汁，倒挂在牛雪莉头上，只有靠说假话，靠骗人，还让他曹黑娃当说客，说假话，鼓励牛雪莉多投资，多分红。纸里终究包不住火，牛雪莉看透了。今天给他下个最后通牒，他是个老男人，也是牛雪莉的好朋友，怎么能同王槐一块儿骗女人？良心道德也不允许。哎！不能再沉默下去，语言上多少露出些破绽，让她自己回味，来领悟其中的奥秘吧。

三五天的时间过去了，牛雪莉的身体恢复正常，她就盘算着什么时候去找支书王槐面谈。说也奇怪，柿子树村这地方就是有灵气，说曹操，曹操到。

牛雪莉目光犀利，从远处早就看到支书王槐腋下夹个包向这边走来。她就故意装做没看见，斜偏着头，两眼盯着看电视，嘴里还悠闲地嗑着葵花籽。王槐进门，瞅瞅，见四周无人，也不搭腔，轻手轻脚，猫腰向前，伸手又去做个一贯的坏动作，给牛雪莉来个猝不及防，吓她一大跳。

牛雪莉把提前准备好的那一洋瓷缸子水，顺手端起来，泼在支书王槐的脸上，正要破口大骂，一看是王槐，就假装说："妈呀，这可咋办啊，闯下这般大祸。"说完急急忙忙拿商店里一条新毛巾，给支书王槐又是擦脸上的水，又是口口声声道歉，对不起呀，她还以为又是黄二毛那个瞎怂，怎么是……

支书王槐看到牛雪莉泼水，确实是认错了人，不然咋把牛雪莉吓成这样子。支书王槐不但不怪罪牛雪莉，反倒觉得好笑。好笑的是，牛雪莉还是那么诚实幼稚，对他那么温柔体贴。就说："算了，算了，别害怕，又不是别人。"

泼水的事就算过去了，牛雪莉让支书王槐坐下，她说："你亲口答应分红的事儿，山川秀美工程这几年挣了多少钱？你说四四二分红，怎么一分钱也没见分？不分也就罢了，建希望小学超支五万块钱，为什么让我一人投，你和曹黑娃为什么搞假投资？"

支书王槐听着问话，心里再清楚不过。他当着牛雪莉的面还想继续说假话，欺骗牛雪莉，就扎个势，推介当初投资时说的话，说道："没错呀，咱们仨开会的时候当面说得清楚啊，投资自愿，没有强逼，谁投资多，年底分红就多嘛。这没有什么争议，怎么今天又提起这件事儿来了？"

支书王槐还想证明他说话的正确性，继续解释道："雪莉，你虽然多投资了五万块钱，但没有白投，等有了红利，你肯定不会吃亏，还要占大便宜哩。你看到了没有，咱们的创收集团有限责任公司前途大着哩，只要有我在，柿子树村里有挣不完的钱。你这五万块钱算个啥？不要老是想着你的钱。想用钱？需要多少？"说着，又犯了老毛病，把手伸到牛雪莉腰里解裤带。牛雪莉往后把身子挪挪，细声细语地说："拿钱，给了钱再……"

支书王槐还以为像往常一样，结果吃个闭门羹，心里满满是火气，暗暗骂道："臭婊子，今天耍花样儿，戏弄我王槐不成？"可表面上，还是一派正人君子。心想这几年他玩了多少女人，今天还玩不转个牛雪莉，大大方方地问："要多少钱？"

牛雪莉还是被骗了。当时牛雪莉要现金，王槐分辩，"现在出门谁还带现金，万一碰上坏人怎么办？现金没有，给你一张银行卡，卡里正好有五万块钱，把你投资的钱一次性结清了，省得再啰唆。"牛雪莉特别高兴，什么条件都没有了，就让王槐尽情地享受。王槐今天看到牛雪莉当面开口讨价还价，心里像是吃了蛆，恶心到反胃想吐，一点儿兴趣都没有，满脸不高兴，夹着包甩门就走了。

牛雪莉看着远去的支书王槐，拿着卡有些胜利感，后来去银行查账，银行说卡里没钱。牛雪莉气不过，钻了牛角尖，认为和这些人打交道咋会这样难？他王槐总以为咱是个女人好欺负，想怎么戏弄就怎么戏弄。在一块儿鬼混了四五年，人家还是瞧不上咱这轻薄无家的苦命人。牛雪莉就怨恨老天爷对女人不公平。干脆去告他，去什么地方告？牛雪莉连门都找不着，孤苦伶仃的一个弱女子活在人世间有什么意思？还不如一死反落个清白。就在一个漆黑的夜晚，牛雪莉去自家屋后的柿子树上去寻短见，被前来商店购物的煤矿上的程师傅发现。程师傅偷偷地跟在牛雪莉身后细心观察，天黑什么都看不见，牛雪莉系好了一条白绫，刚挂在自己脖子上的一瞬间，程师傅费尽力气，把牛雪莉救了回来。

第二天，这件事在柿子树村里传得沸沸扬扬，曹黑娃知道了，赶紧赶了过来，进门看到牛雪莉家里来了许多老头子、老太太，都在交头接耳，嘀嘀咕咕说些什么。曹黑娃近前想打听个究竟，谁也说不出来是因为什么事。最后问道是谁最先发现的，有人提供信息说是煤矿上的程师傅救了牛雪莉的命，曹黑娃让狗剩去煤矿找来程师傅问个究竟。

程师傅详细地把他来商店买方便面的事情说出来：时间在晚上八点至九点之间，他下班了，来商店买方便面，店门大开着，店里空无一人，他等不及就去院子喊老板，叫一声牛老板，没有人回应。隐隐约约听到屋后有哭哭啼啼的声音，他就寻声去找，黑黢黢伸手不见五指，什么都看不见。突然间，只有靠柿子树三步远的人家拉开屋里的电灯，一缕灯光从窗户里斜射出来，他才清楚地看到柿子树上吊着个人形在摆动。他就三步并做两步跑过去把人抱下来，断定就是牛老板。费尽了力气，他把牛老板抱回到屋里，还有一丝呼吸，他就掐人中，牛老板才把憋着的那口气喷发出来，有了哭声，他才放心回去了。

曹黑娃听程师傅说了全过程，紧紧地握着程师傅的手，表示感谢，"多亏你来得及时，救了牛雪莉的命，今天咱俩就共同陪伴着牛雪莉一块儿度过难关吧。"程师傅执意不肯，曹黑娃提出，"你是个好人，还要和你好好地聊一聊。现在牛雪莉病了，躺在炕上，我一个人照顾不过来，请你留下来，两人换着休息，照顾好牛雪莉。"程师傅一再提出不行，他还得回矿上去上班。

一周时间过去了，曹黑娃在和程师傅的交谈中发现原来程师傅是个少言寡语的老实人。虽然话语少，但从长相上看，四方脸，相貌善，还有那么些文里文气的书生模样。平时程师傅下班了，把自己收拾得整整齐齐，干干净净，留着老式的小平短头发，是个精壮的中年人，年龄不满五十岁。曹黑娃心里萌生了个新打算，思考着等牛雪莉的病好了，身体恢复健康，能不能给双方做些工作，把牛雪莉嫁出去。牛雪莉这次寻短见，不想活了，主要心思还是记恨在那五万元钱上，钱白白地落到支书的腰包里去。唉，人一辈子真不容易，牛雪莉做人更不容易。

曹黑娃再次找到程师傅，当面提出要和程师傅交朋友。程师傅推说他是个打工的，外地人，家里穷，怎么攀得上曹经理。

曹黑娃一听这话，心里很急，就摆出关中人的旧怂脾气，躁咧。也不转弯抹角，开门见山，低声直言问："程师傅，听你的同事说，你最近刚从家里回来？"还要继续说下去，话又打住咽了回去。程师傅就低下头，有些伤感，有些恋念，无奈地只是点了点头。

曹黑娃已经证实了程师傅前段时间就是回家处理老婆的后事，所以精神状态一直是沉重而低落。他就大胆地开导说："程师傅，老哥劝说你两句，不知道当说不当说？说了你也不要难为情，如果心里满意，行就行，不行就拉倒，就当老哥没说。"

　　程师傅点点头，无声地示意，"那你就说吧。"

　　曹黑娃说："把牛雪莉嫁给你，行不？如果行，你就点点头。如果不行，你就摇摇头。"

　　程师傅听到曹黑娃说这件事，他的心突然震了一下。能把牛雪莉嫁给他？牛雪莉可是个漂亮女人，他没有想到还会有这么好的事？到底是真是假？内心热得当然似一团火，得赶紧点点头，表示自己的态度。不一会儿又想到，这可能吗？自己是个外地人，是个打工的。一时间又高兴又疑惑，内心乐滋滋又摇摇头。就这样一点头，一摇头把曹黑娃弄糊涂了，这到底是怎么一回事？

　　曹黑娃眼睁睁看着程师傅又是点头又是摇头，急着追问："给你说正经事哩，你咋又模棱两可？我看你是个大好人，才给你提说这件婚姻大事。程师傅，你救了牛雪莉的命，你把牛雪莉从死亡线上救回来，你就是她的恩人。我看你这人靠谱，我才给说这事哩，放到别人身上，我才不管述这事哩。"

　　程师傅看曹黑娃说的全是心里话，他高兴得忘乎所以，处于一种不可想象的精神亢奋中，过了好一会儿才点点头。

　　曹黑娃兴奋地说："我就说嘛，山东人爱吃大葱，性格开朗，性格豪爽，侠胆义气，喜欢直来直去，你咋能黏黏糊糊？原来是高兴的。这没喝酒都醉了。"

　　天黑了，程师傅起身告辞，他该回矿区休息了。曹黑娃又拦着不让程师傅回矿上去，说："回矿上去，还不是睡觉？在这里难道没有你睡觉的地方？你这个人值得信赖，你走了，我连说话的朋友都没有，那可不是个好滋味。"

半个月的时间过去了，牛雪莉的身体也慢慢地恢复正常了，每天开门营业时，还是不忘在镜子前收拾打扮，给蜡黄的圆脸蛋上涂脂抹粉，显得粉红白嫩，唇边涂上口红，又年轻了十岁。这天她安排曹黑娃去镇子上买了好些好吃好喝的，亲自下厨房烹饪，做了六盘凉菜，六盘炒菜。下午让曹黑娃请来程师傅，她要亲自感谢程师傅。

曹黑娃在煤矿上四处打听寻找程师傅，终于在机修车间找到了。见面之后，曹黑娃先是递上香烟，程师傅当面回绝，说厂区禁止吸烟。曹黑娃把香烟和打火机装回兜里说："恭喜你，口福不浅，牛老板请你过去在家里吃顿饭，还要亲自谢你哩。"

程师傅看看手表说："不能去，还没有下班。"

曹黑娃心直口快："没下班，没关系，我可以等着你呀。"

曹黑娃和程师傅肩并肩走在乡间的水泥路上，曹黑娃只是随口说两句话，"牛雪莉近日身体恢复得还不错，一定要感谢你这个救命大恩人。"

程师傅听了说："曹哥，区区小事，不足挂齿，这也是让咱碰上了。谁能想到你还是个热心肠的人，跑前跑后，费了许多口舌，为我和牛老板牵线搭桥，成全这门好事，让我怎么感谢你这个大媒人啊？"

曹黑娃听程师傅对他这个大媒人声声赞美，句句表扬，感到自豪骄傲，于是又有些飘飘然，自吹自擂，摆开了功劳，压低声音说："程师傅，咱俩在牛雪莉店里见过一两次面，你这个人把自己装扮得一本正经，好似高傲，给我一种恐惧和不好接近的感觉。现在和你打交道，哎！你才是嫽扎咧，我曹黑娃费了九牛二虎之力，下决心成全你和牛雪莉的好事。"

程师傅随机应变，立马表示态度，说曹经理是个大好人，按他们山东老家的风俗习惯，人常说，媒婆婆吃的嘴油馅馅，跑断的腿，磨烂的嘴。按这种说法，事情说成了，他得提上五斤大肥肉，还有两罐儿甜蜂蜜，一双名牌老人头皮鞋亲自上门来感谢曹老哥。

曹黑娃哈哈大笑，开个玩笑，看来他是把人选对了，耐心地等待着那天吃喜糖喝喜酒哩。俩人说着开心的话，不知不觉踏进了牛雪莉家门，一股股清香美味扑鼻而来，一串串麻辣味儿窜入心田，丝丝酸辣味儿飞入喉咙，程师傅最爱闻的还是那纯正清香的三鲜味儿。

牛雪莉站在客厅门口欢迎程师傅的到来，三人落坐后，牛雪莉先说几句感谢话，曹黑娃打圆场，端起提前斟满美酒的杯子，劝程师傅："你就多喝些，这几道菜都是牛雪莉亲自下厨精心烹饪制作的。感谢你救了牛雪莉一命，你就是牛雪莉的大恩人，牛雪莉一辈子都报答不完。"

牛雪莉站起来双手端着酒杯，要敬程师傅。程师傅同样心情愉快地站起来，端着酒杯，点头微笑。就在将要喝第一杯酒的时候，程师傅又多个心计，提议说："来，曹哥，三个人一起喝。"

曹黑娃手不离酒杯，只是看看牛雪莉，又看看程师傅，发瓷发愣，坐着不起来。

程师傅二次邀请说："曹哥，还坐着干啥？三个人一起喝。"

牛雪莉喜笑颜开，端起酒杯站起来也邀请曹黑娃："对呀，黑娃，三个人一起喝。"

程师傅自喝了这场酒，就成了牛雪莉店里的常客，不管什么时候下班了，都来这里坐坐，和牛雪莉聊聊家常话，说说心里话。一来二去，牛雪莉慢慢观察到程师傅的为人，特别是他的人品道德让人敬佩。牛雪莉自述她为啥要自寻短见，都是支书王槐做事绝情逼的。女人一生挣钱不容易，哪有这样黑心肠的，骗色骗钱，眼睁睁把她五万元骗为己有。

程师傅听了这些话，没有煽风点火，也没出什么瞎点子，只是淡淡地说，钱被人骗了是常事，人不出事是好事。生意上周转不开，有困难，好说。说着，他随手掏出两万元人民币让牛雪莉先拿着用。

牛雪莉忙双手推了过去，谢谢程师傅的一片好心，并且说明她不是急需用钱，关键是支书王槐不能平白无故地把朋友欺负了，她一时间想不通，才做出这等蠢事情。

牛雪莉和程师傅日久生情，建立了相互信任、相互理解、相互依赖的关系，经过双方的共同努力，牛雪莉实事求是地把自己的坎坷婚姻，开诚布公地向程师傅讲了出来，让程师傅以后不要陷入痛苦之中，也不要认为是牛雪莉骗了他。

程师傅最终也表明自己的态度说："咱们这年龄的人，都是过来人，什么不知道？搭帮过日子，只要努力了，付出了，不要去斤斤计较，图个平安就好。至于个人以前的婚姻，还不是为了有口饭吃？让那些困扰人心的烦恼事离得越远越好！"

牛雪莉从未听过这么让人温暖的话。程师傅平时不爱多说话，是不爱说那些无聊的话，不爱说与自己没关系的话。他是个堂堂正正的男子汉。

最终，程师傅和牛雪莉在曹黑娃的撮合下，俩人走进了幸福的婚姻殿堂。

第二十一章

曹春月在老家过完春节，坚决带着妈妈和两个妹妹来到省城。在学校未开学之前，曹春月费尽周折找到了民办学校的刘校长，总算是把两个妹妹的入学问题解决了。

　　姐妹俩来到同一所学校学习，曹秋菊在高一年级（四）班上课，初到学校，她对学校里的一切都是那么陌生。她首先看到大城市的学校，操场、教室、老师、同学与农村的县、镇中学相比，有着天壤之别。在农村，学校放学之后，学生都比较自由，走在回家的路上，三五成群，结伴而行。有那么几个男同学偷偷下到河里去游泳，游累了爬上岸来，又去攀折柳树枝，编织柳条帽戴在头上追逐嬉闹，一直玩到天黑才回家。女学生放学回家后，饿着肚子就背着筐子到田里去割猪草，或是坐在妈妈身边学绣花，纳鞋底。城里的中学生就不一样，下午放学回到家里，百分之百在家里复习功课写作业，作业写不完，一直写到夜里十二点钟。这样两种不同的学习态度、学习方式产生的学习效果就大不一样。因此，城市里的教育就先进一步，培养出来的孩子大部分都能考入大学。

　　曹秋菊寡言少语，不善于和同学交流，只注重学习。见了同学，她有一种自卑感，总是低着头从老师身边羞涩地跑过去。有位女同学见到曹秋菊平时在同学面前羞羞答答，不善言辞，认为她是从农村来的，土里土气，是个乡巴佬，就打算和曹秋菊开个玩笑。

　　下课了，曹秋菊去操场上呼吸新鲜空气，做些室外运动，她一个人正在原地甩胳膊踢腿，做了几个上下蹲。那位女同学走过来说："曹秋菊，每天天马行空，一个人独来独往，不和班里的同学们打招呼，扭扭捏捏，趾高气扬，装模作样，好像自己是个大家闺秀，家里一定很富贵，有几百万元的存款吧，说出来让同学们开开眼界，让同学们欣赏一下做富人的儒雅气质啊！"

曹秋菊听到这位同学用这种说话的口气，完全是寻衅滋事，有意欺负人、羞辱人。人家肯定是个大款，财大气粗，开口闭口就是几百万，向人夸富，在人面前显摆，目的是欺负她这穷学生。想到这里，她暗暗握紧拳头，想冲上去狠狠地揍她一顿。可她毕竟已是高中学生，有了思维能力，有了自控能力，遇到这样狂傲不讲理的人，她得见机行事，不能随便张口骂人，要选个两全齐美的办法，从语言上击溃她，战胜她，她就会臭不可闻。

曹秋菊大脑里一闪念，新的办法很快就想出来了。昨天在历史课堂上，老师讲了一段名句叫"以其人之道，还治其人之身"，对待这位长嘴女同学也需要用同样的办法来对待。曹秋菊就大胆地问那位女同学，"家里有几百万算什么？中国人在奔小康的道路上，富起来的人有千千万万，有钱人多的是，你知道几千万甚至几个亿，意味着什么？你家里那几百万算什么？"

那个女同学听了曹秋菊说话的口气，没想到是小巫见大巫，小脸蛋儿唰地红了，一会儿又黄了，额头直冒冷汗，像个哑巴似的，站在原地傻呆呆地看着曹秋菊，看来人家还是比她更有钱。

曹秋菊这才婉转地说："别拿钱来拼爹，井外的天大着哩，世上有钱的人多着哩。咱们年龄还小，啥也不懂，不要傻乎乎地盲目追求一个'钱'字。把自己的学习搞好，把成绩提高了，考上清华北大才是正事。"

曹冬梅，女，十四岁，初中二年级学生。别看她人小，个头不小，快一米六了。自她走进初二年级教室的那一瞬间，大家都发现班里来了一位新同学。老师还没有走进教室，曹冬梅四周的同学都投来微笑和欢迎的目光，她主动地问声新同学好，同学们也说声欢迎新同学。正当同学们打招呼之际，班主任老师走进教室，班长喊一声起立的口令，全班同学齐刷刷地站立起来，双手放在背后，目视前方，同学们的身影笔挺，飒爽英姿，像是被检阅的一支部队，异口同声地问候：老——师——好！班主任老师把目光向教室扫视一遍，还是说着多年来的那句老话："同学们好！请坐下。"教室里很是齐整的、有节奏的手拍着：叭叭叭，叭叭叭，叭、叭、叭。

曹冬梅的同桌叫毛雨雨，俩人见面，热乎得就是一对小喜鹊，叽叽喳喳，有说有笑，无话不谈。在学习上，她们相互取长补短，互帮互学，你追她赶，共同学习，共同进步。到了课间休息，曹冬梅和毛雨雨，还有刘诗洋、晁花花她们一起跳皮筋，摇呼啦圈，追逐嬉闹，玩得非常开心。

一周时间过去了，曹冬梅和毛雨雨成了离不开的好朋友。星期五放学后，毛雨雨一再让曹冬梅去她家玩，去她家一块儿写作业。曹冬梅什么都没考虑，只是点点头，会心地微笑着，跟着毛雨雨去了她家。

曹冬梅和毛雨雨从学校大门出来，坐了三站公交车，下车还有一段路才能到家。俩人在回家的路上，看到商场、书屋、学生用品专营店都会进去走走看看。到了一家烟酒小超市，毛雨雨推开冷饮冰柜，拿两块巧克力红豆热狗，给曹冬梅一块，曹冬梅摇摇头，笑着推辞说："我不吃，吃了肚子疼。"

毛雨雨说："吃吃吃，又不让你掏钱，怕啥哩。"

曹冬梅去了毛雨雨家。喻珠珠在出租屋里做好了饭菜，左等，右等，等到的只是曹秋菊一个人放学回到了家。

喻珠珠问秋菊："放学的时候你看见冬梅没有？"

秋菊回答妈妈的话："没看见，她们初中班今天好像提前一个小时就放学了。"

这时候，喻珠珠搬来小凳子坐在门前，眼巴巴地望着、等着、盼着，要等冬梅放学回家吃饭。时间过了七点钟，冬梅还是没回来。妈妈就站起来，望着大门外自言自语地念叨："这娃，天都黑成啥了，饭菜都放凉了，人咋还不见回来？"

曹秋菊对喻珠珠说："妈，我饿了，我要吃饭。"

喻珠珠没有好气地说："不行，等你妹妹回来一块儿吃。"喻珠珠又带着批评的语气说："你急得很，又不是从监狱里放出来的饿死鬼。"

曹秋菊愣住了，喻珠珠平时对女儿说话都是关爱备至，细声细气，从不批评，从不高声训斥。今天怎么一反常态，说出这两句话，让人无法理解。

曹秋菊满肚子都是委屈，但又不敢公开反对，只是低声嘟囔着把人饿死了。一个人坐在小饭桌前呆呆地看着碗里的稀饭，盘子里的白馒头，舌头在嘴里来回打转转。没有经过喻珠珠的同意，这顿饭就是不能随便吃，这就是家教，这就是家规。

城中村里热闹非凡，打工的人们熙熙攘攘，来回穿梭，手里提着大包小包，肩上扛着大包小包。有的人在收地摊回家，有的人赶夜市才准备出摊。喻珠珠心神不定，心情不安，一会站起来，一会儿又坐回在原来的小凳子上倚门守望，心里期盼着冬梅能早点儿回来。

七点多钟，曹春月从学校回来了，还未进门，远远就看到喻珠珠站在门口那种期待盼望的可怜神态。她上楼就问家里发生了什么事，妈妈声泪俱下，说是天这么晚了，还不见冬梅回家吃饭。

曹春月把妈妈扶到屋里，说了几句宽心话。转过身来又看到秋菊哭过后的红眼圈，就猜想肯定是秋菊肚子饿了。春月问秋菊吃饭了没有，秋菊说她放学回家就饿了，妈妈不让她吃饭，要等到冬梅回来，全家人才能一块儿吃饭。

曹春月看到妈妈等不到冬梅回来，就没有心思吃饭。想起前些年夏花出走，至今未归，如果冬梅再不回来，这件事弄不好，妈妈又旧病复发，恐怕就会出大问题。想到事情的严重性，春月当机立断，她让秋菊在家陪伴着妈妈，要形影不离，千万不能再出什么差错。她上学校去找冬梅。

曹春月来到学校大门口，她把门敲得咚咚响。值班室工作人员出来，站在门里边告诉春月，保安吃饭去了，没有遥控器，门打不开，让她在门外先等着。

曹春月心急地向工作人员叙说妹妹曹冬梅放学至今未回到家里，她是来学校找人哩。说话间保安回来了，听说是要找人，保安虽然不认识曹春月，但还是耐心地向曹春月介绍说，初中学生今天下午提前放学，为了安全有保证，为了学生不发生其他意外，学校规定由保安亲自负责，初中各年级的教室进行清零。保安还细心地瞅瞅曹春月，大脑里就有了新的记忆。每天在放学时间里，为了学生出入安全，保安都会双手放在背后，站在门口早晨欢迎学生，下午目送学生。学校大门口的执勤保安对工作十分认真，基本上对每个同学都有深刻的记忆。保安同志又细细地想了想，对曹春月说："今天下午放学，你妹妹和她的同学是最后一块儿离开学校的，因为你妹妹和你长得太像了。"

第二天是个星期六，曹春月的妈妈喻珠珠哭闹了整整一夜。曹春月和曹秋菊都是在朦胧中，半睡半醒中熬过来的。天大亮了，喻珠珠哭累了就倒在床上睡觉了。时间到了十点钟左右，她在梦里被惊醒，从床上爬起来，有点儿害怕，有点儿失魂，将一床棉被紧紧地抱在怀里，嘴里一刻不停地念叨着："冬梅，冬梅，快起床啊，起床吃饭啊，妈妈给你做了好多你爱吃的饭菜，吃饱了还要去学校上课哩。"就这样，妈妈的情绪又开始不对劲儿了。她坐立不安，哭笑无常，不歇息地叫着冬梅的名字，叫累了又趴在床上睡着了。

曹春月看到妈妈这种精神状态，心里攥着一把汗，很是紧张害怕。时间过去不到半年，妈妈的病情刚开始好转。今天又发生这么大的事，对妈妈的思想打击太大了，万一……如果有了万一，让妈妈怎么生活下去？她们全家人离不开妈妈，妈妈更离不开两个女儿。全家人就掉进了万丈深渊，永远都不会有出头之日。

曹春月趁妈妈又睡觉的空余时间，她推醒曹秋菊小声说："你不要再睡了，看好妈妈，我去菜市场买些蔬菜和食品，回来给妈妈做早餐吃。"曹秋菊点点头，记住了，她一定陪伴好妈妈。

曹春月买菜回来，看到出租屋的大门敞开着，就知道事情不妙，便跑步上到二楼，喊一声："妈妈，我回来了，我买了许多好吃的。"出租屋里静悄悄的，空无一人。眼前这一幕，让曹春月十分恐慌和不安。怎么办？又出事儿了。她顾不得锁门，冲出出租屋找人，一边喊着曹秋菊的名字，一边喊着妈妈。大城市里的喧嚣声、吵杂声、轰轰隆隆的机器轰鸣声，还有远处的叫卖声，把清晨良好的生活环境搅得乱七八糟。曹春月喊出的声音如同一滴水落入大海里，一点儿回应都没有。周围的环境平平常常，行路的、骑单车的、坐公交车上班的人们该干什么，还在干什么。曹春月家里发生的任何事情，和这些陌生人一点儿关系都没有。

曹春月的情绪也难以控制，她发疯似的东张西望，见人就问："叔叔，大娘，看到我妈妈没有？"凡是走过路过的大人小孩，她都拦下便问，人们只是摇摇头表示没有看见。在十字路口的一个拐弯处，一群人在劝说曹秋菊，如果找不到妈妈，快去附近派出所报案，有事找警察来帮忙。

曹春月从人群里挤进去，一看是秋菊，大叫一声，秋菊。曹秋菊听到是姐姐春月的声音，什么话都不说，起身迈腿就要逃跑，春月一把紧紧抓住秋菊的胳膊问："到底是怎么一回事，妈妈不见了？"

曹春月劝说妹妹秋菊，"别自怨自艾，眼下最要紧的是，擦干眼泪，鼓足勇气，抓紧时间找妈妈。妈妈的思想脆弱到极限，再受不住一点儿打击和错乱，你再好好想想，是从哪个方向走失的？"

曹秋菊想到妈妈出走时，是有思想准备的，"你出门买菜刚走后，妈妈就突然起床，还穿着那件新买来的睡衣，说要上厕所。我要陪妈妈去，妈妈极力反对，说是来这里快四个月，上厕所还需要有人来陪就生气了。我放松了警惕，妈妈下了楼就拼命向大门外跑，我在楼上看得清楚，就紧追不舍。跑了十几米远，就在刚才那个十字路口转弯处，眨眼功夫就找不到妈妈了。"

曹春月听妹妹秋菊说完，对妹妹说，"找妈妈暂时不需要跑远了，咱俩就在原地方守着，妈妈肯定没有走远，很可能她走进哪个胡同里，找不到出来的路。咱们找妈妈，不要懈气，要一鼓作气，相信世上还是好人多。"

姐妹俩人从早晨十点多钟一直守候到中午十二点钟，俩人肚子饿了。曹春月带着妹妹曹秋菊走进一家小面馆，里面挤满了人，找不到座位，曹春月对秋菊说，"你去外面找座位，我来付钱买饭。"俩人在外面树荫下，吃完面条，辣椒太多，吃得两人嘴稀溜着有点儿疼。春月抽纸递给妹妹，自己也用餐巾纸擦完嘴巴上边的红油印记。找垃圾筐扔纸屑的时候，看到马路对面绿灯闪亮，曹冬梅背着书包和她的同学有说有笑，正在过斑马线，朝着这边走来。

曹春月立刻站起来，把妹妹曹秋菊强拉硬拽到路边，同时曹秋菊也看到了妹妹曹冬梅。曹秋菊高兴不已，激动地高声喊叫："冬梅，曹冬梅。"

曹冬梅听到大街上有人在喊叫她，便东张西望四处寻找，看见了，看见了。怎么春月姐姐和秋菊姐姐在马路上接她？但她还是想到了，昨天晚上没有按时回家，肯定急坏了姐姐，急坏了妈妈，是妈妈让俩姐姐来接她回家的。

曹冬梅见到了两个姐姐，还调皮地问："姐姐，你们俩都是来接我的？"说话间兴致勃勃，兴奋快乐，感觉自我良好，有一种轻轻松松的幸福感。

曹秋菊心直口快，抢在春月姐姐说话的前面，带着怨恨的口气责怪说："想得美，谁是来接你的，都是你把人害得好苦，我和姐姐出来是找妈妈的。"

曹冬梅虽然还不满十五岁，但她已经懂得爱人、疼人、尊敬人。她听秋菊姐姐说，俩人出来找妈妈，妈妈出事了，就扑在曹春月姐姐怀里，口口声声检讨，是她昨天夜里没有按时回家，惹了祸，让妈妈为她操心，她现在就去把妈妈找回来。

曹秋菊听冬梅说这话，她根本就不相信，"你曹冬梅自己都不熟悉路线，你上哪里去找？找不回来妈妈，不要再把你找丢了。"

曹春月看两个妹妹争论的都不是解决问题的办法，不过曹秋菊批评冬梅几句不是全无道理，而且还提出不要让冬梅一个人去找妈妈，万一迷失了方向，又把妹妹冬梅弄丢了。于是她劝导两个妹妹和她一块儿回家，商量之后，看如何去找妈妈。

曹春月带着俩妹妹及冬梅的同学回到家里。曹秋菊开口追问冬梅，"昨晚不回家，跑到哪里去鬼混了？"曹冬梅听到姐姐说的这话，咋变味儿了，很不服气，反驳说，"什么叫鬼混？明明是去了同学家，不信你问毛雨雨，还有证人哩。"

曹秋菊强硬地说，"有证人也不行，害得妈妈一宿不睡觉，跑出去找你。现在找不到妈妈，你能说跟你没关系？跳到黄河里也洗不干净，你就是个害人精。"

曹冬梅听到姐姐说找不到妈妈，把责任全推到她身上，全怪自己做得不好，都是没有回家惹的祸，心里感到十分委屈，也很害怕，吓得就哭了起来。曹春月劝冬梅不要哭，秋菊姐姐批评也是在气头上，说些生气的话也是可以理解的。这时候毛雨雨看到姐妹三人因找不到妈妈，急得在闹意见，就向曹春月说："姐姐，我是本地人，路熟，人熟，我和你们一块儿去把阿姨找回来。"曹春月一看天色晚了，就说："找妈妈的事不用你操心，现在得送你回家，你回家晚了，又让你妈妈在家里担心。"

　　毛雨雨拗不过冬梅的姐姐曹春月再三相劝，只好答应她自己回家去。

　　夜已深，三个人在家里也不吃饭，就这样无声无息地等待着，坐在床沿儿上对视着，忧愁着，你看着她，她看着你，心里都焦急不安，谁也不敢乱说话。曹春月是老大，是姐姐，是家里的主心骨。她想到妈妈找不回来，事情可能就会复杂化，妈妈刚从农村来到这座大城市，人生地不熟，到处乱跑，寻找冬梅心切，慌乱中如果再发生了什么其他意外……她当姐姐的如何面对？万一……。她正在胡思乱想，毫无头绪之际，秋菊、冬梅都围过来哭泣着喃喃地问："姐姐，妈妈能不能找回来？"就在这个节骨眼上，一句话提醒了曹春月，她不假思索，坚定地回答说："能，肯定能把妈妈找回来。"这时候的曹春月才从迷茫中醒悟，自己批评自己咋就这么悲观，真是个笨蛋。她就转换口气，用安慰的话语温馨地对秋菊、冬梅说："妈妈是个好人，是个善良的人，好人就会有好报。我们自己要把事情往好处想，都不要哭了，默默闭上眼睛，为妈妈早些回家祝福祈祷吧。"时间还没过一分钟，咚咚敲门的声音划破了黑夜的寂静，曹春月即刻想到是妈妈回来了，她去开门，秋菊和冬梅紧跟着，尾随着高兴地直喊："妈妈回来了，妈妈回来了。"

　　门开了，站在门外的是一位警察叔叔。

　　曹春月很有礼貌地说："警察叔叔好！"

　　警察很是严肃地看了看曹春月，举手敬礼问："你是曹春月吗？"

曹春月第一次和警察面对面说话，不免有些胆怯，只是很害怕地回答说："我是曹春月。"

警察进到屋里，从蓝色夹子里拿出一张照片，让曹春月看看，问："这是你妈妈吗？"

曹春月看到妈妈的照片，额前用白色纱布包着一小块，发出颤颤的抖音回答说："是我妈妈，是我妈妈。"稍停片刻，曹春月又问警察叔叔："她真的是我妈妈，她现在在什么地方？她人在哪里？"

警察叔叔带着温和的语言安慰道："你妈妈没有多大的事情，只是擦伤了些头皮，在医院观察室正在接受治疗，只是她不停地叫冬梅。冬梅她怎么了？她人在哪里？"

曹春月为了能尽快见到妈妈，节约时间，略过了曹冬梅去同学家住宿的事情经过，直接拉着冬梅过来，站在警察叔叔当面说："警察叔叔，她就是我妹妹，叫曹冬梅。"

警察叔叔十分关心地说："你妈妈的病情暂无大碍，你在家里照管好自己，带好你妹妹。我带你妹妹曹冬梅去医院，你妈妈只要见到了冬梅，她的情绪就安定了，就有利于治疗。今晚有人照顾着你妈妈，你们也不需要操心，等明天把事情处理完毕，办理了出院手续，我们送你妈妈和你妹妹一块儿回家。"

第二十二章

曹春月带着妈妈及两个妹妹全家共四口人，来到省城，时间过去半年多了，家里生活遇到了困难，给母亲和两个妹妹在大学附近租的房子又该交后半年的房费了，俩妹妹一个上高中，一个上初中，要交学费和杂费，妈妈看病吃药要花钱，还有全家人日常生活要花钱，这些钱加起来是一笔不小的开支。

　　曹春月从农村来的时候，带着妈妈平时积攒的那几个钱眼看要花光了。她盘算着再过一两个月，手头就会拮据，她去哪里能挣到钱来补贴全家四口人的全部开支？这是当务之急。眼下要解决这些实际问题，就要想办法自己去挣钱，哪怕是自己辛苦一点儿，吃些苦也没关系，可是到哪里去挣钱？她一头雾水，心里没有主意，外面没有关系，压在心里的话去向谁诉说？给妈妈和俩妹妹说了，也无济于事。全家有了困难，她是老大，一切还得靠她自己想办法去克服，去解决。而且自己已是大学二年级的学生，应该说有这个能力了。最终她决定去找辅导员老师，请假休学，打工挣钱，等把钱挣够了再回来学习，这是一条出路。

　　她鼓足勇气，去找辅导员老师刘平安，当见到了辅导员老师后，她吞吞吐吐，面带难色，一句话都不敢说。辅导员老师和曹春月面对面坐了十几分钟，鸦雀无声。还是辅导员老师主动问她："曹春月同学，你找我有什么事？有什么困难？有什么难言之苦？大胆地说吧，不要话到嘴边，想说又不敢说，不好意思，又收了回去，把具体的事情说出来，作为辅导员老师，能帮助你的地方，就帮助你。希望你放下包袱，解放思想，轻装上阵，努力完成好学业。"

曹春月听完辅导员老师这些话，鼓足勇气，减轻了思想压力，把想要说的话，如实地说了出来。她壮着胆说："辅导员老师，今年开学之前，妈妈和两个妹妹来城里陪我上学，花了好多钱，从家里带的钱已经花完了，生活马上就要发生困难。我想请假休学，打工挣钱，等把钱挣够了再回来继续上学。"

辅导员老师刘平安听了曹春月提出的要求，当面拒绝，这件事他做不了主。他知道学生因病可以请假休学，没有先例说钱不够花可以请假休学去打工。辅导员老师语重心长地对曹春月说："曹春月同学，你提出的问题我没有办法回答，也没有权力解决，就是反映到系里去，也没有人有权力来批准。不过，我可以通过其他办法来帮助你。"

三天时间过去了，辅导员老师刘平安亲自找到学生公寓负责生活服务的后勤经理，说明了曹春月是来自贫困山区的一名大学生，家里有许多困难，妈妈经常有病身体不好，还有俩妹妹正在读初、高中，每月没有经济来源，入不敷出，花销也大，看是否能给安排一个工作。餐厅经理听了后，立马表态，可以安排曹春月在餐厅做服务员工作，主要任务是打扫卫生，洗碗抹桌子，月工资一千六百元。

第一天上班，曹春月穿上白大褂，头戴一顶白颜色的百褶帽，站在餐厅的大门口欢迎前来就餐的同学。刚站到门口，她心里就怦怦直跳，有点儿紧张，她不断鼓励自己，不要怕，不要害羞，不要怕同学笑话，这是一项正当的工作。在大众面前，腰一定要站直了，抬头挺胸向前看。这份工作来之不易，有了这份工作，就有了希望，就能帮助家里解决许多困难，哪怕是自己辛苦点。

曹春月推着一辆镀锌铁皮小车，来回往复回收餐桌上的塑料餐具时，戴着口罩，低着头，不敢向周围乱看，怕遇到同班同宿舍的同学。还好，中午的任务完成了，一个熟人都没有遇到，她打心眼里高兴，像是躲过了一场大灾难。

　　三天、五天，一周时间过去了，曹春月慢慢适应了。当她同宿舍的女同学来打饭的时候，人家一眼就认出了是曹春月，曹春月当然早就发现了那位女同学。曹春月推着小车想回避，已经来不及了。那位女同学高兴地大喊一声："曹春月，你真行，有本事，上学读书、打工挣钱两不误，世上还有这么好的事。"

　　曹春月听到这几句话，心里紧张情绪放松了许多，反而微微咧嘴一笑。那女同学还急着打听："春月姐，是谁给你安排的好事情？我也想干，能不能通过你，托个熟人关系，让我也能打工挣钱。"就简单的几句问话，曹春月当时就悟出一个道理来，别小看这份简单的打扫卫生收垃圾工作，又脏又累，又被人瞧不起，但这是人们生活里的一种需要，总是要有人来干，像她这样的贫困生，学校里还很多，她们想来干，还干不上呢。她也是生活所逼，不干就不行，不干就寸步难行。干了，就要干好，要面对现实、面对生活、面对自己。

　　从此，曹春月在宿舍里就成了同学们议论的热门话题。那天晚饭后，曹春月打扫完餐厅卫生回到宿舍，精疲力尽，躺在床上休息。住在对面床的菲菲就捏着自己的鼻子，右手拿个作业本开始到处乱扇，桑叶看到了问："菲菲你在扇啥哩？"

　　"哎呀，你闻不到？这满宿舍都是酸臭味儿，把我熏得恶心、头疼。"

　　桑叶听到这话，气就不打一处来，她走过来什么话都没说，一手抓住菲菲的胳膊，牵着在宿舍里走一遍，闻闻，仔细闻一闻，"有什么酸臭味？你鼻子有毛病吧。"为这件事，俩人争吵得不可开交，吵醒了正在睡觉的曹春月。曹春月被惊醒，还以为是在做噩梦，原来是俩人吵架。她揉揉迷糊糊的眼睛，再听听吵架的内容，原来都是因为她。她感到莫名其妙，不可思议，主动站出来向宿舍里的同学解释，她下班之后，在卫生间洗手洗脸，脱掉工作服，还在两个肘窝里喷了香水，能有什么异味？怎么菲菲的鼻子那么灵，就她能闻出味来？

曹春月为息事宁人，就主动认个错，随手从她的床头拿瓶香水喷雾剂，在宿舍里到处喷洒。桑叶一把从曹春月手中夺过来，"别喷了，宿舍里什么怪味都没有，菲菲这是瞧不起人，是在笑话你，知道不？"曹春月听桑叶说话，批评菲菲，完全是为了她，为了保护她，才和菲菲争长论短，讲道理。曹春月从床上拿件衣服让菲菲亲自闻闻有没有酸臭味儿。菲菲无法推脱，只好出溜着鼻尖儿闻了衣服闻宿舍，认认真真地道歉说："春月、桑叶，对不起，我做错了。"

曹春月在校内干上兼职工作，解决了她的后顾之忧，全家四口人的生活基本上有了保证，这件事还要感谢辅导员刘老师。曹春月心里是这样想的，但一直没有机会当面去感谢辅导员刘老师，而是一而再，再而三地往后拖。

转眼间曹春月三年大学上完了，第四年分两步走，一是进行社会实践，增长社会知识；二是投放个人简历资料，找到一个适合自己专业的工作单位。

曹春月学的专业知识是新闻采访，第一阶段，她拿着事先准备好的社会调查问卷，走访老百姓。十一届三中全会以来，老百姓最关心的是什么？如何看待改革开放、包产到户、实行市场经济等大政方针？

曹春月提着塑料袋，里边装有一百份问卷，来到石头河社区花园里，把打印好的问卷给叔叔、阿姨每人发一份，并问叔叔、阿姨们的答案，一边写答案，打对勾。然后把填写好的答卷收起来，工作开展得十分顺利。

曹春月在问卷中，采访到杨大爷。杨大爷对此事很感兴趣，津津有味地讲述起来。她带着调查问卷回到学校，急急忙忙去餐厅吃饭，又来到教室，教室里没人，很安静，她摆开问卷，反复阅读，归档分类，挑灯夜战，很快两千字左右的调查报告就写出来了。十天之后，在《城市热线》晚报上刊登了，标题是《胡大爷重新走上工作岗位，和时间赛跑》。

　　胡大爷一九四八年年底，随彭德怀司令员领导的西北野战军，参加了解放大西北的战役，夺取了革命战争的伟大胜利。中华人民共和国成立后，到了一九五二年冬季，胡大爷雄纠纠，气昂昂，跨过鸭绿江，参加了抗美援朝战争。

　　胡大爷在某次防御战斗中，与敌人死打硬拼，反复争夺，志愿军伤亡较大，在弹尽粮绝的关键时刻，连长带领大家宣誓：人在阵地在，誓与阵地共存亡。此次战役后来被称为"肉磨子"战役，意思是尸横遍野，血流成河。

　　抗美援朝战争胜利了，胡大爷回国后伤病痊愈，复员回家，被安排在县手工业联社工作。多年过去，实行改革开放，新的春天到来，祖国大地到处充满活力。单位给胡大爷补发了很多钱，从此胡大爷轻装上阵，撸起袖子，把失去的时间夺回来，在改革开放的大路上，奔跑，奔跑，追赶着太阳在奔跑。

这篇文章以事实为根据，叙写详细，是篇人物传记，引起了社会各界共鸣，反响强烈，得到了编者按，说这是一篇有影响的作品。

第四年的春节过后，曹春月向多家新闻媒体单位投放了自己的简历和社会实践总结材料汇编，最终和《城市热线》晚报签订了合同。

上班后，她是见习记者，暂时还不能进行独立采访。她要在老记者的带领下，熟悉工作，学习经验，把在课堂上学到的书本知识和实际工作结合起来，才能独当一面，才能走向成功。

一天，老记者严伟通知她有个紧急采访任务。她俩来到事发地，四周被过路的人围得水泄不通。严伟要看看现场的真实情况，曹春月请大家让让，反复说了好多遍，就是没有人让。这话让几个小伙听到了，他们就指责曹春月："这是男人家管的事，你个女人家钻进去看啥热闹哩。"曹春月就要开口表明身份，严伟制止了她，低声说："这是暗访，不能暴露身份。一定要保持新闻的严肃性、纯洁性，要实事求是。"

事情原委很简单：大街小巷有很多小商贩占道经营，严重影响交通，当城管来了的时候，大部分眼尖的人就躲起来。有几个老太太，手脚行动不方便，她们也不理会城管那一套。平时她们也觉得城管不敢把她们怎么样，老城管无奈，讲了许多城市管理法规，她们就是左耳朵听进来，右耳朵跑出去，当做耳旁风。这次遇到了新上任不久的一个城管副队长，他为落实整改新成果，下决心要把这段拥堵路问题解决了。他还没有开口说什么呢，老太太就破口大骂，在忍无可忍的情况下，副队长帮助老太太拿东西离开这里，如果弄不好会影响这里的秩序。果然不出所料，刚一拿，还没拿到，老太太大喊说城管抢她的东西，就这一句话，引发了许多不明真相的群众瞎起哄。

严伟和曹春月看得明白，听得清楚，这篇文章该怎么写？从哪个角度写？很难下笔。最后还是派出所用执法的手段进行调查取证，走访见证人，看录像画面，才平息了这件事。严伟和曹春月掌握了第一手资料，夜以继日，分析推理，写出一篇题为《城管和百姓都是一家人》的评论文章并被刊登在报纸头版后，引起了社会极大的反响。

到了星期五下午三四点钟，辅导员给曹春月打电话，约她去咖啡屋见面。在那里刘平安提前订了包间，而且桌面上摆放着千姿百态的大花篮，室内灯光明亮，两个射灯从不同角度冲向美丽鲜艳的大花篮，显得格外色彩斑斓。刘平安满脸微笑，说声："春月，请坐。"

曹春月心情很好，她大大方方地坐下来，欣赏着花篮里的九十九朵玫瑰花，数到九十八、九十九的时候，哇塞一声惊雷，兴奋地把脸贴在玫瑰花朵上，闻闻那温馨的芳香，绽放出惬意的笑容，内心调皮地自己和自己开玩笑：一朵玫瑰花，表示心中只有她；两朵玫瑰花，表示是二人世界；四朵玫瑰花，表示至死不喻；五朵玫瑰花，表示互帮互敬；那六朵玫瑰花，则表示……直至欣赏到最后第九十九朵玫瑰花，是天长地久。曹春月轻轻地闭着眼睛，双手合十，内心十分感动。

辅导员老师刘平安让服务生打开灯，小小的咖啡屋多彩斑斓，除了玫瑰花还多了个巧克力奶油蛋糕，上边有红色奶油制作的一颗红心。下边用咖啡色奶油书写着：祝你生日快乐！六个歪歪扭扭的字体，读上去让人好笑，又有说不出来的一种温馨。辅导员老师问春月，"看着生日蛋糕你笑什么？"

曹春月没有什么顾虑，开心地问："你怎么知道我今天过生日？"

辅导员老师胸有成竹地说，"一个年级，一个班有多少学生我最清楚不过。男同学有多少名，女同学有多少名，每个人的年龄、出生日期，我都了如指掌。不过你的生日，我记在心里。在你没有毕业的时候，我不能影响你的学习，不能扰乱你的生活，学校有规定，有纪律，咱得认真对待，认真执行，坚决不能逾越。今天，你已经走出校门，融入社会，走上工作单位，我有了追求你的自由。"

曹春月看到了九十九朵玫瑰花，还看到了巧克力生日蛋糕，在她一生中还是第一次。童年时代，由于家里穷，姊妹们多，家里父母亲就没有给小孩子过生日的习惯，父母亲也没有给自己过生日的习惯。

今天，辅导员刘老师不但为她第一次过生日，还第一次表白了对自己的爱慕之心。曹春月心里怦怦直跳，激动的心情根本平静不下来。她万万没想到辅导员老师会向她求婚。是接受，还是不接受？她只好对辅导员老师诚实地说："现在不能回答你，婚姻大事还要听妈妈的话。"

刘平安喜出望外，急切地说："对对对，还是要听妈妈的话。妈妈是你一生最亲的亲人，是妈妈给了你生命。十月怀胎，一朝分娩，这句古老的话颂扬了做母亲的伟大，也褒扬了做母亲的不易。做女儿的一定要时时处处听妈妈的话，尊重妈妈的意见，不要惹妈妈生气，更不能伤了妈妈的心。妈妈孕育了一颗种子，当你长大成了参天大树，永远不要忘记妈妈的养育之恩。"刘平安衷心地接受曹春月的意见，等待一个满意的答复。

刘平安打开蛋糕盒，双手把小圆蛋糕端端正正地摆在曹春月的面前，并亲手给曹春月戴上"祝你生日快乐"的寿星帽，点燃蜡烛，一个人低声独唱《祝你生日快乐》的歌曲。咖啡屋里虽然是他们的二人世界，但释放出来的气氛是那么热情洋溢，充满活力，场面让人陶醉。他们满怀希望，憧憬着未来的幸福生活，立志在新时代里走自己的路，开创新生活的里程碑。

第二十三章

曹春月走上工作岗位后，妈妈的病好多了。这次患病出院，她好像是换了个人，常常把自己关在屋里，少言寡语，心态冷漠，对于外界发生的事情不闻不问，不言不语，一心关爱着秋菊和冬梅。这两个人只要有一个从学校回家晚，她就是热锅上的蚂蚁，急得在出租屋转圈圈，或者手扶栏杆眼睛一直看着大门外，等啊，等啊，耐心地等待，直等到太阳落山，她还在耐心地等待女儿回家，天天等待，天天如此。曹春月和俩妹妹回家来，她还要絮絮叨叨地叮咛："天黑了，怎么才回来？让妈妈有操不完的心。快吃饭，米饭和菜都放凉了。"

　　时间长了，妈妈就不大关心春月回不回家的事了。曹春月故意和妈妈开玩笑说："妈妈眼里只有秋菊和冬梅？春月不是娘生的，春月不是娘的亲闺女？妈妈的心就偏着哩。"

　　妈妈的大脑还算清楚，听着春月说的话，知道是和她开玩笑，也不往心里去，只是说些心里话，说道："都该找对象结婚的人了，还让妈妈操心。"

　　秋菊和冬梅高兴得跳起来，拍手称快，说是姐姐该找对象了，姐姐该嫁人结婚了。

　　曹春月终于明白，原来是妈妈有想法，难怪大家都说："女大不中留，留下结冤仇。"她就紧紧地坐在妈妈身边，揽着妈妈的胳膊还嫌不亲近，又把胳膊搂在妈妈的脖子里，亲亲热热，甜甜蜜蜜娇气地说，"妈妈是要讨个清闲，图个舒服，想趁早把女儿嫁出门，每天还能减轻负担，少做一个人的饭，妈妈你说是不是？"

妈妈抿着嘴，斜着眼睛的余光，看着春月微笑说："死女子，想得还多，妈妈可不是那种人。凡是妈妈生的女儿都是亲女儿，都是妈妈身上掉下来的肉，咋能只爱秋菊和冬梅，不爱你哩。其实，春月是妈妈最疼爱的心肝宝贝，掌上明珠。春月从上小学到上大学，都很听话、很孝顺，听妈妈的话，让妈妈省了多少心。妈妈嘴上说把你快些嫁出去，真的要嫁人，妈妈还舍不得哩。"

妈妈的思想千变万化，让人捉摸不透。心情好了就爱女儿、疼女儿，永远把女儿留在身边，舍不得让春月离开她。如果心情不好，不舒服，就想立马把女儿嫁出去，还说女儿长大了终究是人家的人。

妈妈的心为什么有这么多痛苦？是多种原因造成的。从农村来到大城市，她举目无亲，没有好朋友，整天把自己关在出租屋里无所事事，就容易情绪错乱，胡思乱想。

妈妈天天问、天天催，不厌其烦地说抓紧时间谈上个喜欢的对象，有时候还猛不丁地说什么下手迟了，年龄一大，就没人要了，嫁不出去，当个老女子，吃一辈子娘家饭，让人看笑话。

曹春月在洗碗筷，想到妈妈的内心世界咋这么复杂。原以为妈妈是真的身体有病，现在看来，完全是一种精神压力。她平时工作忙，顾不上回家，妈妈就打电话过来问长问短，问什么时候回家。秋菊和冬梅放学回家稍晚一点儿，妈妈就心神不安，手扶拦杆倚门守望，像丢了魂似的。等秋菊、冬梅回到家，妈妈才能开心地大口吃饭。

曹春月把锅碗瓢盆摆放整齐，坐在妈妈身边，从兜里掏出指甲刀，准备给妈妈剪指甲。妈妈拦着春月不让剪，非要追着问什么时候能把男朋友带回家。春月劝妈妈别说了，其实女儿的婚姻大事，根本用不着妈妈多操心，追春月的青年小伙子多着哩。除了辅导员老师向她求婚示爱，单位里还有两三个小伙子，平时在说话中也流露出对她的爱慕，表现最突出的还是编辑部的小王记者。

记者小王，二十八岁，同样也是从穷山沟里走来的语言系学霸。论工作学习都无可挑剔，论人品个性应该去做个商人。人家小王记者蛮有实力，论采访写文章，也是同行里的佼佼者。小王的每篇文章从立意、结构、语言到逻辑，都有新的看点，有独到的见解，让广大读者有新的认识和提高。

去年，曹春月跟着小王记者去采访，早晨八点钟出发，俩人骑着自行车，在偌大的喧嚣城市里捕捉到了当日许多有价值的新闻。到了吃中午饭的时候，俩人走进一家酒店，为吃一碗臊子干拌面选来选去，不知跑了多少冤枉路。他们走进菜市场里的小吃城，干拌臊子面大碗卖十元钱一碗，小碗卖九元钱，小王又说这里的卫生条件太差了，或者说味道肯定不好吃。就这样小王带着曹春月急急忙忙，出出进进跑了四五家面馆。曹春月饿得实在是撑不住了，和小王进了一家刘家臊子面专卖店，每人吃了一碗十八元的臊子干拌面，而且还是 AA 制。在采访完回单位的路上，小王反反复复说是中午吃这碗干拌臊子面不划算，亏大了，老板心太黑，一碗干拌臊子面咋就卖这么贵。他还想深入调查一番，准备写一篇题目为《同一碗臊子干拌面，食材一样，味道一样，烹饪技术一样，就是价格不一样》，这样的收费标准，应该引起物价部门的高度重视。

时间过去半个月，小王记者三番五次邀请曹春月去咖啡屋聊天。俩人漫步在大街小巷里，走进一家"小小咖啡屋"，选个僻静的地方落座之后，小王记者问春月喝点什么，曹春月翻阅各种饮品名称和价格，点了两杯玫瑰咖啡，还有一些小食品，小王对服务员说："服务员，来一杯咖啡，再来一杯白开水，外要一盘爆米花。"

服务员彬彬有礼地回答："先生，咖啡就来，白开水不收费，您随便用。"

曹春月立马就不高兴了，觉得小王太小气、太抠门。和她出来见面聊天，聊工作，说天谈地，怎么一点儿男子汉的气质都没有，还这样亏待自己，省钱也不能把钱看得太重了。这样过日子，将来很可能不管出现什么事情，他都会拿着计算器反复盘算，这样合适，那样不合适。家里增添几件大电器，俩人的看法肯定有分歧，思想统一不起来。如果在生活中万一花钱透支了，他就会大发脾气，和人吵架。要想改变他这种脾气和生活方式，根本不可能。

曹春月在这次和小王见面后，拿定主意，决定放弃他，去追求爱她的人。

曹春月的妈妈见春月回家了，还是那句老话，"年龄都老大不小了，每次回家还是一个人孤孤单单地回来，非要做个老女人吗？"

曹春月说："妈妈，我才不当老女人哩。你的女儿是一朵鲜艳美丽的玫瑰花，采花的小伙子多着哩，不用愁，不愁嫁，屁股后面跟了一串串。"

妈妈就觉得好笑，重复道："还跟了一串串。你别再骗妈妈，妈妈是过来人，一天见不到女婿，一天心里都不踏实。不要说是一串串，一串串是几个？领回来一个就够了，妈妈也就放心咧。"

妈妈为了能让春月及早把男朋友带回家，每天变换着说话的方式方法。有时候还幽默地开玩笑，说女儿啥时候学会了吹牛皮，吹牛皮又不上税，说大话也轻松，又不占地方，就是不见实际行动，不见个男朋友的人影。

曹春月发现，妈妈今天下了最后通牒，"你话说得再好听，明天带回来一个男朋友啊，让妈妈瞧瞧看看，行不行？"

曹春月神神秘秘、鬼鬼祟祟地走到妈妈身边，附手贴耳对妈妈悄悄地说："妈妈，急什么，女儿正在挑挑拣拣哩。"

妈妈听女儿说正在挑拣，又乐呵呵地说："看你个疯女子，挑花了眼，可不能领个瘸子腿回来。"

第二天，曹春月正式通知刘平安，商量什么时候来她家让妈妈瞧瞧。刘平安喜出望外，高兴得跳起来，说现在就去。曹春月腼腆地扭过身体，右手捂着嘴巴笑着说："傻瓜，看把你高兴的样子，要选个好日子才能去，不是现在让你去。这件事，你要从思想上做个准备，知道不？"

刘平安这才如梦初醒，知道了春月告诉他是什么意思。于是刘平安笑嘻嘻地点头答应说明白，明白，什么意思他全知道。

星期六中午十二点，曹春月领着刘平安大包小包买了许多礼品来拜望准丈母娘。刘平安咧着嘴，两个小酒窝显得明亮清楚，跟在曹春月身后上到二楼，春月就大声喊叫："妈妈，我回来咧。"

妈妈今天早有思想准备，早晨起床后，就催促着秋菊、冬梅快点儿起床，不要睡懒觉，今天家里要来客人，并给两个女儿分配了具体的工作。冬梅扫地，擦拭屋里的家具，秋菊整理床铺，叠衣服。妈妈在蜂窝煤炉上烧开水。秋菊是高中生，就注意到妈妈今天的一言一行、一举一动都和平常不一样，一定是姐姐领未来的姐夫来家里。曹冬梅噘着小嘴巴，不愿意多干活，只想睡懒觉。埋怨说好不容易过个双休日，都不能安生睡觉，早早把人赶起床，还要擦桌子，抹凳子，不停地干许多家务活。

曹秋菊长大了，懂事了，懂得许多人情世事。她就劝妹妹曹冬梅，"今天不能睡懒觉，家里要来客人，是春月姐姐的男朋友。人家来了咱们家要热情欢迎，以礼相待。你多干些活，都是为了这个家。"

曹春月领着刘平安进了大门，走在楼梯口上，就叫声妈妈她回来了。妈妈走出屋门还没来得及解掉系在腰里的围裙，只是用双手把衣服掸一掸，跺跺脚，赶走灰尘，带着喜悦的心情急忙答应一声："哎，来咧。"

妈妈站在楼梯口，虽然没有刻意打扮，也显得落落大方，笑脸相迎，笑逐颜开，迎接那期待已久的开心一刻。妈妈望着春月带回来的小伙子，从外表上看到第一眼，从内心就认可了。她暗暗佩服春月这怂女子还真的有眼力，领回来的男朋友让她放心、喜欢。

曹春月上了二楼，把刘平安向前推一推，刘平安忙弯腰点头叫声阿姨好！

曹春月的妈妈心情太激动、太高兴了，不知道该怎么答复，因为她还是第一次听小伙子怎么把姨叫阿姨。

在西北农村方言里，大部分地方的人对丈母娘都叫一个字——姨。曹春月的妈妈突然一闪念，这种叫法是啥意思？不知所措的她就没有及时答应。而她的第一感觉则是让她面前的小伙子满意的只是点点头罢了。

刘平安把准丈母娘叫阿姨，也是长期生活在城市里的一种习惯，虽然曹春月的妈妈没有答应，但阿姨态度热情，他没有感到尴尬。

刘平安叫曹春月的妈妈阿姨，叫得曹春月妈妈不知道东南西北，叫糊涂了，也叫懵了。她虽然没有答应，没有往心里去，但行动上的热情劲儿表现得十分到位。抿着嘴不出声，笑个不停，以自己的方式，表达了农村人的善良、厚重。曹春月的妈妈笑容可掬，内心世界还是那么的真诚和本分，一声接一声地喊叫秋菊、冬梅快出来迎接客人。

黄土高原上的女孩子生活在黄河流域，和秦岭以南长江流域的女孩在生活习惯和精神面貌上不同。前者思想封建守旧，后者大方开朗。因而，不管妈妈怎么督促高声喊叫，曹秋菊和曹冬梅还是磨磨叽叽躲在屋子不愿意出来。曹春月妈妈见状心里更急，开口就喊："死女子，窝囊得很，躲在屋里梳头哩还是缠脚哩。"随后，曹秋菊和曹冬梅低着头走出来，从刘平安手里接过礼品，也不打招呼问声好，又回到屋子里去了。

西北农村人迎接客人的风俗是，家里不管来了什么客人，只要手里提着礼品，主人不会直接去收礼品，主人急着要去接收礼品，就会让人说待人不礼貌，让人看不起。用一句批评的话来形容就是，这家人桑眼得很，只知道收礼品，不知道接待客人。如果家里有男孩子，这件事应该由男孩子来出面接待，曹春月家里没有男孩子，只能让秋菊和冬梅来做这件事。女孩子来接收礼品，要低着头，不能随便和客人打招呼。为什么？打招呼说话，在当地人的心目中就是这家孩子缺乏教养，实际上这也是几千年来封建社会留下来的陋习。

迎客过后，曹春月的妈妈才跟刘平安正式打招呼说："娃来了！快进屋里坐。"

刘平安进到出租屋里，一张双人床，一张架子床，还有一台三斗桌，门外屋檐下有蜂窝煤炉，还有蜂窝煤，垒得高高的。他只好坐在那张席梦丝双人床上，等待准丈母娘一个条件一个条件来盘问。刘平安分析判断，准丈母娘如果问得满意，就算是看上了，如果问得不满意，那这门婚姻就有不成的可能。问吧，费些周折，好事还要多磨。

刘平安在踏进春月家门前就做好了准备，他对答如流，过关斩将，坐等着新的考验。时间过去了个把小时，阿姨根本没有搭理他，一句话没说，一句话没问。他心里咯噔一下：完了，完蛋咧，阿姨这一关过不去就坏事咧。正在纳闷的时候，曹春月端来一大碗甜醪糟荷包蛋来款待刘平安。

刘平安望着这碗甜醪糟荷包蛋发瓷发呆，一直不愿意动筷子。曹春月催促着说："吃啊，刘平安，咋还不动筷子？愣着干啥哩。"

刘平安摇摇头推辞说他不饿。

"不饿也得吃，你不吃事情就泡汤了。"曹春月说。

刘平安听了曹春月说的这两句话，才意识到，这个准丈母娘别看不像城市里的丈母娘那样穿着打扮洋气，考验女婿还是有一套办法哩。他看着面前这一大碗甜醪糟荷包蛋，左右为难，生活中他不喜欢吃甜食，今天为了婚姻大事不吃还不行，那只有硬着头皮吃，自己鼓励自己，吃这碗甜醪糟荷包蛋，总比吃黄连汤甜得多。

曹春月陪坐在刘平安身边，悄悄地告诉他，吃甜醪糟荷包蛋还有很多讲究。当人家给你端上来，你要双手去接，然后放在餐桌上，稍停些时间，不要急于吃。急着吃的人脾气个性都比较易暴易躁。放一放，凉一凉，稍停片刻，则表示此人脾气个性憨厚老实。吃的时候更有讲究，不要看碗里有几个荷包蛋，第一次来见面就是看长相，看吃相。你把荷包蛋全部吃完了，丈母娘就会觉得此人只顾自己，不顾妻子儿女，会吃的人只吃两个，再剩两个，则表示此人做事为人客气，谦虚谨慎。

刘平安按照曹春月指点的意见去做，领教了准丈母娘的厉害。吃这碗甜醪糟荷包蛋的时候，刘平安紧张地出了满头大汗。曹春月坐在刘平安身边，看着十分好笑。刘平安吃完了两个荷包蛋，拿着筷子准备夹第三个荷包蛋，曹春月打个马虎眼，递上提前准备好的新毛巾说："平安，吃慢点，擦一擦头上的汗，吃不完了就剩下。"说完之后，顺手就把碗和筷子收了回去。刘平安一边擦头上的汗，一边就觉得好笑，怨自己笨，春月明明交待碗里还要剩两个，咋还想吃第三个呢。

这时候阿姨进门来，才问起来："小刘啊，家里几口人，你爸你妈身体健康吗？今天认识了你，春月就多了个朋友，以后你们在交往的过程中，要相互了解，相互尊重，相互学习。回到家里给你爸你妈说，我们家里是农村人，当了一辈子农民，如果不嫌弃，啥时候……"正说着，春月打断了妈妈的话。春月当着妈妈的面说："妈妈，你就别在小刘面前胡说了，现在农村和城里都一样，没有什么农民不农民的，你这是老思想。"

妈妈听春月说的话，没有一点儿反对的地方，只是在笑声中表示："春月呀，妈不说了，妈说的全是陈谷子烂芝麻的话。好，你们俩谈吧。"

妈妈为了不影响曹春月和刘平安说话，自己搬把小凳子坐在门外边，端着笸箩择捡荠荠菜，累了靠着墙打个猫儿盹，还把秋菊、冬梅叫出来坐在她身边，陪着她。

刘平安悬着的一颗心，终于落了地，他激动地抓住春月的手说："春月，终于过关了。你妈妈通过了，打今儿起我就是你名正言顺的男朋友了。"

曹春月伸出食指嘘的来回一晃，示意屋子外边还有俩妹妹，让她们听到了，就会取笑刘平安。接着她还告诉刘平安，家里她是老大，是姐姐，姐姐就要像姐姐的样子，要养活妈妈，还要培养两个妹妹上大学。这一切的生活费用，都要从她微薄的工资中来支出。说刘平安可不能提出反对的意见，更不能和她大吵大闹，一句话，她是要顾家的人。

刘平安对曹春月提出的这些生活中的具体事情，表示坚决服从，正准备发更多的誓言以表达他的忠诚时，曹春月用手堵住刘平安的嘴说："别嘴贫，关键是要看以后的实际行动。"

时间到了傍晚，城市里大街小巷霓虹灯闪烁。刘平安满脸喜悦，精神抖擞，笑嘻嘻地向准丈母娘挥手告别。准丈母娘和春月、秋菊、冬梅肩并肩，手牵手，从二楼把刘平安一直送到大门外。曹春月的妈妈一再叮咛刘平安回家不要忘了问父母亲，什么时候过来上门认亲、订亲。

刘平安劝准丈母娘全家留步，摆摆手说再见的一瞬间，还是老实巴交地回应说："阿姨，知道了，到时候我们全家一定来！"

第二十四章

刘平安邀请曹春月去他家，同父母见面。刘平安的母亲早早就开始准备，想到儿子终于要把未过门的儿媳妇领回家，母亲高兴极了。她该准备什么见面礼呢？买一套龙凤祥牌子的"五金"做见面礼，那样显得庄重大方，富有财气。她把这个打算说给老头子听，老头子听后，不但不赞成，还撂出了几句讽刺挖苦的话，说道："看你俗不俗？太俗气，太没有品味，你的思想观念还停留在什么年代？现在是什么年代？还当老师，教学生读书哩，你是咋从教育战线上混过来的？"

刘平安的妈妈听了这话，心里受到了极大的委屈，生气地跑回卧室里，关起门来，趴在床上哭起来，哭了近两个小时，没有人关心过问。也许是眼泪哭干了，哭累了，她睡着了。

这时候坐在沙发上的刘校长，听到卧室里没有了哭声，一片寂静，再也坐不住了，上前紧挨着门缝隙，竖起耳朵听，听不到一点儿动静，这才慌了神。使劲敲门无果后，从裤兜里掏出钥匙，打开房门，冲进去一看，老婆睡得正香，才放下心。

刘平安下班回到家里，看到爸爸在厨房做晚饭，问："爸爸，今天太阳从西边出来了，很少见你下厨做饭。妈妈是不是外出不在家，没有指望了，你才亲自下厨做饭？"

刘校长瞅着儿子笑，说道："你妈妈今天耍小孩子脾气，跟你老爸发火，说她侍候了老爸一辈子，把老爸惯坏了，只知道饭来张口，衣来伸手，是个大懒虫。"

刘平安站在妈妈的立场上说："妈妈说得对，爸爸是个四体不勤、五谷不分的大懒虫。"正说着，妈妈从卧室走出来，对儿子诉苦，说爸爸今天不讲道理，不讲情面，挖苦妈妈是从教育战线上混过来的。儿子刘平安听了就好笑，问妈妈："你和爸爸都是有知识的人，教育人的人，怎么能说出这么没有水平的话？"妈妈得势了，让儿子刘平安去问爸爸，"再评个理，看是爸爸的错，还是妈妈的错"。

转眼一星期过去了，刘平安的爸妈商量在这周六，让刘平安带女朋友曹春月来家里见面。刘平安的妈妈忙前忙后，把屋子里的大小柜子、家用电器擦拭干净，还把布艺沙发罩子洗干净重新罩上。刘平安的爸爸说儿子的女朋友要来家里，他也不去学校上班了，表示他要配合老伴儿工作，共同把家里打扫得干干净净，窗明几净。

曹春月在准备去刘平安家之前，回家问母亲，她去刘平安家还需要准备什么。

妈妈告诉春月，这次去刘平安家是第一次，按农村习惯讲，本就不能去。按城市里的生活习惯来讲，就不一样，去就去了。去了是按朋友的关系去，可不能按做儿媳妇的那种关系去。如果人家送礼品千万不能收，因为那是定情之物。要送礼品，必须由刘平安父母亲自带上礼品来家里订婚，那才能收人家的定情礼物，那就叫婚证或者叫婚约。

曹春月听妈妈讲了那么多农村的风俗习惯，她一条都没记住。去了刘平安家，还得听人家的意见才行。

最近三天，曹春月一分一秒掐着手指头计算，像是过了三年，星期六这一天终于来到了。

早晨八点钟，曹春月起床，洗脸、刷牙、照镜子，翻箱倒柜找衣服，比比画画，每件衣服穿上似乎都不合身，吵得妈妈也睡不安宁，妈妈只好起床，想要说几句话，又怕说出来女儿不爱听，只能忍一忍。就在此时，春月叫一声妈妈，妈妈就立刻答应："哎！"这一句的答应，妈妈的笑容不仅展现在脸面上，而且是又甜蜜又温馨，像是喜事就要临门，高兴得不亦乐乎。曹春月手里拿着两件衣服，左看右看，不耐烦地嘟囔着问："妈呀，没有一件像样的衣服，我该穿啥颜色的衣服？"

妈妈听了这话，面带难色，又面带微笑。难的是家里穷，没有给春月买一件像样的衣服，现在要去买，时间已经来不及了。可是妈妈最近这些天想到春月谈上了对象，打心眼里感到满意，就很骄傲地说："我娃长得十全十美，人见人爱，不管穿什么颜色的衣服都好看。"

这样的答复出乎春月的意料，妈妈咋能说出糊弄女儿的话来，气得她坐在木凳子上动也不想动，静静发呆，好像缺了什么，可又说不出来到底是缺什么。正在想着妈妈说的这句话很有水平，七分靠长相三分才是打扮，自己的相貌，自己照照镜子看，果然穿什么衣服都那么端庄秀丽，得体大方，还是妈妈看自己女儿长得好。

"春月，春月"，曹春月听到叫声，是刘平安来接她，心里就慌张起来，把刚才翻出来的那些旧衣服揉成个圆圪瘩塞进箱子里，随即答应："哎，平安，上来吧，我在家等你哩。"

刘平安见到曹春月，高兴得忘乎所以，一把拉着就往门外走，曹春月急促地低声说："看把你高兴哩，不给我妈妈打个招呼就要走人，这哪行？"

刘平安这才松开曹春月的手，上前一步，恭恭敬敬地向准丈母娘叫声："阿姨，我和春月走咧。"

曹春月的妈妈这阵儿什么都顾不上，只知道女儿去刘平安家，他父母亲能不能相中，心里还是十五个桶打水——七上八下，一直紧张着。如果相中她就高兴知足了，一块石头落地了。春月跟着刘平安出门走远了，妈妈眼巴巴地目送着自己的女儿，望着，望着，好像春月真的是出远门嫁人走了。

刘平安家客厅里，灯火辉煌，好像是接待一位什么重要的客人。其实，这比亲戚、朋友都重要，说白了，就是给儿子相亲。

刘平安今年已满二十八岁，从大学毕业到现在过了三年多时间。在这三年里，上门提亲的媒婆、介绍人、亲戚朋友、隔壁邻居，还有爸爸妈妈的好朋友、同事把家里的门槛都踩烂了，领来了好多女孩子。刘平安觉得一个合适的都没有，不知道是刘平安看不上人家女孩子，还是人家女孩子看不上刘平安。这让周围的朋友众说纷纭，议论纷纷，还有个别人说三道四，说长论短，不过这些都是后话，刘平安有自己的追求与打算，说白了，他有自己的婚姻爱情观。

曹春月走进刘平安家的客厅，神情紧张，不敢东张西望，始终小心谨慎。刘平安喜出望外，亲切地向爸爸妈妈介绍说："爸爸，妈妈，这就是曹春月。"曹春月很有礼貌，向两位老人鞠躬行礼，并开口问声："叔叔好！阿姨好！"

刘平安妈妈高兴得眼睛眯成一轮弯月牙，忙说："姑娘来啦！"上前便拉着曹春月细皮嫩肉的一双手，左看看，右看看，从头到脚，看得神情如醉。突然间她发现，自己的一双手圆棱棱地像根火腿肠，和人家姑娘的手相比，又粗糙又不耐看，还拉着人家的手，时间长了还舍不得放开。刘平安的爸爸只好咳嗽两声，给她传递个信号，刘平安的妈妈才招呼曹春月说："姑娘，快坐。"

曹春月落座的时候，看到刘平安的爸爸，好像在什么地方见过面，一时间又想不起来，他看上去那么心慈面善。细细想想，四方圆脸，浓眉大眼，憨厚的大嘴唇，这些外表她都不曾忘记。思索分秒，她突然想起，这不就是刘校长嘛。她立马站起来，毕恭毕敬地垂着双手，弯曲着腰，深深地鞠一躬，说："是刘校长，刘叔叔。刘叔叔您好！"

刘平安的爸爸被曹春月一句甜甜似蜜的问候问得不知所措，怎么也想不起来，她怎么知道他是刘校长？这个疑团，现在不能急于揭开。他是搞教育的，特别是办起了阳光中学，来读书的学生成千上万，每天都从他眼皮底下走过，他记不住学生的名和姓，而学生都知道他是刘校长，学生有千万只眼睛看着他，都认识他。想到这，他觉得儿子今天领回家的女朋友认识他也是很正常的事。因而他还是热情地说："春月好！快坐，快坐。"

曹春月看到刘平安的爸爸没有过多地把这件事说下去，她也没有多说什么，只能是看人家问什么，她就答什么。

这时候刘平安向爸爸介绍道："爸爸，春月认识你，你不认识春月，这很正常。因为你是校长，贵人多忘事嘛。"刘平安和爸爸开起了玩笑，说得爸爸糊里糊涂，怪不好意思。刘平安还问："爸爸，你们学校从农村转来了两个女学生，一个上高中二年级，一个上初中二年级，是你给她们写的入学条子吗？"

刘平安的爸爸摸摸头，他忘记了，但当着儿子面不能直接说是忘记了。儿子重提这件事，里边肯定有道理，他一时间也回想不起来。儿子为什么有话不直说？肯定跟他带回家来的女朋友有关系，当爸爸的绝对不能在未过门的儿媳妇面前丢人，那可是个大笑话。爸爸想了想，装模作样地说道："学校里的同学，从衣着上根本就看不出来谁是城市娃谁是农村娃，男生女生穿的校服都是统一服装，如果你不细看，是男生是女生都不容易认出来。爸爸记不住你说的那俩农村来的女娃，你可把爸难住了。噢，对了，平安你说的俩农村女娃你认识？那你说说，爸爸就明白是啥意思了。"

刘平安的妈妈看到儿子和老子为一件闲事推来扯去，白白浪费时间。儿子的女朋友来了，就应该说些高兴愉快的事，问一问儿子的女朋友愿意不愿意和平安相处做朋友才是大事，才是正事。她就批评老头子，说：

"你和儿子抬啥杠哩？说的话我咋就听不明白？"

刘平安为了博取曹春月欢喜，对爸爸旁敲侧击收效不大，也许是爸爸每天太忙，学校里的事情纷繁复杂，像秋菊、冬梅上学在春月看来是件大事，而在爸爸眼里，不，在一个当校长的人眼里，根本就不是什么难事。只要按学校的收费标准交了钱，谁来上学学校都收，这还有啥可说的。刘平安想到这些，觉得再让爸爸说出个所以然，他肯定也说不出来。刘平安问曹春月，"上学报名交了多少钱？"

曹春月莞尔一笑说："平安，事情都过去了，钱已经交过了。我还没有机会感谢刘叔叔呢。"她再次说："刘叔叔，多亏你帮忙，曹春月谢谢刘叔叔！"

刘平安急了，问爸爸收了春月多少钱。

爸爸挠挠头，继续回忆，怎么都想不起来，就开门见山，如实回答儿子的问话，说是这种情况，应该不低于四万元人民币。

刘平安一听是四万元人民币，他很吃惊，进一步问春月："春月，是四万块钱吗？"

曹春月立马站起来，摇摇头，很有礼貌地说收得不多。叔叔当时还优惠照顾，减去了一万元，实际只交了三万元人民币。

刘平安听春月说完这件事，很生气地指责爸爸说："爸爸，你们创办民营学校，收费这样高，连曹春月都不放过。她是来自贫困山区的大学生，她来城里上大学，从学费到生活费全靠政府资助一点儿，亲戚朋友帮助一点儿；到了学校，我又介绍她去学生餐厅打扫卫生，多少挣了一点儿，就靠这些钱，除养家糊口外，租房要花钱，她妈妈看病要花钱，俩妹妹上学还要花钱，你们学校收了春月三万块钱的借读费，爸爸，你说这容易不容易？"

爸爸听儿子讲了一个大学生的求学之路如此艰难，长时间保持沉默，一句话说不出来，心里有些内疚。办阳光中学的出发点应该是对的，是符合社会发展需要的。一个大城市容纳了那么多打工者，子女的入托、上学是个热门话题，办学这条路没有错。儿子批评说是收费太高，但学校收费标准也是由市物价部门审核批准后才执行的，绝对不是一种乱收费。春月俩妹妹的借读费，还是按最低标准收的，没有额外收费。但刘平安的爸爸为了儿子的婚姻大事，也只好向儿子妥协，问儿子："这件事按你的意见应该咋办？"

刘平安看到爸爸敢于负责的这种态度，既高兴又生气。

刘平安的妈妈心直口快，劝说儿子："不要生气，如今你和春月谈上朋友，春月家的困难就是咱们家的困难。你阿姨家现在有什么困难你说出来，咱们家能帮多少就帮多少，帮你阿姨渡过难关，走出困境。"

刘平安的爸爸在沉默中打破了寂静，语重心长地说道："春月，你两个妹妹入学了，已经收了三万元人民币。这都入了学校的账，再要办理退款手续，恐怕不是很合理，也容易给学校财务管理带来不便。今天平安把你的困难情况说得清清楚楚，你阿姨也表明了自己的态度，现在，叔叔从家里拿出三万元人民币，你眼前的困难就解决了。"

曹春月见刘叔叔说话这样直率、坦诚和实在，并且把掏心窝子的话说出来安慰自己，激动的泪水自然流出来，喃喃地说："叔叔，这样不合适，我不能接受。我家里生活尽管有困难，但我已经走上了工作岗位，每月领到的钱还能够维持全家人的生活。"

一个上午的时间过去了，妈妈在厨房忙碌着，做了许多美味佳肴。她喊平安帮忙端菜。曹春月答应一声："阿姨，我来端。"就这样，曹春月、刘平安还有他的爸爸，仨人全部挤进了厨房，来助妈妈一臂之力，做好的十六盘菜，由妈妈一盘接着一盘传给儿子，儿子又传给春月，春月再端过来准备往餐桌上摆，刘平安的爸爸又接上手说："春月，还是我摆吧。"就这样你传给她，她传给你，像是运动员在开展马拉松比赛。家里的气氛热闹极了，不一会儿餐桌上摆得满满当当，飘香四溢。刘平安的爸爸高兴地招呼春月说："春月，坐，坐。"

摆好一桌子丰盛的菜，爸爸又喊妈妈快来入席，刘平安打开一瓶飞天茅台酒，正要给爸爸倒酒的时候，门铃叮咚叮咚响了。妈妈从厨房里向外走，边走边说，谁这么巧，迟不来，早不来，菜刚端上桌子就来。刘平安迟疑地看着爸爸，爸爸点点头，示意他去开门。刘平安说他去回话，就说爸爸不在家。爸爸笑着说："傻儿子，你咋糊涂了，明明人在家，你说人不在家，骗谁哩？没关系，还是去开门，说不定还是你黄伯伯。"

在爸爸的督促下，刘平安上前开门，看到是黄伯伯来了，高兴地喊道："爸爸说中了，就是黄伯伯。"刘平安聪明灵活，随机应变，说："黄伯伯的口福不浅，妈妈刚做好一桌子菜你就过来了，欢迎黄伯伯亲临寒舍"。

黄教授听平安说话的口气十分客气，一眼看到家里又来了客人，还是位妙龄女娃，就毫不犹豫地推辞说，"我怎么把门敲错了，糊里糊涂上你家里来，对不起，改日再会。"说着就往外退。刘平安眼尖手快，一步跨上前，堵住大门，断了黄伯伯的去路，只是瞧着黄伯伯憨笑说："黄伯伯来了，就不能走了。"

刘平安的爸爸站起来说："你呀，今天走了，就吃亏大咧。瞧，这是啥？这可是一瓶攒了二十年的飞天老茅台酒啊。"

刘平安的妈妈说："别耍小孩子脾气，平时不是挺关心平安的婚姻大事嘛，今天正好赶上了，还想逃避？快来坐，坐。"

黄教授被刘平安的爸妈三说两劝，没办法了，只好坐下来，但总觉得不自在。刘平安就赶紧搭话向春月介绍说："这是黄伯伯，黄教授。"

曹春月站起来很有礼貌地、甜甜地叫声："黄伯伯好！"

黄教授打量曹春月一眼，放下酒杯，"哎呀，这不是咱们学校的校花曹春月同学吗？"

刘平安的爸爸问："老黄，你认识小曹？"

黄教授说："岂止是认识，小曹的照片在校园宣传栏里浩然醒目，小曹在《城市热线》晚报上发表的文章我读过，主题思想明确，逻辑性强，读了深受启发，我当然认识她。"

刘平安的爸爸和黄教授喝着茅台酒，说着开心的话，一会儿聊学校在教育上出现的弊端，一会儿聊改革开放以来发生的新变化。聊得最多的还是夸平安找到了他喜欢的女朋友。黄教授还不停地问曹春月家里的经济条件和生活状况，曹春月很懂得礼节礼貌和说话的分寸，时而回答，时而一笑了之。刘平安的妈妈在黄教授问话交流的时候，害怕有说得不当的地方伤了春月的自尊心，她就千方百计把说话的内容故意引开，还让平安给黄伯伯斟酒敬酒，自己端起酒杯，高兴地说："喝，端起来，同饮同乐，吃饱喝好，一醉方休。"

刘平安的爸爸喝得有些高，端起酒杯，手不停歇地摇摇晃晃，断断续续地说："对，今天高兴，一——醉——方——休。"

第二十五章

曹春月从刘平安家回来后，把刘平安家里的基本情况说给妈妈听。妈妈听后，精神状态好多了，再不愁自己的女儿嫁不出去。有时候她还一个人自言自语说春月终于找到对象了，当妈妈的总算是没有白养一场。她突然又想起一个问题来，问春月："刘平安的父母什么时候上门来认亲、订婚啊？"春月回答妈妈说："刘平安的父母没有提这件事。"

　　妈妈说："看你是个呱女子，已经去了刘平安的家，在人家屋里吃过了饭，还不要求他们早早上门来认亲订婚，万一有什么变化怎么办？"

　　曹春月搬个小凳子坐在妈妈身边，很认真地对妈妈说："妈妈，婚姻乃终身大事，石灰窑里撇了一瓦子，全是白的。事情才刚开始，见个面咋能要求人家上门来认亲订婚？这件事不能心急，心急吃不了热豆腐，还不知道人家刘平安的父母是啥意见，是同意还是不同意。过几天等刘平安来咱家，我一问他就知道了。"

　　妈妈什么话也不说了，只是静静地坐在床上，不知道在想些什么。春月看在眼里，知道妈妈又在胡思乱想，不放心这件事，情绪特别低落。春月正准备开导妈妈，说些宽心安慰的话，刘平安提着几样水果和礼品来了，面带笑容，喜气洋洋，一步踏进出租屋的门，叫一声："阿姨好！"

　　曹春月的妈妈见刘平安来了，心花怒放，笑得嘴都抿不上，开口就问刘平安："吃饭了没有？外边的风大，你冷不冷？"随手从床上拿小笤帚就给刘平安掸掸衣服上的灰尘。刘平安回阿姨的话，说他吃过饭了。春月妈妈就连连让坐，体现了农村人那股子直来直去的说话方式和对人热情的态度。接着把嘴张了又张，还是壮着胆量问刘平安，"你父母什么时候来——上门？"看到妈妈要问这个话题，曹春月在旁边急忙打断妈妈的问话，说："你别急着问平安了。平安今天早早过来，我俩要去同学家里参加一场婚礼宴会，没有时间和你说这件事。"

曹春月的妈妈见春月好像是生气了，就收住自己的嘴，把要说的话咽回去，很有礼貌地对刘平安说："平安，姨是个急性子，心里大小有点儿事都搁不住，刚才要问你话，春月不让问，姨就不问了，你也别见怪。"

刘平安和曹春月肩并肩、手挽手漫步在城河公园的林荫树下的小路上，说着笑着，吃着玩着，看到湖面上一对对年轻人坐在小船上，荡起双桨，尽情游乐。小船上的橹在小伙子手中摇得那么有力，把平静的湖泊水面搅得溅起阵阵浪花，波光粼粼，水浪轻柔地拍打着湖岸。船上的情男倩女久久拥抱，久久亲吻。湖边的过往行人，看着湖面上划桨的游客，他们多么自由幸福，多么无忧无虑。新时代的青年人，生活在丰富多彩的世界里，多么富有生活气息，富有朝气。刘平安动员春月一块儿去划船，一块儿去赏花，一块儿听白天鹅放声歌唱，一块儿去看鸳鸯戏水。春月摇摇头，说她是生长在黄土高原的旱鸭子，从小就不会游泳，见了水就害怕。

刘平安忽然记起了刚才的一件事，明明是春月约他出来玩，为什么骗妈妈说是去同学家参加婚礼？他就心生疑窦，怀疑有什么事。他转身回头，倒步前进，想曹春月平时在她妈妈面前都是百依百顺，今天怎么一反常态，还不让阿姨问话。曹春月的葫芦里到底卖的是什么药？是不是有事瞒着他？

曹春月高傲地回答："难住了吧？你猜猜是什么意思？猜不出来吧。那就听我给你娓娓道来。这件事，我不找个借口离开，妈妈在你面前问话，你肯定还是个软柿子。只要是妈妈说出来的事，你还不是满口答应，百依百顺？妈妈的思想守旧，一直担心你父母不抓紧时间上门认亲订婚，怕咱俩的婚姻没有保证。农村男女之间缔结姻缘要相亲、认亲和订婚，才是有保证的婚约。如果没有媒证，也没有定情之物，这段婚姻就是一场空谈。所以妈妈就天天念叨，记挂在心里。我也没有什么好言语来说服妈妈，就约你出来想个办法，出个主意，把妈妈的心安抚一下，让她不要再操那么多的心。就这事，还能瞒着你？"

刘平安在曹春月面前高兴得手舞足蹈，拍手欢呼，想道：订婚是个好事，是一件大喜事，他早就盼着这一天哩。"你妈妈要求上门认亲、订婚那还不好说？选个大喜日子，多请些亲戚朋友张罗，让我父母和你妈妈见面，举行个隆重的仪式，订婚的事儿不就成了？"

曹春月见刘平安对订婚的事特别感兴趣，她紧皱眉头，难为情地说："平安，上门认亲和订婚这两件事，在婚姻法里没有什么法律条文保证。农村人为啥非要履行这个手续？走这个过程？无非就是通知亲戚朋友来高高兴兴热闹一番，图个名望，你说是不是？咱俩的婚姻大事，我根本就不愿意搞那些形式主义。平安你看，现在我住的房子是一间不足十五平方米的出租屋，屋内有一张双人床，还有一张架子床，把屋子占满了，行人走路很不方便，就这样的生活条件，你父母来了坐没有坐的地方，站没有站的地方，这让人咋招待啊？这咋能见面哩。我就安慰妈妈，上门认亲订婚的事不要急，往后推些时间，现在条件不成熟。只要说起这些话，妈妈就不高兴，就生闷气，你来时妈妈正在生气哩。"

刘平安听春月解释完，认为很有道理。便征求春月的意见说："那你的意思是咋办？"

曹春月沉默许久之后回答说："我有办法还约你出来干啥？我就是想不出什么好办法来，才约你出来走走，让你开动脑子想办法，出个好主意嘛。"

刘平安说："你让我出主意，我倒是有个好主意，说出来不知道你是否同意。不过，你不同意也不要紧，当面不要反对，有意见允许保留，但必须听我说，按我说的办法去做。举起你的右手，握成拳头立誓。"

曹春月咯咯发笑，"什么好主意，还要搞什么宣誓哩？麻烦不麻烦？你再不要卖关子了，快说吧，把人急死了。"

"春月，我当然希望我父母来你家认亲订婚，这个过程很有必要，订婚了，婚姻就有保证了，你也不胡思乱想了，你一辈子就是我的人。你说的出租屋环境差，地方小，不具备接待客人的条件，这倒也是个实际问题。我认为，订婚与不订婚倒是不受法律约束，你说不需要订婚，这事儿说对也对，说不对也不完全对。认亲、订婚对我而言当然是件大喜事，对咱们俩人来说，这就有了不同的纪念意义。多年后，咱们有个宝贝儿子，或有个千金姑娘，咱们还可以给他们骄傲地讲传统故事哩。再让人回忆当时订婚的热闹场面，这是一个幸福的回忆。现在你不想举行订婚仪式，那你就不要后悔，像你这样的人真傻。这样吧，让我好好想一想，想出个好点子来，想出个两全其美的办法来，让我父母上门来认亲订婚。还有，我父母虽然是城里人，他们也应该尊重你妈妈的意见，必须上门来认亲订婚。春月，我有个好主意，咱们换个地方，给他们创造个良好的环境。把来出租屋认亲订婚，改在其他地方你看行不行？你同意不同意？如果行，我考虑利用给阿姨找份工作的方式，和我父母见面，一切问题都解决了。"

曹春月听了刘平安说的这件事，暂时不作声，不作声不是不满意，也不是反对，也不是有什么意见。她是在默默地思考、分析，看刘平安提出的这个想法，妈妈是否会同意。

刘平安看到曹春月有些难为情，又摊开双手，耸耸肩，不假思索地自我解释道："如果你想不通，那我不强人所难，干脆算了。还是按照你的意思不认亲不订婚，或者让我再想别的办法。"

曹春月听刘平安要给妈妈找一份工作，这是一件好事，她有必要回家征求妈妈的意见，只要妈妈答应了，让妈妈走出出租屋，面向新生活，她就会心情舒畅。想到这，春月就明确表态说："平安，你的想法我也同意，找工作是件好事，让妈妈有事情做，家里的烦恼事她就会忘得一干二净，有利于恢复身体健康。只是妈妈的工作……"

刘平安高兴地说："春月，只要你同意了，阿姨的工作我来找。"

曹春月立刻表明态度，她当然举双手赞成，按刘平安的想法，让妈妈走出去，走出这个家庭，去外面换个生活方式，换个生活环境，让她去接触外面的人和事，她就会变得开朗，精神面貌很可能就大大改变了。

几天后，刘平安开车来接阿姨和曹春月。曹春月在手机里告诉刘平安，让他在楼下等会儿，她正在给妈妈梳头，照镜子。妈妈听说是刘平安帮她找到这份工作的，心情很愉快，她愿意出门去打工挣钱，这样能增加收入，减轻家里的负担，还能供秋菊、冬梅上学。

刘平安站在小车前看到春月搀扶着妈妈，从楼上走下来。刘平安先是叫声阿姨，再轻轻打开后车门，春月和妈妈坐上车，他们就出发了。

曹春月为了照顾好妈妈，就和妈妈一起坐在小轿车的后排座位上。阿姨问刘平安，"去这家人屋里打工，是不是就是当保姆？"刘平安轻轻笑着对阿姨说："阿姨，打工是挣钱，当保姆也是挣钱，没有什么不同。你去的这家人，姓黄，是个教授，退休了，一个人在家，退休金也很高。黄教授性格开朗，没有脾气，对人热情大方。阿姨，你见面就知道了。"

阿姨很认真地说："平安啊，当保姆让人听了怪怪的，怪不好意思。还是不去了，咱们回家。"

曹春月急了，说道："哎呀，妈妈，在家给你说得明明白白，去当保姆是为了挣钱，比打工好多了。当保姆管吃管住，人家黄教授还同意你把秋菊和冬梅带过来和你一块儿住在他们家，这样咱们把出租的房子一退，就能减轻家里的负担，还节省好多钱哩。"

妈妈听女儿开口说话了，她不敢说不去了，她就怕春月生气。刘平安在后视镜里看得明白，内心知道做母亲的老是宠着女儿，让着女儿，还常常惯着女儿。不过这个时候阿姨的心情很复杂，很矛盾，情绪容易多变，如果再说一句不中听的话，或是刺激的话，阿姨马上就会改变态度，弄不好还会跳下车跑掉，那可是一件很可怕的事情。

二十多分钟的时间过去了，小车开进学院的社区里，刘平安领着阿姨和春月走进了黄教授家，客厅里，欢迎阿姨的不是黄教授一个人，还有刘平安的爸爸和妈妈。刘平安按照大家站立的位置给春月的妈妈介绍："阿姨，这位是黄教授。"

黄教授戴着金丝眼镜，精神格外抖擞，上前同春月妈妈握手说："你好！欢迎你。"

曹春月代表妈妈向黄教授点头说："黄伯伯好！"曹春月的妈妈只是点头微笑着。

刘平安走到他爸爸面前，向阿姨介绍："阿姨，这是我爸爸。"

刘平安的爸爸满面春风，满面喜悦，伸手和春月妈妈握手，并说："你好！欢迎你。"

刘平安又用同样的方式向阿姨介绍了他妈妈。两个女人相互问候之后，刘平安的妈妈叫声老姐姐，俩人就热烈地拥抱在一起。站在旁边的黄教授就带头拍手欢迎，其他人包括平安、春月，还有平安的爸爸都拍手欢迎，家里的气氛就像春天的花朵自然绽放，大家笑声不断，问长问短，相互问安。

这时候黄教授说："大家还站着干什么？快坐，快坐，坐下说话。"

大家见面落座之后，并不显得陌生疏远，亲热得就像一家人。刘平安端起茶具茶碗准备沏水泡茶，平安的妈妈哪舍得儿子在这么多人面前接待人，自己便手脚麻利地把提前准备好的水果端上来，有芒果、荔枝、苹果和冬枣。曹春月知道吃水果剥皮应该是年轻人的事，她就一个一个剥，一时间剥了好多，递给黄教授，递给平安的爸爸和妈妈，最后她给妈妈嘴里喂个荔枝，妈妈吃了一口说是太甜了，甜得恶心。春月就悄悄给妈妈说，吃习惯了就好了。

大半天的时间过去了，他们回到出租屋里，春月妈妈累了，要休息，她躺在床上，翻来覆去又睡不着，只是在想去黄教授家当保姆的事，做饭、打扫卫生、料理家务，这倒是件好事，怎么黄教授什么话都没有问就定了？对此，她有点儿疑虑，有点儿想不通。她翻身起来问春月，"去黄教授家当保姆，还去不去呀？"曹春月问妈妈："妈妈，没有人说不去，你是想去还是不想去？"曹春月这样问，妈妈就陷入到思考中去，左右为难。

刘平安听到阿姨突然问这话，就坚定地回答："阿姨，去，一定去。事情已经说好了，明天咱们就搬过去。"

刘平安还给春月妈妈介绍说："阿姨，黄教授见到你很满意，开口答应工资一个月一千二百元，而且还管吃、管住。黄教授家住房很宽敞，你有一个卧室，秋菊和冬梅有一个卧室，里边还有学习室。你们三个人住在一楼，黄教授住在二楼。家里的水电、卫生间都很方便，条件比这出租屋好多了。阿姨，听清楚了没？你过去住几天就习惯了。"

曹春月的妈妈听未来女婿说得各方面都是那么好。其实她也说不出来什么具体的不好，只是感觉第一次出门打工她也要去挣钱了，心里有说不出的高兴。

曹春月发现妈妈的态度和情绪明显有改变，举起两个拳头把刘平安的胸部敲得咚咚响，"你的鬼点子真多，一切事情都让你安排得尽善尽美，天衣无缝。那你爸你妈还上门认亲不？"

刘平安聪明地反问春月一句，"你说哩？"

曹春月天真地说："那我问一问妈妈，看还要不要再来认亲。"

刘平安说："傻子，啥事都没个主意，这么大的事还需要去问你妈妈，认亲肯定是要认亲，这是农村的老传统、老习惯。"

曹春月满怀激情地决定，"还是不认了，那天在黄伯伯家，双方父母都已经见过面，等于认过亲了，搞那么多的套套样样都是形式主义，关键就是你说的只要家庭和睦了比什么都重要。"

刘平安摇摇头，"这话你说了不算，还是要按阿姨的意思办。"

曹春月还继续表扬刘平安年龄不大，鬼点子多，给妈妈找到了一份好工作，同时也提供了双方父母见面的好机会，一举两得。

第二十六章

三个月后，喻珠珠和黄教授相处得和谐多了。这个和谐不仅指日常生活习惯的互相接受，也指在实际生活中从不理解到理解，一步步产生了新的认识，新的理念，新的思想。

　　喻珠珠进了黄教授家，生活习惯还是按农村那种老方式、老风俗、老套路去管理家务，省吃俭用，不浪费一粒粮食，时时处处都细心照顾黄教授。

　　黄教授经常鼓励喻珠珠说："现在生活条件好了，你爱吃什么就买什么，你不要怕花钱，不要怕浪费。人到了晚年，保持营养均衡，才能保证身体健康！身体是人的资本，是人的骄傲，在这个世界上多活一天就是福。"

　　喻珠珠实打实地说："我做饭技术也不行，只会做些平时吃的家常饭菜：蒸馒头，熬稀饭，擀面条，凉拌黄瓜，炒菠菜，做起来还比较顺手，还比较熟练。"黄教授立马站起来笑呵呵地说："做家常饭菜，只要香、可口，也是一门技术嘛。珠珠，吃完饭，我陪你去超市里买些新鲜蔬菜，你就在家里给咱露一手。"

　　喻珠珠想得多：她是来黄教授家做保姆的，咋能跟上黄教授一块儿出门去逛超市？她感到别扭，不习惯，还害羞。要是跟着黄教授一块儿去超市买菜，让学院的其他人看到了，一定会开玩笑地问："黄教授，娶媳妇咧，啥时候喝喜酒啊？"如果真的有人这样开玩笑，她的脸往哪儿搁啊？

　　喻珠珠最后说："黄教授，去超市买菜我一个人去，你就在家里看电视，歇息着。"简单的两句话，黄教授心里就明白，原来珠珠心里有想法。初来乍到，喻珠珠毕竟对这里的情况还不了解，对这里的环境还不熟悉。作为一个女人，更重要的是人的品质、道德、名誉观。如果勉强叫珠珠跟他一块儿去超市，珠珠肯定会面有难色，遇到尴尬。黄教授很随和地说："珠珠呀，就听你的安排，我留在家里看电视，你去买菜。"喻珠珠临走时，黄教授从钱夹里抽出一百元钱交给喻珠珠说："好，你去超市买菜，早去早回。"

喻珠珠出了门，把钱紧紧地捏在手心里，在学院生活社区里转悠了好几圈，还是没有找到超市。看到老头子老太太三五成群、两个一伙、三个一帮把蔬菜水果都提在手里，她便上前问去超市的路怎么走，人家都是一个口气说："往前走，左拐，再左拐，直走，向前走二十米，右拐，一转弯就到了。"

喻珠珠买了许多菜，出门结账时，从兜里掏出那一百元钱交给收银员，电脑打出来的小票上合计，一共是四十九元三角九分钱，实收了四十九元四毛钱。喻珠珠提着菜往家里走，又找不到黄教授的家了。她抬头向四周望去，十几幢楼房样子一模一样，防盗门大小一样，墙壁颜色一样，门前几棵树长得高低一样，只有一个不一样，就是门牌号不一样。喻珠珠只顾出门向外走，根本就不知道哪个门牌号是黄教授家。她只好提着买好的菜，在好几家大门外东瞧瞧，西看看，傻傻地寻找。

十二点多了，她希望能看到冬梅放学回家，就能跟她一块儿回家。只听到有人在喊她的名字，转过身来看到是黄教授。喻珠珠还好奇地问："黄教授，你咋知道我在这里？"

黄教授一阵好笑，没有回答喻珠珠刚才说的话，只是很直接地问："珠珠，你是不是把回家的路忘了？"

喻珠珠倒是聪明，或者说叫调皮，还不如说是幽默，在黄教授面前像个小孩子似的说："没有啊，路记着哩，是把门牌号忘了。"

这一句话说出口，逗得黄教授开怀大笑，珠珠回答得真有水平，很是聪明。不是人家把路忘了，而是自己把话没有问全面。

这次出门说明，喻珠珠对城里的生活方式还不熟悉，需要帮助或引导。到了吃晚饭的时候，秋菊、冬梅和妈妈，还有黄教授，坐在一起共进晚餐，他们不是一家人，胜似一家人，其乐融融，幸福无限。妈妈给两个女儿碗里夹菜，俩女儿给黄伯伯碗里夹菜。黄伯伯高兴得嘴都合不拢，悠哉悠哉享受着天伦之乐，不停地说着谢谢秋菊！谢谢冬梅！秋菊、冬梅发自内心地说："黄伯伯吃好吃饱，身体健康，福如东海，寿比南山！"

黄教授从来没有听到过这么甜美的祝福，他打心底里夸喻珠珠教育子女有方，俩女儿也很懂礼貌，吃饭时总是把菜往他碗里夹，这是一种中国人的传统美德，也是一种生活习惯。他激动得再也坐不住了，站起来，说的还是那句老话：谢谢秋菊！谢谢冬梅，真是有教养的好闺女。

晚饭后，黄教授给秋菊和冬梅补习功课。喻珠珠看在眼里，记在心上，总是过意不去，经常说些感谢的话。黄教授瞧着喻珠珠笑了又笑，客气地说道："这些对我来说都不是事，都是耳熟能详轻车熟路的老套路，干了一辈子教书育人的工作，现在给俩好闺女指导还是没问题的。"

黄教授七十多岁了，他放弃自己的休息时间，总是热情为秋菊、冬梅辅导功课。而且他在讲解过程中由浅入深，循序渐进，一题多解，一题多作，反复练习，直至让她们全部学懂弄通。

喻珠珠虽然还是个打工者的身份，但她在这个家里干起话来就不一样。每天早早起床，不睡懒觉，干活很有计划性，先干什么，后干什么，把楼上楼下的客厅、卧室打扫得干干净净，东西摆放得整齐有序。总之，这个家有了喻珠珠，家里的一切大小事务，全部落在了她的肩膀上。有时候她就想，来到黄教授家做保姆，挣钱多少不是主要的，主要是解决了秋菊和冬梅的学习问题，每天还有黄教授辅导，多好的事情，如果细心算账，要花多少钱？黄教授都是免费提供免费帮助。人要有良心，要知足。她现在什么都不图，就是为了孩子，她要加倍努力工作，精心侍候好黄教授。

黄教授经过半年来的细心观察，体会到家里没有一个完整的人口组合就不是一个完美的家，就不是一个幸福的家。他想了很多，人一生不管和谁在一起，不管是亲生的，还是半路组合的，一旦有了感情，比什么都重要，能遇到这样的好事真是千载难逢。他常常做梦，总是在前世里为人做牛做马，或者在前些年的工作中吃亏受训，让人欺负，还是应了老人们的一句话，吃亏人常在，好人终归有好报。他默默鼓励自己，决定向喻珠珠展开攻心战术，求婚是他的目的，他一定能成功。

一天，曹秋菊、曹冬梅去学校上学，家里只有黄教授和喻珠珠。黄教授今天打开电视机不停转换频道，看什么电视剧他都心不在焉。突然他喊喻珠珠过来，说电视没有画面了。喻珠珠正在阳台上晾晒被子，撂下手中正忙的活，过来看电视到底出了啥故障。

喻珠珠本来也不懂怎么修理电视，只是她听到黄教授的呼唤，她走到黄教授身边，接遥控器的时候，黄教授很有尺度、很有情感地使了一点儿劲，他让喻珠珠坐在中间的三人沙发上。喻珠珠想站起来离开，黄教授用那双手轻柔地拉紧她的双手，对她说："珠珠，坐下来听我说两句心里话。自从你来到这个家之后，这个家处处充满活力，两个孩子也让我感受到天伦之乐。你每天起早贪黑，为这个家做事，也没有好好休息过一天，让我吃得好，睡得香，你看，我好像是年轻了十几岁。"

喻珠珠听黄教授说完话，心满意足，心情愉快，随声附和着说："就是，就是。"

黄教授还要对喻珠珠说些什么，又沉思片刻，最终还是决定说出来，他毫不保留地把三十五年前的往事说出来："珠珠，在那个动荡的年代，谈情说爱，不太方便。同我一起从北大毕业的武俊峰，女，二十八岁，一米七的标准身材，相貌出众，才华横溢，在北大就是鹤立鸡群，男同学个个见了都暗恋她，有些同学还公开去追求她。就在一天晚上学校组织的大会结束之后，武俊峰追上我，当面说送我一本书，让我拿回宿舍再读。"

"深夜里，我不敢打开电灯看，偷偷拿手电筒在被窝里看，哇，是一部长篇爱情小说《青春之歌》。我也不敢细读，就哗哗啦啦滚动翻阅，书里边掉下来一张纸条，我就拿起来读，噢，原来是份情书。"

黄教授继续对珠珠说："这封信就是一封公开的爱情书信。那个时候保密性很重要，我不敢向外泄露一个字，只有单线联系，偷偷结婚的时候，送礼品还要送红宝书。"

喻珠珠问："那时候结婚就这么秘密？"

黄教授轻轻摇摇头，摊开手心，深深叹息着说："难事儿还在后边。她那个人看问题特别简单，把鸡毛当令箭，把麦秸秆当拐拐，总怕自己落后了。每次和她在宿舍里一起吃饭，说一两句话就闹翻了，就结下了深仇大恨。更可怕的是还要同我从思想上划清界限，夫妻决裂，各奔东西。最终也没有办离婚手续，就分开了。"

"另外，还有一个问题必须向你说清楚，婚后生活了三年多，后来别人再来提亲，终因我没有办离婚证，怕犯重婚罪就一推再推耽误了。再后来，经朋友再三劝说，收养了个儿子叫毛毛。"

喻珠珠对黄教授一生走过的坎坷道路，感到惊叹，同情，不可思议。对于过去的事情她也不往心里去，只是不停地说那个年代人们的生活真可怜。

黄教授和喻珠珠交流了许多心里话。喻珠珠还说黄教授中年时期又当爸又当妈，熬过多少苦难，受过多少折磨，一生真是不容易。

到了晚上喻珠珠看秋菊、冬梅睡着了，她翻来覆去睡不着觉，想了很多。想到她来黄教授家当保姆是为了挣钱，黄教授怎么突然提出要向她求婚？这件事难以启齿，怎么向春月、秋菊、冬梅去说这件事？她前思后想，左右摇摆，脑子一团乱麻，是答应还是不答应？她失眠了。望着房间的四周黑漆漆一片，她顺手打开了床前的落地式台灯，看到了光亮，她又找到了希望。她静静想着每天生活在黄教授家里，黄教授的所作所为让她敬佩。黄教授对她母女三个人不薄，每月除了开工资，还要管吃、管喝、管住，有时候还管衣服穿。世上哪有这么好的事，简直是天上掉馅饼。

　　喻珠珠为这件事在心里憋了很长时间，差点被憋出病来。星期天，刘平安陪曹春月到黄教授家，进门看到黄教授和春月妈妈在一起吃早餐。黄教授、妈妈招呼平安、春月快来吃早餐。

　　曹春月问妈妈："秋菊和冬梅哩？"

　　妈妈说："还在睡懒觉。"

　　曹春月不高兴地说："妈，看你把她俩惯成啥样儿了，九点多钟还在睡。"

　　黄教授接过话茬，笑着对春月说："春月，这事不怪你妈妈，是我让她俩多睡一会儿，平时学习紧张，星期日多睡一会儿，没关系。"

　　曹春月去妈妈卧室隔壁，推开秋菊、冬梅卧室的门，轻手轻脚走到床前，双手在秋菊的圆脸蛋上拍拍说："懒蛋，快起床，姐姐带你们俩去逛公园。"

　　熟睡中的秋菊、冬梅听姐姐说带她俩去逛公园，从被窝里爬出来就去搂抱姐姐，亲姐姐。曹春月说："快穿衣服，不要受凉感冒了，要不什么地方都去不成。"

　　秋天的公园里，逛的人比夏天少了许多，主要是少了许多少年儿童。刘平安对曹春月洋洋得意地说，秋天是个收获的季节，公园里就是谈情说爱、眉来眼去的地方。树荫下，小桥边，湖水中央那一对对的戏水鸳鸯，都在演绎诠释着爱情的故事。

"今天，带黄伯伯和阿姨出来逛公园可是有目的的。你来陪你妈妈，多说黄伯伯的优点，我来说服黄伯伯，提高对阿姨的认识和理解。咱们俩做个月老，成全二老之美。"

曹春月和刘平安两人还拉勾，要来个比赛，看谁能把工作做到老人的心窝里去。

曹春月让刘平安买了"甜甜美"纯净水，送给每人一瓶，宣布游公园的活动安排。刘平安是这样安排的：黄伯伯由刘平安陪伴，春月陪伴妈妈，秋菊、冬梅自由活动，爱玩什么就玩什么。

黄伯伯举手发言，他的意见是：秋菊和冬梅自由活动，刘平安曹春月在水上划船荡漾，他和春月妈妈去爱晚亭长廊走走看看，看那里的老年朋友唱歌、跳舞、吼秦腔。

刘平安把小船划到湖边，停下来，让春月回过头来看。黄教授牵着春月妈妈的手，一步步踩着悠扬的圆舞曲，三步、四步，妈妈舞姿优美，跳得那么轻松愉快。

曹春月很是惊讶，没想到妈妈还会跳交谊舞。她骄傲地对刘平安说："平安，看到没有？妈妈学会了跳舞，而且还跳得自然、大方，看上去就是个城里人。再者，妈妈和黄教授的关系越来越密切，将来肯定会结合在一起。现在看来，我和你没有必要担心他们的生活，让他们顺其自然。也许，他们心里早就有了想法，咱们俩不要去捅破那张纸，让他们自己发展，时间不会很长，他们的幸福生活就开始了。"

刘平安顺着春月手指的地方望去，两位老人生活得如此幸福美满，有情趣。他们能在一起跳舞，已经证明彼此都有了新的认识。对，就按春月的指示去办，不要干涉他们的生活，让他们两位老人自己去努力吧，有情人终成眷属！

第二十七章

黄教授同喻珠珠擦出了爱的火花之后，俩人的生活还是很平淡，并没有年轻人的一时冲动，更没有年轻人那燃烧的激情，只是一步一个脚印，脚踏实地地考虑具体的事情如何去做，如何才能圆满。

　　喻珠珠跟着刘平安和女儿从公园回来，心里还有个结，本来是打工族，突然间从佣人变主人，有些不好意思，不好对女儿开口说明这件事。好长时间她都暗暗思量着，想跟黄教授说一句，"对不起，还是算了吧。"

　　黄教授知道了喻珠珠的这种心理时，及时和春月交换了意见。曹春月当时就跟黄伯伯说："黄伯伯别急，这件事交给我，我和妈妈谈。"

　　第二天早上，曹春月从一楼大门出来要去上班，看到黄伯伯在楼门前的小花坛给花儿浇水、剪枝，她上前跟黄伯伯说："昨天晚上，我和妈妈倾心交谈，发现妈妈的封建思想还很严重，很保守，还不够大胆，不够解放。黄伯伯，你要多引导，多鼓励，事情能不能办好，就看你的了。"

　　黄教授听了曹春月的忠告，心里有了底，知道应该怎样去努力了。于是放下手里的活，回到客厅里，两只手脏兮兮的，都顾不上洗，使出了吃奶的劲，走到喻珠珠身边，来个突然袭击，把喻珠珠拦腰抱紧，喜形于色，一个劲地在喻珠珠脸蛋上亲来亲去，亲个没完。喻珠珠心情荡漾，又高兴又心疼黄教授，右胳膊揽着黄教授的脖子小声说："老黄，快把我放下来，不要累坏了身体，有话慢慢说。"

　　黄教授把喻珠珠轻轻地放在沙发上，自己累得满头大汗，气喘吁吁。坐在沙发上，他的汗不断线地流着，头皮里散发出来的热气一缕缕向上直冒，自己也顾不得去卫生间擦洗，只是一动不动地坐在沙发上闭目养神。

喻珠珠从沙发上爬起来，看到黄教授累坏了，走过来双手搀着黄教授进了卫生间，打开燃气热水器，水哗啦啦地流出来，她亲自动手，帮助黄教授冲洗湿漉漉的头发。大约冲洗了五分钟，黄教授站在镜子前，看到喻珠珠像个理发师，动作十分麻利，一会儿用毛巾把头发打一打，再擦干，一会儿用吹风机左边吹，右边吹，边吹边用手拨弄着头发，然后用牛角梳子细心梳理，比专业理发师的技术还高超。

黄教授从镜子里看到自己被喻珠珠打造包装的样子，满意地伸出拇指连连夸赞。然后，他坐在沙发上抿了几口茶，便开口问："珠珠，你的美发手艺真不错，是从哪里学来的？"喻珠珠嫣然一笑，心想：还不是自己慢慢摸索出来的？

黄教授自从有了喻珠珠的关心和陪伴，最近一段时间再不去出门走动，中午休息起床后就坐在沙发上品茶看《参考消息》。电话响了，他拿起来接听，笑着说："最近没有时间，身体不舒服，医生说需要休息。不，不用了，好，你们自己玩吧。再见！"哎呀，那个老王，说是三缺一，非要叫过去打麻将。

喻珠珠说："那你就去吧。"

黄教授说："我出门走了，留你一人在家，那多不好。"他随手翻阅《规范与对称之美》的一本书，读到求婚是否有浪漫故事时，他感到自己在这方面做得很不到位，太随意了。人一生不管是原配，还是再婚，应该在一个隆重的气氛里，以同样的礼节、礼仪和形式举行有纪念意义的庆祝活动。他和珠珠就这样随随便便结合，走到一起，还不领结婚证，这只能叫搭帮过日子。现今社会上还说这是一种时髦。这是一种什么时髦？完全不规范，不对称，算一种啥婚姻？

黄教授合上书，闭着眼睛思考了许久，最后他决定要慎重对待，在成婚之前先好好表现一番。他从写字台抽屉里拿出个小笔记本，一支笔，还有计算器，一项一项做计划：买啥东西，进哪家店，有条有理，做到胸中有数，一目了然。

第二天，火红的太阳把人晒得汗流浃背。黄教授手中擎着一把张开了的双人大伞，和喻珠珠肩并肩走在大街上，在一家"沙沙"婚纱影楼前，黄教授站在橱窗前，看这家婚纱影楼的广告内容介绍，这是一家现代化影楼，设备先进，摄影手法新颖，专门为中老年人提供服务，通过化妆和技术处理能达到和年轻人一样的艺术效果。黄教授问喻珠珠："就选择这家婚纱影楼，满意不？"

喻珠珠看到橱窗里的塑料人穿着一身白色连衣裙，就问黄教授，"照相就穿白颜色的衣服？"

黄教授坚定地回答："对，就穿白颜色的衣服，那不叫衣服，叫婚纱。照相的时候，头上还要蒙面纱，还要画眉，涂口红，再做个造型，照出来的效果就不一样，那叫艺术照。"

喻珠珠说："老黄，还是算了，都这把年纪了，我都已经被土埋了半截子，婚纱照还是暂时不照为好，孩子们看到会笑话，咱这老脸往哪儿搁啊？"

喻珠珠就朴朴实实的几句话，听起来好像很简单，其实充满了深刻的道理。黄教授觉得她的说法很有道理，就说："刘平安正在和曹春月热恋，小年轻还没到这种热烈的程度，咱这老头子积极得就要跨越时代潮流，还不让人笑话？"他还是尊重珠珠的建议，就先不照了。

黄教授携同喻珠珠进城还是第一次，俩人走在大街上还很不习惯，走着走着就拉大了距离。黄教授朝前走着还不时地回头用目光找一找，或站在原地等一等，等喻珠珠赶上来，黄教授问一声："是不是走累了？咱们坐下来休息一会儿。"喻珠珠说："不累，我在人多处走路胆小，总是害怕把人家碰倒了。"黄教授知道喻珠珠走路胆小害怕，于是他就牵着喻珠珠的手说："来，我和你手牵着手，肩并着肩，一块儿走，这样就安全了。"

"凤祥吉"珠宝行是皇城市最大、最有信誉、最能保证质量的一家珠宝行。黄教授指着门楣上的电子大屏幕显示的各种广告，上面有纯金银首饰，玉石玛瑙，珍珠项链。黄教授很热情地说："今天带你来，开开眼界，见识见识，你喜欢哪件就买哪件。"

喻珠珠笑一笑说："你说的金银珠宝、珍珠项链这些都是有钱人家大家闺秀戴的，咱这穷苦出身人家，过去没见过，现在还是没见过，戴上那些东西能有什么好处？"

黄教授怕喻珠珠不肯接受，就临时出点子，"不说了，既然来了，进去看一看。"两人走在大厅里，里边全是青年恋人，还有中年妇女，一些老年人都是女儿陪着，把卖金戒指、金项链、金耳环和金手镯的柜台围得严严实实，人都不能靠近。黄教授右手牵着喻珠珠，对旁边的一群女孩子说："请让让，请稍微让让。"这群女孩子还算有礼貌，回头看到是一对老夫老妻，什么话都不说，主动离开了售货柜台。

一位女服务员热情讲解、宣传，而且还帮喻珠珠试戴。喻珠珠戴上一枚红宝石金钻戒，服务员让她把五指并拢，把手指伸直，惊喜地说道："阿姨，你自己看，多么秀气的手，不粗不细，纯天然绝美，戴上这枚价值二千八百元的百分之九十九点九的纯金钻戒，阿姨就显得雍荣华贵，富丽豪华，像是天宫里的仙女下凡了。"

黄教授马上补充一句："对，姑娘说得好极了，戴上金戒指，配上金耳环，颈部再戴上金项链，还有个大宝石，那你就成了皇宫里的皇后了。"

服务员也很会说话："中国的皇后名气大，你看中国的武则天，清朝的慈禧太后，那才是珠光宝气，金光灿灿，至尊无上，至尊荣光，阿姨带上'五金'不比中国的女皇差。"

喻珠珠被服务员吹捧得眉开眼笑，心情特别舒畅。大半辈子生活在农村里，消息闭塞，信息不灵，从来不知道城市里的生活这么丰富多彩，积极向上。服务员说出来的话入耳中听，让人十分喜欢。人家有这种热情的服务态度，你不买一两件首饰，空空地走了，都觉得不好意思。她又想道，这种做生意的态度在农村叫做：把人缠住咧，取不离手咧，实际上也叫把人箍住咧。

黄教授看到时机成熟，开口说把"五金"全都买了。喻珠珠不紧不慢，让服务员把项链从脖子取下来，自己把金钻戒轻轻地从手指上卸下来，再把手镯抹下来，说自己再挑挑看。挑了一个小时，她对黄教授摇摇头，表示都不十分满意，满意的就是这副金耳环，上面有五叶花，下面吊个红宝石耳坠，带在耳朵上，走起路来，摆来摆去，珠珠很是喜爱。

黄教授让服务员出票，去收银台付款，然后亲自给喻珠珠戴在耳朵上。走出珠宝行，时间不早了，喻珠珠急着要回家。黄教授看看手表说："不急，咱们去侯聪明灌汤包子店吃饭，回家时顺便买几笼包子带回去，让秋菊、冬梅她们放学回来吃。咱们回家就多休息一会儿，不要累坏了身体。"

第二天，喻珠珠早早起床，熬好小米稀饭，做好煎饼果子，炒一盘土豆丝，一盘海带丝拌绿豆芽，还有卤鸡蛋，美味佳肴，营养丰富。秋菊和冬梅陪妈妈和黄教授坐在一起吃完早餐，背着书包就去上学。喻珠珠和黄教授吃完饭，两人一起把卫生收拾完，又一块儿出门去逛大街。

黄教授高兴地说："珠珠，现在有你陪着逛大街，我的心情特别愉快，看到什么好吃的呀，好穿的呀，手心里就发痒痒，就想买。特别喜欢为你花钱，你呀，看到什么，爱什么，咱就买什么。人活到这把年纪，就要想开，把事情看透，每天活得开开心心、快快乐乐，身体健康就是人生最大的幸福。"

喻珠珠对黄教授说的话，没有当面赞美，也没有当面反对，只是在想，黄教授这种处事待人的态度，让人心里有一种快乐感、幸福感和自豪感。正想着又走到了省城最大的服装商贸城门前，黄教授这次什么话都不说，直接走进去。喻珠珠无奈，什么话也不问，只好跟着也走进去。踏上电梯，到了二楼，男士西服专卖柜有男士西服、衬衫、领带、休闲装，西欧品牌占据了店铺的重要位置，国产名牌服装柜台前也是生意兴旺。

喻珠珠很有眼力，看准了一套深黑色燕尾西装，标价三万八千元。转眼看看黄教授那健壮的体魄，说："这套西服大气美观，颜色也好，你穿上一定很有气质，能年轻十岁，拿来试试吧。"

柜台服务员告知，选购世界高端名牌西服必须考虑好，一定要买，先交了押金，才能试穿。

黄教授听到了这话，很不服气，觉得这是一种霸王条款。但在公众场合，他不便和服务员当面理论，于是很委婉地说："对不起，先随便转转，看看，一会儿过来再买。"说完转身走人。

在乘电梯上四楼的时候，黄教授表扬珠珠很有欣赏水平，看上的那套西服不错，那是燕尾服，平时很少有人穿，那是音乐指挥家在大型音乐晚会上指挥乐团演奏时才穿的。平常老百姓不敢穿，穿上会被周围的人笑话。

喻珠珠听了黄教授的解释，不好意思地说："对不起，我是外行嘛。"

黄教授感到自己说话有些直白，转而又开玩笑，又说道人生追求都不一样，有些人一生讲究穿，不讲究吃；有些人一生讲究吃，不讲究穿。他的讲究有三好，吃好，玩好，身体好。穿什么对他来说都不重要，重要的是，由于她的到来，他精神上年轻了十岁，比穿高档衣服强多了。

喻珠珠在电梯上手挽着黄教授的胳膊，小心翼翼。四楼全是花花绿绿、色彩斑斓、各式各样的女人服饰。她走近一看眼花缭乱，接受不了奇装异服，对黄教授说："不转了，不看了，都是年轻人的时髦服装，难看得很。"

黄教授不解地问："怎么又不看了，怕又要花钱？钱算什么？钱就是用来花的。买几套你喜欢穿的衣服，展示你的风采，让你生活得更好，更有乐趣，更幸福嘛。"

喻珠珠说："幸福！自来到城里，进了你家门，不管是做保姆，还是干别的，直到今天，我一直沉浸在幸福生活中。这几天有你的精心安排，有你的一片苦心，我很幸福，我还缺什么？咱是个农村人，没有必要浪费那么多钱，每天能吃饱饭，穿干净卫生的衣服就行了。"

黄教授听珠珠说得再多，再客气，还是没有按照他的意思去办。他坚持要买，而且还用他的说话方式，开诚布公地说："嫁汉嫁汉，穿衣吃饭。这两者缺一不可，不给你买衣服，那还叫什么嫁汉？而且我的面子搁不住，还要被别人嘲笑，说老黄这人太吝啬了，出门咋见人。"

喻珠珠当然抵不住黄教授的好心诚意，人家黄教授都把话说到这份儿上了，再坚持不买，就伤害了黄教授。她点点头，只好答应说："好吧，那就买一套。"说着，她就让服务员把挂着的那件衣服拿来，翻来覆去地看，而且还用手不停地摸过来揉过去，检验这套衣服是否是真品。

黄教授说："珠珠，不行，那是睡衣。"

喻珠珠说："老黄，女人晚上穿睡衣也有气质，有风韵。这套颜色、图案花纹我都喜欢，还是杭州纯丝的，就是太贵了，要一千二百多块钱。"

黄教授跟服务员说就要那套睡衣。

晚上，喻珠珠穿着新买的那套睡衣从卧室里走出来，黄教授盯着她不放。喻珠珠的眼力、欣赏能力就是高，穿上这件睡衣在灯光的照耀下美丽得很，简直就是百花园里一朵最惹人喜爱的红玫瑰。黄教授让喻珠珠在大厅里走几步，喻珠珠和舞台上模特小姐走的姿势一样。向前，向左，向右走几步，再把身体前后扭扭看看，把前后衣襟向下拉一拉，问道："老黄，你看穿上合身不？"

黄教授拍手称赞："合身，太合身了！漂亮极了。来，走过来，走到我面前来。"

喻珠珠落落大方，很有气质，迈着婀娜多姿的步伐，轻盈地走到黄教授身边坐下来。黄教授一手揽过去，搂抱住珠珠的腰，在灯光辉映下，两人似一团火。

喻珠珠虽已年过半百，但在黄教授的心目中，就是一朵出水芙蓉，生活中就是个过日子的人。黄教授夜里没有睡，按照他原来的打算，他要把珠珠精心打扮一番，准备花掉二十万元人民币，没想到总是被珠珠以种种借口拒绝了。她勤俭节约、爱家顾家的好习惯让他羡慕，让他敬佩，更让他放心。他还有一个长远的打算，无论如何在正式结婚前要带她一块儿去国外旅游，开开眼界，让晚年生活更幸福。

第二十八章

曹秋菊跟着春月姐姐来省城上学，她的高考成绩不是很理想，达不到一本院校的分数线，报个二本还要托人走关系，报三本才十拿九稳。

曹春月几天来，为曹秋菊填报志愿的事情愁得一直都没有按正常时间睡觉，上班时还操心这件事该咋办。她想来想去，托人办事又得花钱，弄不好花了钱事情还办不成，钱就打了水漂。她吃饭不香，坐立不安，便征求秋菊的意见，让秋菊喜欢报什么专业就填报什么专业，曹秋菊知道自己考得不够理想，说考试的时间不够用，卷面的选择题她都会做，就是临场太慌太紧张，把题做错了。

曹春月听妹妹还是在强调客观原因，不从自身找问题，就急了，对秋菊说："现在说的不是这个问题，说这些有什么用？问你想填报什么志愿？"

曹秋菊大大咧咧不在乎，心不在焉地回答："报什么都行，报什么就学什么。"

"报什么学什么，对自己一点儿不负责任。"曹春月生气地重复着曹秋菊说的话，抱怨她太不懂事，太不近人情，来城里读高中不过两年半时间，就不知道天高地厚了。高考成绩考了个不上不下，还不当回事，考试完像是幼儿园放假了，把一切都丢在脑后，对于报什么专业自己也不闻不问，还不知道以后走上社会能干什么。

曹秋菊全不把姐姐为她操心当一回事，只是觉得高考结束了，应该放松，应该休息，应该好好睡上几天懒觉。当姐姐问到填报志愿的事情，她不是不想认真填报，而是充满着自卑感，报什么志愿都不可能被录取。

实际上她内心也满是烦恼，姐姐说什么她就不由自主地去顶撞，那怕是撞上南墙，她也感觉开心愉快。有时候急了还顶上姐姐两句，"学习有那么重要？学多了就成书呆子了，外面的世界有多精彩，每天上班，挣不到大钱？"

看曹秋菊刚走出课堂，说话这么刻薄难听，曹春月气得火冒三丈，用手指着曹秋菊的鼻子尖发问说："如果我不挣钱，养家糊口，全家人每天吃啥？喝啥？难道你每天喝西北风去？"

妈妈在厨房听到曹春月发火，放下手中的活，出来问春月："你俩在争吵什么？有话好好说。秋菊呀，千万不要惹你姐姐生气。这个家没有你姐姐，咱们能住在城里吗？你能在城里上学吗？都高中毕业了，也该懂事了，有什么话好好和姐姐说，听话。"

曹春月又恨又气，她是家里的老大，毫不犹豫地对妈妈说，都是为了她好，秋菊反倒执迷不误，把说正事当儿戏，还说曹春月挣不来大钱，让她报什么好专业，有什么用。

妈妈听到秋菊这样说话，真是不礼貌，不懂事，不听话。她说："姐姐说的全是好话，都是为了你好。尽管你姐姐挣不来大钱，她挣来的那些钱全补贴这个家里的生活费用了。你和冬梅来大城市读书上学，靠谁来供养？全靠你姐姐那点儿微薄收入来支撑。孩子啊，你要知足，你要学会感恩，如果没有你姐姐，现在咱们全家人能在城里生活这么好？"

曹春月这次没有因曹秋菊年龄小再忍让，而是气急了，转过身来，就要举起拳头往下打。黄教授从卧室走出来，站在二楼的楼梯上笑哈哈地说："什么事闹这么凶？打人可不行，打人是犯法的呀。"

黄教授坐在沙发的中央，叫春月、秋菊还有珠珠都坐在一起。"看你姐妹俩都撅着嘴，气呼呼的，争论什么大事？"黄教授问。曹春月不敢怠慢黄伯伯的问话，就直接把帮助曹秋菊填报志愿的事情说出来。黄教授笑过后很认真地说："填报志愿可是件大事，也是一件严肃的事，来不得半点马虎。春月呀，你去上班，这件事伯伯是内行，我帮助秋菊完成。"

曹春月上班走了。

黄教授让秋菊过来说话。

曹秋菊低头过来，站在黄教授对面，深深鞠一躬，问声黄伯伯好！

黄教授微笑着招手示意，说道："来，过来秋菊，和伯伯坐在一起。秋菊呀，高考结束了，是不是想到该放松了呀？"

曹秋菊点点头，表示想放松了。

黄教授又问："放松，你有什么打算？是和同学一起逛大街？还是去旅游？还是在家睡大觉？"

曹秋菊摇摇头，表示什么都不是。

黄教授问她是否想放松学习中的紧张情绪。

曹秋菊又点点头，应该是。

黄教授经验丰富，说话讲究方式方法，解决问题从秋菊目前产生的思想乱象着手，看似简单的几句问话，平平常常，实际上已经捕捉到了青年人的心理动态。不管是点点头还是摇摇头，放松是许多青年人在高考后自然而然的一种选择。其实，这是一种不确定性，像这种不确定性的思想，在年轻人中是普遍存在的，越是追着问，越是别扭，思想越是统一不起来。

黄教授掌握了秋菊的思想动态，亲切地问："秋菊呀，心里有什么话，有什么事，有什么打算，能告诉黄伯伯吗？你现在住在黄伯伯家里，咱们就是一家人，你就是黄伯伯的亲闺女，有什么问题，有什么困难，有什么想法就提出来，我帮你解决。"

曹秋菊听黄伯伯说话的口气是那么亲切，从内心敬重他。她一句话都说不出来，眼泪挂在眼皮的边缘上，来回滚动。她从茶几上抽了湿巾纸，把泪水擦拭干净，哽咽地说着她从高考结束到估分，心里一直很惭愧，平时学习很用功，很卖力，就是临场没考好，不服气。记得在县高中，她的各门功课成绩一直都是名列第一或者第二，没有出过前五名。自转来省城学习，她还是保持着原来的学习态度，一刻也没有放松过，但是每次期中、期末考试都是中上等，落后了，找不出来原因，考试就考砸了，因而对于填志愿报专业没有什么太大的兴趣。

黄教授聚精会神地倾听着曹秋菊说出来的心里话，他要帮助秋菊消除顾虑，引导她在这段时间里把思想集中在如何填报志愿这件大事上来。对于高考后的思想波动，黄教授认为这是必然会发生的事。黄教授找到根源，正打算先从某个角度去谈的时候，门铃响了。

刘平安来了，他进门后一边换拖鞋，一边问黄伯伯好！再问阿姨好！

黄教授开门见山，说："平安回来得太及时了，秋菊填报志愿，思想有点儿紊乱，找不到感觉，你回来了帮助梳理一下，多出些点子，选几门秋菊喜爱的专业，你们年轻人思想活跃，有共同语言，平安你说行不行，能不能把这件事办好？"

这时候喻珠珠坐在旁边听着，她也听不出个理儿来，只是猜测着黄教授在尽自己的努力帮助女儿。这些学习上的事，老黄是专家、教授，刘平安也是专家，他俩什么都懂。她就放心了。

刘平安先问秋菊考得怎么样，曹秋菊还害羞，不愿意直接说出来。

黄教授对秋菊说："秋菊不要自卑，鼓起精神，实事求是地把考试成绩说出来，都是自家人，考多少就说多少。说出来，平安会帮助你选择一个好专业哩。"

曹秋菊停顿了片刻说考得不好，不理想，比录取分数线多了三分。

刘平安知道了秋菊高考成绩不是十分理想，皱着眉头，有话要说但又没有说出来。于是他对黄教授说："秋菊考的分数，曹春月知道不知道？"

黄教授一时猜不透平安问这句话是什么意思，便低声说，"春月知道，姐妹俩刚才就为填报志愿的事情争执起来，争得很凶，各不相让。我就让春月去上班，我来处理这件事。现在，你回来了，事情交给你，就由你来负责解决。"

刘平安坐在黄教授身边，低声说："黄伯伯，告诉你个好消息，经院党委讨论批准，我已被任命为皇城新闻大学招生办主任，今年代表学校去招生。刚才和春月通电话，春月还生气地说，她和秋菊说不到一块儿，她不管了，秋菊填报什么专业跟她都没关系。我劝她别生气，生气是最愚蠢的处理问题的方式，遇到问题要找出解决办法，就这样春月还说我是给她上政治课，就把电话挂断了。"

黄教授听了刘平安的话，想了想，转过头对曹秋菊说："你的命真好，瞌睡了就会有枕头。不过要好好想想，喜欢学什么，咱就报什么专业。这次再不能模棱两可，要认真对待，认真择校，这可是关乎你前途命运的大事。"

曹秋菊这才放松了紧张的情绪，舒展眉梢，会心地点头说知道了，她一定认真填报。

这时候春月妈妈从厨房里出来，看到刘平安、黄教授和秋菊谈得心平气和，她高兴地在围裙上抹了抹手，给他们续上茶水。

刘平安笑嘻嘻叫声阿姨，说："您做饭累了，也休息一会儿，等秋菊把表填好了，把事情办完，咱们再吃饭。"

黄教授深感刘平安做人做事厚道稳重，他就跟喻珠珠开玩笑说："珠珠啊，你看平安这么优秀，你心里一定是甜丝丝的。丈母娘见女婿，满院撵着杀母鸡。"这句话一说出口，逗得曹秋菊、刘平安哈哈大笑。黄教授教书育人一辈子，都是师道尊严，突然间开起玩笑来，风趣幽默。

曹秋菊趁热打铁，不理解地问："黄伯伯，你说的这句话是什么年代的话？现在城里人谁家里还养母鸡呀？女婿来咧，妈妈该杀什么鸡招待女婿？"妈妈一时间也坐不住了，大脑也开了窍门，很随和地接上说："你们坐着说话，我去超市买一只老母鸡回来，好好招待平安。"

黄教授劝喻珠珠不要去了，来回跑太劳累，还是坐着休息吧。

刘平安让曹秋菊把志愿表拿过来，把各学院招收的专业科目类别细细看了一遍，问秋菊："填表只剩两天时间了，你打算学什么专业？填报哪所学校？"这时候的曹秋菊没有把握，报什么也没有目标，一会儿说报工商管理学院，一会儿又说报财经学院，再一会儿又说报医学院的人体解剖学专业。刘平安惊奇地发现，曹秋菊选择的三门专业毫不相干，没有联系。一个女孩子，有个性，胆子大，还要和死人打交道。刘平安让她拿定主意，并且提醒说她报的专业是冷门，不适合女孩子去做，毕业了不好找工作。

高考招生工作结束了，曹秋菊被医学院录取。问题是，她第一次没有被校方正式录取，而是到了九月底学院补录的时候被二次录取的。曹秋菊的高考分数差一些，交了三万块钱。

招生工作结束了，刘平安回到家里，又急坏了曹春月的妈妈。妈妈不是为录取不录取的事情着急、发愁，发愁的是录取了，这三万块钱从哪里来？妈妈心里最清楚，从老家出来时带的那些钱早已花光了，要不是来黄教授家做保姆工作，还不知道能不能活下来。现在秋菊上大学，又要交这么多钱！她心里急得不行，也想不出来好办法。到了晚上，等秋菊、冬梅睡着了，妈妈把她剩的钱拿出来和春月的钱合在一起，还差两万零八百元。妈妈看着这些凑起来的钱，苦闷得一句话都不说。

曹春月看到妈妈面对困难满脸雪霜，精神萎靡不振，情绪低落，哀声叹气，多日来她的心里也不平静。妈妈一个人坐在卧室里在想些什么？春月又怕妈妈被困难折磨出病来，问了一声："妈妈你又在想什么呀？"

妈妈突然开口说："生了这么多娃，离婚的时候，你爸要带走两个，我心疼自己的女儿，一个都舍不得让他带走。养大了不容易，现在秋菊上大学又要花钱，更不容易。春月呀，这件事儿该咋办啊？"

曹春月安慰妈妈说："妈妈，你就别为钱的事操心了，我想办法解决。现在国家的扶贫政策特别好，上大学如果有困难，可以从银行贷款，以解决秋菊上学的问题。"

到了 10 月份，曹春月带着妹妹曹秋菊去报到，交赞助费的钱是刘平安送来的。曹春月带着两个妹妹和妈妈来城里陪读，给俩妹妹择校，偶尔碰到了阳光中学的刘校长，俩妹妹上学的问题解决了，当时交了三万元的借读费。如今，曹春月和刘平安交上了朋友，刘平安的爸爸就是当时的刘校长，这次曹秋菊上大学，刘平安的爸爸刘校长主动拿出三万块钱来资助。妈妈在黄教授家做保姆，黄教授也伸出了援助之手。曹秋菊上大学遇到了好亲戚、好朋友，他们都是好心人，曹秋菊上学交赞助费的问题顺利解决了。

第二十九章

曹秋菊收到录取通知书后，全家人高兴万分，他们在附近的酒家庆祝，大家端起酒杯，黄教授简单致词，说道："咱们秋菊经过三年辛苦努力，终于成功了。这也离不开平安的帮助，不管咋说不容易，为了这个来之不易的大好机遇，大家共同举杯，祝贺秋菊进入大学，希望秋菊好好学习，做国家的栋梁之材。干杯！"

　　曹秋菊从入学那天起，在班里、系里就是女同学中的佼佼者。在短短的一个月军训时间里，她从出早操到走齐步，再到向左向右转，表现得就像个模特。负责军训的解放军班长把曹秋菊作为示范标准，树立她为同学们的学习榜样。军训结束之后，她就开始飘飘然了。

　　曹秋菊在校园里就像一朵花，身材高挑。其他女生想要超越她还是有一定的困难。从曹秋菊平时穿戴上来看，因家庭经济条件有限，衣服太朴素，显得有些严肃。她心里很清楚，以貌取人，这是一种很不正常的社会现象。人常说，三分长相，七分打扮。不管是大街上，还是小巷子里，一个女孩子穿着打扮不漂亮，谁都不愿意多看一眼。有些女孩子穿着打扮花里胡哨，那回头率还是蛮高的。

　　在校园里，学习不是那么紧张，青春又是那么热烈奔放，曹秋菊就经常出入校内的周末舞会，时间长了，还是感觉枯燥无味，热情调动不起来，兴趣也不是十分浓厚，还不如在宿舍里睡懒觉。

　　一年后的一天中午，曹秋菊正在宿舍里午休，值班室王阿姨来敲门。王阿姨是四川人，拖着浓厚的家乡话，问："哪个女娃子叫曹秋菊？"

　　曹秋菊开了门，懒洋洋地问："阿姨，我就是，有啥事？"

"我没有啥事，有个小伙子来找你。他很阔气，西装革履，腋下夹个皮包，肯定是个大老板。"

曹秋菊首先想到的是刘平安，他大中午跑来，有什么事？一定是急事，会不会是家里……不管那么多，先去看看。

学生公寓值班室站着一位背向门外，面朝里的小伙子，腋下夹个黑色皮包，抬着头好像是在看门卫值班制度。曹秋菊走过去，想开口叫一声刘……却又收回了声。再细细一看，不对劲，她转身要走，王阿姨说，就是那个小伙子。这么一说，那小伙子立马转回头来就叫："曹秋菊同学——"

曹秋菊定神辨认，原来是一年前在她们系搞军训的柳班长。她没有激动，而是装做不认识，说道："你……是……"

柳班长全名叫柳云峰，他自我介绍说："曹秋菊，怎么连我都不认识了，我是训练你们的柳班长，在你们军训结束后回到部队，现在服役期满，我复员回地方工作。"

曹秋菊当时就感觉奇怪，"就是为了这来找我？你复员回地方工作与不工作，与我有什么关系？来学校找我，总不是无缘无故，闲得无事可做才来找我打发时间吧。"曹秋菊是这样想的，也是这样说的。

曹秋菊这种说话的方式，柳云峰听了不但不急不躁，反而胸有成竹，他亲自来找曹秋菊还是有一定把握的，现在看来没错。他要大胆地把自己的想法说出来，当代的女大学生讲究实惠，讲究现实，只要有利可图，能得到生活消费满足，他的目的就能达到。

柳云峰保持着军人那种严肃的态度，很客气地说，他是外出办事，路过学校大门口，突然不自觉地把车停下来，抱着试试看的心态，也不知道有一种什么感应，想到那段在军训期间和同学们相处的美好时光，时间虽然短暂，给人的记忆却很深刻。

曹秋菊问:"参加军训有那么多同学,为什么偏偏来找我?"

柳云峰笑了笑,看着曹秋菊那轻风细柳婀娜多姿的秀美身材说:"是因为你的名字,你训练的接受能力,我久久不能忘记。当我路过曾经熟悉的地方时,就想起了你。撞撞运气,看能否再见到你。就是这么简单的理由,幸好你还在,让我见到了。曹秋菊同学赏个脸,今天是星期六,下午没课,如果心情好,请坐我的座驾去山清水秀的中国式'莫斯科郊外'兜兜风,或许另有一番心境。"

曹秋菊性格开朗活泼,一点儿也不思考,她已经完全融入现代化的生活,毫不犹豫、毫不迟疑、毫无顾虑地答应了,她惊喜地问:"你有车?"

柳云峰轻柔而又自然地回答:"有啊!"

曹秋菊随柳云峰肩并肩走出学校大门,向右拐到大马路上,不远处就听到清脆响亮的报警器吱儿吱儿连着呼叫,前后刹车小灯像萤火虫一样闪烁着。走到车前,柳云峰打开右边副驾驶的车门,右手向前一伸,"请上车,曹秋菊女士。"

曹秋菊在没有防备的情况下,听到柳班长称自己是曹女士,脸从额头红到嘴下边,一时间脖子红,耳朵红,全身上下都红透了,坐在前排座位上都不自然。不过她还是沉住了气,不动声色,不管他怎么阿谀奉承,她还是保持着学生的好奇心态,心想:"哇!还是宝马车哩,这是你的车吗?"

柳云峰系好安全带,扭动车钥匙。这辆车刚一上路,就像一头脱缰的野马,疯狂行驶在环山公路上。车里边发出了一种奇妙的蜜蜂嗡嗡声,曹秋菊当然不知道怎么回事,她惊恐地左右寻找。柳云峰让她把安全带系上,一切都正常了。

曹秋菊坐在车里,不时向车窗外望去,临近冬日的大山深处,环山高速公路两侧的梧桐树树叶黄了,寒风凛冽,轻轻吹来,叶子就零零星星自由飘落，撒满沟壑。长年生长在大山上的青松、枫林，绿是绿，红是红，随着宝马车的疾驰飞速，绿和红在曹秋菊的眼里一晃而过，让她目不暇接，眼花缭乱。

一会儿宝马车开到了盘山公路的半山腰处，柳云峰把车停靠在路边，俩人一块儿下车吸吮大自然的新鲜空气。曹秋菊触景生情，赋诗赞美：山谷幽幽静雅，鸟儿鸣声歌唱。山川瀑布沸腾，风吹草动鹤唳。

柳云峰听得似懂非懂，没有完全理解，只是表扬道："不愧是大学生，出口成章，好诗！好诗！"

曹秋菊自豪地遐想着大山里的风景画面，一阵咯咯笑，问柳云峰："我的诗美不美？"

柳云峰只用一句话回答："美得很！"

时间到了下午三点，柳云峰带曹秋菊走进了岭南人家烧烤园，俩人先是进行了五场台球争霸赛，当然曹秋菊场场失利，用她自己的话说，她是乡里娃进城——第一次。柳云峰拿着杆子走过来，正要给曹秋菊讲解打台球的一些基本常识，曹秋菊忙拦住说，她不喜欢这种运动，她喜欢静静地坐在池塘边钓鱼。她还给柳云峰讲姜子牙钓鱼的故事。柳云峰不喜欢历史知识，就劝曹秋菊爱什么就去做什么，还说："你钓鱼，我陪着，蜻蜓一会儿就来了。"曹秋菊好笑，表扬说："还行，你还记着读小学时念的课文，知道干什么事都不能三心二意，要专心致志。"

柳云峰问："你是在说谁哩？"

曹秋菊说："还能有谁？"

柳云峰很自信地表示："哦，知道了，安心钓鱼，钓到了大鱼，咱就能吃上麻辣烧烤鱼。"

俩人从中午出去游山玩水，吃吃喝喝，一直玩到太阳跌窝，天色渐渐黑下来，柳云峰送曹秋菊回到学校宿舍。曹秋菊第一次出门旅游，回到宿舍一点儿也不困，她在床上半躺着，一会儿想着，今天随柳班长进山游玩，玩得十分开心，一分钱都没有花，全是柳云峰一个人掏腰包，她的运气这么好。一会儿又想到今天要复习的功课连书都没看，于是她翻开床头上的《人体细胞分析学》那本书，读了不到两页，就合上了。双手抱着书想着什么，大脑神经一阵错乱，读书无用论跳出来了。人活在世上，知识有用吗？柳云峰，文化程度就是个高中生，当了几年兵复员了，一转眼的功夫就做了老板，开着宝马车，人家还缺什么？想了许久，趁现在还年轻，不要把时间都浪费在学习上，有时间有机会还是先吃喝玩乐，讲究穿戴，平时有钱花，随心所欲，快乐幸福就好。等以后走上工作岗位再学习也不迟。柳云峰来约她，她十分满足，过一段时间就魂不守舍，像个呱女子，傻乎乎地等柳云峰再来接她出去游玩。

又是个星期六的中午，柳云峰果然开车来接曹秋菊。俩人在一家影视城隔壁急匆匆地吃了些奥尔良炸鸡块和薯条，就走进电影院去看美国大片《情仇剿杀》。电影开始了，音响效果很是震撼，在暴风骤雨中，雷鸣电闪，闪烁着道道霹雳霞光，把场内的观众一下子带进了恐怖之中。曹秋菊的心提到了嗓子眼，她害怕得双手紧紧抓住坐椅扶手，直想呕吐，她急急站起来就向外走。柳云峰正看得入神，沉迷在那打打杀杀的枪战中，只顾自己，忘记了曹秋菊还在身边。他也不问曹秋菊出去干什么，或者问一下曹秋菊要不要买饮料、雪糕，他一点儿也不关心。

曹秋菊去卫生间呕吐了一阵子，什么都没吐出来，在大厅外买了一瓶纯净水，喝了两口，压住心里的那种不良反应，也没有心思再去看电影。她在大厅里看看宣传栏里的新片预告，看看手表，时间尚早，距电影结束还有一个小时，她决定放弃看电影，去大街上随便走走看看。她在人群中穿行，看到了"金香世界"四个大字。随着密密麻麻、川流不息的人群，她乘电梯上到二楼购物中心，走近女式包专卖柜，灯光下的各式手提包，有淡白色、咖啡色、红色，还有紫罗兰色，琳琅满目，包型各异，让人心动。曹秋菊站在柜台前看得时间长了，服务员主动走上前问声："小姐，您喜欢什么颜色和款式的包？"

曹秋菊看准了一个款式时尚的意大利鳄鱼头粉红色包，她爱不释手，这包挎在肩上大气时尚，提在手里高雅大方。服务员说："这包好像是专门为您订做的，美观、大方、时髦，您很有贵妇人的气质。"

曹秋菊问："多少钱？"

服务员回答："二万八千元。"

曹秋菊说："太贵了。"

服务员回答："这是意大利进口原装货。"

曹秋菊没有继续和服务员闲聊下去，推辞说，这次没有带那么多的钱，说声谢谢，转身就离开了柜台。

曹秋菊向前走了不足五步，站在化妆品柜台前，足有三分钟的时间。推销化妆品的服务员拿瓶抹脸霜走过来，热情地给曹秋菊讲解抹面霜的特效功能，说着一个手指头在瓶子里拈了拈，让曹秋菊亲自体验。当把面霜抹在曹秋菊脸上的时候，她的脸部就沙沙地清爽。服务员双手捧着一面大圆镜子，让她看看有什么新的发现，不等曹秋菊说什么，服务员嘴巴灵巧，立马就说靓丽阳光，比刚才漂亮多了。这些话让曹秋菊内心乐滋滋的。

服务员抓紧时间推销，说道："如果小姐感觉不错，那就买一套吧。如果你真的要买，打八五折。"

一个多小时过去了，曹秋菊全在购物中心度过，等她返回电影院，前场电影已经结束，天也披上了灰色幕帐。她十分生气，站在电影院门前发了一会儿呆。突然间又想到去停车场看看，还好宝马车原地没动，说明柳云峰没有走远。曹秋菊就闷闷不乐，肚子有些饿，向电影院的一个巷道里走去，那里全是卖小吃食的摊点，她这才发现，柳云峰一个人坐在地摊吃烤肉。曹秋菊就大喊一声柳云峰，因为是在大街上，她没有随便开口指责，只是不温不火地讽刺说："好啊，一个人吃饱喝足，就想不到别人饿不饿？"

柳云峰嘴巴里嚼着烤肉，着急地说："哎呀秋菊，你跑啥地方去咧？让我到处找，都找不见你人，把我饿坏了，就先吃两串儿。快过来坐，一块儿吃，你爱吃啥？随便点。"

曹秋菊什么话都没说，就坐下来，柳云峰赶紧递上一串烤牛柳，说："这肉烤得嫩，好吃。老板，再来十串烤牛柳，五串烤鸡翅，五串烤小黄鱼，还有……秋菊，还要些啥？你爱吃啥，就点啥。"俩人吃着、聊着。

柳云峰问："看电影哩，咋就不见你人咧？"

曹秋菊说："啥破片子，一开始把人心都震出来了，还是枪战片，我就不爱看。"

柳云峰说："明白，明白，我明白。"

曹秋菊又说："看电影浪费时间，还不如逛超市哩。"

柳云峰又说："对咧，女人家爱逛大街，爱逛超市，还爱购物。是不是？"

曹秋菊嫣然一笑："说得对，明白就行。"

大半年的时间过去了，曹秋菊认识了柳云峰，在交往的过程中，俩人的进展始终不是那么顺利。原因是曹秋菊对柳云峰还有很多思想顾虑，从外表上看，他英俊、帅气，有气质，有压倒泰山之势。从内涵修养上，平时说话上来看，他语言表达能力差，文化知识欠缺，给人感觉人情味儿淡薄。秋菊和他在一起，觉得他轻浮、不负责。她记得有一次，柳云峰非要带她和他的一位朋友见面吃饭。她觉得如果她坚持不去，就等于不给柳云峰面子，也不给他朋友面子，就去了，去了之后，俩朋友坐在一起，不是亲近友好，而是尔虞我诈，互不服气，互吹牛皮，逗能谝大话，实在有些低级趣味。

曹秋菊特别反感这种做人的理念。柳云峰当着朋友面吹嘘，他怎么怎么有本事、有能力、有手段把曹秋菊征服，弄到手。秋菊心想：真是的，八字还没见一撇，就自吹自擂，好像自己就是个白痴，跑上门来追求他柳云峰。

曹秋菊想，即使谈成了，结了婚，这桩婚姻也是不成熟的。她决定，这桩婚姻不适宜升温，应该降降温，边走边瞧。但是，她也不能一下子提出分手，或蹬人家一脚，不要把事情闹大了，要找个借口。于是，曹秋菊恢复平静，做出选择，读书是她唯一的出路。有了知识就有了财富，就能改变人生的命运。知识是彩虹，知识是桥梁，知识是通往成功的一道阶梯。

又是个星期六的中午，柳云峰又来接曹秋菊出去玩，曹秋菊婉言谢绝了，她说今天下午必须回家看妈妈，因为妈妈有病，家里需要有人伺候妈妈，妈妈在病中一直惦念着自己。柳云峰听曹秋菊说得语言沉甸甸的，他也不好强求，只好说下周再会。

曹秋菊顺水推舟说："到时候再说吧。"

第三十章

喻珠珠在黄教授家生活了两年多，俩人的关系由雇工雇主转为朋友。俩人长期生活在一起，也许是天意，不管是男人还是女人，只要相互认识了，理解了，都会产生共同语言，生活过得滋润舒心，而且无忧无虑，心满意足。

　　黄教授原来准备拿出二十万元人民币，投放在喻珠珠身上，以表示他忠诚守信，追求迟到的春天，珍惜渐逝的"夕阳红"。后来他发现，喻珠珠看重的不是钱财，也不是金银首饰，她更不是贪图享受之人，她有一种特殊的做人品质，她有自己的生活、人生哲理。

　　这些从喻珠珠平时说话做事中不难看出，她常说："佛争一炷香，人争一口气。"她生活在那个缺吃少穿的困苦年代，八年时间里为曹家生了四个千金女儿，曹黑娃还不满意，非要生个儿子来。为生儿子的事情，她吃尽苦头：被曹黑娃瞧不起，常常是想骂就骂，想打就打，这简直就不是人过的日子。自喻珠珠来到黄教授家做保姆，黄教授视她和女儿如亲人，爱她如瑰宝，她有什么理由奢侈浪费、胡乱花钱呢？再者，她也是地地道道的农家妇女，金银珠宝、高档衣服穿戴到她身上，也体现不出什么华丽高贵典雅之气，和普通人没有什么区别。

　　黄教授已经知道喻珠珠为什么在珠宝行、服装城装聋作哑，有意躲避，她是有想法的。人家是个厚道人、本分人、诚实人，是个实实在在的乡下人。

　　黄教授高兴的是，到了晚年能遇上珠珠，这是几十年来最能让他心动的大好事。可以肯定地说，喻珠珠是百里挑一，是自己打着灯笼都找不到的心上人。人遇到了喜事、好事、心情愉快的事，就愿意付出，付出一切代价，甘愿把自己多年积攒的全部积蓄都拿出来让她去消费。这种思想理念正在悄悄传播着古人留下的那句话：人老心不老。还有老年朋友常常聚在一起扯闲篇的时候，见四周没有女人，还偷偷讨论着哪个女人长相俊俏，那个女人长得丑陋，总之一句话叫：爱美之心人人有。

黄教授想了很多，有些想法是几十年前的一种旧思想、旧论调。这些旧的东西不能再相信，不能再固守，不能再坚持下去。再坚持就等于一种慢性自杀，或者也可以叫自讨苦吃，自取灭亡。在改革开放中老年人还要自己解放自己，特别是在现代化的生活中，人千万别钻牛角尖，爱什么就干什么，想什么就做什么，不能亏待了自己，要最终达到自己满意，而且还要给周围人一个惊喜。因此，他打扮喻珠珠，包装喻珠珠是他在有生之年的一个美好夙愿。

近两年，黄教授的思想解放，情绪高涨，心态平衡，对过去的事进行加工整理，在空闲时间当故事或当笑话讲给喻珠珠听。

这天午休起床后，黄教授打开电视，里面全是打打杀杀的武侠传奇片。喻珠珠说不好看，她也看不懂，有时候看了让人闹心，还不如看秦腔戏。黄教授就拿遥控器一会儿转换到陕西台，一会儿转换到西安台，全找遍了都没有秦腔戏。过一会儿他看了预告，才知道看秦腔戏要等到十七点以后。

黄教授看看手表，时间刚过十二点半，就动员喻珠珠去和平门外城墙下看秦腔自乐班唱戏。喻珠珠高兴地立马答应。那里不光有自乐班秦腔戏，还有其他丰富多彩的娱乐活动。黄教授爱下象棋，看到几个老人在树荫下下象棋，他就围上去，站在场外当指导。他一直帮黑方，说着进卒、跳马、双炮打背弓，一会儿黑方连赢三盘。围观的人用惊讶的眼光看着他，他感到骄傲，然后悄悄地离开了。事后，喻珠珠问他为什么不看了，还要马上离开。他说："人多处，天外有天，不能恋战，急流勇退，避免发生唇战。"喻珠珠一下子就听明白了，理解老黄做人的理念，谦虚谨慎，出门来虽然是休闲娱乐，但也要顾及周围人和人的友好关系。因而老黄不盲目从事，不惹事生非，恰到好处，是个值得敬重的人。

喻珠珠在城墙下向前走了几步，看到秦腔自乐班正在开锣唱戏，一段《赶坡》唱得入耳中听，让人神往，她也随着熟悉的调子哼哼起来，跟着唱，唱得很开心。黄教授鼓励喻珠珠去唱一段，以展示自己的风采。喻珠珠微微一笑，说自己从小喜欢唱秦腔戏，偷偷去报考戏校，让父亲知道了狠狠打了一顿，教训她说："戏班子里没好人，你敢去就打断你的腿。"从此她唱戏的兴趣就泯灭了。

一天中午，俩人午休起床后，黄教授问喻珠珠今天下午去啥地方转一转。喻珠珠说让她想想，想了许久也说不出来她想去的地方，只是以回忆的口气感慨，她来到大城市刚开始很不适应，很不习惯，特别是整日里无事可做，感到每天闲得心慌。她到了黄教授这里之后，生活环境改变了，过日子舒心，时间长了，觉得好像还是缺点什么。黄教授插上一句话问："珠珠不必有太多的思想顾虑，缺什么咱们就补什么。在这个处处充满幸福的年代里，不缺吃，不缺喝，不缺钱花，只是……噢！我明白了，是缺精神层面的享受。"喻珠珠就好奇地问："老黄，你刚说的精神层面，我咋听不懂，不理解，是个啥意思嘛？"

这时候黄教授才悟出了一个新的道理，喻珠珠自从来到这个家，每天天一亮就得起床，推开窗户看到的不是青山绿水，田间地头。她看到的是高楼大厦，一幢紧挨着一幢，窗户离得很近，窗帘遮挡得严严实实，什么也看不见；耳边天天灌注的是轰隆隆的机器喧嚣声，没有了蝉鸣、鸟啼，没有了欢歌笑语，人和人的关系是老死不相往来。她整天围着家里的零碎家务事，这里擦擦，那里抹抹，擦拭过来，擦拭过去，天天如此。自己应该带她去外边走走，把压抑的心情释放了。

从此以后，黄教授揣摩着喻珠珠喜欢什么，他就做什么。经过多次劝说动员，喻珠珠才答应随他一起外出旅游。

金秋十月，气温不冷不热，正是出行的好时光。黄教授先带喻珠珠南下，去了上海、南京，最后一站去了杭州，历时二十天。在杭州，他们主要是游西湖，这里的风景优美，还有传说中的"断桥""水漫金山"，还有著名的"雷锋塔"。游到这些地方，喻珠珠就来了兴趣，白天游，晚上回到酒店，她就让黄教授讲《白蛇传》的故事。

黄教授这次用通俗易懂的语言给喻珠珠讲"断桥"的故事。

相传在很久以前，有一对段家夫妇，住在西湖边简陋的茅草屋内，两人心地善良，手脚勤快，在门口摆个酒摊，因酒味不佳，生意惨淡。

一天，天快黑了，夜幕降临，夫妇俩收摊打烊，来了一个衣衫褴褛的白发老人，身无分文，求借宿一夜。段家夫妇见此人童颜不老，长须白发，从远处而来，就热情款待。从西湖捕鱼捕虾，斟满自家土酒，给老人轮番敬请，老人也不客气，一连饮了三大碗，酒足饭饱之后，倒在床上，呼呼大睡。

第二天临别时，白发老人说道："感谢你们盛情款待，我有酒药三颗，可帮助你们酿得好酒。"说罢，他从八仙葫芦里取出三颗红红的酒药，交给段老板，便告别而去。

段家夫妇将老人的三颗酒药放在酿酒缸里，酿出来的酒酒色猩红，甜醇浓烈，香气袭人。从此，他们的酒摊天天顾客盈门，生意兴隆，段家猩红酒名扬杭州城。

岁月流逝，三年时光过去。这年冬天，西湖大雪，纷纷扬扬，茅草屋、西湖水、西湖柳被大雪覆盖，银装素裹。白发老人冒雪来到段家酒楼，夫妇俩一见恩人，喜出望外，留老人长住他家。然而老人婉言谢绝，第二天便要告别。临行时刚跨上小木桥，脚下一滑，桥板断裂，老人跌入湖中。夫妇俩忙上前搭救，忽见白发老人立于湖面，如履平地，微笑着向她们挥挥手，飘然而去。

此后，段家夫妇修造了一座高高的青石拱桥，父老乡亲为纪念段家夫妇造桥的好事，便把这座桥叫段家桥。后来因段和"断"同音，便称作"断桥"，流传至今年。

喻珠珠坐在沙发上泡脚，听黄教授讲"断桥"故事，开始还听得津津有味，因为她对秦腔戏里的《断桥》这场小折子戏还懂一些，特别感兴趣。而黄教授后面讲的"断桥"故事和她听的内容风马牛不相及，又成了两股道上跑的车，喻珠珠就没了兴趣。

黄教授讲完了，见到喻珠珠最先追着要他讲《白蛇传》的故事，他讲得头头是道，故事生动有趣，把"断桥"故事的来龙去脉叙述得清清楚楚，喻珠珠为什么心不在焉？这不是等于给牛……哎，对了，千万不能乱下结论，乱给人们扣帽子，千万不能刺激了她的思想情绪。喻珠珠不用心听，也许是她不喜欢听这段历史故事，可能她喜欢听秦腔戏里的"断桥"故事。问题就出在这儿，讲故事也要合乎听众的口味，喻珠珠没有专心听，说明他讲的故事不生动，没有吸引力。反正不听就不听，随着她的心就是。

这一年，黄教授有了喻珠珠的陪伴，生活的乐趣多，情绪高，每天吃饱喝好，一门心思想着走出家门，游遍全国的名胜古迹。后来他还决定走出国门，放眼世界，带喻珠珠去游览世界各地。

阳春三月，春暖花开，正是旅游旺季。黄教授带喻珠珠去东南亚出游，走到飞机弦梯前，喻珠珠精神紧张，偷偷跟黄教授说：坐飞机她还是第一次，如果飞机飞到天上，掉下……"来"字还未出口，黄教授动作敏捷，一只手立刻堵住喻珠珠的嘴，警告说："坐飞机千万不能胡乱说些不吉利的话，让别人听到会惹来大麻烦。"喻珠珠吓得吐了舌头，做个鬼脸，什么话都不敢再说，跟着黄教授稀里糊涂地在东南亚各国旅游了十二天。

回到家里，黄教授问她这次去国外旅游有哪些感受。喻珠珠心有余悸，也说不出来去国外游到底有哪些好处，只是简单地说："这次出国旅游，经见了世面，没有想到这一辈还能坐飞机。咱是农村人，还是个农村妇女，这事儿放到农村想都不敢想"。

黄教授看喻珠珠第一次出国旅游，情绪还不错，就鼓动说，"只要爱玩，以后咱俩想去哪里逛，就去哪里逛，再去一趟欧美好不好？"

喻珠珠这次很明确地表示，她不再去国外旅游，国外再好，她也不习惯，还是自己的国家好。她还跟黄教授说："好出门，不如赖在家。国外的西餐咱又吃不惯，住的地方还不如家里好，还要花那么多钱，实在是不合算。"

喻珠珠现在老话重提，她觉得上次说的话没有什么不对的地方，不说出来心里憋得慌，说出来心里就痛快。她当着黄教授的面坦言说："飞机那么大，那么重，在天空飞行，万一从天上掉下来，多可怕。想跑都跑不掉。你说能不让人害怕担心吗？"

这几句话说得不轻不重，不错不对，黄教授暂时还说不出个所以然，无法回答。只能勉强笑着解释道："珠珠，这句话也对，有时候也会发生。问题是那天你说话的地方不一样，那是机场，出门在外的人多，千万不能说这种不吉利的话，万一发生事故，对你，对我，对大家都是灾难嘛。"

喻珠珠一再表示，坐飞机那么害怕，以后什么地方她都不去了，还是老老实实留在家里。她是这样说，也是这样做的，每天早早起床，想着法儿给黄教授改善伙食：早晨，自制打豆浆，烙煎饼，荷包鸡蛋；中午，做米饭，包饺子，还有红烧大鲤鱼；下午，醋水臊子长面，还有红豆稀饭。总之一日三餐，品种齐全，营养丰富，吃得黄教授赞不绝口，常常夸奖喻珠珠的手艺巧。

喻珠珠是个闲不住的人，她把家里楼上楼下打扫得干干净净。手里随时拿一块抹布，把家里的门窗玻璃擦拭得干净明亮。黄教授心疼喻珠珠，就说："别擦了，擦那么干净，啥时候结婚啊？这才是大事哩。"

喻珠珠一阵好笑，说："结婚不结婚现在不都是一家人吗？"

黄教授又说："既然是一家人，你还辛苦个啥？还不好好享受几天清福？"

喻珠珠说："我是个苦命人，就是爱干活，每天坐不住，闲坐着心里慌，还不如干些活，打发时间。"

"来来来，别干了，过来休息一会儿。"黄教授说。

喻珠珠坐在黄教授身边，说结婚的事情不用急。她来到这个家两年多了，给这个家带来的全都是困难。这些困难全是在黄教授的支持帮助下一点点地解决的。她说："咱们都是过来人，结婚与不结婚，都没什么。你看春月和平安，俩人都老大不小了，不知啥原因不结婚，拖来拖去，让人猜测不透。"

黄教授听喻珠珠说的全是心里话，曹春月和刘平安什么时候结婚？他干脆去找平安的爸爸妈妈，把情况说明，让他们老两口催催自己的儿子，让他们早些结婚。说话间，曹春月下班回来了，进门甜甜地叫了一声："黄伯伯！"

黄教授顾不得放下手中的报纸，老花眼镜顶在鼻梁的两块肉疙瘩上，两只眼睛眯起来笑呵呵地说："春月回来咧！"

曹春月天真烂漫、喜笑颜开，很随意地一边放下她手里的背包，一边甜甜地回话说："回来咧。"说着就坐在黄教授身边，调皮地问："黄伯伯一个人坐着，没有人陪，寂寞不？"

"不寂寞，你妈妈陪了伯伯整整一个下午。她刚去厨房准备做饭，你就回来了。我去跟你妈妈说一声，让你妈妈给你做些好吃的。"说着，黄教授站起来就要向厨房走去，曹春月急忙拦住说："黄伯伯，不要这样，回来就回来了，都是自己人，不要把我宠坏了，我去帮妈妈干活。"

喻珠珠在厨房听到春月回来了，就从厨房里出来，看到春月，高兴得眉飞色舞，亲热地问女儿："想吃什么？妈妈去做。你陪你黄伯伯说说话，妈妈去做饭。"

曹春月坐回到黄伯伯旁边的单人沙发上，很是严肃地问黄教授："黄伯伯，你和妈妈不是说好了吗，怎么还不行动啊？"

黄教授想不到曹春月突然冒出这样一句话，本来是他和她妈妈操心她们年轻人结婚的大事，春月怎么倒关心起他们来了？他细细思量，"那你得去问你妈妈，看什么时候……哎，不对，不对，说错了。春月呀，这事儿伯伯还要问你哩。你和平安打算什么时候结婚？结了婚，你妈妈还等着早早抱孙子哩。"

曹春月面对黄伯伯的关切问话，知道两位老人最关心的还是年轻人。她就向黄教授表示："谢谢黄伯伯，我和平安的婚事尽快办了，争取早日完婚。"

黄教授知道了曹春月和刘平安的婚礼正在筹备中，为了表达他的一番心意，就问春月，"还需要我帮什么忙？跑什么路？做些什么简单的具体工作？或者给你们从经济上支持一部分？"

曹春月对于黄伯伯的一片诚心，激动得又溢出了眼泪，忙回话："不用，不用，谢谢黄伯伯的关爱！"

黄教授满脸笑容，说："不用谢！我就盼着那一天！"

第三十一章

黄教授全力以赴，按喻珠珠的意思，督促刘平安和曹春月早早去民政局把结婚证领了，再选择良辰吉日，举办一场热闹的婚礼。这件事正在紧锣密鼓地进行中，不巧的是，黄教授在一个中午午休起床后，感觉犯困，头脑里有蜜蜂嗡嗡作响，左胳膊和左腿有些麻木，行动不便，需要去医院诊断治疗。

　　喻珠珠赶紧给刘平安和春月打电话，让他们快回来，商量去医院给黄教授看病。一辆救护车疾速把黄教授送往医院，经医生全面检查，检查结果为脑梗、高血压、糖尿病、心脏缺血性大面积堵塞。根据医生会诊决定，心脏需要搭两到三个支架。刘平安向学院退休办主任汇报了这件事，学院退休办主任带领几个干事，前往医院看望黄教授。

　　黄教授躺在病床上，每天二十四个小时都在打吊瓶，喻珠珠陪在黄教授身边，一会喂水，一会换纸尿裤。对于这种工作，她提前做好了思想准备。黄教授病了，不管怎么说，都离不开她的侍候照顾。虽然黄教授有个养子，也是远水解不了近渴。她和他相处了两年多，相互了解，相互信任，相互依赖，他们俩没有办理结婚证，实际上比办了结婚证还亲热。他们两人亲密无间，无话不谈，她来到黄教授家做保姆，发展到黄教授接纳她，她已成为不是主人的主人。人要知恩图报，讲良心，她不怕劳累，天天守候在黄教授的病榻前，扶着黄教授去卫生间刷牙洗脸，大小便，每隔一周时间，就擦洗全身，洗衣服，还给黄教授做些简单的按摩，以减轻黄教授的痛苦。

　　黄教授躺在病床上，把喻珠珠所做的一切，全看在眼里，记在心里。想到人到了晚年，身边就是离不开一个真正的好伴儿，像喻珠珠这样的人，只做贡献，不计报酬，还是少见。自己倒有个儿子，那是个养子，常年不在身边，长期居住在美国，平时就是打个电话问候几句，还说他工作太忙，没有时间回来看望老爸，让老爸多锻炼，多保重，自己照顾好自己，按时吃药，休息。儿子还经常给他寄些营养品。

学院退休办征求黄教授意见，要不要打电话通知儿子回来？黄教授摇摇手，不用了，太远了。

刘平安今天随退休办主任王唯本来医院看望黄教授，其一是表明学院领导和组织对老同志的关怀，其二是黄教授要立遗嘱。在写遗嘱之前，黄教授要来笔和纸，歪歪扭扭地写上：他要和喻珠珠办理正式结婚证书，以确认身后的事情能得到法律保护。

遗嘱原文内容是：

我离开这美好的世界后，将去另一个地方。现有一套面积为二百二十平方米的住房，有国家房产部门颁发的《房屋产权证书》，此证书虽然没有过户到我妻子喻珠珠名下，但该《房屋产权证书》归喻珠珠所有，任何人不得强行参与买卖和处置。

我的银行存款和丧葬补助、抚恤金全部归喻珠珠所有和享用。

我的后事由学院退休办协同喻珠珠处理，不发丧告，不办丧宴，不开追悼会。骨灰撒在祖国江河里，总之一切从简。

谨立遗嘱，以此为证。

立遗嘱人：黄　诚
公元××年×月×日
证明人：王唯本　刘平安
公元××年×月×日

遗嘱写好后，一式三份，喻珠珠、王唯本、刘平安三人各执一份。刘平安双手捧着遗嘱文本让黄伯伯过目。

　　黄教授的心情，全都表现在眼神里。嘴巴虽然流着口水，还是伸出拇指夸赞。哇啦哇啦地说什么，谁也听不懂。喻珠珠知道黄教授是要坐起来，就走到床边摇床，刘平安说："阿姨，还是我来摇。"床摇起来后，黄教授半坐着看到刘平安，看到喻珠珠，他的心境很是明亮，把放在床头柜上的那份遗嘱拿起来反复看了几遍。从表情上看，他对这份遗嘱十分满意。

　　就在此时，有人敲门，护士拿着血压计进门来，看看手表，对来探望的人说，她要给病人做检查，请家属不要高声喧哗，请在门外等候。

　　刘平安和退休办的一行三人离开病房，刘平安想请大家吃顿便饭。王主任回答，"上边有规定，饭就不吃了。今天办了一件实事，老黄放心，你未来的丈母娘也放心，你就辛苦点，把黄教授侍候好，希望他尽快康复。"

　　刘平安送走退休办的人，回到病房，看到阿姨正在艰难地给黄教授换纸尿裤。他二话不说，就主动上前，跪在床上，双手轻轻架起黄教授那沉重的身躯，阿姨才把纸尿裤顺利地给黄教授穿好。

　　时间过得真快，黄教授出院已经二十多天了。出院时，主管医生交待说，回家后，每天一定要按时吃药，要帮助病人挪动身体，不能长时间躺卧在床上，不然人的背部很容易长肉疮，每隔十天洗一次澡。医生的这些嘱咐对喻珠珠来说，就是一场新的严峻考验。喻珠珠想道，自从去民政局办理了正式结婚证，他们就不是以前的雇佣关系了，他们成了夫妻。这次人家老黄可是诚心相待，把心都掏出来给她。她也要将心比心，侍候好老黄的晚年生活，让老黄得到更多的幸福。

　　喻珠珠把烧开后的水倒入木盆里，再加入三分之一的凉水，用手试一试，感到温度正好，就放入一条新毛巾，打湿后，再拧个半干，轻轻地给黄教授擦拭后脊背、胳膊、双腿，反复擦，擦了一遍又一遍，不厌其烦。三四个小时过去，累得喻珠珠满头大汗。心疼得黄教授连连摆手，指着毛巾，在自己的脸上晃动。喻珠珠还以为黄教授嫌弃她没有给他把脸擦干净，黄教授右手夺过毛巾，让喻珠珠稍微低头，他给喻珠珠擦脸。俩人就这样照顾着，体贴着，感到特别开心。

黄教授出院时，医生一再叮嘱，不能受风寒，不能患感冒。喻珠珠拿来一床羽绒踏花被，把黄教授的肩膀头给盖严，再把两只胳膊藏在被窝里。黄教授又要喝水，又要拿电视遥控器调频道，胳膊无形中就露到外边来，喻珠珠就提醒他不要把胳膊露在外边。黄教授有时突然耍个小脾气，脸上晴阴交替变化，喻珠珠就忍着，还点头微笑，就这样百般迁就着，黄教授爱做什么，就让他做什么。用自己无声的言行像哄小孩子似的，日复一日，耐心地一直照看着他。

下午，曹春月捧着一束鲜花，刘平安提一篮水果，俩人回家，刚一进门，就问声黄伯伯好！

黄教授正在睡觉，妈妈上前让春月和平安走路脚步轻一点，不要吵醒黄教授。春月、平安走到妈妈身边，春月叫声妈妈，平安叫声阿姨！喻珠珠高兴得不敢笑出声，只是会意地望着春月，望着平安，深感自豪骄傲。稍停片刻，喻珠珠让春月、平安坐下来，她有话要说。她望着黄教授那消瘦的面容，枯萎的身体，小声说道："近日来他睡觉多，吃饭少，好像有一件事还在心里搁着。医生说过，出现这种兆头，家属提前就要做些后事准备工作。最近，妈妈想了好多，咱们这个家虽然不是原生家庭，但生活在一起两年多，情感、关系超过了原生家庭。你黄伯伯把阿姨当做自己人，他万一有个不幸，按农村的风俗习惯，你俩的婚期最少要推迟一年，这样不好，对你们两人都不好。妈妈已经想好了，趁你黄伯伯还健在，多少还能吃两口饭菜，你们俩就举行个婚礼，你黄伯伯就想亲眼看一看那热闹的婚礼全过程，这是他最大的幸福和心愿。"

黄教授睡醒了，看到春月、平安都陪坐在他身边，伸出干瘦的手去拉平安的手，又去拉春月的手，把他们的手拉到一起，瞧着、笑着，嘴巴里说着僵硬的话，断断续续，但意思很明确，到牵手的时候了，他们该结婚了。黄教授的目光有些呆滞，他久久地望着他们的手，他希望他们早日结婚成家。

喻珠珠拿来一张纸，让春月在上边写道：刘平安和曹春月明天就去办理结婚证，并选择良辰吉日结婚。写好后让平安双手举起来让黄伯伯看。黄教授看到了这两句话，圆了他心里的梦，他伸出右手拇指称赞，连连点头，眼睛里充满兴奋的泪水，高兴极了。

春月妈妈看到黄教授瞬间高兴而激动的面庞，又是泪水，又是口水，她就用开水打湿毛巾，轻轻地给黄教授擦拭完脸，再擦拭两只手，很细心地擦拭五个指头缝隙，一个一个挨着擦，而且擦得干干净净，擦完了喊春月拿指甲刀来给黄教授剪指甲，喻珠珠亲自剪，她怕春月不细致。剪完指甲又去倒开水给黄教授吃药。

曹春月和刘平安商量后，告诉妈妈，今天下午天空晴朗，空气新鲜，可以让黄伯伯坐上轮椅去院子里走走。

学院生活社区里，有楼台亭阁，花卉草坪，一团团月季花正在开放，五颜六色，一簇簇柏松郁郁葱葱。黄教授坐在轮椅上，精力充沛，心情愉快，目不暇接，看了这边看那边，看着看着，还用右手指着。

刘平安推着黄伯伯，春月和妈妈并排护卫在左右，一块儿在花园里赏花散步，在有小碎石头的路面上走了几步，三人将黄教授抬到了花园活动的广场上。那里有人打羽毛球，有人打乒乓球，还有几个老人下象棋。黄教授眼尖，手指下象棋的地方，春月妈妈心领神会，跟平安说把轮椅转个弯，推过去，黄伯伯要看下象棋。看下棋的周围还有俩老人也是坐在轮椅上，他们应该一起工作过，见了面，虽然言语说话都有困难，但建立起来的老感情还是非常深厚的，或用表情相互问候，或用手势表达祝愿。另外一个老人还自己动手把轮椅往旁边挪一挪，让黄教授靠近一点看下象棋。

喻珠珠从黄教授看下象棋的神态里不难看出，过去他肯定是个棋迷，只是因工作忙，没时间，顾不上玩。今天，来这里再次看别人下象棋，他看得还是那么投入，很想亲自玩两把，只是玩不动了。你说人的命苦不苦？年轻时能玩，顾不上玩，老了还是想玩，得了病又玩不成，没机会了。"平安、春月，我陪着你黄伯伯看下象棋，你们俩去走走吧。"

刘平安和曹春月肩并肩，手牵手，漫步在弯弯曲曲的幽静小路上，讨论着结婚的事，原来决定旅游结婚，现在要改变计划，举行一场风风光光的婚礼，就得选定酒店，提前安排，还要聘请婚庆公司，组织车队，还有录像摄影。

曹春月问刘平安家的亲戚有多少，这些事情要和他父母提前商量，让他们去通知。刘平安表示，这个不用曹春月操心，他们家里的事情交由他父母安排处理。

刘平安接着问："你不是还有亲爸吗？那一定得通知到，让他来参加我们的婚礼。"

"不行，我爸是农民，和妈妈离婚多年，通知他来，妈妈肯定不答应。"曹春月心里很为难地说。

"我家里有姨妈，有姑妈，这些重要亲戚路途再遥远，他们都会来。"

曹春月肯定地说："来就来吧，结婚是人生的大事儿，喜庆嘛！人来的多，才叫人气旺。"

刘平安听了曹春月说话的意思，心里高兴，又说："还是要把你亲爸爸请来，这样他才能把你亲自交到我手里啊。"

曹春月开玩笑地说："你的讲究还蛮多哩。不过请不请爸爸来，回家要和妈妈商量，得听她的意见才行。"

俩人说话间，又走回到黄伯伯看下象棋的地方。俩人停下脚步，站在黄伯伯身后，春月妈妈看到了问："回来咧？"春月和平安笑嘻嘻地回答一声："妈妈，阿姨，回来了。"曹春月吩咐刘平安说："平安，你来照看黄伯伯，让妈妈坐在旁边长条石凳上歇歇腿。"

曹春月陪妈妈坐在一起，靠近妈妈的肩膀，搂着妈妈的脖子，亲密无间，有点撒娇。她跟妈妈说："我和刘平安商量好了，婚礼定在农历十月初八，是个星期六，举办一场隆重的结婚仪式。平安说了，他们家的亲戚朋友由他爸爸负责通知。咱们家，也要通知爸爸来参加，不知妈妈是否同意爸爸来参加女儿的婚礼？"

春月妈妈对于春月说的这件事，根本就没有思想准备，脑子里一片空白。她也不知人家城里人给儿子娶媳妇是啥礼节。农村人嫁女儿这天爸爸妈妈都不去送亲。她就问春月，"城里人娶媳妇，女方家里爸爸妈妈还都要参加婚礼？"

曹春月回答："对呀，我结婚那天，爸爸妈妈都必须参加。"

喻珠珠来城里两年多了，生活过得很随意，好多事情抛弃了过去农村那一套。农村的那些套套样样，或者叫陈规旧俗她学习接受的也不多，她就愿意听春月的安排，按春月的意思办，于是就同意让曹黑娃来。没过几分钟又对春月说："你爸来了，吃、住在哪？他要看到妈妈对你黄伯伯照顾得这么周到，他又该犯病了，要二逑，吃醋，心里不舒服咋办？这样吧，春月，请不请你爸来，这件事让妈妈考虑好再说，行不行？"

曹春月和妈妈还没有把话说完，刘平安就喊曹春月过来，说这些老人下象棋快要结束了，黄伯伯看得兴趣正浓。天色已经慢慢擦黑，社区大院里路灯亮了，但还被白昼包围着，显示不出它们的本来面目。周围看下棋的几位老人都回家了，两位对垒"厮杀"的棋手，也收了棋盘准备散伙。黄伯伯还恋恋不舍，目不转睛地注视着两位棋手，点头表示谢意！人家走时跟黄伯伯摇手告别。

刘平安和曹春月推着黄伯伯向家里走了两步，黄教授右手指向前方，言语又不清楚地表达，意思是去学院专家教授餐厅去吃饭。

这句话黄教授说得十分困难，但春月、平安和妈妈都听得十分明白。春月问平安，那里的环境怎么样？平安说那个餐厅里边还设有外教餐厅，环境优雅，饭菜中西结合，什么食品一应俱全，曹春月满意地点点头表示同意。

刘平安就说："阿姨！咱们就去外教餐厅吃饭。"

第三十二章

刘平安和曹春月举行结婚典礼那天，到底请不请春月的爸爸来参加，他们俩的意见是：应该请，应该让爸爸来参加。说一千道一万，爸爸总归还是亲爸爸。曹春月还记着在爸爸和妈妈打架后，妈妈出走那一年时间里，全靠爸爸一人照管着她们姐妹四个人。那时候她们年龄都小，爸爸每天做饭，洗衣服，还要种地，供她们上学。让她记忆最深刻的是爸爸经常在夜里和妈妈打架，想起这件事她最恨爸爸。可时间过去这么多年，她现在就要结婚了，怎么对爸爸一点儿也恨不起来，有时候还想念爸爸。她想：就按妈妈说的，明天和平安回家看望爸爸，跟他打个招呼说一声，让他知道这件事就行了。

刘平安驾驶着小轿车出了高速路口，在春月指挥下向柿子树村驶去。农村的公路虽然被硬化，但还是只有一辙宽的水泥路面，小轿车正在前进，迎面开来了一辆农用车。你瞧那开农用车的师傅，双手紧紧握着方向盘，屁股还是没坐实，上蹿下跳，七上八下，颠簸得像是坐在针尖上。农用车师傅从上路以来，就不管什么叫会车，只顾自己，不管对方，村民都叫他路霸。

刘平安见迎面驶来了农用车，那车开得极为疯狂，在凸凹不平的大路上，不但不减速慢行，反而把高音喇叭按得嘟嘟直叫，吓得刘平安来了个急刹车，停靠在路边，让农用车先行，谨慎驾驶，防止意外事故发生。农用车司机把车停在路当中，突然从车上跳下来，堵在刘平安小轿车风挡玻璃前，双腿八字迈开，双臂插腰如弓，双眼瞪得溜溜圆，大发雷霆，高声野气地吼着："会不会开车，挡往我的去路，如果少跑一趟车，少拉一车沙子，让你吃不了兜着走。"

刘平安在车内对春月说："路是大家的路，又不是他家的路，还有这么蛮横不讲理的人？什么叫兜着走？"春月回答说，"你挡了他的道，影响了拉货，意思就是要给他赔钱。"刘平安说，"还有这么霸道的人？"他下车和此人去辩理。春月忙拦住，提醒道："你不要下车，这是农村，不是城市，到了什么地方说什么话。你在车上老老实实坐着，这事儿我来处理。"

曹春月下车，走过去，站在农用车司机对面，先打量了一番。透过茶色眼镜认出这是她小时候一块儿上学的胡二愣。她没动声色，故意先声夺人，问："你会不会开车？你看你开的车，摆在大路中间，速度这么快，差点儿酿出人命大案。出了车祸，摔伤自己，撞上了别人，是犯法的，是要受到法律制裁的，你懂不懂交通规则？"就这几句话，问得农用车司机哑口无言，不知道怎么答复。

农用车司机见了美女训话，理屈词穷，无话可说。正在尴尬为难之际，他认出来了，这不是曹春月吗？是他小时候同村同班的老同学，这下把人的脸丢尽咧。他这样大喊大叫咋收场，干脆来个金蝉脱壳，车暂时撂到路边，二话不说，撒腿就跑，跑出了不足五米远，曹春月急着大声喊："胡二愣，老同学，别跑啊，快回来，快回来。"

胡二愣向前跑了十几步，听到春月喊他老同学，就停了下来，想到汽车钥匙还在车上插着，他跑掉了，车如果让别人开走就麻烦了。他又返回来瞅着曹春月憨笑，说声对不起老同学，刚才的误会……都怪他……

曹春月笑笑说："你还是那个暴脾气，一点儿亏都不吃。"

胡二愣忙改口说："是春月回来了，能见到老同学真是难得，今天……"

曹春月聪明灵活，就说："今天你有事，不用解释，我都能猜出来。你先去办事吧，回头再叙。"

胡二愣油嘴滑舌，如鱼得水，听了老同学曹春月的几句客套话，就顺势卖关子说："回来了多住两天，我把这趟事应付完了就去找你，请你吃饭，多年不见了，咱们好好聊聊，你看行不？"说完话，胡二愣转身上了他的农用车，摆个手势就把车开走了。

　　曹春月领着刘平安，到她小时候常去的地方看。她指着不远处一池清澈见底的大水塘，说过去叫涝池。刘平安不解地问："啥叫涝池？涝池是干啥哩？"

　　涝池，一般地处村子里村前或村后地势较低之处。西北黄土高原上，涝池是祖祖辈辈农村人生存的智慧结晶，涝池能很好地利用雨水资源，把天上下的雨水收集起来，平时供村里人洗菜，牲畜饮水，天干旱了还可以用来灌溉。更让人喜欢的是到了夏收大忙季节，人们在田间劳动，太阳晒得人汗流浃背，男人们脱了外衣，跳进涝池里能痛痛快快洗澡游泳，享受清凉所带来的快乐！

　　记得那年夏天，学校放学了，五六名小学生偷偷跳进涝池里去游泳，时候长了，力气不足，一个小学生沉下去淹死了。发生了死亡事件以后，村子里就把涝池管理起来，不允许小学生下涝池里游泳。

　　改革开放后，村子里把涝池承包给个体户，改造成养鱼塘。鱼塘四周围着一米多高的护栏铁丝网。这是主人为了防止其他人进入鱼塘而设置的一道屏障。现在主人在鱼塘边办起了农家乐鱼屋，供游客垂钓游玩。刘平安就喜欢钓鱼，在农家乐鱼屋租了钓鱼器具开始钓鱼。春月坐在涝池旁边看刘平安钓鱼，钓鱼是一种休闲娱乐活动，可以修身养性，还可以锻炼自己的耐心。

　　曹春月看钓鱼，半个多小时过去了，还不见鱼儿上钩，她就忍不住了，站起来在鱼塘周围走走看看。她走进鱼塘旁边的农家乐鱼屋，屋子内设豪华，装有立式空调，枣红色的八仙转动大圆桌，一排排红木椅子，上边套着大红颜色外罩，显得喜庆吉祥。曹春月坐下来休息，老板娘看到客人落座，手提黄铜色长嘴悬壶，问声美女好！随即摆好蓝色盖碗茶杯，打开盖后，技术娴熟，身段自然，旋转九十度，单手把茶壶高高举起，壶身高于头，举在头的后边，茶壶嘴相距盖碗茶杯足有五六十厘米。一股清香舒心的迎客茶，不偏不倚咕咕咚咚流入茶碗里。老板娘喜言悦色，说着四川方言："女士请用茶。"曹春月会意地点点头，说声："谢谢！"

两个小时过去了，刘平安钓鱼只钓到了两条小鱼苗，当场就放生了。他收起鱼竿走进农家乐鱼屋，老板娘用同样的表演技巧给刘平安倒满一碗茶水，刘平安喝了两口，很抱歉地对春月说，"今天运气不佳，两个小时算是白白浪费了。最遗憾的是你没有吃上我钓到的新鲜活鱼，干脆就在农家乐鱼屋里烹饪一条中华鲟鱼咋样？"曹春月轻轻地说："我想吃你亲手垂钓的活鱼，那才有情趣。既然没有钓到，那就不吃了呗。"

曹春月随便说了几句，刘平安还信以为真，心里感觉抱歉，实在不好意思，羞羞答答，正拿起鱼竿去二次垂钓，并发誓无论如何都也要钓回一条鱼来。

曹春月看刘平安有如此大的决心，就立马劝阻说："你就别再浪费时间了，人家不过是开个玩笑，何必当真。"

曹春月从包里拿钱准备结账。

老板娘热情大方，畅快地说："开啥子玩笑，茶水是免费的。"

刘平安在春月指挥下进了村口继续往前开，拐过十字路口，向右转弯直走，里边倒数第二家就是春月家的老宅子。春月指挥刘平安把车停靠在她家门前，俩人下车，春月伸手从双肩背包里找到钥匙开门。家里因长期没有人住，大铁锁时间长了，风吹雨淋，锈迹斑斑，钥匙插在里面，根本打不开。

刘平安说他来开，接过钥匙，还是打不开，感慨道："铁将军责任心特强，主人回来都打不开，小偷来了更是没办法。"

曹春月接上话茬，说道："别耍嘴皮子，自己打不开，还开玩笑。"俩人说话间，曹黑娃领着三岁的儿子走过来，看到有人开门，一眼认出是春月，他就叫一声春月！春月闻声转过身来见是爸爸，惊喜地叫声："爸爸！"

曹黑娃一手拉着儿子，一瞬间愣愣地望着春月，眼睛里闪烁着激动的泪花，两腮胡子拉碴的，显得格外憔悴，说话的声音没有了底气，只是喃喃地、断断续续地说："春月，你回来了，吃饭了没有？"

春月看到眼前的爸爸，忍不住心里一阵酸楚。心说爸爸老了，爸爸是真的老了。离开家就五年光景，爸爸咋就变得体弱年迈？她想着爸爸一个人过日子也是受了许多苦。春月擦去眼角里的滴滴泪水，给爸爸介绍刘平安。

刘平安早有思想准备，恭敬地叫声："叔叔好！"

曹黑娃想到春月从省城回来还没有吃饭，就让春月去她二奶奶家吃饭。这顿饭不吃还好，吃了这顿饭，春月像是吃了一只绿头苍蝇，心里翻江倒海，阵阵剧痛，感觉特别难受，特别不舒服，真的想要呕吐。春月再也坐不住了，大喊一声，让刘平安开车带她离开这地方。刘平安不知其中何故，猜不透春月突然情绪失控，是因为什么事情，他想问个究竟，弄个明白。为什么在爸爸家吃了这顿饭就吃出问题来？刘平安踌躇不定、惊慌不安之时，春月又疯了似的说："刘平安听到了没有？让你开车，我要回家，你还愣着干啥？"刘平安不敢怠慢，急急上车准备离开时，春月爸爸站在小轿车风挡玻璃前拦住去路，说什么也不让春月走。就这样僵持了两个多小时，村子里看热闹的叔叔、大娘、小学生渐渐多了。

春月坐在车厢内，看热闹的人群把小轿车围个水泄不通，他们根本走不出村口。刘平安在车内问春月到底发生了什么事情，春月能不能自己冷静下来，压住心里的火，主动向大叔、大娘问声好，道个别，也好上路。

曹春月听平安说得有道理，不能不分青红皂白，稀里糊涂开车就走。如果这样不明不白地走了，村子里大叔大娘就会批评她没有教养，不懂文明，不懂礼貌。于是曹春月从车上下来，向大叔大娘打招呼问好。大娘们即刻围上来，拉着春月的手问春月，"你妈妈进城可好？对城里生活习惯不？每天干什么？打工挣钱不？每月能挣多少钱？"

曹春月就这样在热情洋溢的问候声中，情绪慢慢地缓和了。现在看到的是柿子树村里的大叔大娘对她的热爱，他们也关心她妈妈在城里的生活状况。这是一份情感，是乡村老人对城里人生活的一种向往。她心有灵犀，原来打算去农村走一走，看一看，今天回家来，正好是一次机会，她要亲自和农村留守的空巢老人多接触、多交流，多了解他们的疾苦，来充实她目前打算写的关于农村"三农"问题的新闻报道。

曹黑娃从家里拿来几年前剩余的半瓶煤油，灌入锁芯里，停了大约一分钟，锁子被打开了。

曹黑娃领着春月和平安站在空旷的院子里，满院荒草高过膝盖，凄凄惶惶，冷冷清清，死一般寂静。两幢土木结构大瓦房的屋顶上，长满了瓦松草。春月指着屋顶上的瓦松草问平安，"你知道屋顶上的草叫什么草吗？"

刘平安顺着春月手指的方向，向屋顶上望去，瓦松草长得很有秩序，从上到下排列得整齐有序，很是奇怪，很是少见，他说："没见过，你不介绍我都不知道瓦上还会长草。"

曹春月深有体会地给刘平安讲述，记得小时候肚子饿了，家里什么吃的都没有，爸爸就搬来梯子爬上房顶，揪一把瓦松草给她吃，瓦松草吃起来酸酸的，后来农村人就叫它酸溜溜。

曹春月爸爸从老磨房里拿一把铁锹，把房门前的杂草铲干净，又架起水桶去挑水。用那把扫炕笤帚把屋子里卫生打扫一遍，又去磨房里抱些包谷秆过来，把炕烧一烧。刘平安小声问春月："现在还是农历的九月初，你爸咋还烧火炕？到晚上热得很，叫人咋睡觉？"

曹春月正儿八经地说："你不懂吧，这老屋子常年无人居住，客人第一次来农村，睡土炕怕受寒，染上了寒气就会腰疼，烧炕还不是为了你好，懂不，傻瓜？"

夜里春月在和爸爸交谈。爸爸说："一万块钱，我不要。你也不能用一万块钱把你和爸爸的父女感情买断。钱我是绝对不要，你的婚礼爸一定要参加。"

曹春月反复强调："你是我爸爸，谁都不能否认。但是妈妈和你离了婚，从法律上讲，你和妈妈没有什么关系，就是朋友关系。到了城里，住哪儿，吃哪儿？"

曹黑娃这时候特别有主意，说住有旅社，吃有饭馆，只要冻不着，饿不死，还怕什么哩？他自己又有钱，无论如何都要参加春月的婚礼。

曹春月和爸爸几经交谈，都没有充分的理由劝阻爸爸。女儿总归还是女儿，她也不能过分难为爸爸。她就引导爸爸，让爸爸在结婚典礼上，不要胡言乱语，说些不文明的话，更不能开口伤害妈妈。

曹黑娃见春月提出了条件来约束他，他答应女儿的要求并表示："爸爸是过来人，城里和农村的环境不一样，我一定要为你争光争气，绝对不能要二迷。春月，只要你答应让爸爸去，爸爸一切都听你安排。"

第二天吃早饭的时候，春月的二奶奶也做好了准备。她对春月说："春月，你是曹家大孙女，结婚出嫁，我不是外人，是曹家的长辈。如果你不回家告诉你爸爸，我们都不知道，事情就过去了。今天，你是专门回家来接你爸爸，我这位当奶奶的知道了，怎么能不去参加大孙女的婚礼呢？如果我不去，我的这张老脸往哪搁？村里人怎么看我？那奶奶还咋做人哩。还有，前些年，你妈妈在家里拉扯你们姐妹四人很不容易，遇到了困难，奶奶就帮一把。奶奶从内心一直偏向着你妈妈，无话不谈，村子里邻居都说当二妈的比亲婆婆还要亲。春月，你能不让奶奶去吗？"

曹春月赶紧说："奶奶，没有人说不让你去，妈妈还常常念叨你哩，妈妈还叮咛说，一定要把你接来。"

第三十三章

农历十月初八，正好是阳历十一月八号，这个吉祥的日子每隔十九年一次。刘平安和曹春月约定在这一天举行婚礼，他们提前三个月订酒席，费了一番周折，订的不是五星级酒店，而是仅比三星级酒店好一点的酒店。

刘平安和曹春月开车把她爸爸曹黑娃和二奶奶接来城里。一路上，想到能去城里参加春月的婚礼，爸爸、二奶奶特别高兴。二奶奶高兴地说她一辈子就没有出过远门，去省城里是第一次，坐小轿车是第一次，看到高楼大厦也是第一次。

曹黑娃好像什么都懂，当小轿车驶进城里，他就骄傲地夸夸其谈，给他二妈介绍说："条条马路一样宽，一样平；电线杆子一样高；电灯一样亮；男人、女人一样多；公共汽车一样长。一个人千万不要出门胡溜达，出了门就找不到回家的门，东南西北你都辨不清。"

二奶奶听黑娃说这些话，就有些胆怯，自言自语说，过去听大人说农村人进了城，就是个睁眼瞎，看来这话还真不假。如果她要出门上街，就得让珠珠陪着她去逛，回家肯定能找到门。二奶奶倒是很聪明，说出几句话来，让刘平安感到，别看二奶奶是农村人，经常不出门，还是有自己的主意的。

曹春月坐在副驾驶位置上，不时地回过头问二奶奶坐车累不累，马上就到家了。

二奶奶一辈子说话直来直去，心里有啥想法，嘴上就说啥话，从不隐瞒自己的想法。她说路太远了，坐四个小时的车，腰酸酸的，说完之后又自嘲说，一辈子没进过城，这还是第一次，都怪自己是个"街溜子"。

刘平安好奇地问："奶奶，街溜子是个啥？"

曹黑娃抢先说，农村人闲了，没事干，爱去街道里逛商店，腰里又没有钱，什么都不买，瞎转，胡转，没有目标地转，农村人把这种人叫作"街溜子"。新中国成立前，凡是有"街溜子"绰号的人，头上戴顶喇叭帽，穿件满襟大棉袄，不扣衣服扣子，用一根草绳在腰里缠一圈，两手交叉在一起，没事了就到处瞎转悠，转累了就躲在麦草垛里睡大觉，谁见了都烦，"街溜子"头发乱糟糟的，头上还长虱子，就像沿街乞讨的"叫花子"。曹春月和刘平安听爸爸讲过去"街溜子"的生活习惯，两人全身都打个寒战，麻酥酥地起了鸡皮疙瘩。曹春月劝爸爸别说了，说得人吃晚饭都没了食欲。

曹黑娃急忙改口，说，不说了，不说了。然后，他又转个话茬，让春月给自己找个便宜的旅社，能睡觉就行了。

曹春月问爸爸："为什么？"

曹黑娃说："爸是农村人，土里土气，又是黄土高原上的茄子色，身上泥土味浓，熏得你们年轻人恶心。"

曹春月故意逗爸爸："嗯，是难闻。在家里给你一万块钱的安慰金，不让你来，你非要来，来咧，没有地方住。当个'叫花子'睡到大街上，钱也没了，不又吃亏了？反正进城了你住哪里我才不管。爸呀，城里压根儿没有旅社，现在都叫大酒店。"

曹黑娃在女儿面前也不见外，就顺水推舟说："那我就住大酒店。"

到了夜里，喻珠珠提前安顿好黄教授，自己带着二妈去卫生间洗澡，刚说要洗澡，二妈就不好意思了。多年来她和老头子一起生活，每天只知道吃喝，天黑了爬上炕倒头就睡，天亮了，起床后也不洗脸就扛着锄头下地干活，最多半年才洗一次脚。喻珠珠在卫生间细心地调着水温，二妈说水太凉，凉得她直打哆嗦。喻珠珠再按加温键，水温又上了五十一度，二妈又说太热，热得脸也红，皮肤也红，一时间热得要晕倒了。她二妈看珠珠这么热情款待她，怪不好意思地笑着说："珠珠，你说二妈难侍候不？水热了也不行，凉了也不行，农村人从来不习惯洗澡，洗回澡毛病还不少。"

喻珠珠对她二妈一片真心实意，很是开朗地说："这算啥毛病，咱们都是一家人，有啥心里话就说，谁还管述那么多的事。二妈，你来了多住几天，多洗几次澡就习惯了。"她二妈泡得全身发热，已是满头大汗。喻珠珠又给她二妈搓了个澡。当搓到脊背部位时，喻珠珠用搓澡巾上下一推一拉，轻轻一搓，一卷卷的污垢，像是一张黑牛皮纸，揭了一层又一层，落到卫生间的白色瓷地板上，足有一铜钱厚。喻珠珠扶她二妈转回身体，说："二妈，你看这是啥？"她二妈惊讶地问："哪来这么多黑虫子？黑压压一大片。"

喻珠珠就笑，在笑声中又想起在家里，不管发生了什么事情，遇到了什么困难，她都去找二妈问，让她出点子解决问题。最后这次和曹黑娃离婚，二妈的点子就出对了，不然咋能走到今天。

洗完澡，喻珠珠搬来一把椅子，让二妈全裸着坐在大玻璃镜子前，她和理发师美容师一样，右手拿梳子，左手拿吹风机，在她二妈头上拨弄着，三五分钟，头发就被烘干了。这时候，她二妈对着镜子偷笑，内心不知是赞美，还是害羞，自己的身体自己从来不知道是个啥样子，今天看到了，实实在在看到了。珠珠拿来一件花衣服让二妈穿上，再把那条带子在腰间轻轻一绑，说："二妈，站起来对着镜子看看，左侧身一看，右侧身一看，向前走几步。漂亮不？"

她二妈高兴地张大嘴巴，连连问珠珠："你给我穿的是件啥衣服？穿上就像秦腔戏里的美女宫娥。"

喻珠珠也不会夸张，只是小声对二妈说："这是睡衣，专门为您准备的。"珠珠让二妈和她同睡在一张双人床上，她拿来一张粉白纸，眼睛的位置上有两个窟窿，珠珠把这张纸贴在她二妈脸上，说是睡觉前要做个面膜，给脸上补充水分，这样脸就会保湿，显得更加年轻。

她二妈倒头睡在床上，开始还说了几句家常话，没过几分钟，就累得呼呼睡着了。时间过去了大约三十分钟，喻珠珠抬头看墙上的大闹钟，已是夜里十二点四十，她轻轻从二妈脸上揭下那张纸，用毛巾轻轻擦拭后，关了灯，进入梦乡。

第二天，曹春月、刘平安带着秋菊、冬梅，还有爸爸和二奶奶去城里的服装专卖店，为爸爸买套高档西服，还配了一条紫红色的高级领带，买了一双二百八十元的牛皮鞋，为奶奶买了一身参加婚礼的新衣服，为秋菊、冬梅各买了青年人喜欢的休闲装。时间很快到了农历十月初八那天，爸爸推着黄教授兴高采烈地向皇冠大酒店走去。不一会儿，人都到齐了，曹春月家包括黄教授在内，坐满一桌子，刘平安的爸妈还有姑姑姨妈家，连同小孩分别坐了两桌子。这个婚礼，就是两家人坐在一起祝贺刘平安和曹春月，没有聘请男女双方单位的同事和朋友。这是因为刘平安现在是学院里的中层干部，还是低调、经济、实惠的婚礼方式好。

小宴会厅布置得简单朴素，婚庆公司带着提前制做的光盘，演奏着《今天是个好日子》的乐曲，两家人高高兴兴，入席上座。婚庆公司的主持人演绎拿手的老一套，只是当着亲人的面，减少了带有民俗风味的不雅词语，增加了两个家庭相互交流的热闹场景。刘平安和曹春月的这场婚礼热闹、喜庆、圆满。

简单而有情趣的婚宴结束后，刘平安携同春月送走父母和亲戚，曹秋菊和冬梅陪妈妈照顾着黄教授回家去，曹黑娃趴在大圆餐桌上不停息地打嗝。曹黑娃他二妈一时间没了主意，要走走不了，留着还得照顾曹黑娃。春月问奶奶，爸爸是不是酒喝多了？奶奶就说是酒喝多了。春月摇摇爸爸的胳膊，爸爸哼哼着说是嘴巴疼，不是酒喝多了。春月再次问爸爸，"不管是啥疼，什么地方不舒服，你打起精神来，把话说清楚。"

曹黑娃难为情地抬起头，张大嘴巴让春月看，嘴里什么都没有，是不是喉咙疼？站在旁边的刘平安对春月说："爸爸一定是吃鱼的时候，不小心喉咙里扎上鱼刺了。"

刘平安和曹春月带爸爸去医院，奶奶紧随其后，在医院挂急诊号，让医生检查，医生用窥视镜一照，果不其然在电脑屏幕上显示，爸爸的喉咙里有一根小鱼刺横斜着。医生给爸爸取鱼刺，检查费、手术费、化验费、护理费、药费共计人民币三千零八十七元钱。事后，二奶奶一直抱怨曹黑娃，说："不让你来省城，你非要来，吃饭不讲究，胡吃胡喝，一点儿不文明。吃鱼不会吐刺，就像吃大肉，狼吞虎咽，扎个鱼刺，看病花了娃这么多钱，一点儿不心疼。"

曹黑娃被他二妈批评得心里像是吃了麦芒，扎得疼。他双手抱着头蹲在地上一句话都不说，其实他心里也是难过之极，怨恨在心，自认他咋这么倒霉，不好的事情都发生在他身上，恨不得找个老鼠窟窿钻进去，躲上三天三夜。他气急败坏地对他二妈喊："回家，回家，赶紧回家，城里就不是人待的地方，喝口凉水都塞牙，吃口饭都吃出毛病来。"

下午，喻珠珠拦住她二妈，强行留下她多住两天。盛情难却，她二妈答应只能住一晚，俩人亲热地睡在一条被窝里，她二妈话匣子一打开，就惦记着家里只留芍药花一人，带着个儿子，家里还有五头猪，肯定是忙，一个人顾不过来。黑娃这人在家里啥心都不操，什么家务活都不干，每天抱着儿子，只知道爱儿子，一切全靠芍药花打点料理。

喻珠珠听二妈说着，家家都有一本难念的经，只是简单地抱怨了几句，哀声叹气地说，曹黑娃这人差劲，兔子都不吃窝边草，他咋能干出这伤天害理的事情来。

她二妈无可奈何地说，"这都是没有办法的办法呀，也不能全怪黑娃。曹黑文出门打工三年没有回家，一封书信都没有。一天，县公安局找上门来，说曹黑文死在监狱里。你二大问犯的是啥王法，公安局说是帮助别人卖毒品，被抓起来，还没有判刑，关到监狱里正在候审，和人打架，被人打死了。

"芍药花知道了，立马提出要另嫁人，如果不让嫁人，她就把别的男人领回家。后来被支书安排去搞山川秀美工作，就和黑娃厮混在一起，生个儿子，全村人把这件事摇了铃，有人说是好事，有人还看热闹，看笑话，气得你二大也过世了。

"珠珠，你说咋办？家里每天就留二妈一人，常常做噩梦，害怕、寂寞，也难受。后来细想，没了黑文，曹家一辈子断了香火，没有了后代。人常说：'肉烂了在锅里。'二妈也就想通了，芍药花和黑娃生儿子了，生米已经做成熟饭，反正都是曹家后代，二妈也只好认了，就当做是亲孙子。在过去，曹家本来是两门人，生活里熬过来，熬过去，又熬成一门人。这就叫天有不测风云，人有旦夕祸福，事情都摊到咱们曹家人头上来了。"

喻珠珠看到二妈边说边流泪，也勾起她的心酸回忆，眼泪无声地流了出来。她从床头柜子上抽几张纸给二妈擦拭眼泪，也抽几张纸把自己的眼泪擦拭干净，对二妈说："事到如今也只好这样。其实，你说的黑娃和芍药花的事，跟我也没有什么关系，我和黑娃也离婚多年，而且已经和黄教授办理了结婚证，是非曲直也没有必要计较，过去就算过去了。"

喻珠珠她二妈关心地说："那你还年轻，黄教授病成这样子，还是你吃亏。"

喻珠珠和黄教授生活在一起，思想观念早已发生了变化，看问题的角度不一样了。她说，相处好了，不存在吃亏一说，黄教授特别爱她，处处体贴她，事事关心她，今生今世，飞机也坐了，火车也坐了，好吃的她也吃过了，脖子上带金链子，手上带红宝石金戒指，还有金手镯，加在一起花了一万多块钱。如果不是二妈出点子让离婚，现在还不是在农村窝着？离婚了，春月把她娘仁都带出来，融入到城市里，城市就是比农村好。

曹黑娃花了春月那么多钱，心里过意不去。春月让他再多住几天，他感到把人丢尽了，乡下人连鱼都不会吃，太粗心大意，咋能不吐刺？像吃大肉似的，真是个乡巴佬。他千不该万不该，花了春月那么多钱，内心一直愧疚，说什么都住不下去，第二天就和他二妈回老家了。

回到家里后，曹黑娃刚踏进门，倒头就睡在炕上，心里乐滋滋儿的，深深感到这次去参加春月的婚礼，大开眼界。农村和城市比，农村的生活条件差得太远了，两重天，两条路，两种不同的生活方式。

他还在想着什么，吸烟，看电视，不停地调着频道。其实他不是在看电视，好像有什么心事。芍药花连叫黑娃三声，让过来帮个忙，黑娃根本就没有听到，还气冲冲地嚷嚷着骂道："眼睛瞎着哩，人刚回来，坐车累得像狗熊，刚睡到炕上休息，你就呱喊，有什么事，自己弄去，别在这儿烦人。"

芍药花不急不躁，走过来坐在炕沿上，伸手从曹黑娃嘴巴上把烟夺过来，扔到地下，跳下炕用脚狠狠地踩，说道："让你吸，吸个怂。出门才几天，见到喻珠珠那野货，看人家现在住到城里，吃的好茶饭，穿的好衣服。你个瞎怂，眼红了是不是？既然想人家了，还回来干什么？"

曹黑娃被芍药花莫名其妙地臭骂了一顿，他还确实胡思乱想过，说没有这件事，可回到家里怎么心神不定，心总是收不住，看到芍药花心里就烦躁。

不一会儿，天就黑了。他二妈把儿子送过来，招呼芍药花说："俩人还争啥哩，快带着孩子睡觉，坐了一天车，让黑娃好好睡觉。"

芍药花其实也是瞎猜，就是想让曹黑娃在她面前表现好一点。农村人有个习惯，芍药花想着婆婆和黑娃去了一趟省城，回来能给她带件衣服什么的，俩人都是空着手回来，她就生气了，故意跟曹黑娃较劲。

曹黑娃见芍药花带儿子睡觉了，他伸手关灭电灯，心想芍药花还真的吃醋了。他睡到芍药花身边说："别想不开，我和妈去了趟省城，春月安排我住在酒店里，只有二妈和喻珠珠住在一块儿。人家喻珠珠和黄教授办了结婚证，喻珠珠现在是有家室的人。另外，到了人家屋里，就要守规矩，我和喻珠珠连三句话都没有说，不信你去问你婆婆。"

芍药花回敬曹黑娃两句话，"别身在福中不知福，不要吃着碗里，双眼还看着锅里。现在有你一口饭吃，还给你生个儿子，你就知足吧。"

第三十四章

刘平安和曹春月结婚已经五天了。

黄教授住进医院，抢救无效离开了人世。喻珠珠、刘平安、曹春月三个人的心情从大喜大悦中，突然转到大悲大伤中。这是摆在眼前活生生的一幕悲惨情景，是一件无法抗拒的事实。喻珠珠以泪洗面，刘平安泪流悲伤，只有曹春月在悲伤中仍有理性。她劝妈妈说："黄伯伯走了，走得是那么安详，走得是那么无悔无怨，走得是那么顺其自然。黄伯伯走了，再也不受罪了，到了天堂里，还是那么幸福快乐。"

这件事已经发生了，沉重的担子，压在喻珠珠的肩膀上。这是她一生中第一次遇到这么伤心悲哀的事，她感到束手无策，情绪低落，她不知道该做些什么。一生中处理这件事还是第一次，这一次她是以黄教授遗孀的身份出现的。刘平安协同学院退休办的负责人征求喻珠珠的意见。她想了想，应该按照家乡的风俗习惯来办理后事。刘平安和曹春月刚刚举办了婚礼，突然遇到黄伯伯逝世，最好不要穿白挂孝，不要守丧。这些都会冲撞了刘家的脉气，影响他们二人的前途。

春月当然听妈妈的话，刘平安则很为难，嘴上答应妈妈的话，到了具体问题和具体工作上，刘平安还要跑前跑后忙个不停。学院退休办的同志拨通了远在美国定居的黄半的电话号码，正式通知黄半回来奔丧。

黄教授远在美国的儿子，小名叫豆豆，大名叫黄半，这个半是在出国前办理护照的时候改的名字。

黄豆豆不满一岁被抱过来时，黄教授就天天高兴地逢人就讲，他有儿子了，有了革命的接班人。这句话出自一个年过半百的人，老年得子是最高兴的事，青年丧妻是最悲痛的事。这两件事是悲喜交加，他都遇到了。当然他还是喜欢儿子，爱儿子，有了儿子，就有了希望。他每天想着、推敲着，细心在词典上查阅着。不管是男娃还是女娃，生在这个世界上，不仅是父母的造物，还是落在土里的一颗种子，有了生命，就会生根发芽，开花结果，很有希望，故而取名豆豆。从小叫到大，这个名字一直延用至出国前。

黄半在电话里听到父亲去世的消息，当场就泣不成声，悲痛欲绝，表示深切哀悼。说他要回国吊唁，只是签证手续暂时还办不下来，什么时候能办好，能拿到签证，现在还说不清楚。请不要耽误家里处理爸爸的后事。他的建议是按学院退休办的意见处理后续事宜。

就在黄半晚回家的一个月时间里，刘平安和春月每晚都得回家陪伴妈妈，和妈妈说话、聊天，安慰妈妈那痛苦的心。说话中追忆起黄教授这段时间的生活状态，妈妈亲眼见证了黄教授那天坐在餐桌前，红光满面，神采奕奕。服务员只看到他坐在轮椅上，并不知道他有什么综合征，就按正常人热情对待，倒满一杯白酒，又倒了半杯红酒。喻珠珠赶紧拦住说："他有病，不能喝酒。"黄教授听到这句话，心里很不高兴，脸上立马露出不满意的情绪，只是可怜巴巴地有口说不出话来。他挣扎着伸手把倒满酒的杯子往他面前挪了挪，用行动来表示他能喝酒。这是喜酒，为什么不让他喝？他一定得喝。

曹黑娃看得明白，坐在那里像个领导似的说："今天是个特殊的日子，黄教授想喝就让他喝几口，如果不让他喝，过了这个村，就没这个店。让服务员把这杯酒倒满，放在他面前，就算不喝，他看着心里也高兴。"

黄教授听了春月爸爸说的这几句话，打心眼里高兴，说到他心坎里去了。一时间再看他那张脸，简直就是一张晴雨表，像个小孩子似的，只是一个劲儿地笑，笑得前仰后合。

事情说来也是奇怪，别人来给他敬酒，他端起酒杯，摇摇晃晃，抖抖颤颤，杯子还没有挨到嘴边，伸出舌头，只是舔了个味道，就把酒洒完了。

曹黑娃叫声："老哥，你有病，量力而行，能喝多少就喝多少，不要喝醉，不要喝过量了，不要喝出问题来。"黄教授听了这几句话，他就微笑着，点点头，头点得那么僵硬，但表情很是乐观，伸出拇指夸赞春月的爸爸是个好人。

就在黄教授逝世前的最后三天时间里，他一直坐在沙发上，实际上是半坐半躺着。喻珠珠无时不刻都在观察着、警惕着、关心着，随时都要轻声地叫几句老黄，老黄。

黄教授闭着双眼，一句话也不说。只是嘴唇稍微颤动，喻珠珠把自己的耳朵贴在黄教授嘴巴前，听黄教授最后还要说些什么话，一连三天都这样反复多次。可是，黄教授一句话都没有说，好像是呼吸道里有痰，呼哧呼哧作响，但又不咳嗽，嘴巴张得很大，只有急促的吸气声，没有放出来的出气声，喻珠珠估计，老黄熬不过后半夜了。

喻珠珠还按照农村的习惯，提前把准备好的寿衣、寿帽和鞋子从柜子里拿出来，一件件给黄教授穿好，最后把红布条绳子拿来的时候，黄教授突然醒了，问："珠珠，我刚才走到一座小桥上，那个地方好清静，桥对面站的那个人还向我招手哩。我仔细看了看，那人和其他人怎么长相不一样，红脸面、红眼晴、红头发，还有红胡须，穿着一身红衣服。"

喻珠珠这次听得很请楚，知道这是回光返照。民间传说中记载，昏迷多日的病人突然清醒，与亲人能进行简短交谈，突然想吃东西，这些病情"减轻"的现象，给人一种假象，给人一个错觉，误认为病人可能会转危为安，岂不知这是在向亲人发出最后的诀别信号。

在这样一个紧张的气氛里，喻珠珠及时打电话，让平安和春月快回

344

家来。她在电话里说："你俩快点回来，再看一眼你黄伯伯。"

人算不如天算，老天爷早就安排好了。当刘平安和曹春月同时推门进来的时候，黄教授已经安然地像是睡着了。喻珠珠连声呼叫着老黄，老黄。呼唤中珠珠心里最清楚不过，知道黄教授走了。就这样连连呼唤，声音都变哑了，还是没有留住黄教授。

刘平安见状跪在沙发前呼叫着："黄伯伯，黄伯伯。"黄伯伯还是离开了人间。刘平安虽然姓刘，从小就是黄伯伯看着长大的，他们的关系亲如一家。刘平安一瞬间脑海里浮现出爸爸妈妈去干校的那段日子里，他全靠黄伯伯抚养教育，从起床穿衣服洗脸，上卫生间大小便，黄伯伯都跟前跟后照看着他，总是怕他摔跤跌伤。刘平安此时此刻更是悲痛伤心，恨自己来晚了一步，口口声声还在呼唤着黄伯伯……

一个月的时间过去了，黄半从机场坐大巴回到了家。进门时就呼天呼地，悲痛欲绝，在黄伯伯遗像前哭得死去活来。喻珠珠和刘平安把黄半扶起来，上了香。脸腮上的泪水还在不断线地流着，刘平安抽了湿纸巾递给了黄半。喻珠珠跟黄半叙说他爸爸在晚年的生话里，是怎样度过最后几天的情景时，黄半听了，痛不欲生，悔恨交加。爸爸含辛茹苦，爱护着他，拉扯着他，照顾着他。二十多年的艰难岁月，爸爸一年一年的精心浇水、施肥、培土、修枝、剪枝、哺育，他从一棵小树苗成长为参天大树，顶天立地，成为有用之材。

黄半回忆着爸爸在学校不分黑白昼夜，废寝忘食地工作，给他留下了深刻印象。记得有一天中午，爸爸下课迟迟没有回家，家里没有人做饭。他从子第学校走在回家的路上，盘算着爸爸今天中午做什么好吃的。进到家里还没有放下书包就喊："爸爸，我回来了。"家里静悄悄的，空旷无人，死一般寂静。他去厨房里揭开锅盖一看，什么饭菜都没有，空碟子空碗，冷冷清清。他想到爸爸一定还在自己的办公室工作，自己就拉开写字台抽屉寻找饭票和代金券，粮票仅剩四两，只有两角钱的代金券。他便去学校食堂就餐，到了大餐厅，吃饭的学生廖廖无几，售饭窗口一片狼藉，窗口上残汤残饭撒得随处可见，一不小心就会粘到衣服袖子上。他买来两个馒头，还有一份白菜烩豆腐，装在铝饭盒里，去了爸爸工作的教研室。敲敲门，爸爸没有理会，还是专心致志地低头在写着什么。他走近了，没有惊动爸爸，轻轻地、慢慢地、小心翼翼地把馒头和菜放在爸爸的左手边。这时候爸爸才抬起头来看到，笑笑说："豆豆，你可吓了爸爸一大跳。"

黄半讲了许多爸爸年轻时期的苦难经历。黄教授对他的每一位学生，都是关心备至，非常爱护，倾尽全力把他的知识灌输到每个学生的脑海里，回到家里黄教授鼓励他在学业上立志成才出国深造。当他考取了美国的哈佛大学，爸爸还是没有放任自流，每次在通信中，帮他分析研究东西方的教育方式，告诫并提醒他，要融会贯通。

他毕业后，拿到绿卡，定居美国，平时工作很忙。爸爸让他回家看看，他总是以种种借口推辞，说没有时间回家来看望退休的老爸爸。说起这些话，黄半捶胸顿足，追悔莫及。

刘平安和曹春月从黄半的回忆中，看到了黄半这些年在美国留学没有被西化，只是工作上太痴情陶醉，没有及时回到爸爸身边，这也不能不说是人生最大的遗憾。刘平安和曹春月又同时劝他，现在已经回来了，就不要责备自己了，把心里要说的话全部说出来，一定会得到爸爸的谅解的。

刘平安还告诉黄半，"家里人有时候说话不注意，责怪了你，你也别往心里去。黄伯伯是个重事业的人，他胸怀千里，生活得十分开心，十分愉快，走得也十分安详。"

黄半直截了当，开门见山，不停歇地说：自己总是错误地认为，爸爸在最近几年里身体健康，生活还能自理，他就没有必要去操那么多的心。为自己制定了个所谓的奋斗目标，关起门来搞科研，不攻克科学难关，不拿出成果，不拿到诺贝尔奖，誓不罢休，拿不到就没有颜面见老爸。想到了这些，他很自责歉疚，也更加伤心。

今天回来了，终于回到了自己的家。在中国处处有亲人，不是亲人胜似亲人。当爸爸老了，生活需要人来照顾的时候，能为爸爸尽心尽力的不是他自己，而是珠珠阿姨。

黄半再次跪在爸爸遗像前，双手合十，垂头沉默，低声念诵着什么。后经春月断断续续翻译，大家才知道黄半讲的是《心经》，大意是在祈祷：世界和平，人民安乐，正法久住，灾障消灭，祸患不生，法界有情，同生极乐。

从黄半念诵经文的意思来看，他大有回归之心。

刘平安对曹春月说："豆豆刚才念诵经文，有回归祖国之志，你何不写一篇《游子归》在报刊上发表！"

曹春月立马回答："可以呀。"

刘平安、曹春月、黄半三人通过几天的接触，成为了要好的朋友，他们推心置腹，无话不谈。黄半进一步表明，这次回家主要目的是为爸爸焚香化纸，寄托哀思，以弥补过错，让远走的灵魂在那极乐世界得到安宁。

对于曹春月写什么样的文章，黄半没有提出具体的建议和要求。他对爸爸的一生了解不多，他也没有亲自照顾老人家的后半生，当然就没有发言权。曹春月要写爸爸的故事，她了如指掌一定会写出爸爸和阿姨结婚后的许多动人故事。

黄半回来处理爸爸的后事，一个月时间快要过去了，对于爸爸的遗嘱他恪守孝道，没有提出任何异议，一切遵照爸爸的意见办。不论处置任何事宜，大小权力全部归阿姨所有。阿姨近几年来为爸爸做得太多太多了。他征求阿姨的意见，想叫她一声妈妈。

黄半知书达礼，遵循中华民族的传统美德，双膝跪地，磕了三个响头。春月妈妈对这突如其来的举动，看傻了眼，嘴里只是喃喃地说："不敢当，不敢当！这样不好。"

黄半被刘平安和曹春月扶起来，坐在妈妈身边，一个劲儿地咧嘴笑着说："妈妈你就别客气了，我叫你妈妈，你就是我的亲妈妈。妈妈这个伟大而又崇高的光辉形象，只有你才有资格承担。"说完话，他又伸手从西服兜里掏出一张银行卡，恭恭敬敬地递到妈妈手心里。春月妈妈热泪盈眶，双手推挡说："豆豆，别这样，你亲口叫声妈妈我还没有同意哩，又给个什么银行卡，妈妈怎么担当得起？"

黄半直言快语地说："因为你刚才同意了，那你一定要收下，这是做儿子的一片孝心。"

春月的妈妈更是茫然，她问平安、春月："刚才我同意什么了？"

刘平安和曹春月走到她身边，异口同声地说："妈妈你又犯糊涂了，好好想想，你已经亲口答应了，已经同意豆豆叫你妈妈了。"

第三十五章

曹秋菊在市人才交流中心招聘会上和海洋市人事处签订了合同，她高兴地走出大厅，一眼看到路边小轿车前的柳云峰，她心里一怔，停下脚步，他怎么来了。

　　曹秋菊转回身体正准备逃避，被站在远处的柳云峰看见了，他向她招手，高声喊道："秋菊，秋菊。"

　　这时候，曹秋菊即使有天大的本事，也逃不出柳云峰的现场作秀。柳云峰捧一束鲜花，三步并作两步，上前放大声音说："祝你成功。"

　　招聘会大门外，热闹非凡，人山人海，来来往往，出出进进，人流如大海里的浪涛，翻来滚去，潮起潮落。尽管人头攒动，偶尔传来这种特殊的祝福，四周临近的男男女女，回头率还是蛮高的。人们都会马上把眼神集中过来，齐刷刷用期待的目光看着她们那幸福的一刻。

　　柳云峰当着众人的面单膝跪地，双手捧起鲜花，献在曹秋菊当面。曹秋菊不好拒绝，只好勉强着接受。周围看热闹的同学们用期盼的目光，送来热烈的掌声，还有很多年轻朋友狂热地高声呼喊："祝你们幸福！祝你们成功！"

　　当时这种热烈的气氛，曹秋菊万万没有想到。但她始终保持沉着冷静的态度，没有反对，没有狂躁。她笑嘻嘻地双手接过柳云峰送来的玫瑰花，闻了闻，哇，好香啊！她大大方方地在柳云峰邀请下，跟他上了小轿车。

　　小轿车行了不足二百米，曹秋菊要求柳云峰把小轿车停靠在马路边，她要下车。柳云峰以种种借口推辞说："这里车流量大，有摄像头，不能乱停乱放。乱停车交警过来就要罚款，要扣分。"

接下来他又问曹秋菊："在这里停车，你有啥事吗？"

曹秋菊说："去超市买几个布丁、卡通娃娃，还有……"

柳云峰说："凡是你爱吃的，爱喝的，还有爱玩的，早已买好了，到了新房子，一定让你欢心满意。"

柳云峰为了给曹秋菊一个惊喜，特地在"世博会"附近新苑花园买了一幢小别墅，经过精心设计，精心施工，别墅装饰得跟皇宫里没有什么两样。

曹秋菊缓步来到客厅，一套全新的红木雕刻沙发五组件，前面一张仿古式茶几，桌面宽六十八厘米，桌长一米三五，高四十三厘米，沙发背景墙面是一幅花开富贵图，密林深处有人家，小桥流水，一会儿呈现出蓝天白云、摩天大楼，还有花香鸟语，叽叽喳喳，古弦韵调，好一派现代中式文化，生机盎然，如梦如画。柳云峰看到曹秋菊观赏得仔细，观赏得痴情入迷，骄傲地问："满意吗，亲爱的？"

曹秋菊听到如此亲密的称呼，心里感觉麻酥酥的，有股说不上来的滋味，总是不舒服。她三心二意地在豪华别墅里来回走动转悠。不一会儿工夫，柳云峰从厨房里端来各式各样的水果、小吃，摆在茶几上，招呼曹秋菊："宝贝，快看，爱吃什么就吃什么，都是精心为你准备的。"

曹秋菊完全没有想把这件婚事答应下来，只想跟他做普通朋友。让她有印象的就是入学后，第一次见到柳云峰当解放军那样的精神面貌，对一个来自农村的女孩子来说，那有着强大的吸引力和神秘感。

最近，她和他在交朋友的过程中，才发现柳云峰有许多不尽如人意的地方。文化水平太低、太差，俩人看待事情的角度差距太大，他说话办事狂妄自大，遇到问题胡说八道，处理问题三拖四拖，解决问题扯皮推诿，对工作极不认真，肯定是个不负责任、不敢担当的"小聪明"。想到这些，曹秋菊的思想就左右摇摆，举棋不定。最后，她告诫自己，张果老倒骑驴，只好边走边看。柳云峰心里急，她心里不能急，先应付着，到了毕业后再做最后的选择。

柳云峰不知道曹秋菊心里藏着什么样的动机和想法，只是表面看到漂亮、美丽、气质好、神情迷人的她，是他追求的完美目标。

对于今天柳云峰特意设计安排的这种动人场面，她二话不说，欣然接受，柳云峰以为他求婚成功了。

曹秋菊在柳云峰的邀请下，还特意跟他来看装修好的新房子。柳云峰以为水到渠成，没有多大问题了。如果她再提出新的条件来，就凭他现有的经济条件，柳云峰也能全部答应她，让她一定成为他的新娘。

柳云峰有说不出的心里话，主动去牵曹秋菊的手，坐下来谈天说地：谈未来、谈去向、谈婚姻、谈旅游、谈坐飞机、谈去国外度蜜月。

曹秋菊察言观色藏而不露，只谈工作，谈去向，避而不谈婚姻。她的理由是等她走上工作岗位之后，工作转正了，思想稳定了，再谈婚姻大事。

柳云峰谈及工作，问秋菊为什么要舍近求远，放着城里的舒适工作不干，非要去大山深处贫穷落后的地方去支教？

曹秋菊见柳云峰非要问个明白，问个所以然，她就犟着个牛脾气不回答，不作声，装个聋子哑巴不说话。柳云峰再次追问，非要问出个道理来，问急了，曹秋菊就反驳一句说："这事儿与你有关系吗？"

柳云峰被曹秋菊反问，像是发疯了，双拳紧握，说："怎么与我没关系？曹秋菊，你知道吗？你现在是我的女朋友，未婚妻。你懂不懂？你要去哪里工作，我有权力支持你，也有权力反对你。你怎么就偏偏不听我的意见呢？不行，今天，必须我说了算，我不同意你去支教，当个什么志愿者。"

曹秋菊见柳云峰发脾气了，而且脾气还不小，她便不敢再火上浇油，需要想办法把他的情绪稳定下来。沉默，是一剂良药，她坐在沙发上吃着脆脆的甜苹果，一言不发，懒得再看柳云峰一眼。

柳云峰生气了，来个下马威，不给点颜色也不行，一把夺下曹秋菊正在吃的苹果，摔在地板上说道："只顾吃，为什么不回答我提出的问题？"

曹秋菊一时也坐不住了，从茶几上拿了两个苹果狠狠地摔在地上，大声吼道："柳云峰，今天我才看到了你的狰狞面目。我实话告诉你，婚姻乃终身大事，并非儿戏，现在的问题是，剃头匠的担子一头热，如果想逼着我表示态度，私定终身，没门儿。"

曹秋菊进一步想，就柳云峰今天这种狂傲无知的愚蠢做法，如果真的嫁给他，吃亏、挨打、受气的肯定是她。那就推开窗户说亮话："柳云峰，你听好了，婚姻之事，我本人从来没有亲口答应过你，对不起，我要回家。"

柳云峰本来想通过今天这种方式，在曹秋菊未过门之前，给她来个下马威，打打她的娇气，以便以后夫唱妇随，谁知竟事与愿违，弄巧成拙，曹秋菊根本就不买他的账。他越想越生气，越想越要制服她。

柳云峰说："曹秋菊，警告你，今天不答应这桩婚事，你就别想走出大门一步。"

曹秋菊看到柳云峰要逼婚，心想：自己要做好充分的思想准备。

柳云峰把提前准备好的几把大链条锁拿来，锁好了外门，又锁好了一楼大厅的转动门，还拿来野外露餐时用的充气床垫，铺在上二楼的楼梯口前，防止曹秋菊从二楼逃跑，或者跳楼自杀。

天慢慢黑了，两个人从下午一点多钟开始争论、吵闹，五六个小时过去了。柳云峰饿了，自己打开奶油蛋糕盒，有切蛋糕的小刀子他不用，用手撕一块塞进嘴里，边吃边说："你不答应这件婚事，你就别想从这儿出去，住在这儿，晚上咱俩一块儿睡，先睡觉后结婚。只要和你睡上三个晚上，不结婚也行，你爱干什么就去干什么好了。"

曹秋菊听到柳云峰说出这些话来，紧张极了。看来柳云峰准备对她下毒手，遇到这种局面，如何保护自身的安全成了大事。

头一天晚上，曹秋菊鼓足勇气，做好思想准备，柳云峰能做到初一，她便来个十五，硬碰硬，谁怕谁。一哭二闹三上吊，寻死觅活地和他对着干，和他斗。当问题真的来了，曹秋菊跟他闹了几个回合，曹秋菊真的把柳云峰震住了。

柳云峰还是爱着曹秋菊，他双手抱头，闷坐在沙发上，无计可想，无话可说。通过现场观察，从柳云峰的表现和眼神里都能看得出来，他一心一意爱着她，追求着她，保护着她。

到了深夜，柳云峰把所有的灯都关灭了，屋子里一片漆黑。曹秋菊想到这是个危险信号，黑灯瞎火，她惊恐万分。黑暗中曹秋菊摸摸自己的裤带还在不在自己腰里。她把多余出来的那部分裤带在自己的腰里缠了再缠，绑成个死结，以防万一。

接下来，曹秋菊以同样的方式，跟在柳云峰后边，他前边关灯，她后边开灯，这一关一开，俩人葫芦里又装的什么药谁也猜不透。从表面上看，俩人好像是玩起了捉迷藏。在大厅里玩累了，瞌睡了，柳云峰就倒在充气床垫上，迷迷糊糊打个盹，好像是睡着了，其实根本没有心思睡觉。

曹秋菊看到柳云峰睡觉了，她就走回到沙发前坐下来吃水果，赶走饥饿。

柳云峰假装睡了一会儿，听到曹秋菊吃苹果那甜美的咀嚼声，有一种情感反射。他说也要吃水果，让曹秋菊给他送过来吃。这次曹秋菊信以为真，挑了一个又大又红的苹果送过去。柳云峰伸手不去拿苹果，而是一把紧紧抓住曹秋菊的胳膊，把秋菊紧紧地揽在怀里，在脸上狂亲。

柳云峰像头脱缰的野马，使尽全身力气猛扑过去，身体重重地压住曹秋菊，双手稳住头，跟猴子吃西瓜似的到处乱啃乱吻。曹秋菊机灵地把自己的头和脸快速来回躲避，像个波浪鼓摇来摇去。结果柳云峰什么也没吻到，只好草草收场。

曹秋菊在紧张的关健时刻，她的意志没有退缩，没有害怕，而是大胆对抗，寻找有效办法。于是她大喊一声："柳云峰，你还想不想结婚？你这样做是要犯法坐监狱哩。"

柳云峰被曹秋菊的两句话提了个醒，这种野蛮的做法是要付出代价的。他毕竟当过兵，受过教育，自控能力还好。他用手抹去额头上的汗珠，趴在充气床垫上大声哭喊着，埋怨着："曹秋菊呀！我有什么地方做错了事，得不到你的爱？你告诉我呀，告诉我呀。"

第二天，两人慢慢地冷静下来，大厅里鸦雀无声，静悄悄的，一根针掉在地板上都能听到。激烈的争吵过后，曹秋菊多了心眼，想到在这空旷少人的别墅里，发生多大的事儿都没人知道。她如果被柳云峰杀害了，妈妈、姐姐、学校上哪里去寻找尸首？消息十分闭塞，手机被柳云峰拿走了，想把信息传到外面都十分困难。想到这些，她觉得靠说几句刺激的话、挖苦的话来解决问题，是没有实际意义的，问题不但不会解决，生命还会受到更大威胁，甚至丢了性命。转而，曹秋菊就开始吃蛋糕补充营养，保持生命的活力。只要全身有了力量，就能抗争，就能博弈，这是最起码的保证。

曹秋菊见蛋糕被柳云峰用手抓得乱七八糟，一看就恶心，就没有了食欲。她最终还是想通了，不管怎么样，蛋糕脏不脏，卫生好不好，都得强忍着吃。这会儿曹秋菊顾不得那么多了，她也不洗手，抓起一块蛋糕狼吞虎咽地大口大口吃，给嘴里塞进去的多，咀嚼慢，噎住了，就打嗝。左手指着饮水机，喊："柳——云——峰，水——水——咖啡。"

柳云峰听到了，也看到了，意思也明白了，二话没说，就从茶几上拿包咖啡冲了满满一口杯，用勺子搅了搅，端到曹秋菊身边，不厌其烦地用自己的嘴吹吹，吹凉了，用小勺羹一勺一勺喂到曹秋菊嘴里。

曹秋菊喝了第一口咖啡，说味道苦，不好喝。柳云峰又端来咖啡专配糖放入咖啡里搅匀，又怕烫伤了嘴，就轻轻地吹。曹秋菊又撒娇地说："别吹了，吹得咖啡味道咋怪怪的，让本小姐咋喝哩。"

时间到了中午十二点，曹秋菊嚷嚷着要出门去吃饭。柳云峰不同意，说他俩的问题还没有解决，就不能去外面吃饭，什么时候答应了，问题解决了，什么时候才能出去吃饭。

曹秋菊灵活的眼珠子左右动了动说："好了，你不让出去吃饭，还是不相信我，干脆饿死算了。"

柳云峰说："不，不，千万不能饿死，饿死了我还是舍不得，弄不好还要承担法律责任。不让你出去吃饭，也不能饿坏了你，吃饭还是有办法的。"

柳云峰用手机拨打肯德基外卖电话，要了一份套餐。很快，肯德基快餐送来了。两个人坐下准备大吃一顿时，曹秋菊又突然提出要吃比萨饼。柳云峰为讨曹秋菊高兴，又拨打电话要一份比萨饼来。

转眼时针又指到了夜晚。曹秋菊又提出要求说："柳云峰，昨天晚上咱们俩是怎么睡觉的，今天晚上还是那样睡。但是你必须遵守昨晚上的那条老规距，睡觉不允许关灯。"

柳云峰为讨曹秋菊喜欢，满口答应："不关灯，不关灯。"

曹秋菊把自己多余的裤带，照样在裤腰里缠了又缠，绑个死结以防万一。

到了夜里三点钟左右，柳云峰偷偷地、悄悄地、轻手轻脚地爬起来，窥探曹秋菊睡着了没有。浑浊的灯光下，柳云峰看着她那清秀的眉目，圆润的脸，高高的鼻梁，樱桃嘴，又忍不住了，控制不住那青春的冲动，又扑上去。吓得曹秋菊猛地从沙发上滚下来，一连滚了三滚，躲开了柳云峰那野兽般的进攻。

柳云峰扑空了，当他醒悟过来的时候，曹秋菊已站在距离他有三尺远的地方说："柳云峰，别胡来，这样做可是违法的，你已经犯了侵害他人安全自由罪，再这样出尔反尔，不讲信誉，我就告你强奸。"曹秋菊拿起法律的武器，维护自己的安全利益。就这样与柳云峰面对面多次周旋，法律起到了保护自己的作用。柳云峰在关键时刻，还是能知法懂法，控制好他的行为。

曹秋菊这一夜没有合眼，半睡半醒，朦朦胧胧。她已经想好了，不能和柳云峰无休止地纠缠下去了，要快刀斩乱麻，给他吃颗定心丸，也许就能逃出他的魔掌。

天亮了，柳云峰还在呼呼大睡，一定是昨晚上熬得太累了。

曹秋菊利用柳云峰翻身的机会，手里拿个小棉签在柳云峰耳朵上戳了戳。柳云峰醒了，睁开惺忪的双眼，看着曹秋菊，不是没有话可说，而是精神还处于迷糊状态。柳云峰愣了一会儿，问："干嘛呀？大清晨的赶人起来，有啥紧要事吗？"

曹秋菊热情地说："快起来，有件事告诉你，是件大好事，听不听，不听就完蛋了，就没有机会了。"

柳云峰一骨碌爬起来，双膝盘腿，斜偏着头，眯着眼睛，问："快说呀，有什么好事？我洗耳恭听。"

"柳云峰，咱俩的事情再折腾还是定不下来，婚姻大事，乃父母之命，媒妁之言。我回家跟妈妈说一声，选个良辰吉日，你家里得来人，上我家门，得亲自提亲认亲啊，不然空口白牙，没有媒证，咋能结婚呢？"

柳云峰听了这样的话，心里舒服了，踏实了，表示同意，最后开车把曹秋菊送回家。

　　时间过去了半个月。

　　一天上午，日月公司里来了两名警察，他们找柳云峰。进到办公室，两人出示警官证，宣布柳云峰犯了防碍人身自由罪，请去派出所走一趟，配合他们调查。

　　柳云峰不慌不乱，拿起电话打给副总经理，让安排好公司日常工作，他有事去派出所一趟。

　　派出所的审讯室里，柳云峰坐在有铁栏杆防范的椅子上，又是尴尬无奈，又是追悔莫及，摊开双手辩解。胡警官批评道："法盲，这一点儿道理都不懂，还当什么董事长。别轻看这点小事情，你已经违反了《中华人民共和国治安管理处罚条例》的规定。"

　　最后，派出所胡警官宣布：柳云峰，因认罪态度较好，对所犯事实供认不讳，念其初犯，特决定从轻处罚，行政拘留五日。

第三十六章

曹秋菊从医科大学毕业后，放弃了去县法院做一名法医的机会，决定去鲁南山区做一名青年志愿者，当一名小学教师。

　　曹秋菊被分配到鲁南地区水磨县石家砭村去支教。第一天她在县里报到后，石家砭村村支书驾驶一辆面包车早早等候在那里。曹秋菊参加完县里的欢迎仪式后，从县委大院走出来，支书上前问："你是曹秋菊老师吧，我是石家砭村里的村支书，专门来接你去我们村工作，曹老师请上车吧。"

　　小型面包车驶出了县城，上了乡间不宽敞的水泥公路。公路两边最近几年被绿化得风景秀美，一排排柳树枝条在风儿的怀抱中自由摆动，向过往的行人招手致意。曹秋菊重归农村，有种回家的感觉。她摇下车窗玻璃，一股淡淡的清草香味扑鼻而来，沁人心脾，她完全陶醉其中。曹秋菊终于如愿以偿奔赴农村贫困山区，用青春芳华实践她的诺言：做一名有抱负的青年志愿者。

　　青年志愿者有梦想、有抱负、有追求。曹秋菊心里热得似一团火，和来接他的村支书在面包车里就聊上了。曹秋菊迫不及待地问，小学校有多少孩子，有几位老师，还问学校的校舍教室够不够用，有没有操场，对此，村支书全部做了回答。

　　今天，村支书感觉不太舒服，平时在村子里，或者在家里都是村民来找他，向他汇报工作，今天怎么是他给新来的一个小黄毛丫头汇报工作。也许是他想多了，人家曹老师走马上任，全面了解石家砭村小学校存在的实际困难也是对的，是无可非议的。

村支书说话开朗，换个口气好奇地问："曹老师，现在的大学生毕业了不是去北京、上海、广州，就是去美国、日本、韩国，你怎么偏偏选择来咱这穷山沟里？咱们村子里，是出了名的穷地方。十砭九梁一道沟，村名就很古怪，因砭而得名。"

　　"唉！大叔，你问的这个话题，用一两句话也说不清楚。先不去管别人是怎么打算的，人都有自己的理想和选择，这就叫自由。而我呢，有一种什么理想在激励着我，我也说不清楚。好像是一种缘分，一种吸引力，我不能百分之百确定。反正我拿定主意，认准了就要去做这件事。凡是我在公开场合说过的话，就要实现。那就豁出去了，不过黄河心不甘，不达目的不罢休。周围的风言风语我不在乎，同学们的讽刺挖苦我更不在乎。只要认准了的路，我就一定要走下去，九头牛、十头驴都拉不回来。"

　　村支书和司机师傅听了曹老师的话，开怀大笑。支书夸奖说："曹老师，你来了，我们村就会热闹起来，你是个有热情、有活力、积极向上的热血青年，农村就需要你这样的人，石家砭小学有你，教学质量一定能大大提高。"

　　说话间面包车停在了小学操场上，周围零零星星的几棵小树站在太阳下，被快要落山的夕阳余晖照耀着，低头弯腰，打不起精神来。支书最先开门下车，站在车旁边，喊道："金来成，过来把车上东西卸下来，帮曹老师搬到房子里去。"

　　支书又笑着对曹老师说："你远路而来，给咱山里娃送知识来，送科学来，一句话，是送钱来的。村东头新开了一家小饭店，晚上就在那里吃饭。我代表石家砭村村民欢迎你的到来，为你接风洗尘。"

　　下午四点半，司机师傅领着曹老师进了一家"好再来"小饭馆，餐桌上菜肴丰盛，陪吃饭的人都到齐了，支书嘴巴里叼着烟，耳朵上架着烟，手指头还夹着烟，热情地招呼曹老师入座。

曹秋菊看到这场面，心里有了谱，她叫村支书过来，用手遮住嘴小声问："支书，对不起，坐车时间长了，没来得及去'一号'，我去行个方便。"

村支书惊愕地问："曹老师，啥叫'一号'？"

曹秋菊回答："不好意思，是去厕所。"

村支书不好意思地笑着说："你看看，有知识的人说话就是不一样，就是讲文明。农村人说话土得很，老一辈的人把厕所都叫茅子，俺从来都不知道厕所叫什么'一号'。"支书领着曹秋菊出了餐厅门，向房屋右边走几步，用手指着靠墙的小路说："顺墙走，拐过去，厕所就在厨房背后。"

曹秋菊点头答应："麻烦你了，支书请你避一避，办完'手续'我就回来。"

曹秋菊原地站着不动，看支书进了饭店的门，她就顺着来时的那条路跑回学校。学校为她提前安排的那一间宿舍门敞开着，她就开始打扫卫生。大门左边的窗户下摆放一张写字台，写字台上边吊一盏四十瓦的小电棒，靠墙处有一把木质靠背椅，里边有一张席梦丝双人床。她看到学校为她的到来，做了精心安排。村子里还特意在墙报上写着"热烈欢迎曹秋菊老师来山区工作"的标语。这种形式虽然是几十年前的一种模式，但它能充分体现这里的群众对文化的一种渴求，从另一个角度来看，也说明这里的教育资源缺失严重。

曹秋菊坐了大半天的车，一路颠簸，摇摇晃晃，摇得满脑子迷糊，天还没有黑，她就困得打起瞌睡来。

这里还好，缺学生、缺老师但不缺水。自来水龙头就在宿舍门前，她端来洗脸盆刷了牙，漱了口，用毛巾把头发擦了擦，擦拭后，她才发现，白茸茸的毛巾上粘满了尘土，再细看，像是密密麻麻破壳而出的一群小蚕蛹，星星点点一大片。

曹秋菊累了，就顺手把毛巾往盆子里一放，准备去睡觉。她脱去牛仔外裤，刚把腿放进被窝里，这时听到两声敲门声，门外有人问："曹老师在吗？我是村支书。"

曹秋菊听到问话声，赶紧关灭电灯。回答说："支书对不起，我已经睡了，有啥事明天再说。"

支书在门外回话："曹老师，你坐了一天车，没有吃饭，大伙儿委托我给你送饭过来。如果不方便，我把饭放在门外，你自己拿吧。"说完话，村支书就哼哼着沂蒙小调回家了。

这时候的曹秋菊肚子饿得很，实在难以入睡，她想下床把送来的饭拿回来，心里又害怕，开了门万一支书闯进来，她怎么办？还是不吃这碗饭了，利多弊少，安全系数大。如果吃了这碗饭，不是自己往狼窝里送死吗？坚持，坚持，再坚持，饿死都不能吃这碗饭。

曹秋菊饿着肚子，翻来覆去就是睡不着觉，看看表，快到夜里十二点了，听见院子来了几只狗，抢着把门外放的饭菜吃完了。

第二天，天刚亮，曹秋菊起床穿好衣服去门外洗漱，打开房门，一只黄狗卧在门前边，见是主人开门，吓得黄狗撒腿就跑。秋菊觉得这很好笑，本应当是她见了狗就害怕，没成想是狗见了她就害怕。

八点三十分，学校里来了九名同学，其中还有两名年龄小的学生，被爷爷背着送来。学校里有四个教室，是二十世纪七十年代初生产大队盖的土木结构的老房子。房屋坐北朝南，正面五间大瓦房，独门独窗，有四间小教室和一间会议室，这间会议室也被当成校长宿舍兼办公室，一室三用。

远处高音喇叭里传来村支书粗哑苍劲的声音："村民们，父老乡亲们，告诉大家一个好消息，我们石家砭村小学今天正式开学啦，来了一位漂亮优秀的大学生，他姓曹，叫啥名字，不好意思，还没有来得及问，是位女同志。曹老师放弃城市里的优越条件，来咱这穷山沟里当老师，我代表全村男女老少，对曹老师的到来，表示热烈欢迎！大家鼓掌。"只听到高音喇叭里，传来一个人拍手的声音，特别单调，那就是村支书。

支书最后反复强调："曹老师来咱们村扎根抓教育，就是帮助咱们抓时间，时间就是金钱。曹老师把咱村里的小学生教育搞好了，娃娃有了知识，有了学问，就能考上大学。上了大学才叫知识分子，科学分子，你不管是啥分子就能走出穷山沟，走进大城市，一句话就能发家致富，挣大钱。"

支书还说："曹老师初来乍到，没锅、没碗、没筷子，吃饭是个问题，就在桂花婶家里吃，谁也不要争，不要抢，人家桂花婶家里收拾得干净，卫生好，也会做饭，事情就这样定了，让桂花挣几个辛苦钱。人往高处走，水往低处流，村民们要站高点，看远点，不要无事生非。如果谁再说些没用的怪话，让我听到了，抓住了，看我怎么收拾你。就讲这么多，散会。"

星期五晚上，曹秋菊想：明天是周六，后天是周日，两天时间总要干些什么，不能无所事事，让宝贵的时光悄悄从身边溜走。她的初步打算是，先对石家砭村教育事业现状做个初步调查，看目前农村教育还存在什么问题，然后对症下药，让石家砭村的小学教育有所改善，有所提高。

星期六她在桂花婶家吃过早饭后，走进了村委会办公室，屋子里浓烟滚滚，吵吵嚷嚷，有两张桌子上摆放着麻将，旁边坐着大叔、大娘。大叔们嘴里噙着长杆铜头玉石嘴的烟锅吸老烟，大娘们只有一位看上去穿戴讲究一点儿，嘴巴上叼着一根过滤嘴的香烟，有说有笑，说长道短，一点儿也不顾周围的复杂环境。有人来了，你就来，有人走了，尽管走，这些老年人都不拘束，都不讲究，一切对他们都无所谓。

曹秋菊站着看了不到几分钟就退了出来，准备去找支书，支书腋下夹着几份报纸走过来打招呼："曹老师早上好！你来村委会有事吗？"

曹秋菊说："支书你好！今天是星期六，我一个人在学校没有啥事情，想找你了解村子里的学生生源分布情况。"

"那好，那好。"村支书说。

曹秋菊吃过晚饭，从带来的包里找到了临走前姐姐送给她的记者采访本，在第一页上写上：日记、时间、地址等信息。正文的开头，她赋诗一首："志愿者，我追寻的梦，有了梦的理想，才会立志奉献，勇于实践。大山深处的玫瑰花，紫罗兰，野刺梅，还需要用汗水辛勤浇灌。付出了，千年的铁树就开花，硕果累累，愿桃李满天下。"

曹秋菊坚持每天写日记，第二天是星期日，阴天转多云。正文写的是：早晨，桂花婶烙了好多粗粮煎饼果子，大葱蘸着黄面浆和煎饼一块儿吃，特别香，她是第一次在桂花婶家吃到这么好吃的煎饼果子。在她的记忆里，城里卖煎饼果子的小商小贩，牌子上明明写着"山东杂粮煎饼果子"，当你走近一问："煎饼卖多少钱？"卖煎饼果子的小两口一张嘴说话，你就知道他们是地道的河南人。她就想河南人也会做煎饼果子？她又想了想，河南人为什么就不能做煎饼果子呢？原来是自己的看法出了问题。在日益发展的快节奏生活里，不管干什么只要有市场，有需求，能挣钱，谁做煎饼果子都行。她的想法太狭隘了。曹秋菊写完，拿着笔在手中玩着，她觉得好笑，笑自己太简单化了。

曹秋菊牺牲两个月双休日时间，经过走访调查，她得知石家砭村共有一百二十三户人家，分三个自然小组，全村有男女老少五百四十七口人，七岁到十二岁入学的儿童有二十八人，其中女娃十七人，男娃十一人，在校实有人数九人，其余十九人，随父母打工去了全国各大城市上学。这九名小学生就是村里的留守儿童，基本上都同爷爷奶奶生活在一起，家里的经济条件都比较差。其中二年级的小学生宇淋淋年龄已八岁，她家是全村有名的困难户，父亲长年在外地打工，没有文化知识，只能干些体力活，一年到头挣的钱全被小包工头欠着，本人只是混饱了肚子。听说没有钱，买不起一张火车票，多年来他也没有回过一次家，就这样在外边长期凑合着。

曹秋菊还从村支书口中了解到值得社会关注的，让人感到不可思议的一件事。

村支书详细介绍道："宇淋淋，生这娃的时候，窗外下着淅淅沥沥的小雨，四月间是阴雨连绵的季节，雨不紧不慢拖拖拉拉下了半个月，破旧的老瓦房就开始漏雨了，天上下大雨，屋里下小雨，接生婆来助产的时候，扶着产妇上炕时，产妇不小心在屋里摔了一跤，这娃就呱呱落地了，娃就被雨淋湿了。接生婆一边给娃剪脐带，一边心疼娃，说天公不做美，雨点儿把娃都淋湿了，给娃起个有纪念意义的名字，就叫淋淋好了。"

"记得淋淋的妈妈那时刚满十七岁，是宇文牛家花了五百元钱从外地买回来的，给宇文牛做媳妇哩。宇淋淋的妈妈姓什么，叫什么，谁都不知道。来时，她没有身份证，派出所从网站上都查不出来，因而在当地也就没有申报户口。宇淋淋的妈妈每时每刻都想逃出去，由于她人生地不熟，跑出去不知道东南西北，东躲西藏，每次都很快被抓回来。回到家里，宇家父子俩就狠狠地把宇淋淋的妈妈毒打一顿，还经常不给她吃饭，对她进行惨无人道的折磨和欺压。"村支书说到这里，哀声叹气，说道，"人心都是肉长的，谁家里都有孩子，难啊！一个弱女子被人贩子卖到这里来，我虽然知道，但地方保护主义太严重了，我只能睁只眼闭只眼，看到了假装没看到。我要是向政府说了真话，我恐怕就活不成了，就会被人活活打死。"

曹秋菊插上一句话问:"那你是村干部吗?"

"是,我是村干部。"村支书肯定地回答。

"那你为什么袖手旁观,视而不见?"曹秋菊追着问。

村支书心有余悸,不能直言奉告,嘴巴上说不能说,要保密,实际上不用问太多,他就会全部说出来,像小孩子倒豆子一样,哗哗啦啦就会说出来。因为这件事在石家砭村人人皆知,憋在谁心里都不舒服,特别是憋在村支书的心里,他更不舒服。

曹秋菊听到宇淋淋的妈妈是人贩子拐卖来的,她心里突然一惊,想到了她姐姐,她继续追问下去。

村支书言不由衷地说:"咱明明知道是买来的,但是咱没有任何凭证。咱这里贫穷落后,山大沟深石头多,祖祖辈辈男人家都娶不来媳妇,买个媳妇也是人之常情,咱要是举报了,这就等于伤天害理,把人家也坑了。"

"噢,对不起,曹老师,刚才话说多了,不应该对你把全部过程说出来,这些事还是要注意保密。请曹老师多多包涵,不要再向外传了,注意保密就行。"支书说。

曹秋菊满口答应支书说:"支书请你放心,我一定保守秘密。"

支书满怀高兴,看到曹老师说话很有诚意,他就说:"谢谢曹老师!"

曹秋菊听了村支书的介绍,提出让支书带她去宇淋淋家里看看。村支书表示千万不能去,那户人家里的大门整天都紧锁着,院子还养着一只大黄狗,人还没有走到近前,那狗就会扑上来,抓伤人的脸面,咬掉人的耳朵,他不能带她去。万一被狗咬伤了,他可承担不起这责任。

曹秋菊把这件事记在心里,她要弄清楚这件事的来龙去脉。她每天站在学校的大门口,自己带着红领巾,欢迎每个小同学。下午放学了,再亲自把学生交到爷爷奶奶手中,她通过这种努力,和每个学生的家长拉近距离，增进感情，争取尽快得到家长们的信任。

星期一早晨，她远远看到宇淋淋在爷爷的陪同下向学校走来，她主动上前问声大叔好！那老头子看上去五十岁开外，看到了秋菊，一双诧异的目光一晃而过，一句客套话都不说，毫无礼貌地瞪了曹秋菊一眼，直杠杠儿的，犟犟地转身就走了。

下午，曹秋菊给同学们上体育课，九名同学每周统一上两节体育课。学校的体育课很简单，主要课目就是跳绳、跑步和跳远，有时候是最古老的玩耍游戏——老鹰抓小鸡。

宇淋淋是二年级学生，年龄最小，不会跳，只能站在旁边看。曹秋菊搬来木方凳子，坐在宇淋淋身边，看了一会儿，她关心地问宇淋淋想不想跳绳，宇淋淋点点头说想跳，曹老师说："走，跟我去拿一条单人绳，我来教你跳。"

曹秋菊关心爱护每一个同学，从学习、写字、唱歌，再到上体育课，她把学生视为好朋友，给每个班级讲课，特别是朗读语文课文，都带着浓厚的感情，从声调到语气，孩子们听得如痴如醉。

宇淋淋是二年级唯一的一个学生，曹秋菊在二十分钟的讲课时间里，就给宇淋淋一个人授课。

宇淋淋家里贫穷，没有钱给她买学习用品，曹秋菊给她买了五支铅笔和一个转笔刀，还有生字本、橡皮和文具盒。宇淋淋穿的学生服，曹秋菊一分钱都没有收，她还亲自把衣服给宇淋淋穿上。在她对宇淋淋的关心爱护下，慢慢地和宇淋淋交上了朋友。

有天下午，放学了，宇淋淋的爷爷没有来学校接宇淋淋回家，曹秋菊就亲自把宇淋淋送回家。宇淋淋上前推开门，硬是把曹老师拽进了她家大院。那条大黄狗也讲友情，看到小主人带来了客人，就很礼貌地摇着尾巴表示欢迎。

曹秋菊见四处无人，就悄悄问宇淋淋他妈妈在不在家。宇淋淋东张西望把周围目视一遍，不说话，只是眼巴巴看着房屋门上的那把大铁锁。曹秋菊心里明白了大半，走到门前透过门缝向里看，屋子里黑乎乎的什么都看不见。她又走到屋檐下的旧木窗子前，再向屋内望去，好像最黑暗处的土炕上睡着一个女人，面朝里，蓬头散发，蜷缩着身体在睡觉。曹秋菊想要叫一声，宇淋淋拽着老师的衣角说："曹老师你快走吧，爷爷快回来了。"

　　宇淋淋的话音刚落，大黄狗就汪汪地在院子里叫了，曹秋菊不敢久留，刚刚迈出宇淋淋家的大门，她的爷爷就回来了。

第三十七章

曹秋菊送宇淋淋回家，和宇淋淋的爷爷在大门外擦肩而过，没有打招呼。要是平常，曹秋菊送宇淋淋回家，她还打算做个家访，或做个社会调查。曹秋菊为什么没有这样做，因为事情很复杂，不能初次见面，没有摸清底细就胡言乱语，这样就会把事情泄露出去。宇淋淋家里的土炕上睡的那个蓬头垢面的女人，是不是她姐姐曹夏花，还要进一步调查。如果是，该怎么处理，如果不是，又该如何处理，这是摆在曹秋菊面前最为棘手的一件事。

　　夜已深了，乌云还游荡在星星和月亮的前面，遮住了月光，逼着人们早早上床睡觉。曹秋菊躺在床上没有睡意，她寻找着窗外的一缕月光，心想：看来这次来山区支教，不是什么坏事。她翻来覆去，心里乱糟糟的，昨天从宇淋淋家里看到的那个生存环境，时刻浮现在她心里，让她难以忘记。

　　曹秋菊起床，穿上衣服在屋里踱步，又坐在办公桌前，从抽屉中拿出采访本，开始写：公元二〇〇一年十一月八日下午，宇淋淋家坐落在石家砭村西头一道山梁上，独门独户，如同与世隔绝。全家四口人，爷爷、爸爸、妈妈和小淋淋。村里人说，他家是全村最穷的困难户。小淋淋的爷爷个性孤僻古怪，寡言少语，平时不爱说话，见了村子里的人连个照面都没有，如同陌路。爸爸宇文牛，村子里的评说也不大好，桂花婶说："啥蔓蔓结啥蛋蛋，这话一点儿都不假，啥老子就养个啥儿子。"

　　曹秋菊听了这话心里更明白，知道了宇淋淋的爷爷、爸爸在村子里为人不正，给人印象不好。这些农村里的是是非非对她来说，只能是听听而已。她是想从石家砭村的老人们口中了解宇淋淋的妈妈究竟是谁？会不会和姐姐曹夏花有关？

秋去冬来，石家砭村这个小山村里，晨雾一群群从村子里穿梭，能见度不足一百米，村子里很少有人走动，偶尔只能听到狗在狂吠的声音。因为，家家户户的精壮劳力都出门打工了，看家守舍的全都是空巢老人，家里养一条狗，一是替人做安全防范工作，二是让老人和小孩有个精神寄托，三是学着城里人把狗当宠物。

太阳徐徐升起一杆高，向着烟雾微笑，烟雾怕羞，寻找个地方就藏了起来。从八点半钟开始，全校的八名学生陆续到校，宇淋淋不知何故又没来上学，曹秋菊在花名册上打个问号。

星期六，曹秋菊吃过早饭，邀请桂花婶陪同她去一趟宇淋淋家，做个家访，问一问宇淋淋到底是因为什么原因没有来学校上课。

桂花婶满口答应同曹秋菊去一趟，但等她把厨房的一切安顿好，她一边解围裙，一边说："曹老师，你一个人去吧，我还有些琐碎事没有干完，就不去了。"

曹秋菊想到桂花婶刚才都已经答应了同她走一趟，为什么突然找个借口又不去了？这种突然改口，表明桂花婶一定有她个人的想法，很可能是害怕了。再说了桂花婶可能想得多，心里想得复杂。人家是本村本地人，没有必要去揽那些与自己无关的事情。

曹秋菊问："婶，你咋不去了？"

桂花婶是这样答复的："曹老师，对不起，我和你一块儿去宇文牛家里，不合适。再者，让院子里的大黄狗扑出来咬伤了人，就不划算了。"

桂花婶随随便便说了这么几句话，也许是怕招惹是非。这件事本来与桂花婶就没有什么关系，都是生活在同一个村子里，常常是低头不见抬头见，万一惹出事来，就会有很多闲言碎语，桂花婶的生活也不会安宁。

曹秋菊明辨事理，桂花婶不愿意陪她去，她也不能强人所难，随即就放弃了去宇淋淋家的打算。

曹秋菊出了桂花婶家的大门，向学校走去，恰巧在半路上碰到了村支书。

村支书满面微笑，脸色红润，穿戴不很讲究，就是农村人说的，人不管穿戴什么衣服，洗干净了，看上去都周正。

"曹老师吃过饭了没？"支书问。

曹秋菊忙开口回答："刚吃了。"

"不要客气，如果没吃，我请你下馆子吃。"

曹秋菊进一步解释："支书，我真的吃过了，刚从桂花婶家里吃完就出来了。这石家砭村就是邪，说着想找你，出门就碰上了。老支书你真是菩萨心肠，大好人！"

"曹老师，你上咱这穷地方来教书育人，传播知识，你才是个大好人。我还没有表扬你，你倒是先夸我。受不了，实在受不了。"

"老支书，我来到这里半年时间了，村里就这几个学生，除了教娃娃上课学习，空闲时间在村子里走了走，听到些闲言碎语，想给支书汇报哩。"

"哎呀，谈不上汇报。我知道你们城里人说话讲技巧，鬼得很。说是汇报，实际是想知道什么事情哩。曹老师，你就直说吧，凡是我知道的，我都给你说清楚。"

支书向曹老师介绍：宇淋淋今年八岁多了，按娃的年龄推算下来，她妈妈应该二十三岁了。她妈妈被人贩子拐卖来的时候，年龄十四五岁。宇文牛那时候二十岁左右，有一天他妈妈从田间劳动回家的时候，一辆拉砖头的手扶拖拉机撞倒了宇文牛的妈妈。开车的司机当时没有来得及踩刹车，手扶拖拉机从头上轧过去了，宇文牛的妈妈当场就死了，事后在县道路交通管理局和县法院协调下一次性赔偿人民币两万元。有了这些钱，提亲说媒的和拐卖人口的人贩子都上门为宇文牛介绍对象。

宇文牛和傻妞成亲的那天，俩人年龄都不到法定结婚年龄。宇文牛他爹提着两条烟、两瓶酒到支书家，支书当时很生气，让把烟酒提回去，宇文牛的爹扑通一声跪在当面，鼻涕一把泪一把，口口声声说道："支书你是俺的再世父母，你是俺儿子的祖宗爷，你高抬贵手，让儿子娶回来个屋里人，好为宇家续个香火，你的大恩大德俺永远记着。"

三天时间过去了，到了腊月，宇文牛家张罗着，又是选日子，又是张灯结彩摆酒宴，把支书请过去参加婚礼喝喜酒。

对于这件事，支书在秋菊面前也没有躲躲闪闪，没有隐瞒自己的观点，心直口快，当时是怎么个情况，他就回忆着，实事求是地给秋菊介绍。

支书还很自责地说："按照党的纪律，我是一名村干部，一名共产党员，本不该参与这件事。可是在农村，谁家里红白喜事小孩子过满月都离不开村干部去撑面子，坐上席。人家给你面子，你咋能不要面子哩。"

农村办这些事，都很有讲究，更何况宇文牛家还是出了大钱，给儿子买来的媳妇，这件事放在这穷地方可是个大喜事，应该给人家道喜，那喜酒咋能不喝，喝了这场喜酒，谁都知道保密。

曹秋菊已经猜想到事情过去了好多年，从支书说话的过程来分析，已经没有人过问了，他就骄傲地在人面前显摆他是支书，说给自己听听，事情也无关紧要了，权当是讲故事说笑话。

曹秋菊为了多了解一些情况，想确定宇淋淋的妈妈是不是曹夏花。这个关键问题如果问不清楚，一切就等于白费。

曹秋菊告诉支书，"听了你说的，宇淋淋的妈妈现在还是个黑人黑户，连结婚证都没有。宇淋淋现在学习很优秀，将来上初中、上高中、考大学没有户口，没有身份证那怎么办？"

支书很惋惜地说："不光将来宇淋淋上不了大学，就连出门打工都没人敢要。宇淋淋妈妈被卖到这里来，一直在黑屋子里囚禁着，逃跑了三次，最后一次抓回来，就用铁链子把双脚双手锁起来当死囚看管着。

支书说到这些，曹秋菊的眼泪流了出来。支书说，"难怪你有兴趣听这件事，你还是个有爱心的人，你还是个软心肠的人。"

曹秋菊擦去眼泪，跟支书说："支书，你很了不起，很有正义感，支持我吧，我想把你介绍的宇淋淋及宇淋淋妈妈的这些事情，写一篇详实的文章发表在报刊上，引起全社会的关注。"

支书说不能这样做，千万不能这样做。在宇文牛非法结婚这件事情上，他有权力向政府部门揭发检举，可他没有这种勇气，也把自己当成普通的老百姓。入乡随俗，也是怕得罪人，地方保护主义严重。当初，他已向当事人口头表示要严守秘密，今天又犯糊涂，把不该说的话全抖搂出来了。支书突然又说是自己讲错了，刚才说的这些话都是胡说八道，满嘴放炮，就自己用手在自己的嘴巴上左一个掌掴右一个掌掴，不停地自我埋怨："嘴巴长得很，俺咋没有管好自己的嘴巴，曹老师别当真。"

曹秋菊这次听明白了支书说话的用意，看来这件事很不容易调查清楚，就连支书都说不清楚淋淋妈妈叫什么名字。记得姐姐曹夏花在校上学，回到家里，和同学、家里人都不多说话，性格生来就胆小怕事。眼下学校还不到放寒假的时候，她想弄明白这件事，却无从下手。

为了弄清楚这件事，曹秋菊有意识地在给宇淋淋上课时加以引导，问："淋淋，黑屋子里炕上睡觉的是不是你妈妈？"

宇淋讲点点头回答："是啊，是妈妈。"

"你妈妈爱不爱你？"

宇淋淋又点点头回答："爱。"

"你上学的时候，妈妈送你什么礼物？"

宇淋淋什么话都没说，跑到自己的座位上，又抱着书包跑回来说："老师，这是妈妈送给我的上学礼物。"

曹秋菊见到这个花书包，止不住内心的激动，抱起书包在自己的脸上亲吻着，心中在呼唤着：姐姐，姐姐，眼睛里流出来的泪水汹涌澎湃，打湿了拿在手里的花书包。

天真、聪明的宇淋淋看到曹老师抱着她的花书包哭得眼睛都红肿了，甜甜地、脆脆地说："老师，我的花书包可以送给你，你就不要再哭了。"

就这样一句天真的话，给曹秋菊提了个醒。在这个时刻可不能随便流露自己的感情，小花书包是姐姐的，这个花书包足以证明，睡在黑屋子里土炕上宇淋淋的妈妈一定是她的亲姐姐。

曹秋菊几个月来，为了能寻找到姐姐曹夏花，历尽千辛万苦，不顾自己生命危险，顺藤摸瓜，一个蛛丝马迹她都不会轻易放过。她不是刑警队里的侦察员，她调查取证完全是在神不知鬼不觉中进行的，她已经掌握了第一手资料。

今天，终于有了姐姐的线索，有了找到姐姐的希望，她松了一口气。但还有不利因素困扰着她，最重要的是如何和公安部门取得联系。报案，应该在事情发生地报案。那她就必须回到她的原籍柿子树村，眼下还没到放假期间，不能为了报案丢下学校里的九名同学不管。

这天是星期日，她去了她支教的当地派出所，经和接待信访的任警官交谈，任警官告知，这是一起典型的拐卖妇女儿童案件，问题十分严重。他让曹秋菊回原籍速速报案，只有两地警方协同破案，姐姐才能很快被解救出来。

曹秋菊还想问些什么，任警官说，"你抓紧时间报案，立案后的工作是警方的秘密，本人无可奉告。"

曹秋菊再也坐不住了，她只能先给姐姐曹春月打电话说明情况，把她在支教中如何怀疑、如何暗访、如何发现花书包向大姐一五一十全说了。她还骄傲地对姐姐说："得来全不费工夫。"

姐姐曹春月在电话那头听了妹妹说的这些，在电话里泣不成声，不停地追问："秋菊，你说的话是真的？"

"是真的。"曹秋菊坚定地回答。

曹春月这才像发疯了，在屋子里大喊："有夏花的消息了，夏花有消息了！"

曹春月在刘平安的陪同下，马不停蹄，连夜驱车赶到老家柿子树村，在老爸曹黑娃带领下一块儿去当地派出所报案。

接下来，派出所需要和当事人录口供，当然又难为了曹春月。曹春月什么凭证都没有，空口无凭，还是需要曹秋菊到场，才能看到原始的证据。

最终，派出所给县局汇报，经公安局局长办公会议研究决定：这是一起严重的拐卖妇女儿童案，鉴于案情复杂，牵扯到两县警方，要统一部署、统一指挥、统一行动，才能完成这项艰巨任务。西武县公安局立即与水磨县公安局取得联系，除了有曹秋菊提供的事实证明材料，目前还缺少一份 DNA 化验对比材料，西武县公安局委托水磨县公安局帮助采血化验，以做最后认定。

为了使这项工作能在春节前完成，曹春月以记者身份随同西武县公安干警连夜坐飞机前往青龙机场。西武县一行五人出了候机站台，水磨县来接机的刑侦队指导员兼副大队长早已在接机大厅等候。见面寒暄几句后，副大队长介绍了一周前，他们以查户口办身份证为由，采血化验，经对比配对，已经确定这就是十多年前因家庭矛盾纠纷离家出走，后被人贩子拐卖的妇女曹夏花。今晚主要任务是解救人质，根据目前全国解救的案例来看，有可能会引起周围不明真相的群众围观、围攻，或者寻衅滋事，这是一种地方保护主义，大家要保持克制，防止和群众发生正面冲突，最大限度保证当事人和自身的安全。

水磨县公安局非常重视这次解救人质的工作，为了使解救工作能够顺利进行，他们打破过去的旧规，决定由副大队长亲自挂帅，组织实施，县刑侦队干警全部出动，必要时再临时抽调特战防暴防恐中队前往支援。这样周密的安排，滴水不漏，既有强大的震慑力又有安全保证，极大地弘扬了社会正气。

阴历十一月三十日晚，石家砭村的空巢老人和孤寡老人还在酣睡中，寂静的村庄没有鸡在啼叫，没有猪、牛、骡子、马、驴在嘶吼，只是偶尔能听到几只狗汪汪吠叫。

解救小组的两名侦察干警，出发前化装成平民百姓，如果在炮火连天的战争年代，随便穿一身脏兮兮的补丁衣服，破破烂烂，露膝盖露肘，让人一看就知道是个乞丐和逃荒者。现在侦察员把头梳理得油光瓦亮，穿一身西服，扎个领带，腋下夹个仿牛皮包，谁见了不用问都知道是个"大老板"。因此，两个侦察员在宇淋淋家周围公开"隐蔽"也没有人会意识到这里将发生什么。

冬季里天黑得早，石家砭村还是静悄悄的，大约九点半，刑警队开来了两辆车，全副武装的公安干警从警车上跳下来，如神兵天降，快速潜入到宇淋淋家房前屋后。村支书上前敲门，宇文牛的老爸粗声咳嗽着问："谁呀？有啥事？"

村支书一开口说话，淋淋爷爷隔着墙壁都能听出来，就在这说话的几分钟时间里，警察已在隔壁黑屋子里找到了曹夏花。曹夏花见到两位警察拖着她向门外走去，她也不吱声，稀里糊涂也罢，明明白白也罢，跟着警察走，她心里明白，她得救了。

第三十八章

曹秋菊带着宇淋淋，在学校的操场上和两个姐姐见面了，三姐妹抱头大哭一场。为了安全起见，警察提醒此地不宜久留，在天亮前必须踏上回家的路。车子启动了，曹秋菊望着春月姐姐和夏花姐姐远去的身影，悲喜交加，挥手告别，牵着宇淋淋向前追赶，宇淋淋在寒风中声声呼唤着妈妈，妈妈。

曹春月陪伴着妹妹回到了家。

曹夏花站在门外，战战兢兢，神情一直处于紧张状态，呆呆地看着妈妈。妈妈什么都顾不上，上前紧紧地搂住夏花失声痛哭。刘平安、曹春月站在旁边，用纸巾不停地擦去眼角的泪水，擦了一遍又一遍。

多年来，喻珠珠身居西北黄土高原，遥望着祖国的角角落落，以泪洗面，不知道女儿在何方。曹夏花身陷魔窟，受尽了苦难折磨，今日终于被解救回家，母女分离的痛苦终于划上了句号。应该说这是一件大喜事，但曹夏花神情木讷，也不痛哭，也没有笑容，面部表情是麻木的。解救回家的曹夏花受到严重的精神伤害，对眼前发生的事情毫不在意，没有什么感觉，呆呆地站在原地一动不动，看着陌生的大门不敢走进去。

母女见面，全家团圆，失散十多年之后的重逢肯定是一场悲喜交加，酸楚难忍，苦诉衷肠的画面。

曹春月出于职业本能，看到妹妹的表情和妈妈见面的反应，已感到了什么。她小声对刘平安说："你过去扶妈妈，我去带妹妹，咱们回屋里说话。"

刘平安扶妈妈坐在沙发上，曹春月牵着妹妹的手说："夏花，这就是咱们家，快坐下来和妈妈说说话。"

曹春月说完这两句话，没想到曹夏花的泪水簌簌地流出来，哇的一声扑倒在妈妈怀里。母女三人痛痛快快地抱头大哭了一场。哭声是那么如泣如诉，悲痛万分。哭声中，妈妈开口自我检讨，断断续续地说是她害了女儿曹夏花。当妈妈在哭声中自责的一瞬间，曹夏花一把推开妈妈，在无人防备的情况下，一个箭步向门外冲去。妈妈喊道："春月，平安，快把夏花拦住，快，追呀，把她追回来，别让她再跑了。"

曹夏花终于被追了回来。

一连多日，曹夏花在家里哭一阵儿，笑一阵儿，静一阵儿，闹一阵儿，时不时喊叫着"淋淋啊淋淋，你在哪里？你快过来，让妈妈抱抱你"，一会儿又自言自语地问这是什么地方。

曹春月噙着泪水说："是咱们的家，你已经回家了。"

曹夏花哈哈大笑，说是魔鬼的家，她从来都没有见到过家是这个样子的。

曹春月从妹妹夏花这些反常的神态里注意到，自曹夏花回到家这五天时间里，情绪非常低落，不稳定，不是哭就是笑，在哭笑中常常喊女儿淋淋的名字。从情理上推断，曹夏花本人是解救回来了，但她的心回来了没有，还很难说清楚。她的心还留在石家砭村，一天看不到小淋淋，她一天都不会安宁，心里总是有个结，空落落的，放在谁身上都会时刻挂念着自己的女儿。

再者，曹夏花不哭不笑的时候，容易走神，神志就会不清楚，好像什么都不在乎，只是没有用语言表达出来。这表明曹夏花是不是有一种心理障碍，压抑着她的心情。

曹春月细心分析曹夏花目前的种种表现，肯定她患上了精神病或是抑郁症。她决定第二天带夏花去医院做检查，把身体全面检查一遍，做个康复治疗。

刘平安问春月："你的判断是准确的？"

曹春月拿不定主意，回答说："我又不是医生，也不能百分百说是准确的，那你还有什么高见？"

刘平安回答说："高见倒是没有，只能是猜想。"

曹春月催促着说："猜想也行，那你说说看。"

刘平安摇摇头表示，他也说不好。但是，他还有一种感觉，为什么妈妈和她交流说话，她的脾气就躁，像有一股无名火在燃烧。不过这是一种猜测，一种怀疑，一种表面的、肤浅的看法。

曹春月立马表态，我好像有同感。我猜测妈妈和夏花她们俩之间有什么过不去的事情。还有夏花回来那天，妈妈哭得痛不欲生，抱着夏花大哭时，在不停自责，悔恨交加。妈妈说那些话是什么意思？这有些蹊跷。

刘平安听了春月的分析，认为这是一个重大发现，也是一个疑点，很可能问题就在这儿。"春月，你提出的这个疑点，值得深思。你可以从侧面向妈妈问个究竟。"刘平安这样说出了自己的看法，并且叮咛春月和妈妈交流的时候，一定要讲究方式方法，不能直来直去，不要无意中伤害了妈妈的心。

曹春月半晌没有回答，她在思考着这个事要不要直接问妈妈。现在问题是，如何判断曹夏花解救回来之后精神有没有问题，这需要看医生。

曹春月对刘平安说："你马上打电话，联系心理医生，约个时间，我带夏花去看医生，这是当务之急。"

第二天，刘平安陪同曹春月，带着曹夏花走进了芳华心理咨询服务中心。在前台服务员引领下，心理医生让曹夏花坐在她的对面，目不转睛地对着曹夏花笑，时间过去六七分钟，这时候曹夏花突然低下头，默默不语，只是发出了一点笑声。这样的笑，不是咯咯地开怀大笑，而是发出小小的声音，轻轻地笑，温柔地笑。医生鼓励曹夏花说："曹夏花，放开喉咙，笑出声来，大声地笑，放大，再放大。"

奇怪，曹夏花忍不住了，就大声笑出来了。笑得有点儿失态，笑得有些双手发抖。医生又奇怪地高声猛叫一声曹夏花，这时候夏花又突然停住了，呆呆地看着医生像是要哭的神态。医生让曹春月陪着夏花稍等一会儿，把刘平安叫进另外一间屋子里，把他的观察和看法给亲属做了情况说明。刘平安说，"我知道了，谢谢！"

事后，医生给曹夏花开了药，最少有三种药。曹春月在明亮的灯光下看药物的"主治与适应范围"，医生开的有治胃病的药，因为曹夏花由于长期紧张害怕，食欲不振，还有安眠药，吃了有助睡眠，改善精神疲惫状态，还有补脾补肝的药物，主要是治疗急躁情绪，恢复大脑记忆力。

曹夏花用药物治疗了四十多天，基本上控制住了各种不良表现。在日常的生活中，已能自觉遵守规范，让全家人不能理解的是，妈妈要接近她，关心她，她总是不理妈妈，甚至是顶撞妈妈，和妈妈就好像是故意作对，有什么事过不去，惹得妈妈暗自伤心流泪。

"解铃还需系铃人"，曹春月发现，夏花解救回来后，妈妈为何开心不起来，总是一个人偷偷伤心落泪？对此，她百思不得其解。幸好学校放寒假了，曹秋菊带着宇淋淋坐火车回家来。刚一进门，曹夏花第一个就扑上去抱住女儿宇淋淋，放声大哭，哭得泪流满面，稀里哗啦。小淋淋没有哭，从妈妈怀里挣脱出来，寻找曹老师，嚷嚷着要曹老师给她讲故事。曹老师跟宇淋淋说："老师坐车太累了，需要休息，你去找大姨给你讲故事。"宇淋淋根本没有听说过还有什么大姨，当曹春月站在宇淋淋面前时，她看了看曹老师，俩人站在一起，肩并肩，手拉手，宇淋淋看了看，奇怪地问："哪个是曹老师？怎么认不出来呀？"她也弄不清楚让她叫大姨，谁是大姨。这时候她又做个小鬼脸，吐个舌头，什么都不叫，跑回妈妈的怀抱里，还是要找曹老师。

宇淋淋的到来，给这个沉闷的家庭带来了笑声，带来了欢乐。曹夏花带着宇淋淋在院子小花坛里看花、浇水、除草，玩得开心、愉快。

曹秋菊依偎在妈妈的肩头，说着半年来支教的深刻感受，又叙说着她如何产生寻找姐姐的念头。她支教的石家砭村村民祖祖辈辈生活在一道贫脊的山峁峁上，如今那里更是人烟稀少，空巢老人多，她通过给九名学生讲课的机会和留守儿童交朋友，认识了最为贫穷的宇淋淋。在和宇淋淋交朋友的过程中，看到了宇淋淋的书包，就是妈妈亲手制作的那个花书包。

　　曹秋菊和妈妈一块儿说话，说得总是那么亲热，那么开心。母女分开才不到半年时间，好像过去了很久很久。曹夏花看到这种场景，心里又产生了一种不满的情绪。她想不通，妈妈为什么和自己就不那么亲热，于是拉起小淋淋说："淋淋咱们走，这不是咱们的家。"曹春月、曹秋菊立即上前拦住，小淋淋又扑到曹秋菊怀里，叫一声曹老师，说："我哪里都不去，就愿意和曹老师在一起。"

　　曹夏花看到小淋淋扑到曹秋菊的怀里，她也没有想到，孩子在半年的时间里和她的老师相处这么亲密，要和她的老师在一起，这让她很高兴。她怎么会突然拉着小淋淋要走？要离开这个家，离开了，又该向哪里去？她心里一直纠结着，为什么遇到了一件小事，总是控制不住个人的情绪。就在这个节骨眼上她妈妈噙着泪水，向夏花道歉说："都是妈妈不好，前辈子作了孽，害得我娃吃了不少苦，受了不少罪。夏花呀，如今你回家了，感觉哪里不舒服，不随心意，肚子里有苦水，你就痛痛快快吐出来。妈妈做错了事，妈妈跟你说声对不起，如果你还不能原谅妈妈，那妈妈只好去死。"

　　曹夏花听到妈妈的话，只是嘴巴微微抽动，想说什么话又咽回去。曹秋菊上前，对曹夏花说："姐姐，你跑掉之后，全家人出动，到处找你。村子里派人四处打探，还是杳无音信。今天把你解救回来了，重见天日，全家人团圆就应该高兴。妈妈为我们姐妹四人吃了不少苦头，难道你真的不原谅妈妈，让她去死？怎么能错上加错，一错再错呢？想想吧，不要再犯糊涂，你好好休息养病，我暂时带淋淋，淋淋聪明可爱，可是你的心肝宝贝，我出钱出力让淋淋好好学习，你一定能走出困境，生活得更美好。"

曹春月意识到夏花为什么对妈妈如此怨恨，她也多少知道妈妈过去的一些事，一直压在心底里，对谁都没有说过。带着这种想法，她从侧面进一步开导夏花说："狗不嫌家贫，儿不嫌母丑。前些年，我也听到了一些有关妈妈的闲言碎语，只是做女儿的不管在什么情况下，都要爱护自己的妈妈，妈妈比什么都重要。'世上只有妈妈好，没妈的孩子像棵草。'再说妈妈已步入老年，只要她健在，就是我们做儿女的福气。"

曹夏花听了姐姐和妹妹苦口婆心的劝说，思想才慢慢地转变，才意识到她回家来，全家人对她还是一往情深，关爱她的生活，关爱她的身体健康。特别是秋菊妹妹对宇淋淋百般呵护，管吃、管穿、管学习，宇淋淋一步都离不开曹老师。她冷静下来想了想，脾气、情绪好多了。

她还记得十多年前的那一天，学校提前放学，她背着书包刚进门，回到家里突然看到的那一幕，给她带来了一生的灾难。她万万没想到妈妈能做出这样见不得人的丑事。她的突然出走，是一种幼稚的行为，后来又轻信了人贩子的甜言蜜语，上当受骗，被拐卖到了异地他乡。这件事不能完全怪罪到妈妈身上，是对妈妈的一种偏见或不公平。

曹夏花在姐姐、妹妹的劝说下，终于开始慢慢地理解妈妈了。妈妈每天精心照顾着曹夏花，让她每天按时吃药，按时休息，陪曹夏花和小淋淋一块睡觉，家里的大小事情都不让曹夏花动手来干。

每天吃过午饭，休息起床后，妈妈还带着小淋淋在院子里追逐做游戏、捉迷藏，妈妈问小淋淋最喜欢什么，小淋淋天真地回答，唱歌、跳舞、跳绳、扔沙包。

时间很快到了大年三十的夜晚，妈妈把曹春月为曹夏花、小淋淋买的新衣服拿出来，让她娘俩穿上。曹秋菊腰里系着围裙在厨房里帮助妈妈择葱剥蒜，还高兴地自己亲手制作两道好吃的菜。全家人围坐在一起，欢声笑语。当全家人斟满了红酒和饮料的时候，妈妈带头从兜里掏出提前为小淋淋准备好的红包，递到小淋淋手上，小淋淋从出生到现在，还不知道发红包是什么意思，一直望着不敢去接。坐在小淋淋身边的曹秋菊劝小淋淋说："拿着吧，小淋淋，这是姥姥为你准备的压岁钱。"

曹春月从包里拿出提前为小淋淋准备的红包，伸手要给，小淋淋大方地单手去接。曹春月又把拿红包的手缩了回去，说："叫，叫大姨。"

小淋淋拿到红包，勇敢地叫了声："大姨！"

曹春月喜笑颜开，开心地答应："哎——"

小淋淋收到了姥姥的红包、大姨的红包，还收到了三姨的红包，小姨曹冬梅是在校学生，没有给小淋淋送红包，而是亲手制作了一份新年贺卡。小淋淋对这个贺卡爱不释手，连饭菜都不吃了，嚷嚷着让小姨和她一起玩。

春节过后，曹秋菊带着宇淋淋准备回石家砭村小学做开学准备工作。曹夏花知道了，坚持要和淋淋一块儿回乡下去。她的想法特别简单，说淋淋回乡下上学，她不在家，宇淋淋吃什么？住在哪里？家里还有那条大黄狗。还提出她在大城市生活不习惯，不自由，每天只知道吃三顿饭，太寂寞。如果让她出门买菜，一个人行走，"一朝被蛇咬，十年怕井绳"，再被人骗了，她又该咋办？

这时候妈妈主动站出来，过来亲热地坐在夏花身边，说道："你尽管在家里休息养病，家里的其他事你不用操心。小淋淋回到学校，和她秋菊姨同住在学校，吃在学校，她帮你辅导小淋淋写课外作业。曹春月、刘平安，还有妹妹曹冬梅，她们上班走了，妈妈陪伴着你，你是妈妈的亲女儿啊！"夏花听了妈妈的安慰，脸上露出了笑容。

第三十九章

春节过后，曹秋菊带着宇淋淋回到了石家砭村，村子里的老大爷、老大娘们每天没事就来小学校走走看看。曹秋菊上前热情地招呼老人们坐下歇息，给他们倒水，陪他们聊天，时间长了，还给他们宣讲老年人身体保健知识。时间长了，曹秋菊和老人们之间增进了了解和友谊。崔大妈每隔三五天，就给她送来西红柿、茄子和小青菜。

　　曹秋菊看着这些菜，随即就要付钱，崔大妈就生气地说："曹老师，这是俺们的一片心意，你要付钱，看不起俺老太太是不？"

　　曹秋菊满脸笑容，忙回答说："大娘，您误会了，您这么大的年纪，种菜也不容易，我怎么好意思白吃呢？"

　　崔大妈说："你是大学生，独身一人来这穷山区教俺们后辈儿孙读书写字，吃点菜算什么！这菜是俺自己动手种的，没污染，没毒素，吃了放心，安全。"

　　有一天，曹秋菊的手机响了，她打开一看是陌生号码，前边的代码是十字和一字，她愣住了，根据这个号码，电话应该是从美国打来的。可她根本没有同学，也没有朋友在美国，噢，她明白了，很可能是从海外打来的诈骗电话。她的分析还没有结束，那个诈骗电话又打来了，她又挂断了。一连好几次，那头不停地拨打，她就不停地挂断。打电话的人实在是忍不住了，就发过来一条信息。

　　曹秋菊点开一看，笑了，原来是黄伯伯的儿子黄半。

　　阳春三月，石家砭的山沟里，山峁峁上，还有大路旁，到处都是盛开的梨花、桃花。梨花雪白，桃花粉红，站在远处观望，红白颜色交织在一起，格外鲜艳，走近了再欣赏，白的就是白的，粉红的就是粉红的，白粉相间，一清二楚。这石家砭村虽然是个贫困的村庄，处在艰难贫穷的环境里，给曹秋菊带来的不是享受，不是满足，而是一种动力，一种追求，一种前进的方向。她就是凭着她的一种信仰，把自己根植于大山之中，毫不动摇，坚定地为她热爱的教育事业唱响一曲奉献者之歌。

早晨的太阳一步步挪到了头顶，乡间大道上，驶来了一辆黑色小轿车，小轿车戛然停靠在小学校的操场上。车上下来一个人，他吩咐小轿车司机和陪同他的那位同志回县城休息，自己在村子里走一走，看一看，最后再做决定。陪同的那位同志临走时叮咛说："黄总，您千万要注意安全，保重身体。"

黄总，就是黄半，个头不高，留着青年人的小平头，架一副金丝眼镜。他走到小学校的教室前，为了不干扰学生上课，他悄悄地、轻手轻脚地一个窗户挨着一个窗户看，三个教室是空的。九名学生集中在一个教室里，曹秋菊在讲课。

黄半听着曹秋菊给全年级的学生在读古诗："众鸟高飞尽，孤云独去闲。相看两不厌，只有敬亭山。"读完之后，曹老师让四年级的那位女同学在黑板上练习写字，然后又给三年级的同学读课文，接着又给二年级、一年级的同学读课文，一节课讲的都是语文。

黄半在窗外看到这种教学模式，和封建社会的那种私塾没有多大区别。石家砭村小学的这种教学模式一定要改变。

四十五分钟过去了，曹秋菊抱着一摞书和作业本下课了。她走出教室门，一眼看到了黄半，但时间过去一年多了，两人仅在吃饭时在餐桌上见过一面，记忆不是那么深刻。今日见面，觉得还是有些陌生，不过秋菊来山区支教，她变得成熟多了，就主动打招呼："黄半，你好！"

黄半胸有成竹，有备而来。不过他来这里，谁也没有告诉，而是自己亲临现场考察，把政府分配来陪他的办公室副主任都支走了。他的工作思路是：做一件事要低调，讲实效，不要图虚名，不能讲排场。一件事情还没有做好，就大吹大擂大摆阵势，看起来雷声大，做起来雨点小，让群众最不满意。

曹秋菊在握手的一刹那，脑海里猛一闪念：黄半不哈不吭，突然跑来大山里是什么意思？便直接问："黄半，你怎么来这里了？"

黄半很是幽默地回答："天下的路千万条，任我走；天下的鲜花千万朵，任我爱。怎么只允许你来，我就不能来？"

"哎哟，你是从美国归来的华侨，我是来这里支教的小学老师，不能相提并论。"

"小学老师好啊，我是向你来学习的呀。"

曹秋菊捂着嘴巴笑，"真会说话，真会开玩笑。华侨，大科学家，每天干的工作不是上天，就是入地，我们这穷山区里还正在脱贫。"

黄半这时候也许是坐车时间长了，觉得有点累了，身体支撑不住了，就开玩笑地说："曹老师，我这个不速之客远道而来，也不让我坐坐？"

曹秋菊急忙把手里的书和作业本放到办公桌上，招呼黄半进宿舍里坐下说话。又转回身来倒了一搪瓷缸子白开水，向黄半解释，"对不起，慢怠了，没有让坐，没有给你倒口水，实在是抱歉。招待人是我的弱项，每天给学生讲课，有两条规定，一是不能喝水，二是要站着讲课，上课期间不可以坐着，这些规定就是铁的纪律，请你谅解。"

黄半很客气地说："我这人说话不注意方式方法，让你多心了。"

曹秋菊说："你是客人，招呼不到位的地方，还请你多多包涵。"

黄半喝口水，对曹秋菊的热情接待表示感谢，又说明这次回国主要是来这里看望曹秋菊。他在美国了解到中国的教育现状，在一个贫穷落后的山村，仅有九名留守儿童，有一位热爱教育、热爱山区的志愿者，放弃去政府当公务员的机会，立志去山区支教，这是一种什么精神，是一种奉献精神，大公无私的精神。他身居海外，看到这名志愿者名叫曹秋菊，这不就是他妈妈的女儿吗？他想到，妈妈能培养出来这么优秀的女儿，就坐不住了，决定回到自己的国家，投入这里的现代化建设。

黄半真的被曹秋菊这种精神所感动，才从遥远的美国赶回来，千里迢迢来寻找曹秋菊。黄半找到了曹秋菊后，万分高兴，准备把他的想法和打算全告诉曹秋菊。

曹秋菊急忙问："你的想法是什么，能说出来吗？让我们一起分享。"

"当然可以。我们的目的一定能够实现。"

黄半信心百倍地回答这次回来，主要是冲着曹秋菊而来，他想看看这里有一股什么力量在吸引着曹秋菊。"中国的地方很广阔，你为什么不去献身大西北，而选择来鲁南地区当一名志愿者呢？"

曹秋菊的脑子转得很快，她很聪明。听话听音，原来黄半什么都不为，是为了她才从美国回来的。不行，绝对不行。本来应该她先问他有什么想法和打算，怎么是他先问她？好像是在调查她似的。这样的交流方式，她不就被动了吗？她有必要弄清楚他的目的是什么。"哎，黄半啊，我问你的话，你还没有回答我，你问我为什么不留在大西北献身，这个问题你猜猜呀，猜猜我曹秋菊为什么不留在大西北呀。"

黄半被曹秋菊问得哑口无言，他也猜不出来曹秋菊心里想的到底是啥。他摸摸头，怪不好意思，只好腼腆地带着笑容，自己检讨说："曹秋菊小姐，你就别难为哥哥了。我这次回来，一是为了你，再就是为了家。中国大力提倡我为人人，人人为我。我已经亲眼见证了这地方是个贫困地区，我打算投资建设一座希望小学，这就是我来石家砭村的主要目的。"

黄半要投资建希望小学的这个消息传开后，石家砭村的人们奔走相告，拍手叫好。小学校里的九名小学生欢呼雀跃，围着曹老师和黄半叽叽喳喳，说着对新学校的向往。几个女同学去田间地头、树林里摘来朵朵鲜花献给黄半，献给曹老师，表示她们的一片敬意。

黄半、曹秋菊在学生们的簇拥中喜笑颜开，想到教学条件和教学环境改善了，就会吸引更多学生来接受教育，高兴得嘴都合不拢，那时候石家砭村的小学校里一定朝气蓬勃，蒸蒸日上，到处都能听到琅琅的读书声，教育改革一定会走在全县教育工作的前边。这是一个志愿者，一个教育工作者的最大愿望。

六一儿童节那天，石家砭村小学的九名小学生，穿上了由黄半资助的新校服，在操场上列队。村支书高兴地忙前忙后，通知村里的空巢老人和没有出门打工的村民参加希望小学的开工典礼。

锣鼓喧天，鞭炮齐鸣。石家砭村从来没有像今天这样热闹过。县政府主管教育的副县长领着县教育局和招商局的一帮人马来了，镇政府领导也来了。他们亲临现场办公，分工负责，落实任务。这位副县长还亲自立下军令状，提出要求说："乡亲们，村民们，这次黄总来我们这里兴教办学，我们县政府、镇政府及各相关部门，一定要积极配合，做好协调工作。"

现场会上掌声不断，石家砭村自己组建的施工队工人个个精神抖擞。村支书表态说："请大家放心，建设好石家砭村的第一所希望小学，就是我们村的最大希望，有了希望，我们就要创造新的希望！希望今天，希望明天，希望未来更加美好！"

黄半来石家砭村，铁了心，谁也想不到作为海归华侨的他不怕这里的艰苦，县政府安排他住进县城里的五星级大酒店，他婉言谢绝，说一定要住在小学校里。

曹秋菊先是犯难，难的是黄半向她公开挑战了，提出非要住在学校。

还好，学校还有一间空教室，村支书叫来施工队的几个年轻人，打扫卫生，粉刷墙，从早晨忙到夜里十点多钟，这下黄半可以舒服地休息了。

黄半休息之前和曹秋菊一直在交谈些什么，年轻人的事谁也不知道，只看到黄半面带喜悦，笑声朗朗，把他来石家砭村的目的毫无保留地说了出来。

曹秋菊暂时没有表明态度，也没有遮遮掩掩，或者加以反对，只是淡淡地笑了笑。

黄半在昏暗的灯光下，看到秋菊的那种笑容，更加美丽动人。他猜想着曹秋菊心里需要什么，追求什么，他觉得不能在曹秋菊面前买弄。如果是追求享受，她就不会选择做个志愿者，跑到山区里吃苦受罪。同样，他也不是一个不食人间烟火的人，从美国回来，就是因为曹秋菊的精神、理想和单纯美丽在吸引着他。自己能和曹秋菊走在一起，做什么都是值得的。

夜已深了，黄半很细心地观察到曹秋菊不停地打哈欠，他很知趣地对秋菊说："对不起，和你聊得时间过久，耽误了你的休息时间，我也该休息了。"

曹秋菊劳累了一天，是真的困了，她又不好意思说出来，只是忍耐着，然而自己的嘴巴太不给力了，不由自主，似乎在撵人家走。还好，黄半是个聪明人，有自知之明，自己告退了。

有一天，曹秋菊身体不舒服，发热了，不停地咳嗽，咳嗽多了，讲课读两个字都费劲。她一直躺在床上，黄半表面不露声色，可内心急坏了。他去村子里找来医生，医生问诊摸脉，看嗓子，听呼吸音，诊断之后，医生让她先用药物治疗，多喝水好排毒。

黄半亲自看着曹秋菊按医生所说的每次必须喝三百毫升凉白开水，每天不少于八次。喝得曹秋菊每隔一小时就要跑趟厕所，给学生上课都受到了影响。黄半还主动替曹秋菊给学生上课。黄半给三年级、四年级的学生读语文课文，开始用不流利的普通话读，然后用英语来读。用英语读，最初，学生听不懂，黄半就一句话反复读几遍，慢慢地，九名同学都咿咿呀呀会读英语了，就是不懂啥意思，更不知道什么叫语法。黄半第二步便用中文把每句话的意思再翻译出来，讲给同学们听。黄半是这样对曹秋菊解释的，小孩子从母胎里生出来，没有人教给他去吃奶，因为孩子饿了，不吃不行，没有人教，他也会吃，这是孩子的一种本能。当孩子长到快一岁，学说话的时候，母亲说什么话，孩子就说什么话。外国人带孩子，孩子就说外国话。中国人带孩子，孩子就说中国话，这也是一种本能。

曹秋菊明白了一个道理，这就叫语言环境。现在老师教什么，他们就学什么。

黄半还进一步说明，学英语要从娃娃抓起。学中文和学英文同步发展，这样培养出来的学生提高较快，学习成绩一定优秀。

黄半和秋菊探讨了许多如何教育学生的问题。秋菊表面上是打听黄半什么时候回美国去，实际上是暗中打探黄半是不是为了个人婚姻问题才选择来石家砭村的。

黄半直言快语，毫不掩饰，回答："秋菊，这个问题，你算是猜对了。"

曹秋菊假装生气，立刻改变说话语气："想得倒美，你现在是我妈妈的儿子，兄妹咋能成婚哩？"

"对呀！我去年亲口叫声妈妈，中国有句俗话，女婿和儿子一样。你妈妈都已经答应了。"

曹秋菊握着拳头在黄半的胸部上咚咚咚地敲打个不停，说道："黄半你真坏，你真坏。"

第四十章

曹冬梅要自己创业，这是她的一条坚定信念。人只要有了知识，有了理想，有了志气，就会闯出自己的一片广阔天地来。

曹冬梅走出课堂，翻阅了大量的资料，决定亲自干一番事业。她学的是农牧业专业，专业知识产业化会产生强大的力量。她决定回到农村大展才华，发挥优势，干出个名堂来，自己做老板，风风光光，潇洒走一回。

几天来，全家人大力支持曹冬梅的这种新理念、新想法、新途径，支持曹冬梅回老家办企业，走发家致富的道路。

曹春月和刘平安最初对曹冬梅去农村表示反对，也想了许多办法，多方联系，凭关系、托熟人，想方设法要为冬梅安排一个合适的工作。

只要跟曹冬梅提到托熟人找工作的事，她就表示免谈。她跟姐姐说："你和姐夫不要再为我的事情操心，我要实现我存在的价值。"

黄半知道了曹冬梅做出如此大的行动，立即表示同意。他在电话里鼓励曹冬梅，农村是个广阔的天地，那里的自然资源有待进一步开发利用，只要瞅准了目标，选对了方向，认真地去挖掘，经过几年的努力奋斗，一定会做出成绩来。

曹冬梅明天就要回生她养她的柿子树村了。她想：自她离开家乡到现在已有十余年了，村子里一定发生了翻天覆地的变化。她这次回家就像行军打仗，还要安营扎寨，她把常穿的衣物全部备齐，在农校学习的那些书籍资料整整装了两箱子，这些都要带回去备查。

喻珠珠的心就不同，自从黄教授离开了这个世界，曹冬梅就在她身边，冬梅和她共同生活的时间最长。曹春月自己有了家，回来看望她的时间就少一些。因此，她还是离不开曹冬梅，她也打算跟着曹冬梅回老家帮她一把。一提起回到柿子树村，她心里一会儿期盼着，一会儿又忧愁着。期盼的是她的三个女儿都已长大成人，个个都是大学生，回到家里脸上多么的光彩，在其他人面前她可以骄傲地抬起头了。忧愁的是，看到了曹黑娃和芍药花生儿子了，过去的事就会涌上心头，让人觉得不光彩。结婚多年，自己连个儿子都生不出来，还是没本事。

曹冬梅问妈妈，"我这次回老家去做个农民，妈妈你说好不好？"妈妈没好言语地说："好什么？你姐姐好不容易把咱们家全都带出来，来到大城市，生活刚有了起色，你又嚷嚷着要回农村去，这不是走回头路吗？"

一周后的星期六，刘平安开着小轿车，车内坐着曹春月、曹夏花、曹冬梅和妈妈，一家人一大清早就上路了。一路上，小轿车行驶在高速路上，近两个小时后到了离家还有八十里的一个服务区，曹春月告诉刘平安在服务区小憩，吃顿饭，喝口水，上个卫生间。回到家里，她和平安休息一个小时，天黑之前还要返回去，明天有个朋友的婚宴她俩都要参加。

妈妈点头表示同意，临走时妈妈叮咛刘平安路上把车开慢点，注意安全，到家打电话。

曹春月和刘平安向妈妈、夏花和冬梅挥手告别。

曹夏花两天前就表示不打算回老家，主要原因是思想还有顾虑。她的日子在四姐妹中最清贫，穷得简直就没法说。人没有钱就短精神，在别人面前抬不起头。曹冬梅知道了二姐的想法，就和夏花姐姐交谈："姐姐，咱穷怕什么？只要你肯出力，一定能过上好日子，要不和妹妹合起来干，你看行不行？"

"冬梅，我什么都不懂，能帮你干什么呀！"

"干什么都行。姐姐，喂猪、养鸡，你会吗？咱们家的人都出身于农村，干农业是咱们的本行。姐姐你别怕，只要妹妹有吃的，就饿不着姐姐。你看这样，黄半全力支持我，给我一笔经费，人家是好心，非要无偿支援，我答应，提出两种方案，第一作为投资入股，第二作为借贷付利息，这两种方案黄半都不同意，说投资入股的话，按有关规定，他就成了名正言顺的董事长，他咋能这样？付利息的话，会给我带来一定的压力。最后黄半表态，如果我有不放心的地方，就立个合约。夏花姐姐，你还有什么不放心的？你和我一块儿干，一定会干出成绩来。"

曹夏花丢弃了思想包袱，每天很早起床和妈妈一块儿在厨房做好早餐，娘儿几个吃完饭，一块儿去柿子树村田间、山坡头上走走看看。后边有村子里的几个闲散人员跟着，不知是来看热闹，还是来看笑话，窃窃私语，他们觉得喻珠珠都人老珠黄了，还回来扎个势，充个大拿儿，想干一番事业，真是痴心妄想。

曹冬梅鼓励妈妈和姐姐，"别搭理他们，再过几天，他们得上门来求咱们，到时候咱们还得考虑考虑呢。"

母女三人走在自家一亩八分地的地头上，看着田地因长年无人耕种，荒草有两人那么高，有些凄凉，也有些可惜。正说着，曹黑娃来了，看到了冬梅，看到了喻珠珠，看到了夏花，他满脸泪水纵横，双腿抖抖颤颤，摇摇晃晃，不敢相信这是真的，夏花已站在面前，他艰难地向前迈了两步，一个坑绊倒了曹黑娃，冬梅和喻珠珠跨步上前，急忙扶住了曹黑娃，冬梅叫声爸爸，夏花看在眼里，听到冬梅叫爸爸，夏花也上前大声叫道："爸爸，我是夏花。"一句话说完，拦腰抱住爸爸哭起来。

妈妈从兜里掏出纸巾，为夏花擦拭脸上的泪痕，劝说道："夏花，不要哭了，咱这地方风头高，倒吸了凉风容易患胃病。你的身体刚刚恢复，一定要注意。"

曹黑娃接上话茬，说："你们母女回来，也不提前打个招呼，家里几年不生火做饭，冰锅冷灶。吃什么？喝什么？条件太差了。咱这村里又不像大城市，就不是人生活的地方。"

曹冬梅双手挽着爸爸的胳膊，说："爸爸你说错咧，现在城里人都追求原生态，在城里待烦咧。我和姐姐妈妈这次回来就不准备走了，打算长期生活下去。"

曹黑娃一声接着一声说："好，好。爸爸就盼你和你姐姐、你妈妈长住哩。"

曹夏花问爸爸，"和妈妈离婚了，一个人怎么生活？"

喻珠珠听到这话，气就不打一处来，开口便骂道："他和妈妈离婚了，那他又和谁结婚了？不要脸的货，和芍药花又勾搭上了。"

曹夏花感到很惊愕，就说："爸爸，兔子都不吃窝边草，你咋干这没良心的事？"

曹黑娃先是难堪、尴尬，然后是无奈，叹息一声，向夏花说明了情况。

喻珠珠听了这话不舒服，开口又骂，"不要脸的货，还有脸跟女儿说？"

曹冬梅见妈妈不停地开口骂爸爸，好像是要报仇申冤，仇人见面，分外眼红，就劝说妈妈："你都是上了年纪的人了，再别骂爸爸了，一日夫妻还百日恩哩，你给爸爸一点儿情面都不留。"

曹黑娃见女儿给他找台阶下，便顺水推舟，邀请夏花、冬梅中午去他家吃饭。冬梅就调皮地问爸爸："听爸爸言下之意，请我和姐姐吃饭，那妈妈喝西北风去？"

曹黑娃心情愉快，壮了壮胆量说："吃饭，那肯定要请你妈妈去，去了还坐上席哩。"

曹冬梅在老家原来的桩基地上，盖起了一座二层上下八间房的小楼房，门前挂上一块紫铜色方门牌，上写着柿子树村农业生态综合服务部。

　　挂牌那天，柿子树村的人们都来到现场，表示祝贺。门前摆放几张大圆桌，上边有糖果、花生、葵花籽、香蕉、芒果、火龙果，还有本村的柿子脯、柿叶茶，就这样简单的庆祝会就开始了。

　　曹黑娃在庆祝会上，跑前跑后，招呼村子里的父老乡亲，递烟、倒茶。老人们喝了今天的招待茶，和自己家里常喝的那些红茶相比较，口感滋润，香甜微苦，沁人心肺，纯厚质朴。刘文成老人招手，把黑娃喊过来问了个明白。曹冬梅陪伴爸爸走过来叫一声："刘叔，你就说两句。"

　　刘文成站起来，喝口柿叶茶，把茶杯高高举起来，大声说："父老乡亲们，今天，冬梅回咱们老家来，创办柿子树村生态综合服务部，我第一个报名参加。冬梅这娃可不是小时候背书包上学，走在路上蹦蹦跳跳的黄毛丫头了，如今是有文化、有知识、有本事的大学生了，回家来带头搞产业开发，带动咱们村发家致富，我积极参与，举双手赞成，我也想过上好日子。"

　　农村的人干一件事情总要先观望，这是很正常的事。多数人是看风向标，刘文成积极报名第一个参加了，就说明这事情靠谱，牛雪莉、胡月仙、水仙都报了名，成为综合服务部的一员。

　　下午，水仙回到家把曹冬梅办生态综合服务部的现场盛况给王槐说了一遍，王槐没有说什么风凉话和过头的话，只是躺在沙发上哼哼了两声，只顾吸他的烟，看电视，一言不发。

　　曹冬梅的生态综合服务部，发挥柿子树村的自然优势，因地制宜，大搞开发，主要开发当地的柿子、柿叶，仅这两项，就办起了三个加工基地。产品包括二十八种不同口味的柿子醋系列产品，柿子脯系列产品，柿子茶系列产品。这些产品大部分销往美国、东南亚及欧州。

柿子树村的黄二毛、狗剩、牛蛋等几个人，原来以为曹冬梅是个黄毛丫头，能搞什么开发，他们站在旁边等着看笑话，看热闹，还说风凉话。现在他们这些人没饭吃，穷得叮当响，三人合计一下，去找牛雪莉，让她帮忙说话，叫曹黑娃跟曹冬梅说个情，找个工作，混口饭吃，不然要饿死了。

牛雪莉先看着这些人发笑，而后讽刺道："你们这几个杂毛，经常是狗眼看人低，每天在柿子树村里耍泼皮，吃闲饭，混日子。睁眼看看，现在是科学社会，知识社会。人家曹黑娃的女儿个个有出息，都是大学生，知道不？人家是有本事的人。看你们几个可怜兮兮的，我厚着脸皮去跟黑娃说说，给你们讨口饭吃。"

黄二毛、狗剩、牛蛋点头哈腰，双手合十说："托福，托福。谢谢牛大姐！"

水仙第一次领到了五千元工资，拿回家，不哼不哈地放在茶几上，然后坐在沙发上喝水。王槐看到了茶几上的钱，一摞摞，拿起来数完了，问："老婆，这是多少钱？"

水仙说："你数了多少？"

"我数了五千元。"

"数对了，还是数错了？"

"数对了，是你拿错了？"

"数对了就对了，咋能拿错呢？"

"这是啥钱？"

"厂里发的工资。"水仙肯定地回答。

王槐满脸狐疑，本来人就老了，在家闲待着，精神面貌不错，不是那么老。因他在村支书的位置上干了二十五年，好事也做了，群众有意见的不公平事他也做了。他常常吊在嘴上的一句话是：村里的女人全靠他养着哩。就因这句话，他被县纪委调查，差点被双规了。如今他脸皮薄，足不出户，羞得见不得人。水仙挖苦道："村子里的女人，现在你咋不养了？不要脸的货，靠我养你哩。"

农历的八月初，黄半携同曹秋菊带着宇淋淋到了柿子树村，同时也联系曹春月、刘平安，让他们也去柿子树村，全家来个大团圆，聚在一起，欢乐一场。

喻珠珠忙前忙后张罗着，工厂里的牛雪莉、胡月仙、芍药花、水仙这几个女人也不同往日了。大家把往事抛到了九霄云外，历练了，成熟了，什么恩怨都没有了。今天四人约好，集体休假一天，来到喻珠珠家，说说笑笑，帮助喻珠珠择葱剥蒜，切肉腩臊子、擀长面，每人做两道拿手的家乡菜。丰盛的佳肴摆上了大圆桌，全家人坐在一起，村子里这些好姐妹坐在一起，相互祝福，都说珠珠有福气，生养的四个女儿有出息、有文化、有能力，把柿子树村都带富了。

曹冬梅站起来，端起一杯红酒，说："各位阿姨，我们终于走出来了。今天是农历的八月十八，我们共同祝福妈妈生日快乐！来干杯！"

你一杯，她一杯，从春月老大带头，向妈妈敬酒祝福，最后一位敬酒的是曹黑娃的儿子曹纪元。

曹纪元，今年八岁，是三年级学生了，他还是第一次看到如此热闹的场面。他就模仿着大人的行动、语言，双手紧紧捧着一杯酒，小心翼翼地走到喻珠珠面前，双膝跪地，把酒杯举过头顶，甜甜地亲切地说道："大妈，祝你生日快乐，幸福健康！"这句话逗得在座的姐姐、阿姨们哈哈大笑。喻珠珠一时间乐得什么都忘记了，她扶儿子起来，说："纪元，妈妈的乖儿子。"说着激动得眼泪哗哗流了出来。

曹春月让刘平安把从省城里订制的生日蛋糕摆在喻珠珠面前，点燃蜡烛，宇淋淋给喻珠珠戴好皇冠。时间过去两分钟，喻珠珠一口气吹灭蜡烛，双手合十，默默许愿。女儿、女婿带头唱起生日歌：祝你生日快乐，祝你生日快乐……唱完，大家拍手祝福。

饭吃到太阳快落山的时候，黄半指挥全家人坐在一起照全家福。众人摆好了凳子，由春月安排就坐。今天是妈妈生日，妈妈坐在最中间，妈妈当仁不让，坐好了，其他人观望着。春月连连叫几声爸爸，爸爸躲到哪里去了，大伙儿分头去找，硬是让牛雪莉、胡月仙揪着爸爸的耳朵，把爸爸从屋里拉出来。当安排第一排座位的时候，问题来了，怎么安排都不满意，四个女儿的一致意见是，既然是全家福，那就按辈分去坐，问题是位置发生了变化，让爸爸坐中间，妈妈坐右边，芍药花不管过去还是现在，她的地位、称呼没有改变，任何时候四个女儿都叫她二娘，她们没有意见，坐什么位置都行，就看妈妈同意不同意。摄影师问妈妈，妈妈上了年纪，如今什么都不计较了，说："你安排吧。"

摄影师按下快门，照片里是这样的：爸爸的左边是妈妈，右边是二娘，二娘和爸爸中间站的是儿子曹纪元，妈妈和爸爸中间站的是外孙女宇淋淋。后排齐刷刷地站着四个女儿和两个又是儿子又是女婿的好小伙。

最后，牛雪莉吆喝一声："来，姐妹们，咱们和珠珠姐也要照张合影哩。"

后　记

　　古人有一句话叫"著书立说"，这在生活里是一件很难的事情。写文章对于大多数人来说既容易又不容易。茶余饭后，写几首诗，作几首词，或写几篇论文、工作总结、人物传记，还有散文，是自己的一种生活雅兴。我年轻时主要考虑的是工作学习，前途命运；后来成家立业，生儿育女，孝敬老人。在那个艰难困苦的年代，只要努力了，这些都会实现，压力也不是很大，我最容易满足与骄傲。

　　有一天我退休了，待在家里无事可做，就有一种恐慌，从干了多年的岗位上退下来，心里头总是空落落的，特别寂寞，于是我便想着出门去买些菜回来，帮老伴儿干些家务活，以减轻她的劳动量。老伴儿不让去，说男人心粗，出手大方，买菜不会讨价还价，买回来的菜价格高，质量差，是个瞎子。好了，那就在家好好待着，吃了睡，睡起来看电视。老伴儿又反对了，说退休了一点儿爱好都没有，后半生也要活得充实些，不能混日子。我的妈呀！看来老伴儿还是有追求，有远大理想的。于是乎，我从书柜里翻出来几本小说读。读书、看戏是我一生最大的爱好与追求。后来，我就把小孙女在幼儿园没有写完的生字本收集到一起，利用起来，断断续续地码字，大体的格局是按小说或者故事来写。三五年的时间过去了，一本初稿终于放在案头，后面出版社定稿再到正式印成书，共花去了八年时间。也许有了第一次的成功，增加了创作的自信，就思考着在有生之年能不能再写出一本书。

　　我的写作水平有限，如同盖房子一样，有学识的人盖楼房用的是钢筋水泥，而我才疏学浅，盖的是土木结构。但是我的脾气还是很犟的，想写，但是缺体裁少故事，还缺乏语言文字。就在这样的条件下，我又想入非非，自不量力，在战友、朋友的鼓动下，心又动了。首先是选题，选题跳不出原来的思维模式。一部长篇小说不同于中短篇小说的构思和框架，更不同于微型小说的幽默和叙述。有朋友问："怎么你写的这部小说叫《她们》? 和第一部的《兄弟》是不是有牵连，有瓜葛? "

我就利用朋友的发问，说一说《她们》。

《她们》也可以说是《一家人》。小外孙女的文化底蕴深厚，脑子好使，通读了其中部分章节，她认为《一家人》这样的书名太俗、太僵化，取名《她们》立意新颖，符合年轻人的审美。从整体上来看，这部小说就在讲"她们"的故事。

"她们"这辈人生在二十世纪五十年代末，成长在二十世纪六七十年代，这段生活她们是在饥饿、贫穷、落后、彷徨中走过的。到了而立之年，赶在了风口浪尖上，那就是挣钱。

"她们"挣钱靠的是政策的灵活性。生活中流传着一句话叫作"撑死胆大的，饿死胆小的"。总而言之，这次在塑造"她们"时，表现为挣钱靠的是机遇、政策和胆量。别不拿"村官"当干部，他们的文化层次不高，他们的能力、能量、作用却不小。这些生活中的故事，在《她们》的故事中只是点到为止，因为她们毕竟也是人，也要生活，要生存。但她们用什么手段去挣钱，我想必定是没有触犯法律底线，而是让她们在《她们》的生活里自然消失。

在写《她们》的故事时，怎样把上辈人的故事链接到年轻人的生活里是一个难题。我认为要做到这一点，就要求我有一个新观念。眼下城市里"她们"生活的故事，是在快节奏的环境中求生存，求发展。《她们》这部小说讲述了曹春月、曹夏花、曹秋菊和曹冬梅四姐妹的成长和经历的艰难与困苦，她们经历着同一时代的不同命运和不同发展道路。

她们姐妹四人的生活故事，重点集中在热点问题上，知识、学历和追求。有了追求，就有了梦想，要实现梦想，就离不开知识。

　　曹春月在《她们》中，或多或少受上辈人生活习惯的影响，思想个性始终离不开听话、认真、孝顺、顾家的农家思想范畴，担负着承前启后，上有老下有小的家庭使命。

　　曹夏花在《她们》中，是现实生活中妇女受害者的缩影。对曹夏花来说，根本问题并没有得到解决，要寻找到一个完美的归宿，还要靠自己。曹夏花今后的人生道路，需要亲人给予关怀与帮助。

　　曹秋菊在《她们》中，命运的安排是直白的、简单的，但越是简单，故事情节就越曲折。曹秋菊的高考成绩，具有一定的代表性和普遍性。大学毕业后，我割断了她继续考研这条路。为什么？因为曹秋菊本人对于考研想都没有想，提都没有提，从学校毕业后就直接步入了社会。

　　曹冬梅在《她们》中，同样也是从简单走向简单，她所学的专业知识是农、林、牧，最后也回到了农村，走了自己的路。

　　曹秋菊、曹冬梅是新一代的大学生，能走上自己发展的道路，没有复杂的社会关系，没有强大的父辈人际关系，能很轻松地融入现实生活，这就是跨时代的飞跃。

　　《她们》中的故事结构，离不开人和人的社会关系，两辈人的"她们"都是在同一个社会大背景影响下，走出了各自求生存求发展的道路。

　　《她们》生活故事里的外围故事，还是围绕着"她们"的故事，只不过展开了社会生活中存在的普遍现象和现实问题，因此，读者读了也不会感觉陌生。

　　《她们》故事的爆发力，是直接切入到对封建思想的抨击，引发出生活中人们遇到的各种矛盾。如果读者对本书内容有不满意之处，就是本人文学功底浅薄，只是很平淡地把《她们》的故事叙述完了。至于跌宕起伏、矛盾冲突方面，还有欠缺。还请读者指教，提出宝贵意见，谢谢！